Tony Parsons

Die schönste Frau der Welt

PIPER ORIGINAL

Tony Parsons

Die schönste Frau der Welt

Roman

Aus dem Englischen von
Christiane Buchner und Carina von Enzenberg

Piper München Zürich

Von Tony Parsons liegen auf deutsch außerdem vor:
»Männlich, alleinerziehend, sucht ...«
»One for my Baby«

Deutsche Erstausgabe
Dezember 2003

Titel der englischen Originalausgabe:
»Man and Wife« (HarperCollinsPublishers, London)

Satz: KCS GmbH, Buchholz / Hamburg
Druck und Bindung: Clausen & Bosse, Leck
Printed in Germany ISBN 3-492-27059-X

www.piper.de

ERSTER TEIL:
Der Mann ihrer Träume

Das schönste Mädchen der Welt

Mein Sohn kommt zu meiner Hochzeit.

Er ist mein best man, und das sage ich ihm auch. »Du bist mein best man, Pat.« Das scheint ihm zu gefallen. Er war noch nie ein best man. Allerdings wird er keine feixende Rede darüber halten, wie ich mich in meinen wilden Zeiten an Schafen vergriffen habe, oder versuchen, mit der Brautjungfer durchzubrennen, oder auch nur die Ringe anvertraut kriegen. Er ist nämlich erst sechs.

Pats Trauzeugenpflichten sind also hauptsächlich formeller Natur. Aber wenn ich zu ihm sage, daß er mein best man ist, dann meine ich das wörtlich.

Mein Sohn ist das Beste an mir, und dieser ganz besondere Tag würde sich hohl anfühlen, wenn er nicht dabei wäre.

In ein paar Tagen, wenn die Hochzeitstorte verzehrt ist, der neue Ehealltag begonnen hat und sich die Welt allmählich auf normal einpendelt, wird Pat vermutlich von einer Lehrerin gefragt werden, was er am Wochenende gemacht hat.

»Ich war auf der Hochzeit von meinem Vater«, wird er dann sagen.

Mehr wird er mir nicht erzählen, aber ich kann mir das Gelächter gut vorstellen, das diese arglose Bemerkung, endlos wiederholt, im Lehrerzimmer auslösen wird. Vielsagend kichern werden sie. Und seufzen. Typisch für unsere Zeit, werden sich die Lehrerinnen meines Sohnes denken. Kinder, die am Wochenende dabei zusehen, wie ein Elternteil unter die Haube kommt. Was für eine Welt!

Mein Vater hätte sich dasselbe gedacht, nur daß der alte Herr beim besten Willen nichts Lustiges daran entdeckt hätte. Nicht einmal in seinen letzten Lebensjahren, als er sich endlich damit abgefunden hatte, daß moderne Männer und Frauen mit ihrem

Leben und mit dem ihrer Kinder alles mögliche anstellen, hätte mein Vater es gutgeheißen, daß sein Enkel den Samstag nachmittag ausgerechnet auf meiner Hochzeit verbringt. Ein bißchen Rumbolzen im Park, das war für so einen kleinen Kerl doch spannend genug.

Aber meiner Meinung nach liegen sie alle daneben – die Lehrerinnen, mein Vater und jeder, der glaubt, das erste Mal zähle so viel mehr als die Male danach.

Ich verspreche dir die Treue …

Es kann doch nicht so schlimm sein, wenn man jemandem die Treue verspricht. Es kann doch nicht so falsch sein, wenn man versucht, es diesmal richtig zu machen. Es sei denn, man heißt Elizabeth Taylor.

Je mehr Jahre ins Land gehen, je mehr mir mein Vater aus dem Spiegel entgegenblickt, desto häufiger ertappe ich mich dabei, daß ich seine Ansichten über die lausige moderne Welt teile.

Aber in dem Punkt hast du dich getäuscht, Dad.

Wir alle verdienen eine zweite Chance, um die Liebe zu finden, nach der wir uns sehnen. Wir alle haben ein Recht auf einen neuen Anlauf zu unserem Happy-End, auf einen letzten Versuch, unser Leben in die Welt aus den heißgeliebten alten Songtexten zu verwandeln.

Du weißt schon, Dad.

Die guten alten Songs.

Es ist eine kleine Hochzeit, eine winzige sogar. Bloß ein paar enge Freunde und die Überbleibsel aus unseren beiden Familien: unsere Mütter, unsere Kinder, Cyds Schwestern, die Brüder meines Vaters, die Brüder meiner Mutter, und wir beide.

Ich – und das schönste Mädchen der Welt.

Ich muß sie unentwegt ansehen.

Kann die Augen nicht von diesem zauberhaften Gesicht wenden.

Kann es nicht fassen, wie schön sie heute ist, während sie mich im Taxi zu diesem Standesamt in der Rosebery Avenue anlächelt, auf dem wir getraut werden sollen.

Mir ist, als sähe ich Cyd zum ersten Mal. Geht das jedem

Bräutigam so? Selbst Männern mit häßlichen Bräuten? Hält jeder Mann seine Braut für das schönste Mädchen der Welt? Wahrscheinlich.

Ich wünsche ihr aus tiefstem Herzen das Allerbeste. Ich will, daß dieser Tag vollkommen wird, und es zerreißt mich, weil ich weiß, daß er das nicht sein kann.

Da ist kein Vater an ihrer Seite, und kein Vater, der sie in der neuen Familie willkommen heißt.

Unsere beiden Dads waren Arbeiter der alten Garde, stark, liebevoll und unsentimental, doch diese hartgesottenen Männer aus dieser so hartgesottenen Generation hatten Herzen und Lungen, die sich als erstaunlich anfällig erwiesen.

Unsere beiden Väter sind viel zu früh gestorben, und heute werden wir sie ganz besonders vermissen, heute noch mehr als sonst.

Es gibt auch noch andere Gründe, warum diesen strahlenden Tag ein paar Wolken trüben werden.

Für uns werden keine Kirchenglocken läuten, keine frommen Lieder gesungen werden, kein salbungsvoller Pfarrer wird uns zu Mann und Frau erklären und irgendwann endlich die Erlaubnis zum Küssen geben. Uns wollte keine Kirche. Zu viele Kilometer auf dem Zähler. Zu viel gelebt.

Ich dachte eigentlich, auch das würde ich bedauern. Den Mangel an Weihe, diesen Dämpfer für die Feierlichkeiten.

Aber als sie jetzt meine Hand nimmt, spielt das komischerweise keine Rolle mehr, denn etwas Heiliges entsteht in diesem kleinen, profanen Zimmer, zwischen all den Frauen mit Hüten, den Männern in Anzügen und den Kindern im Sonntagsstaat, wie meine Mutter das nennen würde.

Alle strahlen, alle freuen sich mit uns, überall weiße Lilien, und die Luft von ihrem Duft erfüllt.

Es gibt keinen heiligeren Ort als diesen.

Wenn auf jemandem Gottes Segen ruht, dann auf uns.

Eine kleine Hochzeit. Das wollten wir beide. Um offiziell zu machen, was uns schon ziemlich früh klar war: daß wir ein gemeinsames Leben aufbauen wollen.

Und um der Welt zu verkünden, daß das Beste erst noch kommt. Was könnte hoffnungsvoller sein? Was richtiger? Was heiliger?

Ehrlich gesagt bin ich heilfroh, daß wir die traditionelle Hochzeit umgehen.

Vieles davon lasse ich nur zu gern aus: von den heißgeliebten Kirchensprüchen über den modrigen Friedhof gleich hinter dem Konfettiregen bis hin zur generationenübergreifenden Disco, in der vollgetankte Onkel zu »Wake Me Up Before You Go-Go« mit den Armen in der Luft herumfuchteln.

Auf all das legen wir keinen Wert.

Statt dessen eine einfache Zeremonie, in der zwei komplizierte Leben zusammengefügt werden.

Zwei Leben, die nicht erst beginnen, sondern eine Vorgeschichte haben. Und der glücklichste Teil dieser zwei Leben, dieser zwei Vorgeschichten, steckt in den zwei Kindern, die mit ihren Großmüttern in der ersten Reihe dieser kleinen, zusammengewürfelten Gemeinde stehen.

Ein ernstes kleines Mädchen, das ein langes gelbes Kleid trägt und sittsam einen weißen Blumenstrauß an die Brust preßt, ein Kind, das die weit auseinanderstehenden Augen, die dunklen Haare und das hübsche Gesicht seiner Mutter hat.

Und ein noch kleinerer Junge mit Fliege und Rüschenhemd (Was hat er bloß mit seinem Jackett gemacht? Als ich das letzte Mal hinsah, hatte er es noch an.), der der andächtigen Förmlichkeit des Mädchens nicht annähernd Konkurrenz machen kann und der deshalb schüchtern grinst und mit seinen nagelneuen Schuhen von einem Fuß auf den anderen tritt, als hätte er zum ersten Mal im Leben keine Turnschuhe an.

Peggy und Pat.

Ihre Tochter und mein Sohn.

Mein bildhübscher Junge.

Pat hält die Hand meiner Mutter. Als der Standesbeamte nach den Ringen fragt, fällt mir auf, wie sehr sich das Gesicht meines Jungen verändert hat.

Die weichen babyhaften Züge sind dabei, sich in schärfere, ausgeprägte Linien zu verwandeln. Die Zeit vergeht, sie rutscht mir durch die Finger. Einmal nicht hingeguckt, und schon ist aus dem hübschen Kind ein gutaussehender Bursche geworden. Er wird mit jedem Tag erwachsener.

Cyd strahlt mich an, als wären wir die letzten Liebenden des Planeten. Und mir geht durch den Kopf: ohne Wenn und Aber. Ich habe nicht den geringsten Vorbehalt gegen diese Frau. Sie ist die Richtige. In guten und in bösen Tagen, so lange ich lebe.

Mir wird so leicht ums Herz, als wäre ich neu geboren, als könnten die guten alten Zeiten nun endlich beginnen. Wir mögen einiges hinter uns haben, manches davon scheußlich und traurig und schmerzhaft, aber wir haben auch noch viel vor uns, worauf wir uns freuen können, vieles, was erst noch kommt.

Ich bin mir sicher mit dieser Frau. Mit ihr möchte ich den Rest meines Lebens verbringen. In Gesundheit und in Krankheit. Dir helfen und für dich sorgen. Allen anderen entsagen. *Soll mir recht sein. Ihr Gesicht will ich abends als letztes und morgens als erstes sehen. Ich will miterleben, wie sich dieses Gesicht im Lauf der Jahre verändert. Ich will jeden Leberfleck an ihrem Körper kennenlernen, jede Sommersprosse meinem Gedächtnis einprägen.* Ich will dich lieben, achten und ehren. Bis daß der Tod uns scheidet. *Ich bin dabei. Fein. Bestens. Wo muß ich unterschreiben?*

Da ist nur dieser klitzekleine Zweifel …

Ich verbanne ihn aus meinem Hirn, weigere mich, seine Existenz anzuerkennen. Aber er geht nicht weg. Es ist eine leise, heimliche Befürchtung, die im hintersten Winkel meines Herzens lauert; sie läßt sich nicht wegleugnen.

Weniger ein Wölkchen, das diesen strahlenden Tag trübt, als ein fernes, dumpfes Donnergrollen.

Ich stehe nämlich aus zwei Gründen in diesem Trauzimmer. Zum einen natürlich, weil ich sie liebe. Ich liebe meine Braut. Ich liebe meine Cyd. Aber auch – wie soll ich sagen? Weil ich meine Familie wieder aufbauen will.

Nicht nur die Sache mit dem Ehemann will ich beim zweiten Mal hinkriegen.

Sondern auch das mit dem Vater.

Für ihre Tochter. Für alle Kinder, die wir womöglich noch kriegen. Und für meinen Jungen. Ich will auch für ihn eine Familie, genauso wie für mich. Eine Familie für uns beide.

Wieder eine Familie.

Ich stehe hier wegen dieser unbeschreiblichen Frau. Aber auch wegen meines Sohnes.

Darf man das? Ist es verzeihlich, aus zweierlei Gründen hier zu stehen? Um zweier Menschen willen? Ist es zulässig, daß unsere Liebe nicht die ganze Geschichte ist?

Jetzt spricht jemand zu uns, und ich versuche, das ferne Donnergrollen zu ignorieren. Der Standesbeamte fragt die Braut, ob sie verspricht, mich zu lieben und zu ehren.

»Ja«, antwortet meine Frau.

Ich atme tief durch.

Und sage ebenfalls ja.

1

Mein Sohn hat einen neuen Vater.

Er nennt den Mann zwar nicht Dad, das würde er mir denn doch nicht antun, aber ich brauche mir nichts vorzumachen: Dieser Typ – ausgerechnet *Richard*, so ein dämlicher Name – ersetzt mich inzwischen in allen entscheidenden Belangen.

Richard ist da, wenn mein Sohn frühstückt (Coco Pops, oder? Siehst du, Pat, das mit den Coco Pops weiß ich noch genau). Richard ist da, wenn mein Sohn mucksmäuschenstill Krieg der Sterne spielt (mucksmäuschenstill deswegen, weil Richard mehr der Harry-Potter-Typ ist und ihm Laserschwerter, Todessterne und Jediritter wenig sagen).

Und Richard ist nachts da. Nachts teilt er sich das Bett mit der Mutter meines Sohnes.

Diese Kleinigkeit wollen wir doch nicht vergessen.

»Na, wie geht's dir?«

Jeden Sonntag stellte ich meinem Sohn dieselbe Frage, wenn wir uns bei McDonald's an den Tisch setzten, mit unseren Happy Meals zwischen uns und all den anderen Dads mit kleinen Jungs und Mädchen um uns herum, die genauso waren wie wir. Den Wochenendfamilien eben.

»Gut«, antwortete er.

Weiter nichts. Gut? Bloß gut? Komisch war das, oder eigentlich traurig, denn als er noch kleiner war, sprudelten die Fragen aus ihm heraus, daß man kaum ein Wort dazwischenbekam.

Woher weiß ich, wann ich aufwachen soll? Wo bin ich, wenn ich schlafe? Wie werde ich groß? Wieso hört der Himmel nicht auf? Aber du stirbst nicht, oder? *Wir* sterben doch bestimmt nicht, oder? Ist ein Todesstern eigentlich größer als der Mond?

Früher plapperte er einem die Ohren voll.

»Kommst du klar in der Schule? Verstehst du dich mit den anderen in deiner Klasse? Läuft alles, mein Schatz?«

Nach Richard habe ich ihn nie gefragt.

»Gut«, wiederholte er mit Pokerface, und mit diesem einen Wort zog er einen undurchdringlichen Schleier vor sein Leben. Dann packte er mit beiden Händen seinen Burger wie ein kleines Eichhörnchen mit einer Vorliebe für Junk food. Mir fiel auf, daß er Kleider trug, die ich noch nie gesehen hatte. Von welchem Familienausflug die wohl stammten? Und wieso kannte ich sie noch nicht? Lauter Fragen, die ich nicht über die Lippen brachte.

»Magst du deine Lehrerin?«

Er nickte und biß so kräftig in sein Happy Meal, daß er mit vollen Backen kauen mußte und jeder weitere Kommentar unmöglich wurde. Jedes Wochenende absolvierten wir dieses Ritual, damals schon seit zwei Jahren, seit er zu seiner Mutter gezogen war.

Ich fragte ihn nach der Schule, nach seinen Freunden und nach zu Hause.

Er gab mir die nötigen Fakten.

Er war unverkennbar das goldige Kind mit dem dunkelblonden Wuschelkopf, das vor Urzeiten ein Fahrrad namens Bluebell besaß. Derselbe Junge, der mit zwei so süß war, daß die Leute auf der Straße stehenblieben und ihn anstarrten, der mit drei darauf bestand, Luke Skywalker zu heißen, und der mit vier, als seine Mutter mich verließ und alles auseinanderfiel, versuchte, ganz tapfer zu sein.

Nach wie vor mein Pat.

Aber er öffnete mir nicht mehr sein Herz: wovor er Angst hatte, worüber er sich freute, wovon er träumte, was ihn stutzig machte an dieser Welt – wieso hört der Himmel eigentlich nicht auf? –, jedenfalls nicht mehr so wie früher, als er noch klein war.

Wenn Kinder in die Schule kommen, verändert sich so viel. Alles eigentlich. Man verliert sie, und man bekommt sie nie wieder richtig zurück. Aber es lag nicht nur an der Schule.

Zwischen uns herrschte ein Abstand, den ich nicht überbrücken konnte, so sehr ich mich auch bemühte. Wände standen zwischen uns, die Wände seines neuen Zuhauses, das so neu nicht mehr war. Ein paar Jahre noch, dann hatte er den größeren Teil seines Lebens nicht mit mir unter einem Dach gelebt.

»Wie schmeckt dein Happy Meal, Pat?«

Er verdrehte die Augen. »Hast du schon mal ein Happy Meal gegessen?«

»Ja, hier steht eins.«

»Na also. Genauso schmeckt es.«

Mein Sohn mit sieben. Manchmal ging ich ihm unüberhörbar auf die Nerven.

Wir hatten trotzdem Spaß miteinander. Wenn ich mit der lästigen Fragerei durch war, unternahmen wir irgendwas Schönes, genau wie früher. Pat war ein angenehmer Zeitgenosse – unkompliziert, fröhlich und immer zum Blödeln aufgelegt. Genau wie früher, nur mit dem Unterschied, daß unsere gemeinsame Zeit jetzt rationiert war. Diese gemeinsame Zeit hatte einen verzweifelten Beigeschmack, weil ich es nicht ertragen konnte, wenn er enttäuscht oder traurig war. Jedes klitzekleine Unglück in seiner Kinderseele, egal wie schnell es wieder verging, nagte an mir, wie ich das von früher, als wir noch zusammengelebt hatten, nicht kannte.

Diese Sonntage waren der Höhepunkt meiner Woche. Obwohl es im Job zur Zeit richtig gut lief, freute mich nichts so wie dieser Tag, dieser ganze herrliche Tag, den ich mit meinem Jungen verbringen durfte.

Wir unternahmen gar nichts Besonderes, das gleiche wie früher, vertrödelten zwischen Mahlzeiten und Fußball, Park und Kino, Spielhölle und Einkaufszentrum genüßlich die Zeit.

Aber es fühlte sich anders an als damals, als wir noch zusammenlebten, denn am Ende dieser stinknormalen, herrlichen Tage mußten wir uns verabschieden.

Die Uhr tickte immer mit.

Es gab eine Zeit in unserem Leben – diese paar Monate, die ich allein für ihn sorgte, während seine Mutter in Japan war, um den Anschluß an jenes Leben wiederzufinden, das sie für mich aufgegeben hatte –, da dachte ich, Pat und ich seien etwas ganz Besonderes.

Ich stand am Tor seiner Grundschule, ein bißchen abseits von all den Müttern, die auf ihre Kinder warteten, und hatte das Gefühl, wir seien einzigartig auf dieser Welt. Dieses Gefühl wollte sich jetzt nicht mehr einstellen. Die Welt wimmelte von Menschen wie uns. Sogar bei McDonald's.

Sonntags war der Burger-Laden immer randvoll mit Eintagsvätern, die mit ihren Kindern, diesen argwöhnischen jungen Menschen verschiedenster Größe, von hinreißenden kleinen Bengeln bis zu gepiercten, ruppigen Teenagern, steifen Small talk machten. Voll mit all diesen Vätern, die sich redlich Mühe gaben, die von ihrem Kind oder ihren Kindern zur Armbanduhr sahen und versuchten, verlorene Zeit wiedergutzumachen, es aber doch nie ganz schafften.

Wir mieden den Blickkontakt, all die anderen Eintagsväter und ich. Aber es gab so etwas wie zaghafte Brüderlichkeit zwischen uns. Bei unschönen Szenen, bei Tränen oder hörbarem Streit, wenn der Egg McMuffin plötzlich hingepfeffert oder halb hysterisch verlangt wurde, daß postwendend Mummy auf dem Handy angerufen werde, dann fühlten wir miteinander, die anderen Eintagsväter und ich.

Während Pat und ich uns anschwiegen, fiel mir auf, daß am Nebentisch ein Vater saß, der von seiner Tochter traktiert wurde, einer Zehnjährigen mit Kulleraugen und einer Schleife wie bei Alice im Wunderland.

»*Je suis végétarienne*«, sagte das Mädchen und schob den unangetasteten Big Mac weg.

Dem Vater klappte der Mund auf.

»Wieso bist du Vegetarierin, Louise? Letzte Woche warst du doch noch keine. Da hast du ein Hot dog gegessen, bevor wir in *König der Löwen* sind, weißt du noch?«

»*Je ne mange pas de viande*«, beharrte das Mädchen. »*Je ne mange pas de bœuf.*«

»Ich faß es nicht«, sagte ihr Vater. »Wieso hast du mir nicht erzählt, daß du jetzt Vegetarierin bist? Du oder deine Mutter?«

Armes Schwein, dachte ich, und vor meinem inneren Auge blitzte das Liebesleben des Mannes auf.

Vermutlich eine Globalisierungsromanze, die Frau aus der Pariser Niederlassung, die Wolken von Charme und Chanel hinter sich herzog und einen Akzent hatte, bei dem jeder erwachsene Mann schwach werden mußte. Dann eine stürmische Zeit des Umwerbens, Sightseeing in zwei Weltstädten, Mondschein und Fleurop, eine frühe, vermutlich ungeplante Schwangerschaft, und kaum ist der Sex lau geworden, kauft sich die Frau ein One-way-Ticket zurück in ihr Heimatland.

»*Je suis allergique aux Happy Meals*«, sagte das Mädchen.

Pat hatte mit Kauen aufgehört und starrte mit offenem Mund. Das Mädchen am Nebentisch beeindruckte ihn sichtlich. Alles, was größere Kinder sagten oder taten, machte ihm Eindruck, aber hier kam noch etwas dazu: Wahrscheinlich bekam er zum ersten Mal mit, daß ein älteres Kind live, nicht im Kino oder im Fernsehen, eine fremde Sprache sprach.

»Japanisch?« flüsterte er mir zu. Er hielt alle Fremdsprachen für Japanisch, was seine Mutter fließend konnte.

»Französisch«, flüsterte ich zurück.

Er lächelte dem Mädchen mit der Alice-Schleife zu. Sie starrte durch ihn hindurch.

»Und wieso redet sie überhaupt Französisch?« fragte er mich. Das hatte ihn aus seinem Tran gerissen, und es war wie in alten Zeiten: Er legte mir eines der kleinen Rätsel dieses Lebens vor die Füße. Dankbar stürzte ich mich darauf.

»Weil sie Französin ist«, sagte ich leise. Und dann mit einem Blick auf den armen Tropf, der ihr Vater war: »Halbfranzösin.«

Pat riß die Augen auf. »Das ist aber weit weg. Französien ist ganz weit weg.«

»Frankreich meinst du. Frankreich ist nicht so weit weg, wie du denkst, mein Schatz.«

»Doch, ist es wohl. Frankreich ist mindestens so weit weg, vielleicht sogar noch weiter.«

»Ach was. Nach Frankreich, also nach Paris, sind es mit dem Zug von London aus bloß drei Stunden.«

»Mit was für einem Zug?«

»Mit einem besonderen Zug. Einem ganz schnellen Zug, der von London nach Paris fährt. Der Eurostar. Der braucht für die ganze Strecke nur drei Stunden. Er fährt durch einen Tunnel unter dem Meer durch.«

Mein Sohn schnitt eine ungläubige Grimasse. »*Unter* dem Meer?«

»Genau.«

»Das glaub ich dir nicht. Bernie Cooper war im Sommer in Französien.« Bernie Cooper, dessen Vor- und Nachname man immer vollständig aussprach, war Pats bester Freund. Der erste beste Freund seines Lebens. Der beste Freund, an den er sich immer erinnern wird. Pat zitierte Bernie grundsätzlich mit der Inbrunst eines Rotgardisten, der auf der Höhe der Kulturrevolution die Gedanken des Großen Vorsitzenden Mao vorträgt. »Bernie Cooper war beim Baden in Französien. *Frankreich* meine ich. Sie sind mit dem Jumbojet hin. Also kann man nicht mit dem Zug nach Frankreich. Hat Bernie Cooper gesagt.«

»Bernie war mit seinen Eltern wahrscheinlich in Südfrankreich an der Küste. Paris ist viel näher. Von London aus kommt man in drei Stunden hin – ehrlich, mein Schatz. Wir machen das mal. Wir beide, du und ich. Paris ist eine tolle Stadt.«

»Wann fahren wir?«

»Wenn du groß bist.«

Er schaute mich schlitzohrig an. »Aber ich bin doch schon groß.«

Stimmt, dachte ich mir, du bist schon groß. Das Baby, das ich damals im Arm hatte, gibt es nicht mehr, und das werde ich nie wiederbekommen.

Ich warf einen Blick auf die Uhr. Es war noch früh. Man bekam immer noch McCroissants.

»Komm«, sagte ich. »Ich helfe dir mit deiner Jacke. Wir fahren. Vergiß deinen Fußball und die Handschuhe nicht.«

Er schaute aus dem Fenster auf die regengepeitschten Nord-Londoner Straßen.

»Fahren wir in den Park?«

»Wir fahren nach Paris.«

Wir konnten es schaffen. Ich hatte mir das genau ausgerechnet. Glaubt mir keiner, daß ich einfach so mit meinem Sohn nach Paris düsen würde, oder? Doch, wir konnten es schaffen. Nicht locker, aber knapp. Drei Stunden nach Paris im Eurostar, am Nachmittag gemütlich ein paar Sehenswürdigkeiten abklappern und dann, schwupp, rechtzeitig zur Schlafenszeit wieder zu Hause. Und zwar zu Pats Schlafenszeit, nicht meiner.

Kein Mensch würde wissen, daß wir in Paris sind – jedenfalls nicht seine Mutter –, bis wir wieder sicher zurück in London waren. Wir brauchten bloß noch unsere Pässe.

Das Glück war uns hold. Bei mir zu Hause waren Cyd und Peggy ausgeflogen. Bei Pat zu Hause war bloß Uli, das verträumte deutsche Au-Pair-Mädchen. Ich mußte also weder meiner Frau erklären, warum ich zum Rumbolzen auf dem Primrose Hill meinen Paß brauchte, noch meiner Exfrau, warum ich Pats Paß brauchte, um im Funland Sega Rally zu spielen.

Wir spurteten zur Waterloo-Station, und bald darauf fuhr der Eurostar aus dem Bahnhof, mit Pat, die Nase ans Fenster gepreßt, daß die Scheibe beschlug.

Er grinste mich schlau an.

»Das ist ein Abenteuer, oder? Wir machen ein Abenteuer, stimmt's?«

»Ein großes Abenteuer.«

»Saugut«, sagte mein Sohn strahlend.

Ein kleines Wort, das ich nie vergessen werde. Allein für dieses Wort hatte sich der ganze Aufwand gelohnt. Was immer danach passieren sollte, es war den Aufwand wert. Ein Tagesausflug nach Paris. Nur wir zwei.

Saugut.

Mein Sohn lebte in einer dieser neuen Familien – wie heißen die noch mal?

Patchworkfamilien.

Als ob man Menschen zusammenwürfeln könnte wie Stoffstücke. Patchworkfamilie: Klingt nach Bettdecke. Aber deshalb ist es nicht unbedingt kuschelig.

Die drei wohnten höchstens eine Meile von uns weg, und doch wußte ich von ihrem Zusammenleben so gut wie nichts.

Was zwischen Gina und unserem Sohn ablief, konnte ich mir ja einigermaßen vorstellen: Ich sah noch vor mir, wie sie ihm die Haare wusch, wie sie ihm aus *Wo die wilden Kerle wohnen* vorlas, wie sie ihm eine Schüssel grüne Nudeln hinstellte und wie sie ihn so stürmisch drückte, daß man nicht mehr wußte, wo sie aufhörte und er anfing.

Aber ich hatte wenig Ahnung davon, was zwischen Pat und Richard ablief, diesem Mann Mitte Dreißig, den ich überhaupt nicht kannte, und diesem siebenjährigen Kind, dessen Haut, Stimme und Gesicht mir vertrauter waren als meine eigenen.

Gab Richard meinem Sohn einen Gutenachtkuß? Ich habe nie nachgefragt. Ich wußte einfach nicht, was mir mehr weh tun würde: die Wärme, Nähe und Fürsorglichkeit, die ein Gutenachtkuß bedeutet hätte, oder die kühle Distanz, die Gutenachtsagen ohne Kuß ausgedrückt hätte.

Richard war kein schlechter Typ, das sah selbst ich. Meine Frau hätte ihn nie geheiratet, wenn er nicht kinderlieb wäre. Sogar in meinen schwächsten Momenten war mir immer klar, daß es bösere Stiefväter als Richard gibt. Wobei natürlich heute kein Mensch mehr Stiefvater sagt. Wegen dem Beigeschmack.

Pat und ich hatten beide gelernt, Richard als *Partner* zu bezeichnen, als steckte er mit der Mutter meines Sohnes zusammen in einem spannenden Geschäftsprojekt oder in einer Partie Bridge.

Wahnsinnig machte mich an Richard allerdings – und deshalb wurde ich am Telefon mit meiner Exfrau sogar manchmal laut, was ich mir wirklich lieber gespart hätte –, daß er einfach nicht einsehen wollte, wie einmalig mein Sohn war: einmalig unter Hundert, unter Tausend, unter Millionen.

Richard fand Pat verbesserungsbedürftig. Und mein Sohn hatte keine Verbesserungen nötig. Er war sowieso einzigartig.

Wäre es nach Richard gegangen, sollte mein Sohn auf Harry Potter, Holzspielzeug und Tofu stehen – oder waren es Linsen? Aber mein Sohn stand nun mal auf Krieg der Sterne, Plastik-Laserschwerter und Pizza. Sinnloser Gewalt und Kohlehydraten mit extra viel Käse hielt mein Sohn eisern die Treue.

Zunächst hatte Richard bereitwillig mitgespielt, damals, als er noch Einlaß in Ginas Slip begehrte. Bevor er dort sein Dauer-Visum erhielt, indem er meine Exfrau, die Mutter meines Sohnes, heiratete, mimte er mit Begeisterung den Han Solo für meinen Sohn als Luke Skywalker. Mit Begeisterung. Jedenfalls tat er so.

Und offen gestanden würde sich mein Sohn für Saddam Hussein erwärmen, wenn der ein paar Minuten lang für ihn den Han Solo spielen würde.

Jetzt gab sich Richard dagegen keine Mühe mehr, allenfalls in anderer Weise. Er wollte nicht mehr der Freund meines Sohnes sein, sondern mehr ein Vater. Er wollte meinen Sohn ändern.

Als ob jemanden zu ändern ein Ersatz dafür wäre, ihn zu lieben.

Da gibt man sich all diese Ehegelübde, und eines Tages geht man zum Anwalt, um zu beweisen, daß sie nichts mehr bedeuten. Gina gehörte inzwischen meiner Vergangenheit an. Aber von seinen Kindern kann man sich nicht scheiden lassen, und von den Versprechen an sie kommt man nie mehr los.

Darum ging es bei der Sache mit Paris.

Ich wollte meine stummen Versprechen halten. Ich wollte für meinen Sohn weiterhin wichtig sein, jetzt und bis in alle Ewigkeit. Ich wollte ihn – oder vielleicht auch mich – davon überzeugen, daß sich nichts Grundsätzliches zwischen uns verändert habe. Ich habe meinen Jungen nämlich vermißt.

Wenn er nicht da war, spürte ich am deutlichsten, wie sehr ich ihn liebte. Ich liebte ihn so, daß es körperlich weh tat, fürchtete, ihm könnte ein namenloses Leid geschehen, und hatte Angst, daß er mich vergaß und ich samt meiner Liebe und Sehnsucht irgendwann an den Rand seines Lebens rutschte.

Panisch stellte ich mir vor, wie ich eines Tages zu meinem wöchentlichen Besuch aufkreuzte, und er wüßte plötzlich nicht mehr genau, wo er mich hinstecken sollte. Ist das lächerlich? Vielleicht. Aber wir waren unter der Woche die meiste Zeit getrennt, die meisten Wochenenden auch, trotz unserer von Amts wegen gewährten Stelldicheins. Ich war nie da, um ihn ins Bett zu bringen, ihm eine Geschichte vorzulesen, ihm die Tränen abzuwischen, wenn er weinte, ihn zu beruhigen, wenn er Angst hatte – einfach der Mann zu sein, der abends nach Hause kommt. So wie mein Vater für mich dagewesen war.

Kann man in solchen Zeiten ein richtiger Dad sein? Kann man seinem Kind ein richtiger Vater sein, wenn man nie da ist?

Schon jetzt, nur zwei Jahre, nachdem er zu seiner Mutter gezogen ist, entfernte ich mich in schwindelerregendem Tempo von ihm. Ich war kein richtiger Dad mehr. Ein Wochenend-Dad, wenn es hochkam. Genauso ein Pseudo-Dad wie Richard. Und so ein Vater wollte ich nicht sein. Ich wollte, daß mein Sohn zu meinem Leben gehört.

Zu meinem neuen Leben.

Cyd und ich waren gerade ein gutes Jahr verheiratet.

Es war ein herrliches Jahr gewesen, das allerschönste bisher. Sie war meine beste Freundin geworden und trotzdem immer noch meine Geliebte. Wir waren in dem Stadium, in dem man sowohl die Vertrautheit als auch das Knistern spürt, wo alles immer besser wird und sich noch nichts abgenutzt hat. Diese glückselige Zeit, wo man abwechselnd sein Nest baut und sich die Seele aus dem Leib vögelt. Der Trip zu Ikea, gefolgt von wildem, athletischem Sex. Das ist nicht zu schlagen.

Cyd war der netteste Mensch, den ich kannte, und ich war völlig verrückt nach ihr. Ich ging nur deswegen ins Fitneß-Studio, damit sie mich attraktiv fand. Meine Sit-ups galten ihr. Und so sollte das eigentlich auch bleiben, aber wenn man sich einmal die Finger verbrannt hat, ist man sich nie mehr ganz sicher. Wenn man einmal durch die Scheidungsmühle gedreht wurde, kommt einem immer und ewig ziemlich lange vor. Und vielleicht ist das ja gut so. Vielleicht hält einen das davon ab, seine große Liebe zu behandeln wie ein windiges Einbauregal.

Mit meinem Sohn war das etwas anderes. Mit Cyd wollte ich zwar zusammenbleiben, bis wir beide alt und grau waren, aber man wußte ja nie. Beziehungen kamen und gingen, aber Vater zu sein dauerte ein Leben lang. Wie hieß es noch mal?

Bis daß der Tod uns scheidet.

Wir hatten für Paris alle möglichen Pläne.

Pat wollte auf den Eiffelturm, aber dort mußte man so lange anstehen, daß wir beschlossen, das für ein andermal aufzuheben. Ich erwog kurz, mit ihm in den Louvre zu gehen, fand aber dann, er sei noch zu klein und das Museum zu groß.

Also schipperten wir mit einem Bateau-Mouche die Seine entlang und aßen dann in einem kleinen Café im Marais ein paar Croque-Monsieurs.

»Französischer Käsetoast«, sagte Pat und biß zu. »Schmeckt wirklich klasse.«

Danach gingen wir in den Jardin du Luxembourg und kickten seinen Plastikfußball unter den Kastanien hin und her, während junge Liebespaare auf Parkbänken herumschmusten, Schoßhündchen mit hocherhobener Nase vorbeistolzierten und rings um uns alles paffte, als hätten wir noch die fünfziger Jahre.

Abgesehen von der Bootsfahrt auf der Seine und dem saftigen Käsetoast war es nicht so viel anders als an unseren sonstigen Sonntagen. Aber es kam uns als was Besonderes vor, und wir waren so beschwingt wie kaum je in London. Es war so ein Tag, den man am liebsten in eine Flasche gefüllt hätte, damit man ihn sein Leben lang behält und keiner ihn einem mehr wegnehmen kann.

Alles ging gut, bis wir zum Gare du Nord zurückkamen. Schon auf dem Weg zu den Abfahrtsgleisen in der oberen Etage des Bahnhofs spürte man, daß irgendwas nicht stimmte. Überall standen Menschen, junge Leute mit Rucksack, Geschäftsreisende, Touristengruppen – alle gestrandet, weil irgendwas auf den Gleisen lag. Ob Herbstlaub oder Flüchtlinge, wußte keiner.

Jedenfalls kamen keine Züge an und fuhren keine ab.

Wir saßen also in der Tinte.

Ich war froh, daß mein eigener Vater dieses ganze Theater nicht mehr miterlebte. Der Schreck hätte ihm sicher den Rest gegeben.

Aber insgeheim hielt ich mir zugute, daß mein Vater nie stundenlang für mich Zeit gehabt hatte. Mein Vater ist nie mal eben mit mir nach Paris gefahren.

Ich bin zwar mit meinem Vater unter einem Dach aufgewachsen, aber er hat sechs Tage in der Woche gearbeitet, meistens mit Überstunden, und dann kam er abgekämpft nach Hause, setzte sich mit dem fertig gekochten Abendessen vor den Fernseher und vertiefte sich in die neuesten Tanzschritte aus *Pan's People*.

Mein alter Herr war durch die Notwendigkeit, zu arbeiten und Geld zu verdienen, von mir getrennt, ich von Pat durch einen Richterspruch und das Sorgerecht. War das wirklich so anders? Doch, war es.

Auch wenn ich meinen Vater selten sah – und vielleicht mache ich mir da etwas vor, aber ich meine noch heute, mich an jedes einzelne Mal Bolzen im Park mit ihm zu erinnern, an jedes Fußballspiel, zu dem wir zusammen gegangen sind, an jeden Kinoausflug –, hatte er doch nie Angst, jemand würde mich ihm wegnehmen, oder ich würde einen anderen Mann plötzlich *Dad* nennen.

Er mußte in seinem Leben viel durchmachen, von einer bettelarmen Kindheit über den Weltkrieg bis zu unheilbarem Krebs. Aber das blieb ihm erspart.

Warte, bis dein Vater nach Hause kommt, hörte ich immer wieder von meiner Mutter.

Und daran hielt ich mich. Meine ganze Kindheit lang habe ich darauf gewartet, daß mein Vater nach Hause kommt. Gut möglich, daß Pat auch gewartet hat. Aber insgeheim wußte er, daß sein Vater nie wieder nach Hause kommt. Die Zeiten waren vorbei.

Für meinen alten Herrn war das Schlimmste, was man in diesem Leben tun konnte, seinem Kind ein schlechter Vater oder eine schlechte Mutter zu sein. Aber da gibt es etwas fast ebenso Schlimmes, Dad.

Man kann seinem Kind ein Fremder sein.

Natürlich wollte ich, daß mein Sohn glücklich ist. Ich wollte, daß er bei seiner Mutter brav ist und sich mit ihrem neuen Mann versteht, daß er in der Schule mitkommt und daß er begreift, was für ein Glück er hat, daß Bernie Cooper sein bester Freund ist.

Aber ich wollte auch, daß mein Sohn mich so liebt wie früher.

Diese Kleinigkeit wollen wir doch nicht vergessen.

2

Als das Taxi schließlich in Pats Straße bog, schlief er tief und fest.

Ich sah meinen Sohn damals selten schlafen und war verblüfft, wie der Schlaf die Jahre einfach wegwischte. Wach schien sein niedliches Gesicht immer auf der Hut, überschattet von der zu Herzen gehenden Wachsamkeit eines Kindes, das sich einen Platz zwischen seinen geschiedenen Eltern suchen muß. Wach tastete er sich argwöhnisch über das Minenfeld zwischen einer Mutter und einem Vater, die es irgendwann in seinem kurzen Leben satt gehabt hatten, unter demselben Dach zu wohnen. Im Schlaf sah er dagegen wieder pausbäckig und wehrlos aus, die dürftigen Schutzschilder waren wie weggeblasen. So sorglos wie ein Engel.

Im ganzen Haus brannte Licht. Und alle standen draußen auf dem kurzen Gartenweg, der vom Sicherheitsscheinwerfer angestrahlt wurde, um uns in Empfang zu nehmen.

Das Gesicht meiner Exfrau Gina, in das ich mich einst verliebt hatte, war wutverzerrt.

Und Richard, ihr Clark-Kent-Verschnitt mit seinem fitneßgestählten Körper und der Brille, war jeder Zoll der aalglatte zweite Mann, der Trost und Hilfe bietet.

Sogar Uli, das Au-Pair-Mädchen, hielt Wache, die Arme über der Brust verschränkt wie ein junges Fischweib.

Nur der dickliche Polizist, der daneben stand, macht ein einigermaßen mitfühlendes Gesicht. Vielleicht war er selber Sonntags-Dad.

Noch während ich unseren Taxifahrer bezahlte, kam Gina auf uns zumarschiert. Ich stieß die Tür auf und hob meinen Sohn vorsichtig aus dem Wagen. Er wurde inzwischen von Woche zu Woche schwerer. Schon nahm Gina ihn mir ab und schaute mich an, als hätte sie mich noch nie gesehen.

»Du bist wohl völlig meschugge!«

»Der Zug ...«

»Bist du komplett übergeschnappt? Oder machst du so was, um mir weh zu tun?«

»Ich habe doch sofort angerufen, als klar wurde, daß wir es nicht bis zur Bettgehzeit schaffen.«

Das stimmte. Ich hatte Gina vom Gare du Nord aus auf einem geliehenen Handy angerufen. Sobald ihr dämmerte, daß wir im wildfremden Ausland festsaßen, hatte sie leicht hysterisch reagiert. Zum Glück mußte ich es kurz machen.

»Paris! So ein Schwachsinn! Ohne mich zu fragen. Ohne auch nur eine Sekunde nachzudenken.«

»Es tut mir leid, Gina. Ehrlich.«

»›Tut mir leid, Gina‹«, äffte sie mich nach. »›Tut mir schrecklich leid.‹«

Ich hätte wetten können, daß sie mich nachäfft. Wenn man mit jemandem verheiratet war, weiß man genau, wie er streitet. Das ist wie bei Boxern, die schon einmal gegeneinander angetreten sind: Ali und Frazier, Duran und Sugar, Gina und ich. Man kennt sich einfach zu gut.

Als unsere Ehe zu bröckeln begann, hat sie das auch immer gemacht, hat wiederholt, was ich gesagt hatte, es gegen's Licht gehalten, Schwachstellen entdeckt und es mir dann wieder entgegengeschleudert, zusammen mit jeglichen Haushaltsgeräten, die zufällig herumlagen. Sämtliche Ausreden und Alibis wirkten dann hoffnungslos fadenscheinig. Ich fand immer, das sei unter der Gürtellinie.

So oft haben wir uns gar nicht gestritten. So eine Ehe war das nicht, höchstens ganz zum Schluß. Auch wenn man das heute nicht mehr glauben würde.

»Uns war schlecht vor Angst. Du solltest mit ihm in den Park gehen und ihn nicht durch halb Europa schleifen!«

Halb Europa? Das war ein bißchen dick aufgetragen. Hoffnungslose Übertreibungen gehörten ebenfalls zu Ginas Streitstil. Unwillkürlich mußte ich daran denken, daß hier eine Frau stand, die als Teenager allein nach Japan gereist war, um dort ein Jahr lang zu leben. Das nenne ich durch die halbe Weltgeschichte gondeln. Noch dazu war sie begeistert. Und wäre wieder hin.

Wenn sie mich nicht getroffen hätte.

Wenn sie nicht schwanger geworden wäre.

Wenn sie Japan nicht für ihre Jungs aufgegeben hätte.

Für Pat und mich. Wir waren ihre Jungs. Wir beide. Das ist allerdings eine Weile her.

»Es war doch bloß Paris, Gina«, sagte ich, obwohl ich wußte, daß sie das noch wütender machen würde, aber ich konnte es mir nicht verkneifen. Wir kannten uns viel zu gut, um zivilisiert zu streiten. »Das ist doch nur die Straße lang. Paris liegt praktisch um die Ecke.«

»Bloß Paris? Er ist sieben Jahre alt! Er muß morgen in die Schule. Und du sagst, es war doch bloß Paris? Wir haben die Polizei verständigt, und ich habe sämtliche Krankenhäuser durchtelefoniert.«

»Ich habe dich doch angerufen.«

»Ja, irgendwann. Als dir nichts anderes übrigblieb. Als du gemerkt hast, daß du nicht ungeschoren davonkommst.« Sie hievte Pat in eine bequemere Stellung. »Was hast du dir dabei gedacht, Harry? Was geht in deinem Kopf bloß vor? Falls überhaupt was vorgeht.«

Wie sollte sie verstehen, was in meinem Kopf vorging? Sie hatte Pat ja jeden Tag. Ich einen lumpigen Tag in der Woche.

Mittlerweile trug sie Pat ins Haus. Ich trottete hinterher, unter Meidung jeglichen Blickkontakts zu ihrem Mann, dem Au-Pair-Mädchen und dem Polizisten. Was hatte dieser Polizist eigentlich hier verloren? Das wirkte ja fast, als hätte jemand Anzeige wegen möglicher Kindesentführung erstattet. Dazu mußte man schon beknackt sein.

»Gina, es tut mir wirklich leid, daß du dir solche Sorgen gemacht hast.« Und das stimmte. Es tat mir entsetzlich leid, daß sie Polizei und Krankenhäuser durchtelefoniert und mit dem Schlimmsten gerechnet hatte. Ich konnte mir vorstellen, wie man sich da fühlte. »Es soll nicht wieder vorkommen. Nächsten Sonntag gehe ich mit ihm ...«

»Das mit nächstem Sonntag muß ich mir noch überlegen.«

Entgeistert blieb ich stehen.

»Was soll das heißen? Ich darf ihn doch nächsten Sonntag wieder abholen, oder nicht?«

Sie gab keine Antwort. Sie war fertig mit mir. Fix und fertig.

Gefolgt von ihrem Mann und der Haushaltshilfe, trug Gina unseren Sohn über ihre Türschwelle, in dieses Reich, zu dem ich keinen Zutritt hatte.

Pat gähnte, streckte sich, wachte beinahe auf. In einem Tonfall, der so liebevoll klang, daß es mir durch und durch ging, sagte Gina zu ihm, er solle weiterschlafen. Dann stand Richard zwischen uns und warf mir einen Blick der Marke: »Wie konntest du nur?« zu. Kopfschüttelnd und mit einem abscheulichen kleinen Lächeln machte er mir die Tür vor der Nase zu.

Ich streckte die Hand nach der Klingel aus.

Das mit Sonntag mußte ich unbedingt noch regeln.

Aber da spürte ich die Hand des Polizisten auf meiner Schulter.

Früher war ich mal der Mann ihrer Träume.

Nicht nur der Mann, der am Sonntag auf ihr Kind aufpaßt, sondern der Mann ihrer Träume: damals, als Ginas Träume sich noch ausnahmslos um Familie drehten.

Gina wünschte sich sehnlich eine Familie, so sehnlich, wie sich das nur Menschen wünschen, die selber aus sogenannten zerrütteten Familien kommen.

Ginas Vater hatte sich aus dem Staub gemacht, bevor sie in die Schule kam. Er war Musiker, ein ziemlich guter Gitarrist, der es nie bis nach oben geschafft hat. Er entpuppte sich als Versager, im Musikgeschäft genauso wie in den kaputten Familien, von denen er einen ganzen Schwung hinter sich herschleppte. Glenn – er hieß für alle Glenn und bei niemandem Dad, schon gar nicht bei seinen Kindern – vermachte die besten Jahre seines Lebens der Rockmusik. Den Frauen und Kindern, die er verließ, vermachte er dagegen nichts als Kummer und sporadische Unterhaltszahlungen.

Gina und ihre Mutter, die eine mittelmäßig erfolgreiche Model-Karriere für ihren spektakulär erfolglosen Mann aufgegeben hatte, waren nur die ersten in einer langen Reihe. Er hinterließ noch mehr Scherben: Frauen, die in den Sechzigern und Siebzigern gefeierte Schönheiten gewesen waren, und Kinder, die mit einer Trennung fertig werden mußten, bevor sie Fahrrad fahren konnten.

Von ihrer Mutter hatte Gina das Aussehen geerbt, diese symmetrischen Gesichtszüge, die sie immer abtat, wie das nur wahrhaft schöne Menschen können. Glenns Hinterlassenschaft war ihr Bedürfnis nach einem stabilen Familienleben, nach einer Familie, die ihr kein Mensch mehr wegnehmen konnte.

Sie glaubte, ich könnte ihr das bieten, denn ich kam aus so einer Familie. Sie hielt mich für eine Art Experten für die traditionelle Konstellation aus Vater, Mutter, Kind, die in der Vorstadt wohnten, unberührt von allen Scheidungsstatistiken, unzerrüttbar kleinfamilienhaft. Bis ich Gina kennengelernt habe, fand ich meine Familie immer peinlich normal. Aber Gina gab uns das Gefühl, Exoten zu sein; das ging meiner Mutter und meinem Vater genauso wie mir. Diese fröhliche blonde Erscheinung kam in unsere Welt geschneit, den Gartenweg hoch und in unser Wohnzimmer gewirbelt, um uns zu erklären, wir seien außergewöhnlich. Wir! Ausgerechnet!

Unsere Freunde fanden uns alle zu jung zum Heiraten. Gina studierte Japanologie und überlegte, wie sie sich in Tokio oder Yokohama oder Osaka ihr Leben einrichten könnte. Ich war Radioproduzent und überlegte, wie ich zum Fernsehen wechseln könnte. Unsere Freunde fanden alle, es sei viel zu früh für Ehegelübde und Babys, Monogamie und Bausparvertrag – zehn Jahre zu früh.

Unsere Freunde – die Sprachstudenten, die glaubten, auf sie warte die Welt, und die etwas älteren Zyniker in meinem Sender, die glaubten, sie hätten schon alles erlebt –, unsere Freunde fanden, man müsse in Flugzeuge steigen, Affären anfangen, Drogen nehmen, Musik hören, Abenteuer erleben, Wohnungen im Ausland mieten, auf fremden Stränden bis zum Morgengrauen tanzen. Und sie hatten recht: All das wartete – auf sie. Aber wir gaben das füreinander auf. Dann kam unser Sohn. Und er war das Allerbeste daran.

Pat war ein braves Baby, das fast den ganzen Tag lachte und fast die ganze Nacht durchschlief, genauso hübsch wie seine Mutter, einfach zum Verlieben. Aber unser Leben – schon verheiratet, schon Elternverantwortung und die Dreißig noch nicht mal in Sichtweite – war alles andere als perfekt. Weit davon entfernt.

Es war nicht bloß ein Job. Gina hatte für ihre Jungs ein neues Leben in Japan aufgegeben, und manchmal, wenn das Geld knapp wurde, wenn ich so müde von der Arbeit kam, daß ich keine Lust zum Reden mehr hatte, wenn Pats Zähnchen sich schmerzhaft durch sein Zahnfleisch bohrten und er nicht mehr durchschlafen konnte, da hat sie sich sicher gefragt, was sie verpaßt hat. Aber eigentlich tat uns nichts leid. Jahrelang lief es gut. Jahrelang war es genau das, was wir gewollt hatten. Beide.

Eine Familie als Ersatz für die, in der ich aufgewachsen war.

Und eine Familie als Ersatz für die, die meine Frau nie erlebt hatte.

Dann habe ich eine Nacht mit einer Kollegin verbracht, mit einer dieser blassen irischen Schönheiten, die ein bißchen gescheiter und ein bißchen weicher wirkte als die meisten Frauen, mit denen ich zusammenarbeitete.

Und dann stand die Welt Kopf. Hoffnungslos Kopf.

Denn als Gina dahinterkam, mußten wir alle wieder von vorn anfangen.

Ich habe jeden Monat Geld geschickt.

Das Geld kam nie mit Verspätung. Ich wollte es ja schicken. Ich wollte mithelfen, meinen Sohn großzuziehen, und zwar so gut ich konnte. Das war nur recht und billig. Allerdings kamen mir manchmal Zweifel. Wurde das Geld vollständig für Pat ausgegeben? Ganz bestimmt? Jeder Penny? Woher sollte ich wissen, daß nichts davon an den Typen verschwendet wurde, mit dem meine Exfrau verheiratet war? An diesen bescheuerten Richard?

Ich wußte es nicht. Konnte es nicht wissen.

Und das war noch okay, aber für meinen Geschmack sollte das Geld mir doch gewisse menschliche Grundrechte einräumen. Zum Beispiel, meinen Sohn jederzeit anrufen zu dürfen, wenn ich mit ihm sprechen wollte. Das sollte doch kein Problem sein. Sondern normal. Ebendieses *normal* vermißte ich so. Ein paar Tage Normalität mit allem Drum und Dran: Das wäre eine willkommene Abwechslung.

Aber immer wenn ich das Telefon in die Hand nahm, konnte ich plötzlich die Nummer nicht wählen. Was, wenn Richard sich meldete? Komisch, daß ich ihn duzte, als wären wir befreundet. Was dann? Small talk? Small talk schien mir unpassend für unsere Situation. Also verschlug es mir die Sprache, ich legte wieder auf und ließ den Anruf bleiben. Ich hielt mich an die mit Gina im voraus abgesprochenen Zeiten, und mein einziges Kind und ich hätten genausogut auf verschiedenen Planeten leben können.

Trotzdem fand ich, daß die monatlichen Zahlungen – die meine jetzige Frau, besser gesagt, meine zweite Frau, besser gesagt, *meine Frau*, übrigens eine Idee zu großzügig bemessen fand, schließlich wollten wir in eine größere Wohnung in einem besseren Viertel ziehen – eine gewisse Bedeutung haben sollten.

Schließlich war ich kein dahergelaufener Nichtsnutz, der nichts mehr von den beiden wissen wollte, der sich nur noch für seine neue Familie interessierte, der am liebsten alles vergessen hätte, was vorher war. Ich war kein solches Arschloch. Ich war nicht wie Ginas Vater. Aber was will man machen?

Ich bin ja bloß sein Vater.

Meine Frau verstand mich.

Meine Frau. Das nämlich war sie für mich. Zweite Frau klang immer so fürchterlich, so nach Zweitwohnung, wohin man am Wochenende und während der Schulferien fährt. Oder nach Zweitwagen, als wäre sie ein rostiger alter VW-Käfer.

Zweite Frau klang nach Secondhand, nach zweiter Wahl, nach zweitbester Möglichkeit, und Cyd hatte etwas viel Besseres verdient. All diese Zweitwörter waren für sie nicht gut genug, beschrieben sie keineswegs. Und neue Frau: das klang auch nicht gut.

Zu sehr nach Trophäe, zu sehr nach soundso viele Jahre jünger als ich, zu sehr nach lüsternem alten Knacker, der mit seiner Sekretärin durchgebrannt ist.

Nein. Meine Frau. Das ist sie. Das ist meine Cyd.

Wie Cyd Charisse, die Tänzerin. Das Mädchen in *Singin' in the Rain*, die mit Gene Kelly tanzte und nie ein Wort sagte. Mußte sie auch nicht. Sie hatte diese Beine, dieses Gesicht, dieses Feuer. Gene Kelly sah Cyd Charisse an, da waren keine Worte nötig. Ich kannte das Gefühl.

Cyd verstand mich. Sie würde sogar das mit dem Nachmittag in Paris verstehen.

Cyd war meine Frau, Schluß, aus, basta. Und dieses Leben, in das ich jetzt zurückkehrte, war weder neu noch das Zweitbeste hinter irgend etwas anderem.

Sondern meine Ehe.

Bevor ich unser Schlafzimmer betrat, schaute ich nach Peggy.

Sie schlief tief und fest, hatte aber die Bettdecke weggestrampelt und hielt eine kleine Plastikpuppe an ihren Frotteeschlafanzug gepreßt. Peggy war ein blasses, hübsches Kind, das immer ernst wirkte, sogar wenn sie *selig schlummerte*, wie meine Mutter statt »tief schlafen« sagen würde.

Die Puppe in ihrer Kinderhand war ein seltsames Wesen, kakaobraune Haut, aber lange blonde Haare und knallblaue Augen. Lucy Doll. Marketing Slogan: *Lucy Doll, ich hab dich lieb.* Made in Japan, aber für den globalen Markt konzipiert. In solchen Sachen wurde ich allmählich zum Experten.

Lucy Doll hatte nichts angelsächsisch Kühl-Korrektes und nichts von einer Barbiepuppe an sich. Sie sah ein bißchen aus wie die Blonde von Destiny's Child, oder wie eine dieser neuen Sängerinnen, Anastacia oder Alicia Keys und noch ein paar, die ich nicht mit Namen kenne, deren ethnische Identität so verwischt ist, daß sie von überall auf der Welt herkommen könnten. Lucy Doll. Arme und Beine voll verbiegbar. Peggy liebte sie heiß und innig. Ich deckte die beiden mit einer offiziellen Lucy-Doll-Bettdecke zu.

Peggy war Cyds Kind aus erster Ehe mit einem attraktiven Blindgänger namens Jim. Ein gutaussehender Versager, der nur einmal in seinem Leben etwas richtig gemacht hat, als er nämlich mithalf, die kleine Peggy zu schaffen. Jim mit seiner Schwäche für kleine Asiatinnen und schwere Motorräder, die er ständig zu Schrott fuhr. Ab und zu kam er bei uns vorbei, um seine Tochter zu besuchen, ohne allerdings einen festen Plan zu haben wie Pat und ich. Peggys Dad tauchte eher auf, wenn ihm danach war.

Und seine Tochter liebte ihn heiß und innig.

Diesen Mistkerl.

Peggy hatte ich noch vor Cyd kennengelernt. Damals war Peggy einfach dieses kleine Mädchen, das sich um meinen Sohn kümmerte, in diesen schlimmen Monaten, als er noch ziemlich mitgenommen war von der Trennung seiner Eltern. Peggy kümmerte sich an den allerersten Schultagen um Pat und steckte so viel mit ihm zusammen, daß die beiden einem manchmal vorkamen wie Bruder und Schwester. Jetzt, wo das Leben der beiden immer mehr auseinanderdriftete, wo Pat Bernie Cooper hatte und Peggy eine beste Freundin, die ebenfalls in Lucy Doll vernarrt war, wurde dieses Band zwar schwächer, aber für mich blieb Peggy trotzdem mehr als eine Stieftochter. Mir kam es vor, als hätte ich sie von klein auf gekannt.

Ich ließ Peggy mit Lucy Doll im Arm allein und ging leise in unser Schlafzimmer. Cyd schlief in ihrer Betthälfte den Schlaf einer verheirateten Frau.

Als ich mich auszog, rührte sie sich, wachte halb auf und hörte sich verschlafen meine Geschichte über Pat und Paris und kaputte Züge an. Sie nahm meine Hand und nickte mir aufmunternd zu. Sie kapierte es sofort.

»Ihr Armen. Es wird alles wieder gut mit Pat und dir, bestimmt. Gina beruhigt sich schon wieder, und dann sieht sie bestimmt ein, daß du es nur gut gemeint hast. So, und wie war das Wetter in Paris?«

»Etwas bewölkt. Aber Gina meint, sie muß sich das mit nächstem Sonntag überlegen.«

»Laß ihr ein paar Tage Zeit. Sie hat ein Recht darauf, böse zu sein. Aber du hast ein Recht darauf, mit deinem Jungen nach Paris zu fahren. Komm jetzt, ins Bett mit dir.«

Mit einem Gefühl großer Dankbarkeit legte ich mich zwischen die Laken. Was Gina für einen unüberlegten, rücksichtslosen Akt der Verantwortungslosigkeit hielt, betrachtete Cyd als gute Idee, die dummerweise schiefgelaufen war. Ein Liebesbeweis, der den Zug nach Hause verpaßt hat. Cyd war natürlich voreingenommen, aber ich schickte trotzdem einen Dank nach oben, daß ich mit dieser Frau verheiratet war.

Es war eben weder der Ehering, der sie zu meiner Frau machte, noch die Urkunde, die wir an dem weihevollen Ort damals bekamen, es waren nicht einmal die Versprechen, die wir uns gegenseitig gegeben hatten. Sondern die Tatsache, daß sie auf meiner Seite war, daß sie mich liebte und unterstützte und nie damit aufhören würde.

Ich plapperte in der Dunkelheit weiter, spürte dabei die Wärme meiner Frau neben mir und versuchte, mich damit zu beruhigen, daß dieses Debakel wieder in Ordnung gebracht werden konnte.

Ich wolle Gina in der Früh anrufen, erklärte ich. Ich müsse das mit nächstem Sonntag klären, fragen, ob ich Pat zur gewohnten Zeit abholen sollte. Und ich müsse mich entschuldigen, daß sie sich solche Sorgen gemacht hatte. Ich hätte diesen ganzen Aufruhr nicht gewollt. Wir seien nur nach Paris gefahren, weil Pat nicht wie all die anderen Kinder mit Teilzeitvätern werden sollte. Wie die kleine Halbfranzösin, die Vegetarierin geworden sei, und wie die vielen, vielen anderen. Pat sollte das Gefühl bekommen, er habe einen richtigen Vater, der etwas Außergewöhnliches mit ihm unternehme, Abenteuer, an die er sich immer erinnern würde. So wie mein Vater das mit mir gemacht habe.

Meine Frau küßte mich, um mich aufzuheitern, und sicher auch, um mir den Mund zu stopfen, und dann küßte sie mich weiter.

Bald wurde daraus eine andere Art Küssen. Es wurde die Art Küssen, die nichts zu tun hat mit Beruhigen und Schmusen und Trösten. Die Art Küssen, mit der alles anfing. Das sprach schon mal für unsere Ehe: Der Kußqualität hatte sie nicht geschadet.

Und dann erwartete sie mich, ihr schwarzes Haar fächerartig übers Kissen gebreitet, auf ihrem Gesicht nur der Schein einer Straßenlaterne, der durch die Rolladenritzen drang. Die Frau, nach der ich immer noch verrückt war. Meine Frau.

Ich kam zu ihr, ohne nach der kleinen Holzschachtel in der Nachttischschublade zu greifen, in der unsere Familienplanung lag.

Dann hörte ich sie in der Dunkelheit seufzen.

»Muß ich das immer wieder sagen, Harry? Bitte, mein Schatz. Du hast doch schon ein Kind. Ich dachte, wir hätten uns da geeinigt.«

Ich hatte in der letzten Zeit viel über »Babyhunger« gelesen, davon war regelmäßig im Vermischten unserer Sonntagszeitung die Rede. Frauen, die geradezu wild darauf waren, schwanger zu werden. Das war angeblich der neueste Trend. Aber meine Frau hatte nicht den geringsten Babyhunger, im Gegenteil. Sie tat, als sei sie pappsatt.

Natürlich hatten wir besprochen, ob wir zusammen ein Kind haben wollen. Ich wollte jetzt gleich, weil uns das zur Familie machen würde. Cyd wollte irgendwann, weil sie vorher noch anderes erledigen wollte. Arbeit, Geschäftliches. Wir hatte beide eine Vision von einem glücklichen Leben. Aber bei aller Liebe für den süßen Hintern meiner Frau, es war nicht die gleiche Vision, da durfte ich mir nichts vormachen.

Also griff ich nach der Schachtel mit den Kondomen und fragte mich, wen sie mit dem Kind wohl gemeint hatte. Pat? Oder Peggy? Oder das Kind, mit dem ich jeweils zusammen war?

Das war das Dumme an einem wie mir. Es wurde kompliziert. Lebensfragmente, die nicht zusammenpaßten. Manchmal erkannte man nicht einmal seine eigene Familie.

Aber nachdem wir uns geliebt hatten, schlief ich, zu meiner Frau gedreht, ein, unsere Körper eng aneinandergeschmiegt, meinen rechten Arm sanft um ihre Taille gelegt.

Und wegen dieser vielen wunderschönen Stunden, wenn wir in Löffelstellung gemeinsam schliefen und träumten, war sie die einzige für mich, und nichts war mehr kompliziert.

3

»Du kriegst kein Omelette gebacken, indem du deinen Schwanz in die Hose sperrst«, teilte mir Marty Mann mit. »Das ist das Kreuz mit dir, Harry. Du bist ein hoffnungsloser Romantiker. Dir werden sie dein naives Herz schon noch brechen. Irgendwann fickt dich das Schicksal in den Arsch. Wirst schon noch sehen.«

Wir saßen in seinem noblen Büro bei Mad Mann Productions und sprachen über die Arbeit. Nur über die Arbeit. Aber bei Marty, dem forschen Selfmademan, klang sogar Arbeit grundsätzlich anrüchig. Nach der härteren Variante von Knastsex, um genau zu sein.

Marty versprach freien Redakteuren um die Vierzig gern, sie dürften für ihn »anschaffen gehen«. Er fand die Fernsehprogramme, die er produzierte, nicht einfach aufregend, er kriegte »einen Ständer«. Wenn man ihn bei einem Deal über den Tisch zog, hatte man ihn »gefickt«. Er arbeitete nicht einfach hart, sondern er »riß sich den Arsch auf«.

Wie sein Eheleben aussah, wollte ich lieber nicht wissen. Wahrscheinlich fragte er seine Frau am Samstagabend nach ein paar Drinks, ob sie einen Koproduktionsvertrag in Betracht ziehen würde.

Ich kannte Marty schon sehr lange. Siobhan, seit zwei Jahren mit ihm verheiratet, war sozusagen mal mit mir befreundet gewesen, zwei Stunden lang. Kurz bevor meine Ehe in die Brüche ging.

Marty und ich hatten zusammen angefangen, mit Late-Night-Talk im Radio, in der »Nut Shift«. Ich produzierte, und Marty schaffte es, daß einsame, traurige Menschen klangen wie bestes Entertainment. Dann gingen wir zusammen zum Fernsehen, und ich dachte schon, mit unserer Partnerschaft hätte ich ausgesorgt. Bis er mich eines Tages beim Lunch feuerte.

Wir haben uns dann wieder versöhnt. Ich kam nämlich wieder auf die Beine, mit einem jüngeren, knackigeren Talk-Show-Moderator, während Marty plötzlich nicht mal mehr ein Bein auf die Erde kriegte. Als er von der rauhen Wirklichkeit der Nullquoten im Frühstücksfernsehen, wo er versuchte, Schmuck zu verkaufen, von dem die Haut grün wird, seinen verdienten Dämpfer bekommen hatte, stellte sich heraus, daß wir wieder Freunde sein konnten.

Jetzt standen wir auf derselben Seite der Kamera. Mad Mann Productions produzierte nicht länger Sendungen mit dem blondgefärbten Schocker-DJ, der in den Neunzigern so umstritten war, Marty Mann machte jetzt Programm. Er lag mir ständig in den Ohren, weil meine Produktionsfirma nur eine Sendung produzierte, *Und Freitags Fish.* Schon mal gesehen, mit Eamon Fish, dem irischen Komiker? Eamon war berühmt für seine Affären mit den Mädels vom Wetter. Über Warmfronten wußte er angeblich besser Bescheid als jeder andere Mann im Land. Marty hätte nie nur auf einen jungen Stand-up-Comedian gesetzt, der sich als Talk-Show-Moderator versucht. Marty hatte eine ganze Latte von Programmen.

»Sechs besoffene Studenten in einer Bude«, sagte er und drückte einen Knopf an der Fernbedienung. Eine Wand in seinem Büro war mit lauter Bildschirmen bepflastert, und alle schalteten auf sein neuestes Format. Schöne junge Menschen, minimal bekleidet, zeterten in einer Mietunterkunft aufeinander ein. »Da ist alles drin – Sex, Jugend, Spannung, niedrige Unkosten, gepiercte Nippel. *Sechs besoffene Studenten in einer Bude*, Harry. Die Werbekunden weinen vor Dankbarkeit.«

Er drückte einen anderen Knopf. Die Bildschirme wechselten auf ein Schwarzweißbild aus eigenartigem Blickwinkel, zwei junge Männer im Clinch mit dem Besitzer eines kleinen Ladens. »Ah, die Stelle ist genial!« Marty gluckste, als der Mann einen Baseballschläger hinter der Theke hervorholte und wie wild um sich zu schlagen begann. Einer der jungen Männer zog eine Pistole.

»Ätsch! Ausgeraubt!« sagte Marty. »Irrsinnig komisch, manchmal auch tragisch – echtes Doku-Material von Raubüber-

fällen. Eine, ähm, flammende Anklage gegen unsere, na ja, gewalttätige Gesellschaft.« Der nächste Knopf. Vietnamesische Dörfer, die in orangenen Flammen aufgehen, Hippies, die im Schlamm von Woodstock kopulieren, Studenten, die sich mit der amerikanischen Nationalgarde anlegen, und über allem eine melancholische Note durch *Waterloo Sunset* von den Kinks. »*Yesterdays.* Aus der Vergangenheit eine coole Sache machen. Das ist für die Babyboomers, und für deren Kinder. Um den verwöhnten kleinen Fratzen mal zu zeigen, was sie verpaßt haben.«

Unsere Produktionsfirmen hätten nicht unterschiedlicher sein können. Ich arbeitete mit ein paar Teilzeitleuten von einem Hinterzimmer in Soho aus, Marty hatte ein Riesenbüro mit einer Reihe von Festangestellten. Ich hatte Eamon Fish in der Mitternachtsschicht, Marty hatte *Sechs besoffene Studenten in einer Bude* zur besten Sendezeit.

»Du darfst nicht nur eine Sendung machen«, wiederholte Marty. »Es ist nicht gut, wenn man alles auf eine Stute setzt. Und Eamon bleibt garantiert nicht ewig hip.«

»Ich arbeite aber gern mit nur einer Produktion. Dann kann ich mich richtig auf Eamon konzentrieren. Das Beste aus ihm rausholen.«

»Und wenn plötzlich alles schiefläuft? Was dann? Du weißt ja, mit Fernsehsendungen ist es wie mit ...«

»Frauen?«

Er klatschte mit der flachen Hand auf seinen Schreibtisch. »Genau. Mit Fernsehsendungen ist es wie mit Frauen. Man muß sein Eisen in mehreren Feuern haben. Die Masse macht's, Junge! Immer schön verbreiten, deinen Samen.«

Marty hatte zu Hause eine Frau, die ihr zweites Kind erwartete. Siobhan war eine ehemalige Programm-Managerin, die den Schwenk zur Familienmanagerin gemacht hatte. Sie war eine intelligente, schöne rothaarige Irin, die ich manchmal bei Filmpremieren und Screenings traf, ohne daß ich hätte sagen können, ob sie glücklich war oder nicht. Allerdings fiel mir auf, daß bei Mad Mann mehr hübsche junge Frauen herumliefen, als man in einer Produktionsfirma dieser Größe erwarten würde.

Aber ich hörte auf Marty. Er verstand etwas von seinem Handwerk. Und ich hörte auf ihn, weil mir meine Arbeit zunehmend wichtiger wurde. Nicht nur, weil ich jetzt auf eigenen Beinen stand. Nicht nur, weil ich von Jahr zu Jahr mehr Rechnungen zu bezahlen hatte. Sondern eigentlich vor allem, weil ich gut darin war. Diese Arbeit war das, was ich am besten konnte.

Ich konnte es mit den Redakteuren vom Sender, mit den Produktionskoordinatoren und mit den jungen Talenten. Ich konnte mit den Leuten reden. Ich konnte sie dazu bringen, zu tun, was zu tun war. In Tränen aufgelöste Maskenbildnerinnen, übellaunige Aufnahmeleiter, betrunkene Beleuchter – hatte ich alles schon erlebt. Gäste mit Lampenfieber, Gäste, die betrunken auftauchten, Gäste, die zur Salzsäule erstarrten, sobald das rote Licht über der Kamera leuchtete – das war nichts Neues. Das war meine Welt, und hier saß ich, weil ich mich hier so gut auskannte wie nirgendwo sonst.

Selbst wenn man nur die eine Talk Show hat, verlangt das Fernsehen, daß man ständig präsent ist. Morgens früh kommen, abends spät gehen, Skriptmeetings und Generalproben, zu viel Kaffee und zu wenig Tageslicht. Manchmal verlor ich aus den Augen, warum ich so viel arbeitete. Und dann fiel es mir wieder ein.

Natürlich arbeitete ich hart für Pat. Auch für Peggy und Cyd. Außerdem für meine Mutter, jetzt, wo mein Vater tot war. Aber trotz aller Einsprüche meiner Frau kam es mir vor, als arbeitete ich für mein Kind. Nicht für den kleinen Jungen, der bei seiner Mutter lebte, oder das kleine Mädchen, das bei uns lebte. Sondern für mein anderes Kind. Das, das noch nicht geboren war.

Eine junge Frau betrat, ohne anzuklopfen, Martys Büro. Es war eine von diversen jungen Rothaarigen, die bei Mad Mann arbeiteten, Frauen, die genauso aussahen wie Siobhan damals zu Single-Zeiten. Diese hier beugte sich über Martys wuchtigen CEO-Schreibtisch und wühlte in einer Schublade herum.

»Was gibt's Schätzchen?« fragte Marty grinsend. »Den Tacker verlegt?«

»Ich brauch den Piloten von *Sechs besoffene Studenten in einer Bude*. Für deine Ungarn.«

Marty zog eine ramponierte Videokassette heraus und gab sie ihr.

»Wir verkaufen das Format quer durch. *Sechs besoffene chinesische Studenten in einer Bude* wird es geben, *Sechs besoffene polnische Studenten in einer Bude* – die Welt hat schon 'nen Ständer.«

Beide schauten wir der Rothaarigen nach, als sie das Zimmer verließ.

»Wir gehen noch auf ein paar Drinks in die *Fröhliche Krätze*«, sagte Marty. »Willst du mit? Sie hat auch noch eine kleine Freundin.«

»Ich muß nach Hause. Wir machen eine kleine Fete.«

»Klingt gut.«

»Wie man's nimmt, es ist eine Fete für siebenjährige Mädchen.«

»Dann eben ein andermal.« Marty brachte mich zur Tür. »Vergiß nicht, was ich gesagt habe, von wegen deinem Eisen in mehreren Feuern.«

»Ich schreib's mir hinter die Ohren.«

Er umarmte mich.

»Weißt du, was das Schlimme mit dir ist, Harry?«

»Was denn?«

»Du glaubst noch an die wahre Liebe.« Mein alter Freund lächelte traurig. »So was endet immer mit Tränen.«

Es hätte ein glücklicher Moment sein sollen.

Wir saßen zu viert beim Tortenessen, Cyd, Peggy, Pat und ich. Unsere frisch zusammengesteppte Patchworkfamilie genoß ihren Nachtisch. Doch kaum hatte Pat sein Stück verdrückt, gab er – in einem Alter, wo ihn sämtliche Körperfunktionen königlich amüsierten – ein erstaunlich lautes Rülpsen zum besten.

»Ha!« sagte er mit einem belämmerten Grinsen. »Das war aber komisch!«

Peggy tupfte sich geziert mit der Serviette den Mund ab. »Nein, war es gar nicht, Pat. Es war bloß eklig. Oder, Mami?«

Cyd lächelte die beiden an. »Es war – na ja, es war einfach nicht schön. Aber bestimmt macht Pat es nicht wieder.«

»Ich finde es jedenfalls überhaupt nicht komisch«, sagte Peggy, die sich trotz ihres zartes Alters überzeugend wie ein Mitglied des niederen Adels gebärden konnte.

»Und ein großer Junge wie Pat findet es bestimmt auch nicht lustig«, sagte Cyd. »Jedenfalls nicht, wenn er mal überlegt.«

Mein Sohn versank in den Boden.

Mir war klar, daß ihm der Rülpser einfach ausgekommen war und daß er ihn nur kommentiert hatte, weil er dachte, daß alle furchtbar darüber lachen würden. Und zum ersten und keineswegs letzten Mal war ich hin und her gerissen zwischen der Loyalität zu meinem Sohn und der Loyalität zu meiner Frau.

Ehrlich gesagt wollte ich auch nicht unbedingt, daß er in meiner Gegenwart rülpste oder furzte – die gashaltigen Gags konnte er sich für seine kleinen Schulfreunde aufheben, die sicher jegliche windige Emission mit stehendem Beifall, heillosem Gelächter und jeder Menge Schenkelklopfen bedachten. Aber als ich sah, wie seine Wangen brannten, weil er sich gedemütigt fühlte, und ihm die Tränen in die Augen stiegen, da spürte ich, wie mir die Wut hochkam.

Er hatte nicht verdient, daß man ihn lächerlich machte. Nicht wegen eines lumpigen Rülpsers.

»Er ist doch noch ein Kind«, sagte ich zu Cyd. »Was erwartest du denn? Oscar Wilde? Laß ihn doch mal in Ruhe seine Torte essen, okay?«

Peggy und Cyd starrten mich an. Meine Frau sagte nichts, sondern riß nur überrascht ihre schönen Augen auf. Ihre Tochter dagegen grinste süffisant.

»Du liebe Güte, da ist ja wer mit dem falschen Fuß aufgestanden. Dürfte ich bitte noch ein Stück Torte haben, Mami?«

Cyd griff nach der Torte, auf der eine kleine Braut und ein Bräutigam standen. Die Szene spielte nämlich auf unserem Hochzeitsfest. Wir waren noch keine zwei Stunden verheiratet. Und auch wenn mir das damals noch nicht bewußt war: Der Honeymoon war schon vorbei.

Als meine Frau noch meine Freundin war, hatte sie einen unglaublichen Draht zu meinem Sohn.

Cyd redete mit ihm über die Schule, holte seine Expertenmeinung zu *The Phantom Menace* im Vergleich zu den ersten drei *Krieg-der-Sterne*-Filmen ein, und erkundigte sich rechtzeitig, ob er noch Eis wollte.

Er grinste diese große Fremde mit dem texanischen Akzent schüchtern an, und für mich war offensichtlich, daß er die Gefühle seines alten Herrn für diese Frau teilte. Er war hingerissen.

Cyd benahm sich, als hätte sie ihn von klein auf gekannt, diesen Jungen, dem sie tatsächlich erst begegnet war, als er schon fast in die Schule kam. Sie versuchte weder, seine Mutter zu spielen, denn eine Mutter hatte er ja schon, noch versuchte sie, seine beste Freundin zu werden, denn dafür sollte er bald Bernie Cooper bekommen. Sie hat ihr Verhältnis zu Pat einfach nicht erzwungen, und deshalb funktionierte es. Bei ihr lief alles so natürlich. Zwischen den beiden herrschten echte Wärme und echte Zuneigung, und das war mehr, als ich erhoffen durfte.

Cyd ging mit Pat genauso selbstverständlich um wie mit ihrer Tochter, lieb und fürsorglich, aber ohne Scheu davor, ihm freundlich seine Grenzen zu zeigen, wenn er überschnappte. Es kam nicht oft vor, daß er überschnappte – Pat war ein wißbegieriger, ausgeglichener Vierjähriger, als Cyd ihn kennenlernte, und wenn er sich danebenbenahm, lag das meistens daran, daß er sich zu sehr in irgendein Krieg-der-Sterne-Spiel hineingesteigert hatte. Mit dreckverklebten Turnschuhen und gezücktem Laserschwert auf dem Sofa herumsprang, zum Beispiel: So sahen seine schlimmsten Verbrechen aus.

Und wenn sie mit meinem Sohn redete, diese Freundin, die meine Frau werden sollte, wenn ich ihren liebevollen Tonfall hörte, die warme, natürliche Vertraulichkeit, mit der sie ihn bedachte, dann wurde mir fast schwindelig vor Dankbarkeit und Glück.

Aber als wir dann verheiratet waren, wollte ich mehr. Fair war das nicht, aber dieses Bedürfnis kam aus dem hintersten Winkel meines Herzens, und Leugnen war zwecklos.

Von dem Augenblick an, da man uns zu Mann und Frau erklärte, wollte ich, daß sie ihn liebte.

Als ich nach Hause kam, erwarteten mich ohrenbetäubende Musik, wildes Gehopse und ein Haus voller aufgebrezelter Gören, die mir bis zum Bauchnabel reichten.

Peggy wurde heute acht.

Die Wände in ihrem Zimmer waren mit schmollenden Porträts der neuesten glatzköpfigen, muskelbepackten Boy-Groups gepflastert, die über die Pocahontas-Poster von vor ein paar Jahren geklebt waren, und in Peggys Spielen tauchte inzwischen oft Brucie Doll auf, Lucy Dolls offizieller fester Vollplastikgefährte.

Bei sozialen Anlässen herrschte bei Peggy jedoch neuerdings strikte Geschlechtertrennung. Vor ein paar Jahren wäre Pat zu dieser Party noch eingeladen worden, doch die Zeiten waren vorbei.

Ich stakste mit meinem hübsch verpackten Geschenk von Hamley's unter dem Arm durch ein Wohnzimmer voller kleiner Mädchen, die versuchten, Kylie Minogues Bewegungen aus dem aktuellen Video nachzuahmen. Als ich Peggy mein Geschenk überreichte, machte sie theatralisch große Augen.

»Alles Gute zum Geburtstag, mein Schatz.«

Sie riß das Geschenkpapier auf und schnappte nach Luft.

»*Lucy Doll Ballerina!*« las sie vor, und dann atemlos den Rest des Textes auf der rosafarbenen Pappschachtel. »*Du wirst sie lieben! Freu dich an ihrer Eleganz! Nicht geeignet für Kinder unter drei Jahren! Verschluckbare Kleinteile! Alle Rechte vorbehalten!*« Stürmisch schlang Peggy mir die Arme um den Hals. »Danke, Harry!« Dann gab sie mir die Puppe zurück. »Tanz mit ihr! Tanz mit Lucy Doll zu Kylie!«

Also alberte ich ein bißchen mit Lucy Doll Ballerina herum. Mit ihren Armen konnte man nicht viel anfangen, die blieben entweder steif an ihrer Seite oder mußten zu einer Art Hitler-Gruß hochgestellt werden, aber den Spagat beherrschte sie mit verstörender Leichtigkeit, ihre Hüften waren biegsam wie die einer Porno-Queen.

Peggy riß sie mir wieder aus der Hand und führte sie einer ihrer kleinen Freundinnen vor.

»Schau mal, Agnes«, sagte sie. »Ballerina Lucy Doll. Verschluckbare Kleinteile! *Super.*«

Cyd stand mit den Müttern in der Küche. Was mit den Vätern war, weiß ich nicht, die waren jedenfalls alle woanders. Meine Frau spannte gerade Plastikfolie über ein Tablett mit Tapas. Sie hatte ihren eigenen Catering-Service, deshalb standen bei uns zu Hause immer lauter Köstlichkeiten herum, die fremde Leute essen durften. Sie kam zu mir und küßte mich auf den Mund. »Hast du ihr den Ibiza DJ Brucie Doll besorgt?«

»Ausverkauft. Bis nächste Woche sind keine Ibiza DJ Brucie Dolls mehr zu bekommen. Also habe ich ihr eine Lucy Doll Ballerina mitgebracht.«

»Die haben *nie* genug Brucie-Doll-Ware auf Lager«, sagte eine der Mütter. »Das geht mir echt auf die Glocken.«

»Vielleicht sollten wir diese Lucy-Doll-Manie nicht auch noch fördern«, sagte ich.

Die Mütter starrten mich stumm an. Die meisten waren ein paar Jährchen älter als Cyd. Meine Frau war mit Mitte Zwanzig Mutter geworden. So wie ich Vater. Diese Mütter hatten zum Großteil gewartet, bis die biologische Uhr auf kurz vor Mitternacht stand.

»Und warum nicht, wenn ich fragen darf?« erkundigte sich eine von ihnen in einem Tonfall, der früher einen ganzen Konferenzraum reifer Topmanager in eisiger, eierschrumpelnder Angst hätte erstarren lassen.

»Na ja«, meinte ich und blickte nervös in ihre mißbilligenden Gesichter. »Festigt dieser Lucy-Brucie-Zirkus nicht ungesunde Vorurteile über die Geschlechterrollen?«

»Ich finde, Lucy Doll ist ein tolles Vorbild«, sagte eine der Mütter.

»Ich auch«, sagte eine andere. »Sie hat eine feste Beziehung mit Brucie Doll.«

»Sie arbeitet«, sagte noch eine andere. »Sie hat Spaß. Sie reist. Sie hat viele Freunde.«

»Sie macht Musik, sie tanzt, sie ist eine Prinzessin.«

»Sie hat ein rundes, erfülltes Leben«, sagte meine Frau. »Ich wäre auch gern Lucy Doll.«

»Aber, aber ...«, stotterte ich. »Zieht sie sich nicht etwas aufreizend an? Um den Männern zu gefallen? Ist sie nicht ein bißchen nuttig?«

Die Ruhe vor dem Sturm.

»Nuttig?«

»*Lucy Doll?*«

»Sie steht zu ihrer Sexualität!« riefen alle wie aus einem Mund.

Ich entschuldigte mich und zog mich in mein Arbeitszimmer unter dem Dach zurück.

Diese Mütter hatten etwas an sich, über das ich nur staunen konnte. Alle waren sie intelligente, gebildete Frauen, die in ihrer Jugend Germaine Greer und Naomi Wolf gelesen hatten, Frauen, die in der Welt herumgekommen waren, in hochkarätigen Jobs das dicke Geld machten und noch dazu ihre Kinder meist allein großzogen.

Ihre kleinen Töchter taten in ihren Lucy-Doll-Puppenhäusern jedoch so, als hätten sie mit diesem Frauentyp nichts zu tun. Diese Töchter kochten, putzten und zerbrachen sich den Kopf darüber, wann Brucie Doll wohl nach Hause zu kommen geruhte.

Peggy und ihre Freundinnen, all diese Kinder der neunziger Jahre, waren selbstbewußte, coole kleine Mädchen, die in jeder freien Minute eine Parodie der altmodischen weiblichen Tugenden ablieferten. Sie liebten Mode, zogen sich gern todschick an und wußten über sämtliche gerade angesagten Sängerinnen und Supermodels genauestens Bescheid. Ihr Schuhfimmel hätte Imelda Marcos beschämt. Sie stolzierten stundenlang vor dem Spiegel auf und ab und übten ständig, sich zu schminken – sieben, acht Jahre alt und schon süchtig nach Kosmetika, zwei Jahre in der Schule, und schon schmierten sie sich billige Cremes und Mittelchen auf ihre blutjunge, makellose Haut. Sie strebten all das an, wovor ihre Mütter Reißaus genommen hatten. Sie träumten davon, Hausfrauen wie in den fünfziger Jahren zu sein. Vielleicht machten ihre Mütter deshalb oft den Eindruck, als würden sie gleich die Nerven verlieren.

Bei meiner Frau stimmte die Mischung. Sie war eine tolle Mutter, aber sie hatte auch diese kleine Firma, die allmählich so richtig ins Laufen kam. Sie konnte gleichzeitig Geld verdienen und ein schönes Zuhause schaffen, und noch dazu machte sie das alles mit links.

Ich war furchtbar stolz auf sie.

Als ich mich wieder hinunterwagte, waren die Mütter samt Kindern verschwunden. Cyd und Peggy klaubten Luftschlangen vom Teppich auf.

»Armer Harry«, sagte meine Frau lachend. »Haben sie dich fertiggemacht?«

Peggy grinste mich von unten her an. »Was ist denn mit Harry?«

»Er ist es einfach nicht gewöhnt, daß Frauen das Sagen haben«, erwiderte meine Frau.

Da hatte sie recht. In den ersten dreißig Jahren meines Lebens hatte das Verhältnis Männer zu Frauen bei uns zu Hause immer zwei zu eins betragen. Erst bei meinem Vater, meiner Mutter und mir, später dann bei Gina und Pat. Jetzt war ich dagegen in der Minderzahl.

Cyd streckte mir ihre Hände mit einem Wust bunter Luftschlangen entgegen.

»Komm, schöner Mann, tanz mit deinen beiden Mädels.«

Ich mußte schlucken. Bloß gut, daß ich keine Kleinteile im Mund hatte.

Aber als Cyd und Peggy und ich dann in den Überresten der Kleinmädchenparty zu Kylie Minogue tanzten, um uns herum zerplatzte Luftballons, zerknitterte Luftschlangen und auf dem Parkett platt getretene Brösel vom Geburtstagskuchen, da lachten wir laut, lachten aus reiner, ungetrübter Freude, lachten so sehr, daß wir kaum bei *Can't Get You Out of My Head* mitsingen konnten.

Und ausnahmsweise fühlte sich mein Leben einmal so rund und erfüllt an wie das von Lucy Doll persönlich.

4

Meine Mutter ließ nachts immer noch das Licht brennen.

In dem Haus, in dem sie den größten Teil ihrer Ehe gelebt hatte, wo sie eine junge Ehefrau und Mutter gewesen war, in dem Haus, das seit Urzeiten ihr Zuhause war, versuchte sie zu schlafen, während in ihrem Schlafzimmer sämtliche Lampen brannten.

»Irgendwie kann ich nicht einschlafen, Harry. Ich liege mit meiner *Hello!* da, höre leise Radio 2 – nebenan haben sie wieder ein Baby, hab ich dir das schon erzählt? Ein richtiges kleines Prachtmädel – und kaum bin ich eingedöst, wache ich wieder auf. Das ist doch komisch, was? Wirklich sehr eigenartig.«

»Das ist überhaupt nicht eigenartig, Mum. Du kannst nicht schlafen, weil direkt über deinem Kopf eine Hundertwattbirne brennt. Das ist eine alte Technik für Schlafentzug, eine Foltermethode.«

»Ach Liebes, ich weiß nicht.«

»Natürlich kannst du nicht schlafen. Du kannst nicht schlafen, weil du dein Licht nicht ausmachst. Willst du nicht mal probieren, mit abgeschalteter Lampe einzuschlafen? Ausnahmsweise mal probieren, Mum? Bitte?«

»Ach nein, das geht nicht«, sagte sie und strich meinem Sohn über den blonden Schopf, der auf dem Boden zwischen uns saß und die *Radio Times* nach dem Fernsehprogramm durchblätterte. »Ich kann doch nicht die ganze Nacht da im Dunkeln liegen. Nicht ohne deinen Vater.«

Mein Vater war schon seit zwei Jahren tot.

Zwei Jahre war es her, daß mein Vater in seinem Krankenhausbett gelegen hatte, seine Sinne vernebelt von den Schmerzen und den Mitteln dagegen, die Krankheit übermächtig. Und ich hatte gedacht, die lange Krebskrankheit meines Vaters würde beide umbringen. Ich hätte nicht geglaubt, daß meine Mutter ohne meinen Vater leben kann. Aber sie waren zäher, als sie aussahen, diese Frauen vom Schlag meiner Mutter, diese altgedienten Ehefrauen, diese pflichtbewußten Hausfrauen, deren einzige rebellische Tat das vorübergehende Tragen eines Minirocks gewesen war, damals an der Schwelle von den sechziger zu den siebziger Jahren. Frauen vom Schlag meiner Mutter überlebten alles. Sogar ihre hartgesottenen Ehemänner. Sie konnte vielleicht das Licht nachts nicht ausschalten, das mochte sein. Aber sie konnte ohne ihn leben. Das hatte sie längst bewiesen.

Meine Eltern hatten so lange wie ein einziges Lebewesen gewirkt: Paddy und Elizabeth, die die große Runde von der Jugendliebe bis zu den hingebungsvollen Großeltern gemacht hatten, diese lange Reise, die heutzutage nur noch so wenig Ehepaare zu Ende führen können, und ich hatte mir den einen nie ohne den anderen vorstellen können.

Mein Vater hätte bestimmt nicht ohne meine Mutter leben können. Wäre sie zuerst gestorben, hätte ihn das umgebracht, es hätte ihm seinen Lebenszweck genommen. Und ich hatte immer gedacht, auch sie könnte ohne ihn nicht leben.

Da habe ich mich getäuscht.

Meine Mutter stammte noch aus der letzten Generation von Frauen, die erwarteten, von ihren Ehemännern versorgt zu werden. Sie fand nichts dabei, wenn mein Dad am Steuer saß, das Geld verdiente, sich im großen Sessel ausruhte oder von der Arbeit nach Hause kam und sein warmes Abendessen hinunterschlang wie ein Stammesführer, der aus dem Krieg heimkehrt.

Mit zunehmendem Alter, in ihrem Dasein als Witwe, stellte sich jedoch heraus, daß die Frauengeneration meiner Mutter eine unabhängige Ader besaß, die noch nie zur Geltung gekommen war. All diese Hausfrauen aus den fünfziger und sechziger Jahren, all diese Bräute der Kargheit, die letzte Generation von Frauen, die ihren Kindern noch Kleider genäht hatte – unter ihren vernünftigen, pastellfarbenen Strickjacken waren sie eisenhart.

Meine Mutter starb nicht. Der Tod meines Vaters brachte sie nicht um. Sie ließ sich von seinem Tod einfach nicht unterkriegen.

Sie traf sich mit ihren Freundinnen zu Kaffee und Kuchen,

ratschte und tratschte mit einer fluktuierenden Runde unter dem schlichten Namen »die Mädels aus dem Bus«, sie strickte unförmige Pullover für das Baby der Nachbarin, das kleine Prachtmädel – für meine Mutter waren alle Babys kleine Prachtburschen und Prachtmädel –, und sie spielte auf ihrer Ministereoanlage in voller Lautstärke Dolly Parton.

»Hübsche Stimme«, war ihr Kommentar zu Dolly Parton. »Hübsche Figur.«

Jeden Tag rief sie ihr Rudel Brüder an – man erwischte sie fast nie am Telefon, weil immer besetzt war – und sorgte sich um deren Jobs, deren Kinder und deren Gesundheit.

Meine Mutter lebte ohne meinen Vater, den Mann, um den herum sie ihre Welt aufgebaut hatte. Sie lebte ihr Leben ohne ihn. Ich fand das unglaublich. Und sie vermutlich auch.

Nach dem Tod meines Vaters war sie wie von Sinnen vor Kummer. Sie weinte im Supermarkt, im Bus, immer zum falschen Zeitpunkt. Sie konnte nicht anders. Sie weinte, bis alle Tränen versiegt waren. Aber sie wurde damit fertig. Mehr noch, sie lernte, sich dem Leben wieder zu widmen, sich zu behaupten, wieder zu lachen.

»Ich bin noch nicht tot«, betonte sie gern.

Abgesehen davon, daß sie die ganze Nacht das Licht brennen ließ – was glaubte sie eigentlich, daß ihr in der Dunkelheit zustoßen könnte? –, machte meine Mum einfach weiter. Nicht wie gehabt, denn das Gehabte gab es nicht mehr, sondern in einer Welt, die sich verändert hatte, in einer Welt ohne ihren geliebten Paddy. Und meine Mutter tat das, weil sie ein Mensch war, der nicht nur meinen Vater liebte, sondern die Menschen. Alle möglichen Menschen.

Die jungen Nachbarn und ihr neugeborenes Baby. Die alte Frau gegenüber, meine Tante Ethel, die überhaupt keine richtige Tante war, sondern vor mehr als einem halben Menschenleben mit meiner Mutter zusammen eine junge Ehefrau und Mutter.

Sie liebte diese alten Freundinnen, die sich mit ihr im neuen Starbucks-Café in der Hauptstraße der Vorstadt trafen, in der sie ihr Leben verbracht hatte. Und sie liebte ihre Familie. All ihre

Brüder, deren Reihen sich erst jetzt allmählich lichteten. Die Frauen, die sie geheiratet hatten. Ihre erwachsenen Kinder, die jetzt selbst Kinder hatten. Und dann war da ich, ihr einziges Kind.

Aber mehr als uns alle liebte meine Mutter ihren Enkel. Ihren Pat. Mein Sohn war bei weitem der beste Lebenszweck, für den es sich zu leben lohnte, nachdem mein Vater tot war.

»Er ist mein ein und alles, was, mein Hübscher? Er ist mein kleiner Schatz.«

Mein Sohn lächelte nachsichtig und griff nach der Fernbedienung.

Meine Mutter hatte ein Talent, sie gab einem das Gefühl, geliebt zu werden. Nicht nur, weil sie alles, was sie sagte, mit Kosewörtern würzte, mit dem ständigen Strom von *mein Schatz, Liebes, mein Engel, du Hübscher*, der ihr und den Frauen ihrer Generation und Herkunft so automatisch über die Lippen ging. Sie ließ einen spüren, daß man wichtiger war als alles sonst in ihrem Leben, selbst wenn sie einem nur eine Tasse Tee machte, übers Haar strich oder eine Jacke strickte, die man nur trug, wenn man sie besuchte.

Sie war nicht gerade eine lustige Witwe – dazu war sie zu oft auf dem Friedhof, und ich hatte schon Angst, daß sie ihr Licht nachts nie mehr ausmachen würde –, aber meine Mutter hatte gelernt, allein weiterzuleben. Die Kleider meines Vaters hingen zwar noch im Schrank, noch nicht bereit für die Kleidersammlung, aber sein Geist mußte nicht durchs Haus spuken.

Meine Mutter hatte es mit ihrem eigenen Geist erfüllt.

Der Duft nach Old Holborn und Old Spice war verschwunden, auf dem Kühlschrank stand keine Flasche Ale, und auf dem kleinen Kasten, der als »Hausbar« bekannt war, kein irischer Whiskey mehr. Auch die Musik war anders. Das fiel mir vor allem auf. Daran erkannte ich am deutlichsten, daß der Geist meines Vaters fort war.

Wenn ich in das Haus kam, in dem ich meine Kindheit verbracht hatte, hörte ich keinen Sinatra mehr, keinen Dean Martin und keinen Nat King Cole. Keiner der alten Songs lief mehr – weder Sammy Davis Junior mit *What Kind of Fool Am I?* noch Frank in seiner Zeit bei Capitol, noch Tony Bennetts *16 Most Requested Songs* und keine Soundtracks aus den Jahren zwischen *Oklahoma!* und *West Side Story*.

Meine Mutter vermachte mir die Musik meines Vaters. Sie hatte ihre eigenen Schallplatten.

Meine Mutter mochte Countrymusik. Songs mit Geschichten und Melodien, Songs, bei denen man genau wußte, woran man war. Fröhliche Songs, traurige Songs, Songs zum Tanzen, zum Trinken und zum Weinen um den Mann, den man verloren hatte. Sie war verrückt nach diesem ganzen Tränendrüsengeknödel, und ich hatte keine Ahnung, ob sie das schon immer gemocht hatte oder ob Dolly Parton, Tammy Wynette und Patsy Cline neue Errungenschaften waren. In diesem Haus war mein alter Herr der DJ gewesen: MC Paddy Silver und sein swingender Plattenteller. Doch die Zeiten waren vorbei.

In den vergangenen Jahren hatte meine Mutter zwei furchtbare Schläge hinnehmen müssen. Sie hatte meinen Vater verloren, den Mann, den sie geliebt hatte, seit er damals mit einem ihrer Brüder zu ihnen nach Hause ins East End gekommen war – die beiden waren Sparringspartner im örtlichen Boxclub gewesen. Sie hatte den Mann verloren, den sie ihr Leben lang geliebt hatte, diesen ungestümen Jungen, diesen starken Mann, der gelernt hatte, sanft zu sein. Hatte ihn verloren an den Krebs, verloren an die Zeit.

Und auch wenn ich es nicht einmal mir selbst eingestehen konnte, geschweige denn ihr: In einer entscheidenden Hinsicht hatte sie auch ihren Enkel verloren.

Es war eben nicht mehr so einfach, jetzt, wo ich geschieden war. Jetzt, wo Pat bei seiner Mutter wohnte, und ich bei keinem der beiden, war es für meinen Sohn nicht mehr so einfach, stundenlang bei seiner Großmutter zu sein.

Ich wünschte mir von ganzem Herzen, daß das anders wäre. Ich wünschte, es wäre so einfach wie früher, als ich noch mit Gina zusammen war und meine Mutter Pat dauernd sah, selbst nach der Trennung, als Gina in Japan ihr Glück versuchte und ich mich allein um Pat kümmerte, damals, als meine Mum uns beide bemutterte. Ich wünschte es, weil ich wußte, daß Pat für meine Mutter der Mittelpunkt der Welt war. Aber so einfach würde es nie mehr sein. Der Mittelpunkt der Welt war verschoben worden.

Die vergißt man nämlich bei einer Scheidung immer: die Großeltern. Diese alten Menschen, die diese kleinen Kinder vergöttern, die von ihren eigenen erwachsenen, mißratenen Sprößlingen in die Welt gesetzt werden. Wenn das Fehlbare das Vollkommene gebiert. Nach einer Scheidung kommt es den Großeltern plötzlich vor, als wäre all die bedingungslose Liebe, die sie zu geben haben, nicht mehr gefragt.

Also strengte ich mich an. Ich tat alles, um der Welt vorzugaukeln, der Mittelpunkt der Welt wäre noch an seinem alten Platz. Die Hälfte meiner Zeit mit Pat verbrachte ich bei meiner Mutter. Wir sprangen in meinen Wagen und fuhren raus nach Essex, diese Strecke, die ich von klein auf kannte.

Ich weiß noch, wie ich als Kind auf dieser Strecke einschlief, auf dem Rücksitz unseres alten Morris Minor, wenn wir von meiner Großmutter im East End zurückfuhren. Und ich weiß noch, wie ich als Teenager in meinem Escort diese Strecke entlangraste, um irgendein toupiertes Mädchen auf dem Beifahrersitz zu beeindrucken. Später fuhr ich die Strecke dann als junger Ehemann und Vater, fuhr meine kleine Familie zu Besuch zu meinen stolzen Eltern. Und noch viel später fuhr ich sie dann in meinem kleinen Sportflitzer, mit Pat neben mir, der gegen den Schlaf ankämpfte und seine Mutter vermißte, ohne darüber reden zu wollen.

Ich kannte die Strecke. Ich wußte noch, wie ich sie fuhr, als es meinem Vater immer schlechter ging, als mein Vater starb, zu seiner Beerdigung. Wie oft war ich von London nach Essex gefahren, vom Stadtrand bis an den Küstenrand, dazwischen lag mein Leben, und nie hatte ich mir vorstellen können, was als nächstes kam, in keinem kühnen Traum.

Und jetzt fuhren Pat und ich wieder diese Strecke hinaus nach Essex, um meine Mutter zu besuchen, in dem Haus, in dem sie nachts immer das Licht brennen ließ.

Gina fort. Mein alter Herr fort. Cyd und Peggy nicht wirklich dazugehörig, zu diesen Fahrten nach Essex, zu diesem alten, etablierten Teil unseres Lebens. Meine neue Frau und ihre Tochter lebten ihr Leben in London, und dort blieben sie auch, ohne daß wir das groß diskutieren mußten.

Erwachsen werden, alt werden: All das erwartet man. Aber meine kleine Familie wurde immer kleiner und zerbrechlicher. Und darauf ist keiner vorbereitet.

Pat fühlte sich wohl in dem Haus, in dem ich aufgewachsen bin. Etwas Angespanntes in ihm entspannte sich dort. Er hatte den besten Teil seiner Kindheit in dem alten Haus verbracht. Da waren keine Eltern, die sich stritten, die weinten oder sich aus dem Weg gingen. Keine großen Aufregungen, keine Untreue, keine wütend geschleuderten Handys gab es hier draußen in der Pampa, wo die Stadt ins freie Land übergeht. Nur Krieg-der-Sterne-Videos und noch eine Tasse Tee, und an den Kühlschrank gehen dürfen, ohne zu fragen. Simple, schöne Stunden lang auf dem Boden sitzen und zuhören, wie vertraute Stimmen draußen im Garten alte Lieder singen. Und jede Minute dieser unbeschwerten Tage erfüllt mit einer unkomplizierten, bedingungslosen Liebe, zunächst von meinen beiden Eltern, jetzt nur noch von meiner Mutter. Die Liebe blieb.

»Er ist mein Augapfel, mein Herzbube. Stimmt doch, du Hübscher?«

Mein Sohn lächelte nachsichtig und schlenderte nach oben, um irgendwo herumzukramen. Hier lagen noch seine allerersten Spielsachen, aus denen er inzwischen zum Großteil herausgewachsen war. Eine ganze Sammlung von Krieg-der-Sterne-Videos natürlich, und vieles, was er längst nicht mehr ansah, Ringkampf-Kassetten und Disney-Zeichentrickfilme, alles setzte Staub an und zeigte, wie die Jahre vergehen. Hier hatte er ein Zimmer, Stapel von Kleidern und sein eigenes Leben. Den Weg vom Fernseher zum Kühlschrank und zurück hätte er im Schlaf gefunden.

Hier draußen war alles so einfach. Die gestelzten Gespräche, die wir bei unseren sonntäglichen Happy Meals führten, waren hier überflüssig. Wir flezten uns vor den Fernseher, mein Sohn und ich, und meine Mutter machte einstweilen Mittagessen, das sie altmodisch »Dinner« nannte, oder Abendessen, was bei ihr immer noch »Tee« hieß, oder Tee, bei ihr »eine schöne Tasse Tee«.

Sie wollte nicht, daß wir ihr mit dem schmutzigen Geschirr helfen. Pat und ich waren von den Frauen in unserem Leben gut erzogen, und in den Haushalten, in denen wir lebten, trugen wir unseren Teil bei, ohne zu überlegen, ohne uns bitten zu lassen.

Aber meine Mutter wollte davon nichts wissen. In ihrem Haus bestimmte sie die Spielregeln, und eine davon hieß, daß sie die Arbeit erledigt. Sie war die Chefin, die das Essen austeilte. Ihr Wort galt. Wie sie die Dinge haben wollte, war nicht verhandelbar. Manchmal beobachtete ich durch die kleine Durchreiche, wie sie in der Küche werkelte und dazu einen Dolly-Parton-Song trällerte, und dann hätte ich sie am liebsten so unbefangen und stürmisch umarmt wie mein Sohn das manchmal tat.

Wir liebten sie, und wir waren für unser Leben gern hier draußen, weil wir an nichts denken mußten. Es war so erleichternd, das Gehirn einfach auszuschalten, dem man beigebracht hatte, durch den Sumpf von Scheidung, Wiederheirat und Patchworkfamilien zu waten. Darf er eine Cola trinken? Darf er ein Video anschauen? Darf er vom Tisch aufstehen und muß er wirklich die ganzen Linsen aufessen? Es tut so gut, nicht darüber nachdenken zu müssen, was einem guttut. Aber leider dauert es nie lange.

Seit unserem unseligen Trip nach Paris behielt ich die Uhrzeit immer im Auge. Um nach London zurückzukommen, um Pat wieder zu seiner Mutter zurückzubringen, rechnete ich grundsätzlich mit ein, daß auf der A127 womöglich eine Baustelle war, oder ein Stau auf der M25, oder ein Fußballspiel in Nord-London zu Ende. Wir durften auf keinen Fall noch einmal zu spät kommen.

»Wir müssen los, mein Schatz«, sagte ich dann zu meinem Sohn. »Nach Hause.« Und Pat warf mir einen Blick zu, den man in den Augen eines Siebenjährigen nie sehen sollte. Zu Hause ist hier, sagte der Blick, hier mehr also sonstwo auf der Welt.

Und wie heißt dieser andere Ort für dich?

Als wir von meiner Mutter wegfuhren, wurde es gerade dunkel, und ich dachte daran, daß im Haus bald die Lichter angingen und die ganze Nacht brennen würden. Meine Mutter würde im Bett liegen und Dolly-Parton-Songs vor sich hin summen, um sich bei Laune zu halten, im Kleiderschrank die alten Anzüge meines Vaters, die zu kostbar waren, um sie der Heilsarmee zu spenden.

5

Gina erwartete mich auf dem Schulparkplatz.

Sie mußte direkt aus dem Büro hergekommen sein, denn sie trug ein Busineß-Kostüm, hochhackige Schuhe und hatte einen alten, abgegriffenen Aktenkoffer unter dem Arm. Sie sah toll aus, genau wie sich der Modemagazinmacher die moderne Geschäftsfrau vorstellt, allerdings schmaler, als ich sie je in Erinnerung hatte. Bildschön war sie immer noch, meine Exfrau, immer noch jemand, nach der sich auf der Straße die Köpfe drehten. Aber ernster als mit Mitte Zwanzig sah sie aus.

»Tut mir leid, daß ich spät dran bin, Gina.«

»Macht doch nichts. Wir sind beide früh dran.« Sie hauchte mir einen Kuß auf die Wange und drückte meinen Arm. Anscheinend hatte sie mir Paris verziehen. »Na, denn wollen wir mal zur Miss Lehrerin.«

Wir betraten das Hauptgebäude der Schule und gingen Korridore entlang, die sich von denen aus meiner Schulzeit kaum unterschieden. Kinderzeichnungen an den Wänden, Anstaltsküchendunst in der Luft, ferne Geräusche der Körperertüchtigung, Hall und Gelächter, Desinfektionsmittelgeruch und Schmutz. Wir fanden das Zimmer der Direktorin, ohne fragen zu müssen. Es war nicht das erste Mal, daß man uns in die Schule unseres Sohnes zitierte.

Pats Direktorin, Miss Wilkins, war eine blasse junge Frau mit weißblonder Igelfrisur. Mit ihrem Eminem-Haarschnitt und den coolen Turnschuhen wirkte sie eigentlich nicht alt genug für diese leitende Funktion, eher so, als hätte sie selber die Schule gerade mal hinter sich. Aber hier wurde man schnell befördert. Pats Schule lag in einer rauhen Gegend, und viele Lehrerinnen hielten dieses Tempo einfach nicht durch.

»Mr. und Mrs. Silver, kommen Sie doch herein!«

»Mr. Silver und Mrs. McRae, um genau zu sein«, sagte Gina. »Danke.«

Miss Wilkins seifte uns zunächst mit der üblichen beruhigenden Vorrede ein: unser Sohn sei so nett und so ein liebes Kind und bei Schülern wie Lehrern ausgesprochen beliebt. Und dann kam, weshalb wir hier waren.

Er machte einfach, was er wollte.

»Pat wird nie unverschämt oder handgreiflich«, sagte Miss Wilkins. »Da gibt es ganz andere. Er lächelt immer brav vor sich hin.«

»Klingt ja nach Mr. Klassenliebling«, sagte ich, weil ich mir nie verkneifen konnte, ihn in Schutz zu nehmen. Ständig hatte ich das Bedürfnis, ein gutes Wort für ihn einzulegen.

»Das wäre er bestimmt. Wenn er bloß mal eine Stunde lang auf seinem Platz bleiben würde.«

»Er stromert herum«, sagte Gina, die nervös an ihrem Daumennagel kaute, und einen Augenblick kam es mir vor, als wäre sie wegen ihres eigenen Benehmens herzitiert worden. »Das ist es doch, oder? Er wandert einfach in der Klasse herum und schwatzt mit den anderen Kindern. Schwatzt vor sich hin, während die anderen versuchen zu arbeiten.« Sie schaute mich an. »Wir sind ja nicht zum ersten Mal hier. Auch nicht zum zweiten.«

»Darf ich Sie etwas Persönliches fragen?« erkundigte sich Miss Wilkins. Trotz des radikalen Haarschnitts klang sie haargenau wie alle anderen Lehrer, mit denen ich je zu tun gehabt hatte.

»Selbstverständlich«, sagte Gina.

Pause.

»War Ihre Scheidung sehr belastend?«

»Sind Scheidungen das nicht immer?« fragte ich zurück.

Wir folgten Miss Wilkins den Korridor entlang. Die dickwandigen Klassentüren hatten jeweils eine kleine quadratische Scheibe, wie Spione in Gefängniszellentüren. Vor einer der Türen wippte Miss Wilkins' Albinokopf kurz, dann trat sie einen Schritt zurück, lächelte grimmig und legte den Zeigefinger an die Lippen. Gina und ich lugten durch das Fenster in das Klassenzimmer unseres Sohnes.

Ich sah ihn sofort. Selbst unter dreißig anderen Sechs- bis Siebenjährigen, die zum Teil die gleiche wuschelige Matte auf dem Kopf hatten, stach er für mich heraus, obwohl alle den gleichen grünen Pullover trugen, der dieserorts als Uniform herhalten mußte.

Pat befand sich mitten in der Klasse, über einen Malblock gebeugt, wie alle anderen Kinder. Mir kam in den Sinn, daß seine Haare immer glänzten wie frisch aus der Conditioner-Werbung, sogar wenn sie eine richtig schöne Wäsche vertragen hätten, wie meine Mutter zu sagen pflegte.

Die Lehrerin hatte comicartig den Planeten Erde an die Tafel skizziert, einen einsamen Kreideglobus im schwarzen Tafeluniversum, auf dem die Konturen der Kontinente gerade mal erkennbar waren. Als Überschrift schrieb sie *Unsere Welt* darüber.

Alle Kinder malten konzentriert. Sogar Pat. Und ein paar Sekunden lang konnte ich mir einreden, alles sei in bester Ordnung. Die Szene hatte etwas Rührendes, denn diese Ghettokinder stammten natürlich aus allen möglichen ethnischen Gruppen dieses Planeten. Dummerweise gehörte jedoch die Zeichnung, über die mein Sohn sich beugte, jemand anders. Er half einem kleinen Mädchen, sie auszumalen.

»Pat?« sagte die Lehrerin, als sie sich von der Tafel umwandte. »Entschuldige, aber ich habe dich doch vorhin gebeten, auf deinem Platz sitzen zu bleiben, oder?«

Er ignorierte sie. Mit seinem Lausbubencharme lugte er unter dem blonden Pony hervor, schlüpfte zwischen den Tischen herum, guckte seinen Klassenkameraden über die Schulter, lachte sie an und murmelte ihnen irgendwelche Kommentare zu, während sie sich alle auf den Planeten Erde konzentrierten.

»Ja«, sagte Gina, und ich mußte sie nicht ansehen, um zu spüren, daß sie sich die Tränen verbiß. »Um Ihre Frage zu beantworten. Die Scheidung war sehr belastend.«

Wir erledigten so etwas gemeinsam.

Es stand nicht zur Debatte, daß nur einer von uns in die Schule ging, sich seinen Rüffel von der erstaunlich spröden Punk-Direktorin abholte und sich ganz allein um unseren Sohn Gedanken machten mußte.

Wir waren beide seine Eltern, egal, bei wem er wohnte, und daran würde sich nie etwas ändern. So sahen wir das.

Gina war mir in solchen Situationen um Längen voraus – sie mußte Pat nicht in Schutz nehmen, sie stellte grundsätzlich eine Beziehung zu den Lehrerinnen her, packte unsere privaten Probleme vor ihnen aus und führte jedem, der auch nur im entferntesten interessiert war, bereitwillig unsere schmutzige Wäsche vor, die inzwischen schon etwas alt und ausgeleiert war. Ich nahm mir alles viel mehr zu Herzen als sie. Jedenfalls ließ ich mich davon eher unterkriegen. Denn insgeheim gab auch ich der Scheidung die Schuld für Pats Schulprobleme.

»Kopf hoch, Harry, das wächst sich aus«, erklärte mir Gina hinterher beim Kaffeetrinken. So machten wir das. Alle paar Wochen, wenn wir wieder einmal in die Schule zitiert wurden, gingen wir danach in ein kleines Café auf der Upper Street, in dem wir uns immer gern getroffen hatten, bevor Pat auf die Welt kam. Inzwischen waren diese vormittäglichen Cappuccinos das Nonplusultra unseres Umgangs miteinander. »Pat fehlt nichts. Er ist beliebt und intelligent, er kann bloß schwer bei einer Sache bleiben. Das ist noch kein ADS oder wie immer man das jetzt nennt, er hat einfach Konzentrationsschwierigkeiten.«

»Miss Wilkins gibt uns die Schuld daran. Sie meint, wir hätten ihn durcheinandergebracht. Und vielleicht hat sie ja recht, Gina.«

»Es ist doch egal, was die doofe Miss Wilkins denkt. Es geht doch nur darum, daß Pat glücklich ist.«

»Er ist aber nicht glücklich, Gina.«

»Wie meinst du das?«

»Er war nicht mehr richtig glücklich, seit … du weißt schon. Seit wir uns getrennt haben.«

»Leg eine neue Platte auf, Harry.«

»Ich meine das ernst. Er strahlt nicht mehr so wie früher. Weißt du noch, wie unglaublich er immer gestrahlt hat? Und das ist jetzt kein Vorwurf, weder an dich noch an Richard.«

»Richard ist ein sehr guter Stiefvater.« Sie reagierte immer empfindlich, wenn ich durchblicken ließ, daß die Scheidung vielleicht nicht der reine Segen für das Leben unseres Kindes war. »Pat kann von Glück reden, daß er einen Stiefvater wie Richard hat, der sich um seine Bildung kümmert, weil er nicht möchte, daß er ständig bloß mit Laserschwert und Fußball unterwegs ist, sondern sich auch mal für ein Museum interessiert.«

»Und für Harry Potter.«

»Was hast du gegen Harry Potter? Harry Potter ist doch toll. Alle Kinder mögen Harry Potter.«

»Aber er muß sich dauernd anpassen, der arme Kerl. Pat, meine ich, nicht Harry Potter. Überall muß er sich anpassen. Fällt dir das nicht auf? Ob er bei Richard und dir ist oder bei Cyd und mir, immer muß er aufpassen, daß er nicht aneckt. Das gibst du doch zu, oder?«

»Ich weiß überhaupt nicht, wovon du redest.«

»Richtig entspannt ist er nur bei meiner Mutter. Kinder sollten sich nicht anpassen müssen. Unser kleines Ehedrama hat Pat eine Statistenrolle in seiner eigenen Kindheit zugewiesen. Das hat kein Kind verdient.«

Sie wollte nichts davon hören, und ich konnte es ihr nicht einmal verübeln. Ich hätte mir ja selber gern weisgemacht, die Schulprobleme unseres Sohnes hätten nichts mit uns zu tun, sondern nur damit, daß er ein fauler Sack ist. Aber daran glaubte ich nun mal nicht. Daß er in der Schule Hummeln im Hintern hatte, lag daran, daß er gemocht werden wollte, daß er Liebe brauchte. Und das hatte ganz sicher etwas mit mir und meiner Frau zu tun. Vielleicht sogar ausschließlich damit. Daß ich mir überlegte, wie alles gelaufen wäre, wenn wir uns nicht getrennt hätten, war doch nur verständlich.

»Denkst du eigentlich manchmal an früher?«

»Wie meinst du das?«

»Fehlt dir das mit uns manchmal?« Damit hatte ich natürlich die Grenze zwischen dem, was erlaubt und was nicht erlaubt war, verletzt. »Ab und zu? Wenigstens ein bißchen?«

Sie warf mir über ihrem halbleeren Cappuccino ein müdes Lächeln zu, das genausowenig Wärme bot wie der letzte Rest Kaffee in ihrer Tasse.

»Ob mir das mit uns fehlt? Du meinst, allein zu Hause zu sitzen, während du in der glamourösen Fernsehwelt den großen Larry spielst?«

»Nein, so habe ich das nicht ...«

»Du meinst, zu deinen Filmpremieren zu gehen und zu deinen Partys und sonstigen Dates und behandelt zu werden wie Luft, weil ich mich um unseren Sohn gekümmert habe, statt irgendeine dämliche Sendung zu moderieren?«

»Also eigentlich habe ich ...«

»Für minderbemittelt haben mich die Leute gehalten, weil ich ein Kind erzogen habe, obwohl ich den wichtigsten Job der Welt hatte. Und wenn ich den Leuten erzählte, daß ich Hausfrau bin, mußte ich mir ihr Grinsen ansehen, Harry, weil manche das glatt für einen Witz hielten.«

Nicht schon wieder diese Leier.

»Ich frag mal nach der Rechnung, ja?«

»Wobei der eigentliche Witz war, daß ich einen Uniabschluß hatte, von dem diese Karrierefuzzis nur träumen konnten. Wobei der Witz war, daß ich zwei Sprachen konnte und diese Cretins nicht mal gescheit Englisch. Ob mir das fehlt? Nein, Harry, eigentlich nicht, jetzt, wo du's sagst. Und genausowenig fehlt mir, daß ich in unserem Bett liege, mit unserem Sohn im Nebenzimmer, während du irgendwo eine kleine Kollegin vögelst.«

»Du weißt doch genau, was ich gemeint habe. Daß früher alles so unkompliziert war, weiter nichts. Deswegen mußt du nicht gleich die ganzen alten Geschichten wieder aufwärmen ...«

»Nein, ich kann nicht sagen, daß mir das fehlt. Und du solltest das auch nicht. Schließlich war dieses frühere Leben auf einer Lüge aufgebaut. Ich mag mein jetziges Leben, falls du's genau wissen willst. Das ist der Unterschied zwischen uns beiden. *Ich mag mein jetziges Leben.* Ich mag mein Leben mit Richard. Für mich sind das die schönen alten Zeiten. Und du solltest wirklich dankbar sein, Harry.«

»Wieso denn das?«

»Weil Pat einen Stiefvater hat, dem wirklich etwas an ihm liegt. Manche Stiefeltern mißbrauchen ihre Kinder, manche werden sogar gewalttätig. Und vielen sind sie einfach egal.«

»Ich soll dankbar sein, daß mein Sohn nicht mißbraucht wird? Jetzt mach aber 'nen Punkt, Gina.«

»Du solltest dankbar sein, daß Richard ein wunderbarer, liebevoller Mensch ist, der für Pat das Beste will.«

»Richard versucht, ihn zu ändern. Pat braucht sich nicht zu ändern. Er ist völlig okay, wie er ist.«

»Pat ist nicht vollkommen, Harry.«

»Ich auch nicht.«

»Wem sagst du das.«

Ein paar Sekunden funkelten wir uns an, dann rief Gina nach der Rechnung. Ich kannte sie gut genug, um nicht zu versuchen, sie zu bezahlen.

So lief das immer: Erst gaben wir uns gegenseitig Schützenhilfe und bemühten uns um freundschaftlichen Umgang, und als Zugabe brachten wir uns dann zur Weißglut. Irgendwie konnten wir nicht anders. Am Ende stocherten wir immer in alten Wunden herum und verwandelten die Nähe zwischen uns in nervtötende Enge.

Ich hatte sie heute provoziert, das war mir klar. Und deshalb klang es nach besonders grausamer Rache, als sie mir auf dem Weg zu unseren Autos ihre neuen Pläne eröffnete:

»Das ist jetzt sowieso alles egal. Die Schulprobleme genauso wie dieser ganze alte Mist, den wir immer noch durch die Gegend karren. Das ist alles völlig egal, Harry.«

»Wie meinst du das?«

»Wir gehen nämlich nach Amerika.«

Ich starrte sie an.

»Ich wollte es dir längst sagen, aber es stand noch nicht fest. Das tut es erst seit dieser Woche.«

Ich ließ das eine Weile wirken. Sie meinte doch nicht wirklich »gehen«, sie meinte sicher »mal eben fliegen«?

»Wie lange wärt ihr denn weg? Pat ein paar Wochen aus der Schule zu nehmen ist vielleicht gar keine schlechte Idee. Könnte ihm guttun. Vielleicht braucht er einfach mal 'ne Pause. Zur Zeit lernt er sowieso nicht viel.«

Meine Exfrau schüttelte den Kopf über meine Begriffsstutzigkeit.

»Harry.«

Und dann dämmerte es mir allmählich. Auf diesem verlassenen Schulparkplatz dämmerte mir endlich, daß meine Exfrau tun und lassen konnte, was sie wollte. Wie hatte ich nur so dämlich sein können?

»Moo-ment. Du meinst doch sicher Urlaub, Gina? Du meinst doch Disneyland und Florida?«

»Ich rede davon, daß wir aus London wegziehen. Und aus England. Ich rede davon, daß wir nach Amerika ziehen. Um dort zu leben, Harry. Richard, Pat und ich. Richards Vertrag läuft aus, und er hat sich hier nie richtig eingelebt ...«

»Richard hat sich nicht eingelebt? Richard? Und was ist mit Pat? Darf der sich vielleicht mal irgendwo einleben? Ja, leck mich doch!«

»Würdest du bitte deine Ausdrucksweise mäßigen? Pat ist sieben, und Kinder passen sich an. Die gewöhnen sich an alles.«

»Aber er geht doch hier in die Schule. Und seine Großmutter lebt hier. Und Bernie Cooper lebt hier.«

»Wer ist denn ... ach so, der kleine Bernie. Mein Gott, Harry, Pat findet doch neue Freunde. Es geht schließlich um die Arbeit, verstehst du das nicht? Richard kriegt in den Staaten eine viel bessere Stelle.«

»Aber du hast hier einen Job. Gina, du hast doch endlich wieder dein eigenes Leben. Und das wirfst du einfach auf den Müll?«

»Mein Job ist nicht ganz das, was ich wollte. Und mein Japanisch brauche ich dazu überhaupt nicht. Was habe ich dann davon, für eine japanische Firma zu arbeiten, wenn ich nicht mal mein Japanisch brauchen kann? Keine Angst, wir ziehen nicht nach New York. Von Connecticut bis Manhattan sind es mit dem Zug nur ...«

»Keine Angst? Und wann kann ich ihn besuchen? Und seine Großmutter?«

»Du könntest ihn andauernd besuchen. Die Schulferien dauern doch immer ewig. Du könntest zum Beispiel rüberkommen, von London nach New York ist es wirklich ein Katzensprung. Wie lange dauert das? Sechs Stunden?«

»Hast du mit Pat schon darüber geredet? Weiß er, daß das nicht nur eine Tour rings um die Mickymaus wird, und dann wieder ab nach Hause?«

»Noch nicht.«

Ich schüttelte den Kopf und atmete tief durch.

»Ich faß es nicht, daß du ihn tatsächlich bis ans andere Ende der Welt schleppen willst«, sagte ich, obwohl ich es natürlich schon fassen konnte, ganz leicht sogar. Sie hatte schon immer so getickt, das begriff ich endlich, sie hatte immer gemeint, das Leben sei viel besser, wenn man hinter irgendeinem Ozean aus dem Flugzeug stieg.

Schon seit Jahren hatte Gina sich das vorgestellt: als sie noch Single war, nachdem wir uns getrennt hatten, und jetzt also immer noch. Früher war Japan das Gelobte Land gewesen, jetzt war es Amerika. Es paßte haargenau zu ihr, dieser Wunsch, auf der anderen Seite des Globus neu anzufangen. O ja, ich konnte es nur allzuleicht fassen.

»Was ist denn an London verkehrt? Hier gehört er doch her. Hier ist seine Familie, hier sind seine Freunde – Gina, hier ist er glücklich!«

Sie breitete theatralisch die Hände aus und umfaßte damit alles: Miss Wilkins, die Probleme in der Schule, daß unser Sohn keine Stunde lang stillsitzen konnte, Paris und den kaputten Eurostar, das Leben im Londoner Norden.

»Eben nicht. Da drüben ist das Leben besser. Für uns alle. Ich will nicht, daß Pat so eine Kindheit hat wie ich: dauernd ein anderes Zuhause, dauernd andere Leute um ihn herum. Ich will, daß er so eine Kindheit hat wie du, Harry.« Sie legte mir die Hand auf den Arm. »Vertrau mir doch. Ich will wirklich nur das Beste für Pat.«

Wütend schüttelte ich ihre Hand ab.

»Du willst nicht das Beste für Pat. Du willst nicht mal das Beste für dich oder diesen Versager von Richard.«

»Jetzt hör aber auf!«

»Du willst dich bloß rächen.«

»Glaub doch, was du willst, Harry. Mir ist wirklich egal, was du meinst.«

»Gina, das kannst du mir nicht antun.«

Plötzlich platzte ihr der Kragen. Wir konnten eben doch nie wieder herbeizaubern, was früher zwischen uns gewesen war, das wurde mir hier noch einmal deutlich. Wir konnten höflich sein, sogar liebevoll, wir konnten uns gemeinsam um Pat kümmern, aber die Liebe, die wir verloren hatten, war ein für allemal verloren, zerronnen, versiegt. Wie hieß der Spruch? Ein paar Jahre verheiratet, für immer geschieden. Gina und ich waren für immer geschieden.

»Du hast doch das Versprechen gebrochen, Harry, nicht ich. Du hast rumgevögelt, nicht ich. Dir ist es im Ehebett zu langweilig geworden, Harry, nicht mir.«

Sie schüttelte den Kopf und lachte. Ich sah dieser so vertrauten Fremden ins Gesicht. Von dieser Mutter hatte mein Sohn seine tiffanyblauen Augen, seine dunkelblonden Haare, diese ganz leicht auseinanderstehenden Zähne und vielleicht auch sein Temperament. Sie war eindeutig seine Mutter, und doch erkannte ich sie nicht wieder.

»Und jetzt willst du mir erzählen, was ich tun und lassen soll,

Harry? Du hast vielleicht Nerven. Ich gehe nach Amerika und nehme meinen Sohn mit. Finde dich gefälligst damit ab.«

Dann drückte sie auf ihren Autoschlüssel, und im Schein der doppelt aufflackernden Scheinwerfer funkelte ihr Ehering.

Nicht der Ehering von mir.

Sondern der neue.

6

Richard war einer dieser durchtrainierten Busineß-Kerle, die plötzlich überall in der Stadt auftauchten: Typ Muskelmann mit Brille, Typ uncooler Waschbrettbauch.

Vor zehn Jahren wäre ein Mann wie Richard, der irgendwelche Dinge mit dem Geld anderer Leute veranstaltet, noch ein spindeliges Männchen mit hängenden Schultern gewesen. Aber heutzutage muß man ein harter Bursche sein, wenn man im Bankenviertel überleben will, oder jedenfalls so aussehen. Was er alles machte, wußte ich zwar nicht genau – Gewichte, Ausdauertraining, vielleicht auch hie und da einen Boxercise-Kurs –, aber als ich in das Lokal gestürmt kam, in dem er mit Geschäftsfreunden beim Mittagessen saß, sah er jedenfalls eher nach Superman aus als nach dessen gesittetem Alter ego.

Richard hob als letzter den Kopf. Die anderen drei hatten mich schon kommen sehen. Vielleicht war es mein Aufzug: eine Jacke, die bei meiner Mutter »Autojacke« heißen würde, eine ausgebeulte Hose und einfache Treter – für einen Fernsehproduzenten eigentlich Standard, aber natürlich auffällig in einem schicken Restaurant, wo man Führungskräften mit siebenstelligen Jahresgehältern herzhafte toskanische Bauernkost servierte.

Richards Kumpel hatten mich sofort entdeckt: der junge Armaniträger, der grauhaarige Opa und der kleine Dicke, aber sie wußten nicht recht, was sie von mir halten sollten. Einer von ihnen, der Dicke, hätte mich schon fast um eine neue Flasche San Pellegrino gebeten. Als ich den Mund aufmachte, wurde ihm allerdings schnell klar, daß ich hier nicht das Mineralwasser reichte.

»Du nimmst mir Pat nicht weg, du Arschloch«, sagte ich. »Mit Pat nach Amerika? Vergiß es.«

Seine Zechkumpane starrten ihn an, dann mich, dann wieder ihn. Was sollten sie von dieser Szene halten? Gehörnter Ehemann? Homosexuelle Eifersüchtelei? Man merkte, daß sie Richard nicht gut genug kannten, um sofort durchzublicken. Er lieferte ihnen die Erklärung, ohne mich aus den Augen zu lassen.

»Dieser Herr hier ist der Vater von meinem Stiefsohn«, sagte Richard. »Dem armen kleinen Kerl.«

Und das gab mir den Rest. Ich hechtete über den Tisch, so daß die Brötchen und die kleinen silbernen Ölkännchen, die der durchschnittliche toskanische Bauer ziemlich sicher nicht auf seinem Hof verwendete, in alle Richtungen flogen. Richards Kumpel wichen zurück, standen halb auf, um sich aus der unschönen Szene herauszuhalten, aber noch bevor ich Richard erwischte, hatten mich zwei Kellner gepackt und schleiften mich weg, der eine hielt mich von hinten im Klammergriff, der andere zerrte am Kragen meiner Autojacke.

»Laß uns bloß in Ruhe«, rief ich, stemmte die Fersen in den sägebemehlten Dielenboden und erwischte trotz der fixierten Arme einen Zipfel der Leinentischdecke. »Laß meinen Sohn in Ruhe, Richard!«

Die Kellner waren zu stark für mich. Im Gegensatz zu Richard hatte ich mich nicht stundenlang an den Geräten oder auf dem Laufband geschunden. Mir ging einfach die Kraft aus, und sie zerrten mich mit Leichtigkeit weg. Allerdings hielt ich die Tischdecke fest und riß alles mit herunter: die Gläser, die Teller mit den herzhaften Nudelgerichten, die grobgeschnittenen Brotstücke und die kleinen silbernen Ölkännchen.

Die ganze Bescherung polterte auf den Boden und der Gesellschaft in den Schoß.

Jetzt sprang Richard auf, nun doch endlich wütend und

erpicht darauf, seinen neuen Bizeps auszuprobieren und mir die Lichter auszublasen. An seiner Hose tropften die Linguini mit Meeresfrüchten hinunter.

»Du verschleppst meinen Sohn nicht nach Amerika, bloß weil du in dieser Stadt keine Punkte machst, Richard.«

»Das entscheiden immer noch Gina und ich.«

»Ich bin sein Vater, du Arschloch. Und das werde ich immer bleiben. Daran änderst du bestimmt nichts.«

»Eines würde mich interessieren, Harry.«

»Was denn, du Penner?«

Er wischte sich eine Garnele vom tomatenverschmierten Reißverschluß.

»Was hat sie bloß in dir gesehen?«

Eamon Fish hat mir das mit der Patchworkfamilie als erster erklärt. Ausgerechnet Eamon Fish, eingefleischtester Single, den ich kannte. Die Säfte stiegen in Eamon zwar hoch, aber nicht ganz bis in den Kopf.

Eamon hatte seine Affären wie jeder moderne Mann, aber in bezug auf Liebe, Ehe und so weiter war er unerträglich altmodisch. Lag wohl an seinem früheren Leben in Kilcarney. Über die Ehe hatte er die typischen Single-Ansichten, einerseits fürchterlich mißtrauisch, andererseits unendlich romantisch. Aber eins muß ich ihm lassen: Er hat mich als einziger gewarnt.

»Harry, altes Haus«, brüllte er mir auf meiner Hochzeitsfeier quer durch den Saal zu. »Ich muß mal mit dir reden.«

Huldvoll nach rechts und links lächelnd fädelte er sich durch die Menge, freundlich und zuvorkommend zu den Leuten, die ihn erkannten, und dankbar für die, die ihn nicht kannten. Er hielt sein Sektglas in die Höhe, um nichts zu verschütten, und wirkte noch abgerissener als sonst, das Hemd aus der Hose, der Pony zu lang und die Augenlider halb geschlossen, aber er war so ein dunkler, irischer Typ wie der junge Jack Kennedy, so daß er sogar in Stutzen und Unterleibsschutz eher nach Windhund ausgesehen hätte als nach Penner. Er legte mir den Arm um die Schultern und stieß mit mir an.

»Auf dich. Und deine hübsche Braut. Und deine – wie heißt das noch? – Patchworkfamilie.«

»Meine was?« Ich lachte immer noch.

»Deine Patchworkfamilie.«

»Was ist denn eine Patchworkfamilie?«

»Du weißt schon, wie bei *Drei Jungen und drei Mädchen.* Wenn ein Mann und eine Frau ihre alten Familien zusammenschmeißen und eine neue draus machen. Du weißt schon, wenn ein Mann Kinder im Haus hat, die nicht seine eigenen sind. Oder eine Frau Mutter von Kindern wird, die sie nicht geboren hat. Eine Patchworkfamilie, wie bei *Drei Jungen und drei Mädchen.* Und wie bei euch, Harry. Ihr und *Drei Jungen und drei Mädchen.* Gott schütze dich, Harry, dich und die Deinen.« Er legte die Wange an meine und zog mich an sich. »Du hast ein Riesenglück, Junge. Komm, setzen wir uns einen Augenblick.«

Wir suchten uns einen ruhigen Tisch in der Ecke, und Eamon nahm postwendend eine kleine Plastiktüte aus dem Jackett, in dessen Knopfloch noch eine schlappe Nelke steckte. Das mit dem Koks war neu. Als wir uns kennenlernten, hatte er nie etwas Härteres eingeworfen als ein Guinness vom Faß und eine Tüte Schweinebratenkrusten.

Während Eamon vorsichtig ein Häufchen weißes Pulver auf die Rückseite unserer Hochzeitseinladung kippte und mit seiner Am-Ex-Karte zwei Bahnen zog, blickte ich mich nervös um.

»Mein Gott, Eamon, doch nicht hier! Man nimmt das Zeug doch nicht, wenn Kinder in der Nähe sind. Geh wenigstens auf die Toilette damit. Das ist hier wirklich fehl am Platz.« Und dann rutschte mir eine Bemerkung von meinem Vater heraus: »Alles zu seiner Zeit und in Maßen, Eamon.«

Er gluckste. Seelenruhig rollte er einen Zehn-Pfund-Schein zusammen.

»In Maßen? Wie alt bist du, Harry – dreiunddreißig? Du steckst in deiner zweiten Ehe, du hast einen Sohn, der nicht bei dir lebt, und eine Stieftochter, die schon bei dir lebt. Erzähl du mir nichts von Maßen. Du bist der maßloseste Mensch, den ich kenne.«

»Hier springen Kinder herum. Und meine Mutter. Und meine Tante Ethel.«

»Deine Tante Ethel hat bestimmt nichts dagegen, Harry.« Die weißen Bahnen wurden beherzt geschnupft. »Die hat mir das Zeug schließlich verkauft.« Er hielt mir den zusammengerollten, angefeuchteten Zehner hin. Als ich den Kopf schüttelte, packte er seine Drogen weg. »Jedenfalls: Glückwunsch, Kumpel.«

»Danke.«

»Daß du mir die Sache bloß nicht wieder verbockst.«

»Was soll das heißen?«

»Bleib auf dem Teppich und laß den Schwanz in der Hose.«

»Na klar, das ist doch eines der traditionellen Eheversprechen. Church of England, wenn mich nicht alles täuscht?«

»Ich meine es ernst. Laß dich nicht irremachen, wenn die erste Verliebtheit vorbei ist. Glaub bloß nicht, die Kirschen in Nachbars Garten wären süßer, das stimmt nämlich nicht. Denk dran, daß dein Schniedel an dir hängt, nicht umgekehrt.«

Durch das Gewühl auf der Tanzfläche kam Cyd auf uns zu. Sie strahlte, und so schön wie in diesem Augenblick hatte ich sie überhaupt noch nie gesehen.

»Vergiß nie, wie du dich heute fühlst«, sagte Eamon. »Das vor allem. Ich kenne dich, wir Männer sind doch alle gleich. Wie es wirklich in unserem Herzen aussieht, vergessen wir immer so leicht.«

Aber ich hörte ihm schon nicht mehr zu. Das wäre ja noch schöner, wenn ich gute Ratschläge von einem bekoksten Komiker nötig gehabt hätte. Ich stand auf, um meiner Frau entgegenzugehen.

»Du siehst glücklich aus«, sagte sie.

»Ich bin noch viel mehr als glücklich.«

»Wow, viel mehr als glücklich. Hoffentlich enttäusche ich dich dann nicht.«

»Du kannst mich gar nicht enttäuschen. Vorausgesetzt, du tust jetzt eines.«

»Nämlich?«

»Du tanzt mit mir.«

»Das kannst du haben.«

Ich nahm sie in die Arme, spürte ihren langen, schlanken Körper durch das Hochzeitskleid, und dann tanzten wir in vollendeter Harmonie zu Ella Fitzgerald mit *Every Time We Say Goodbye*. Und obwohl es im ganzen Raum von Freunden und Verwandten wimmelte, hatte ich, solange die Musik spielte, nur Augen für meine Frau.

Irgendwann ließ mich die Polizei wieder laufen.

Sowohl Richard als auch der Lokaleigentümer hatten von einer Anzeige abgesehen. Während ich nach Hause fuhr, dachte ich über all das nach, worüber Cyd und ich vor unserer Hochzeit geredet hatten. Stundenlang hatten wir die großen Themen des Lebens diskutiert. Auf diese Gespräche gründete sich unsere Beziehung. Abgesehen von dem Drang natürlich, uns bis zum Umfallen zu vögeln.

Wir redeten über unsere Eltern, diese altmodischen Eheleute, die jung geheiratet hatten, ihr Leben lang zusammengeblieben waren und die der Tod dennoch zu früh geschieden hatte. Das Thema beschäftigte uns nicht nur, weil wir unsere Eltern liebten, sondern weil wir genau so eine Ehe führen wollten.

Wir redeten auch über unsere beiden gescheiterten Beziehungen – ihre, die an Jims ständigen Weibergeschichten allmählich zerbröckelte, und meine, die sich durch einen dämlichen Ausrutscher, der blöderweise herauskam, plötzlich in Luft aufgelöst hatte. Und wir redeten über unsere Kinder, was für ein Leben wir uns für sie wünschten, und wie sehr wir Angst hatten, die Scheidungen würden Narben hinterlassen, die ein Leben lang spürbar blieben.

Wir redeten darüber, wie mein Sohn sich in die neue Familie einfügen sollte, wie wir dafür sorgen wollten, daß er sich wie ein vollwertiges Mitglied fühlte, auch wenn er bei seiner Mutter lebte und nur zu Besuch kam. Und wir redeten über mein Verhältnis zu Peggy, wie ich ein Vater für sie sein könnte, obwohl sie doch schon einen Dad hatte. Bei näherem Hinsehen schien uns unser Leben manchmal reichlich kompliziert, aber die Tatsache, daß wir so verrückt nacheinander waren, würde uns über alles hinweghelfen, glaubten wir. Und eine Zeitlang stimmte das auch. Weil wir uns liebten und weil wir über alles reden konnten. Über fast alles.

Das einzige Thema, um das wir uns herumdrückten, war ein eigenes Kind. Das Kinderthema, das größte aller Themen, wurde in die Warteschleife geschickt. Wir schoben die Arbeit vor. Das Übliche eben.

»Ich möchte einfach erst Food Glorious Food auf die Beine stellen, bevor wir ein Kind bekommen«, hatte Cyd erklärt. »Das ist mir wirklich wichtig, Harry. Bitte versuch, das zu verstehen.«

Cyds Firma war nach dem Lionel-Bart-Song aus *Oliver!* benannt. Sie lieferte Sushi, überbackene Ziti, Frühlingsrollen, Hühner-Satay und Minipizzas ans gesamte West End und das Bankenviertel.

»Aber ein Kind kann man nicht so genau timen«, sagte ich. »Manche Leute bemühen sich eine ganze Weile, bis es klappt. Meine Eltern mußten jahrelang auf mich warten.«

»Und die Warterei hat sich gelohnt. So wie es sich bei uns lohnen wird. Es wird bestimmt ein bildhübsches Mädchen.«

»Oder ein Junge.«

»Dann eben ein bildhübscher Junge. Aber jetzt ist einfach nicht der richtige Zeitpunkt. Schau mal, ich will doch genauso gern ein Kind wie du.«

Da war ich mir nicht so sicher.

»Bloß nicht sofort. Laß mich erst mein kleines Unternehmen starten. Und dann, okay? Dann ganz bestimmt. Nur sollten vorher noch ein paar Dinge passieren.«

Food Glorious Food lief gut und wuchs rasant. Veranstalter von Filmpremieren, Vernissagen und Promotion-Partys bestellten bei Food Glorious Food das Futter für die Feierlaune. Cyd war rund um die Uhr beschäftigt, aber so etwas hatte sie sich immer erträumt: ihr eigenes kleines Unternehmen. Also hetzte sie von einem neuen In-Hotel zur nächsten Vernissage, während ich bei Boots in der Schlange nach Kondomen anstand wie ein Teenager von anno dazumal. Noch einen Wunsch? Ach doch, jetzt wo Sie's sagen, hätte ich eigentlich gern ein Kind. Haben Sie gerade welche auf Lager?

»Ich möchte etwas Eigenes aufbauen«, hatte sie gesagt. »Das durfte ich noch nie. Immer habe ich für andere gearbeitet, in irgendwelchen Jobs, die mir egal waren. Seit Peggy auf der Welt ist, habe ich die meiste Zeit gekellnert. Aber jetzt habe ich entdeckt, daß ich ein Talent habe, Harry, ein richtiges Talent. Ich koche wie ein Weltmeister, ich scheue mich nicht vor harter Arbeit, und ich bin schlau genug, um zu merken, was meine Kunden wollen. Ich bin nicht nutzlos. Ich kann was!«

»Natürlich kannst du was, das weiß ich doch.«

»Ich will was Eigenes aufbauen, ein bißchen Geld verdienen, damit ihr stolz auf mich seid, Peggy und du.«

»Ich bin sowieso längst stolz auf dich.«

»Aber verstehst du mich? Kannst du's wenigstens versuchen? Ich will so gern, daß diese Ehe gutgeht. Und natürlich sind Kinder für eine Ehe wichtig. Aber daß man sich versteht, schließlich auch.«

»Ich verstehe dich ja.«

Und dabei lächelte ich sie an, damit sie sah, daß es stimmte. Ich verstand sie ja wirklich, das dachte ich jedenfalls. Ich wollte, daß ihre Firma gut lief, ich wußte, wie wichtig ihr das war. Cyd war schließlich anders als die Mütter von Peggys Freundinnen, die ihre hochkarätigen Karrieren aufgegeben hatten, um ein Kind zu kriegen. Meine Frau machte es andersherum. Und war mindestens so schlau. Warum also sollte sie nicht auch alles haben?

Gleichzeitig hatte ich den Verdacht, daß nicht nur ihr Catering-Service ihren Babyhunger in Grenzen hielt. Jim hatte sie ziemlich schlecht behandelt, und vielleicht wollte sie unserer Ehe ein bißchen Zeit zum Wachsen geben, bevor sie die nächste Komplikation hinzufügte. Und ganz insgeheim fürchtete ich, daß es noch einen ganz anderen Grund gab, weshalb Cyd vor einer Schwangerschaft zurückschreckte, einen Grund, den man nicht offen aussprechen durfte.

Ich hatte das Gefühl, meine Frau glaubte nicht felsenfest

daran, daß ich mein Ehegelübde halten würde, und hatte Angst, ich könnte mich im Endeffekt als ganz normaler Mann entpuppen. Wieder so ein Jim. Sie wollte kein Kind mit jemandem, der nicht bei ihr blieb. Und das verstand ich. Mir ging es ja genauso.

Aber während ich von meiner Episode mit Richard nach Hause fuhr, spürte ich genau, daß ein Baby nicht alles noch komplizierter für uns machen würde. Sondern viel einfacher. Wir brauchten dieses eigene Baby sogar, um alles zusammenzuhalten. Um ein Zuhause zu schaffen, in dem wir alle unseren Platz haben – Pat eingeschlossen.

Und noch während mir die Oberarme vom Klammergriff der beiden Kellner schmerzten, wurde mir bewußt, daß wir ein Kind brauchten, um aus unserer Patchworkfamilie eine richtige zu machen.

Ich mußte wieder ein echter Vater sein. Für Peggy genauso wie für das Kind, das Cyd und ich bekommen würden.

Und für den Jungen, den man mir wegnehmen wollte.

»Kannst du mir damit mal helfen, mein Schatz?«

Cyd war auf dem Sprung zu einem Auftrag, und in der Küche standen lauter mit Frischhaltefolie bespannte Silberplatten herum. Heute gab es italienische Antipasti: mit Reis gefüllte Tomaten, Feigen mit Parmaschinken, dicke, mit frischem Basilikum garnierte Mozzarellascheiben, Olivenbrot und dazu Marinara-Pizzen in CD-Größe.

Während ich meiner Frau half, die Platten ins Auto zu tragen, erzählte sie mir von der Veranstaltung. Ihre Firma war noch so neu, daß sie alles spannend fand.

»Theaterpremiere, Off-Shaftesbury Avenue. Ein Hollywoodstar, der zur Abwechslung Theater machen will. Ibsen, glaube ich, irgendwas Skandinavisches. Und wir besorgen das Catering für die 200 Gäste der Premierenfeier.«

Als ihr Kombi mit den italienischen Köstlichkeiten vollgeladen war, schlug sie die Tür zu und schaute mich an. Jetzt merkte sie, daß etwas nicht stimmte.

»Was ist denn los?«

»Gina ist los, und dieser Versager, den sie geheiratet hat. Sie wollen auswandern. Und Pat nehmen sie mit.«

»Auswandern?«

Ich nickte. »Schwachköpfe, alle beide.«

»Wie kommen sie plötzlich darauf?«

»Richard hat sich in London nicht etablieren können, und jetzt will er sein Glück in New York probieren. Als ob seine dämliche Karriere das Wichtigste auf der Welt wäre. Als ob Pat nicht auch seine Rechte hätte.«

Sie legte mir den Arm um die Schultern. Cyd wußte, was das für mich hieß.

»Wie fändest du es eigentlich, wenn Pat bei uns leben würde?« fragte ich.

»Damit wäre Gina doch nie einverstanden, oder?«

»Wenn aber doch? Wärst du dafür?«

»Na klar, wenn's dich glücklich macht, Baby.«

»Danke.«

Mir gab es einen Stich, weil sie nicht gesagt hatte, daß es sie genauso glücklich machen würde, wenn Pat bei uns wäre. Aber das war natürlich nicht zu erwarten. Sie hätte nichts dagegen, hatte sie gesagt, und ich wußte sehr wohl, daß meine Frau ein warmherziger, großzügiger Mensch war, daß sie mich liebte und daß sie das ehrlich meinte.

Warum genügte mir das nicht?

Weil ich wollte, daß er ihr genausoviel bedeutete wie mir. Daß wir jetzt verheiratet waren, hatte zwar viel verändert, und die Frau von Pats Vater zu sein war ganz anders als die Freundin von Pats Vater zu sein. Ich wollte trotzdem, daß sie ihn mit meinen Augen sah: wie einzigartig er war, bildschön und etwas ganz Besonderes. Ich wollte, daß sie Pat mit den Augen einer Mutter sah. Aber so empfindet man eben nur für das eigene Fleisch und Blut, und das kann man nicht vortäuschen.

»Puh«, sagte sie mit einem Blick auf die Uhr. »Ich muß los. Können wir nachher noch mal drüber reden?«

»Klar.«

Sie drückte meine Hand und gab mir einen Kuß auf die Backe.

»Das renkt sich ein, Baby, ganz bestimmt. Jetzt muß ich los. Und denk dran, daß Jim Peg abholen kommt.«

Wie hätte ich das vergessen können?

Jims sporadische Ausflüge zu seiner Tochter hatten inzwischen die Bedeutung von Staatsbesuchen erlangt. Schon Tage vor dem großen Ereignis stieg in unserem Haus die Spannung. Eigentlich hätte ich für Jim Verständnis haben sollen – schließlich war auch er Teilzeitvater, der von seinem eigenen Fleisch und Blut getrennt war, aber in Wirklichkeit war ich beleidigt, bitter und eifersüchtig, und zwar aus den üblichen Gründen: Weil meine Frau ihn eindeutig vor mir und womöglich heftiger geliebt hatte als mich. Und dann gab es noch Gründe, die nichts mit meiner verletzten Eitelkeit zu tun hatten.

Jim tauchte auf, wenn es ihm paßte, und er blieb weg, wenn er keine Lust hatte. Das hätte seine Aktien in unserem Haus eigentlich in den Keller befördern müssen, aber das tat es nicht. Egal was er sich leistete, Peggy liebte ihn heiß und innig und war völlig aus dem Häuschen, wenn er auf seiner Norton angerauscht kam.

Von Jim und Peggy lernte ich, daß Kinder ihre Eltern lieben wollen, und zwar aus tiefster Seele.

Selbst wenn die Eltern das nicht verdienen.

Jim hatte Verspätung. Und zwar gewaltig.

Peggy hockte auf einer Sessellehne am Fenster, die Nase an die Scheibe gepreßt, und wartete darauf, daß das Motorrad ihres Vaters auftauchte.

Aber Jim gedachte anscheinend nicht zu kommen. Das hatte ich im Gefühl, es war ja nicht das erste Mal. Offensichtlich wurde nichts aus dem Abend mit ihrem alten Herrn. Wieder mal Essig.

Als das Telefon klingelte, rannte Peggy sofort hin. Ich kniete mich auf den Boden und klaubte das Zubehör von Pilotin Lucy Doll und ihren Überflieger-Freundinnen zusammen. Kinder verlieren diese Kleinteile so leicht, und dann drehen sie durch, weil sie sie nicht mehr finden. Da war Peggy nicht anders als Pat. Vorsichtig steckte ich das Getränketablett eines Stewards wieder an seinen Platz.

Mit dem Telefon in der Hand kam Peggy wieder ins Wohnzimmer, biß sich auf die zitternde Unterlippe und machte ein tapferes Gesicht.

»Es ist Daddy. Er will dich sprechen.«

Ich nahm das Telefon. »Jim?«

Im Hintergrund hörte man Musik. »*Baby, pull my love pump! Baby, pull my love pump! Baby, pull my love pump! But not so hard next time.*«

»Ich bin beim Zahnarzt«, sagte Jim, indem er die Musik überschrie. »Zu blöd, aber ich schaff's heute nicht. Versuch es ihr zu erklären, Harry, okay? Tut mir wirklich leid, aber ich hab da was, was dringend 'ne Füllung braucht.«

Ich legte auf.

Peggy war verschwunden.

Ich fand sie in ihrem Zimmer unter der Bettdecke versteckt. An der Wand hingen Poster von Boygroups und Lucy Doll in sämtlichen Inkarnationen, die aus ihrer heilen Welt auf dieses erztraurige Kind heruntergrinsten.

Ich strich ihr übers Haar. »Dein Dad kommt das nächste Mal, mein Schatz. Er hat dich lieb, das weißt du ja.«

»Er hat einen schlimmen Zahn.«

»Ich weiß.«

»Und der tut weh.«

Peggy setzte sich auf, und ich wischte ihr mit einem offiziellen Lucy-Doll-Taschentuch die Tränen ab. Sie war ein so großartiges Kind und hatte wirklich etwas Besseres verdient als diesen lausigen Vater. Jedes Kind der Welt verdiente einen besseren Vater als Jim.

»Erzähl mir eine Geschichte, Harry. Keine aus einem Buch, sondern eine eigene. Eine echte.«

»Eine echte?«

»Mhm.«

»Ist gut, Peg.« Ich überlegte einen Augenblick. »Es war einmal ein alter Mann namens Geppetto.«

»Das ist aber ein komischer Name.«

»Und eines Tages fand Geppetto ein verzaubertes Holzscheit, das lachen und weinen konnte, stell dir vor.«

Sie grinste mich zweifelnd an.

»Echt?«

»Ehrlich.«

»Das denkst du dir doch aus, Harry.« Das Grinsen wurde breiter.

»Von wegen, Peg«, sagte ich und grinste zurück. »Jedes Wort ist wahr. Und aus diesem verzauberten Holzscheit schnitzte Geppetto den Pinocchio.«

»Und wer war dieser Pinocchio?«

»Eine Puppe, Peg. Ein Holzscheit, das sich wie ein Mensch benehmen konnte. Er konnte lachen und weinen und alles, was dazugehört, aber er hat sich immer nur eins gewünscht: ein echter Vater zu sein.«

Habe ich Vater gesagt?

Junge meinte ich natürlich.

Pinocchio wollte ein echter Junge sein.

7

»Zu irgendwas erklärt wird man nur zweimal im Leben«, sagte Eamon. »Das erste Mal zu Mann und Frau, das zweite Mal für tot.«

Es gab ja immer noch den Beruf. Meine Mutter mochte bei brennendem Licht schlafen, meine Frau mochte mich zum Kondomkaufen schicken und mein Sohn seine Sachen für ein neues Leben auf einem fremden Kontinent packen, aber es gab immer noch den Beruf.

Die Sache mit dem Beruf ist viel einfacher als die mit der Familie. Im Beruf fühlt man sich schon mal als annähernd erfolgreiches Wesen. Zu Hause kannst du dir das abschminken.

»Ich komme aus einer typisch irischen, riesigen Familie«, sagte Eamon, während er über die Bühne eines Fernsehstudios tigerte, das ausgestattet und ausgeleuchtet war wie einer der Clubs, in denen er früher als Stand-up-Comedian aufgetreten war. »Zehn Kinder.«

Pfiffe aus dem Publikum, das man ermuntert hatte, sich zu benehmen, als säße man in einem schummerigen Keller in Soho statt in einem sterilen Studio in White City.

»Ja, ich weiß. Ist das zu fassen? Zu zehnt waren wir! Aber nach dem zehnten Kind kamen meine Eltern auf diese grandiose Verhütungsmethode, und die war unfehlbar: Jeden Abend vor dem Schlafengehen haben sie sich ein paar Stunden mit uns Kindern beschäftigt.«

Meine Exfrau mochte mir vorwerfen, ich würde ihren Mann belästigen, und von beschränktem Zugang zu meinem Sohn reden, obwohl mir der Atlantik sowieso bald den Zugang beschränkte, aber es gab immer noch den Beruf. Auch wenn sich jede Stunde, die ich mit meinem Sohn zusammen war, anfühlte wie im Zeitraffer – denn das spüren abwesende Väter ja am deutlichsten: nicht die Zeit, die sie mit ihrem Kind zusammen sind, sondern den Countdown, bis sie sich wieder trennen müssen –, es gab immer noch den Beruf mit seinen billigen Trostpflastern, dem Allheilmittel der Erfüllung und Eamon und seiner sagenhaften Karriere.

»Einmal kam mein Vater nach Hause, und meine Mutter lag mit dem Milchmann im Bett«, sagte Eamon. »Natürlich kriegte sie einen Riesenschreck. ›O Gott!‹ meinte sie. ›Erzähl das bloß nicht dem Briefträger!‹«

Eamon Fish hatte viel dazugelernt, seit er zwei Jahre zuvor bei mir aufgetaucht war, gutaussehend, dunkeläugig und verschreckt, frisch von der Stand-up-Ochsentour und bange, ob das Fernsehen ihn berühmt machen oder bei lebendigem Leib verschlingen würde. Inzwischen verfügte er über sämtliche Insignien des Erfolgs: eine Sendung, die in der vierten Staffel lief, drei überregionale Fernsehpreise, zwei leerstehende Wohnungen in angesagten Wohnvierteln (Temple Bar in Dublin und Docklands in London) sowie eine ausgewachsene Kokainsucht, die ihn am Tag 200 Pfund kostete.

Obwohl er längst den grünen Weiden von Kilcarney entfleucht war und rauschenden Erfolg in London hatte, mimte Eamon immer noch mit Vorliebe den kleinen irischen Jungen mit den großen Augen, frisch von der Farm und der Air-Lingus-Frühmaschine aus Cork. Er klammerte sich an die Mythen seiner Vergangenheit wie ein Ertrinkender an einen schlappen Rettungsring.

Ich hatte Eamons Late-Night-Talk-Show von Anfang an produziert, und *Und Freitags Fish* funktionierte, weil wir auf Eamons Stärken setzten. Trotz seiner zwei Jahre beim Fernsehen war er nämlich im Grunde seines Herzens Stand-up-Comedian geblieben. Er konnte mit seinen Gästen plaudern und mit sämtlichen Größen des Showbiz herumalbern, aber am besten war er, wenn er seine Selbstgespräche führte.

»Die meisten Babys in Kilcarney sind ausgesprochen hübsch. Doch, das stimmt, das können Sie mir glauben.« Das nervöse Hüsteln, mit dem er Pausen markierte, war von seinem Helden Woody Allen geklaut und inzwischen zu seinem eigenen Markenzeichen ausgebaut. »Ich war allerdings so häßlich, daß die Hebamme bei meiner Geburt meinte: ›Der ist noch nicht fertig‹, und mich wieder zurückschob. Also ich weiß ja nicht, hier ist das natürlich ganz anders, hier sind die Gynäkologen ja Männer. Was soll das eigentlich? Ich geh doch auch nicht zu einem Mechaniker, der noch nie ein Auto besessen hat.«

Die Monologe über die Menschen in seinem Heimatort Kilcarney waren immer die besten Stellen, da wurde am lautesten gelacht, und er war sichtlich in seinem Element. Noch dazu war er so jung, daß er ständig dazulernte. Nach mittlerweile zwei Jahren vor der Kamera hatte Eamon ein Selbstbewußtsein, das vorher nicht dagewesen war. Jetzt war er nicht mehr so panisch darauf bedacht, daß man ihn mochte, er vertraute auf sein Material und konnte sich entspannen, weil er wußte, daß er das Publikum in der Hand hatte. Ansonsten hatte er in seinem Leben kaum etwas in der Hand, wie so viele, mit denen ich beim Fernsehen zusammengearbeitet hatte

»Ich überlege, ob ich wieder zu meiner Freundin zurücksoll. Sie heißt Mem. Kommt aus Thailand. Und ist Tänzerin. Na ja, eigentlich weniger Tänzerin.« Hüstel. »Eher Stripperin.« Gegacker ringsum. Das Studiopublikum fraß ihm aus der Hand. Es lachte sogar, wenn er keinen Witz machte. »Ganz fabelhaftes Mädchen. Und wenn ich mir die Fotos aus unserer gemeinsamen Zeit anschaue – Urlaub auf Koh Samui, Weihnachten in Kilcarney, der Schoßtanz, den sie mir zum Geburtstag geschenkt hat – dann will ich einfach wieder mit ihr zusammensein. Andrerseits geben diese Fotos unsere gemeinsame Zeit natürlich verfälscht wieder, das ist mir schon klar. Wo sind die schlechten Zeiten? Auf den Fotos bestimmt nicht. Wieso fotografieren wir eigentlich immer nur die guten Zeiten? Wieso habe ich kein Foto von Mem mit Blasenentzündung? Und Mem mit PMS – wo ist das im Album?« Mitfühlendes Gelächter. Künstliche Buhrufe der Mädchen. »Wir haben uns getrennt, weil wir unterschiedliche Ansichten über die Ehe hatten. Männliche Singles verstehen natürlich mehr von der Ehe als verheiratete Männer. Sonst wären wir ja selber verheiratet. Ich persönlich glaube, die Ehe besteht darin, daß man den Unterschied zwischen einer Frau und all den anderen überschätzt. Und meine Exfreundin glaubt – ach du Scheiße!«

Plötzlich war alles blutverschmiert. Eamons Hände, sein Gesicht, das Mikrofon. Es floß so viel Blut, daß man nicht sah, woher es kam.

Eamon taumelte und schlug sich die Hände vors Gesicht, der Aufnahmeleiter starrte mich an, und dem Publikum blieb die Luft weg. Dann kam vereinzeltes Gelächter, weil man nicht wußte, ob das Ganze vielleicht zum Programm gehörte. Schnitt, Schnitt, Schnitt! bedeutete ich dem Regisseur auf der Galerie mit einer säbelnden Handkante an meiner Kehle. Und dann dämmerte mir, daß das Blut Eamon aus der Nase floß.

Es gab immer noch den Beruf. Egal, wie mies es zu Hause lief, es gab immer noch den Beruf.

Dann fiel Eamon in einer Livesendung praktisch die Nase aus dem Gesicht.

Und dann gab es nicht mal mehr den Beruf.

Pat sagte kein Wort von wegen Umziehen.

Dabei hatte Gina bestimmt schon mit ihm darüber geredet, hatte versucht, ihm zu erklären, warum und wieso, und wie das Leben in Amerika aussehen würde. Sie hatte ihm von Richards Stelle in Manhattan und von dem Haus in Connecticut erzählt, alles Namen, die für Pat so fern klangen wie Mars und Venus. Sicher hatte sie sich bemüht, ihn zu beruhigen, er würde mich zwar nicht mehr jeden Sonntag sehen, aber in den ganz, ganz langen Schulferien könnte er mich immer besuchen, und seine Großmutter und Bernie Cooper auch, und alles, was er in London gern hatte. Es würde ihm bestimmt ganz doll gefallen, hatte sie unserem Sohn erklärt.

Den ganzen Schwachsinn eben.

Und zum Schluß – ich konnte mir genau vorstellen, wie er sie mit seinem blassen Gesichtchen anstarrte, ohne eine Miene zu verziehen, ohne seine Angst zuzugeben – hatte sie ihren Trumpf aus dem Ärmel gezogen.

Wenn sie erst in dem neuen Haus in Connecticut wohnten, inmitten all der grünen Wiesen und Hügel, dann bekomme er das, was er sich schon immer gewünscht habe:

Einen Hund.

Das versprach meine Exfrau ihrem Sohn, das sollte er als Entschädigung dafür bekommen, daß er London, seine Großmutter, seinen Vater, seinen besten Freund, sein ganzes Leben aufgab. Wenn er mit in ein anderes Land zog, bekam er einen Hund. Einen Zauberköter, der alles wiedergutmacht.

Ich verwünschte Gina und die Tatsache, daß ihre Entscheidungen meine Welt immer noch von Grund auf erschüttern konnten. Nach so langer Zeit war ich immer noch nicht frei von ihr. Überall in meinem Leben tauchten Teile von Gina auf, wie

Splitter von einer Granate, die vor ewigen Zeiten explodiert war, wie die schwarzen Schrapnellstücke, die sich fünfzig Jahre lang durch den Körper meines Vater gearbeitet hatten. Die Vergangenheit ließ einen nie wieder los: längst vorbei, aber immer präsent. Ich würde nie wieder frei sein, weil Gina meinen Sohn hatte. Und jetzt wollte sie ihn mir wegnehmen.

Nur ein Anwalt konnte sie noch davon abhalten.

Wenn ich das mit dem Umzug ansprach – immer viel beiläufiger, als ich es empfand –, dann erstarrte dieses Gesicht, das ich so liebte, zu einer Maske.

»Du schickst mir doch eine Postkarte, oder, Pat? Gleich wenn du in Amerika ankommst, schickst du deinem Dad eine Postkarte, ja?«

»Ich tu dir faxen. Oder emailen. Oder vielleicht ruf ich dich am Telefon an.«

»Was, keine Postkarte? Dabei kriege ich so gern Postkarten. Postkarten sind eine tolle Sache.«

»Ich weiß aber nicht, wie das geht.«

»Mummy zeigt es dir bestimmt.«

»Meinst du? Dann schicke ich dir vielleicht mit der Post eine Postkarte. Vielleicht.«

»Aber das Allerwichtigste ist, daß du bald wieder nach Hause kommst und bei mir bleibst. In den Ferien. Das ist das Allerwichtigste. Okay, mein Schatz?«

»Okay.«

»Und noch was, Pat.«

»Was denn?«

»Du wirst mir fehlen.«

»Du mir auch«, sagte er. Ich kniete mich hin, umarmte ihn und vergrub meine Nase in seinem Blondschopf, so daß ich seinen Schokolade-Atem roch, und mußte schlucken vor lauter Liebe zu ihm.

»Amerika wird schön«, sagte meine Mutter, und ich spürte, daß sie sowohl ihren Enkel als auch ihren Sohn aufmuntern wollte. »New York, New York, ich sag's ja! Das ist so toll, daß man es immer gleich zweimal sagt. Du hast vielleicht Glück, mein Engel.«

»Da muß man übers Meer.« Pat legte den Kopf schief und sah sie an. »Wie bei Frankreich in Paris. Bloß noch weiter. Man kann nicht mit dem Zug hin, man braucht ein Flugzeug.«

»Dir wird es in Amerika sicher gefallen, mein Engel.«

Und sie meinte das wohl ehrlich. Sie liebte ihren Enkel so sehr und so selbstlos, daß sie vor allem um sein Glück besorgt war.

Aber selbst wenn meine Mutter es für kompletten Unsinn gehalten haben sollte, daß Gina ihn um den halben Erdball zerrte, ihm seine Freunde, seine Schule, seinen Vater, seine Großmutter und ein Leben, das sich endlich ordnete, wegnahm, dann ließ sie es sich nicht anmerken.

Wir standen bei meinem Vater am Grab. Meine Mutter wie auch mein Sohn betrachteten einen Ausflug zum Friedhof als ideale Sonntagnachmittagsbeschäftigung. Sie waren beide begeisterte Friedhofsbesucher. Ich war da etwas zurückhaltender. Seitdem ich damals im Hinterzimmer des Bestattungsunternehmens die Leiche meines Vaters gesehen hatte, zweifelte ich nicht mehr daran, daß der Lebensfunke, der ihn zu dem Mann gemacht hatte, der er war, erloschen war. Ich glaubte nicht, daß wir ihn auf dem Friedhof hinter der alten Kirche auf dem Hügel wiederfinden konnten, mit Blick auf die Wiesen, die ich als Junge mit meinem Luftgewehr unsicher gemacht hatte. Mein Vater war jetzt woanders. Aber ich wurde auch nicht mehr traurig, wenn ich auf den Friedhof ging.

Ab wann die Besuche am Grab meines Vaters mich nicht mehr traurig machten, weiß ich nicht genau. Ungefähr nach einem Jahr vielleicht, als die Verzweiflung darüber, daß er tot ist, allmählich umschlug in die Dankbarkeit, daß er gelebt hatte. Inzwischen fühlten sich die Besuche nicht mehr an wie eine Gelegenheit zum Trauern, sondern sie waren mehr praktischer Natur: um frische Blumen zu bringen, den Grabstein zu putzen und ein paar Kippen oder eine Bierdose zu entfernen, die irgendein Jüngling hatte liegenlassen, der sich ungeheuer männlich vorkam.

Die Besuche hatten auch eine zeremonielle Funktion: Wir kamen hierher, um an meinen Vater zu denken, um zu bekunden, daß er uns weiterhin wichtig war und wir ihn weiterhin liebten. Wir kamen hierher, weil es sonst keinen Ort gab. Sonst konnte man höchstens an ihn denken, von ihm träumen oder die alten Fotos ansehen, die allmählich verblaßten.

Außerdem war da noch etwas.

Nachdem bereits für den Umzug gepackt wurde, hatte ich das Bedürfnis, meinen Sohn heute ans Grab seines Großvaters mitzunehmen, genauso wie ich damals das Bedürfnis gehabt hatte, ihn gegen den Rat von allen anderen mit ins Krankenhaus zu nehmen, als der alte Mann im Sterben lag. Sie hatten sich so verehrt, diese beiden, der alte, hartgesottene Soldat und dieses Kind mit dem Engelsgesicht, und ich fand damals wie heute, ich sei beiden schuldig, ihnen Gelegenheit zum Verabschieden zu geben.

Hinterher gingen wir noch zu meiner Mutter, und sie zog sich die Pantoffeln an, um mit Pat im Garten Fußball zu spielen.

Sie schien bester Laune, wie sie den Plastikfußball in die Rosen donnerte, dabei Dolly-Parton-Songs trällerte und hartnäckig behauptete, Pele zu sein. Erst als ihrem Enkel langweilig wurde und er davontrottete, um sich ein Video anzuschauen, rutschte ihr die Maske herunter.

»Er steckt ganz scheußlich in der Klemme«, sagte sie, während sie wie wild an ihrer funkelnden Spüle herumputzte. »Mein kleiner Schatz steckt scheußlich in der Klemme.«

Sie hatte recht. Mir wurde wieder bewußt, was für ein Einschnitt dieser Umzug für meinen Sohn sein würde, was für ein riesengroßer Schritt. Pat sollte London verlassen. Seinen einen Elternteil, seinen besten Freund Bernie Cooper, seine Schule, sein Zuhause, den Alltag, den er kannte, all das sollte er aufgeben. Ich begriff immer noch nicht, wie das alles hatte passieren können.

Meine Mutter hatte recht. Pat steckte scheußlich in der Klemme. Ihr kleiner Schatz steckte scheußlich in der Klemme.

Erst nach einer ganzen Weile kam ich drauf, daß sie mich meinte.

Wir saßen bei Gina vor dem Haus im Auto und hatten beide noch keine Lust hineinzugehen.

Eine halbe Ewigkeit saßen wir da. Pat drückte am Radio herum, um Kylie Minogue zu finden, und ich starrte ihn einfach nur an – seine verwuschelten Haare seine grasbefleckten Klamotten, ja seine ganze selbstvergessene Schönheit.

Wenn er ein bißchen älter wäre, würde ich ihn schon wiederbekommen, hatte Eamon gemeint. Aber bis dahin hatte sich mein Sohn in jemand anderen verwandelt, und das Kind, das ich so liebte, war ein für allemal verschwunden. Stumm saßen wir im Auto und dachten an all das, was wir aufgeben mußten. Dann gingen bei ihm zu Hause allmählich die Lichter an, und es wurde Zeit für den Abschied.

Normalerweise wurde Pat übergeben wie im kalten Krieg eine Geisel am Checkpoint Charlie. Ich begleitete ihn bis ans Gartentor, Gina wartete in der Haustür, und zusammen beobachteten wir, wie er das Niemandsland des Gartenwegs durchquerte, das die Kluft zwischen den beiden Welten beschrieb.

Heute abend lief alles anders. Heute kam Gina heraus und auf meinen Wagen zu. Ich ließ das Fenster herunter, um mir meine Predigt abzuholen, ich hätte ihren Mann beleidigt, sei zu spät dran, machte ihr Leben kaputt oder sonst etwas in der Art. Aber sie lächelte mich fast so herzlich an wie früher.

»Kommst du einen Augenblick rein, Harry? Schau mich nicht so an, das ist schon okay. Richard ist beim Golfen.«

Pat wurde sofort munter. Kylie war vergessen. »Ja, komm rein, Daddy, und schau dir mein Zimmer an!«

Ich hatte dieses Haus noch nie betreten. Schon komisch, daß ich ausgerechnet jetzt eine Führung bekam, wo ein Schild im Vorgarten verkündete, es sei zu verkaufen. Halbherzig wehrte ich ab, aber die beiden bestanden darauf, und zugegebenermaßen war ich neugierig. Mit meinem Sohn an der Hand und meiner Exfrau ein paar Schritte hinter mir wurde ich also in ein echtes Großstadtdomizil geleitet, einen Tempel des Wohlstands, mit viel Licht, Luft und Glas, mit spiegelnden Fußböden, asiatischem Nippes und geschmackvollen Schwarzweißfotografien an der Wand.

»Hübsches Haus, Gina.«

»Die Hypothek ist allerdings kaum zu stemmen. Deswegen wollen wir ja ...«

Sie machte den Satz nicht fertig. Daß ich an ihren finanziellen Nöten keinen Anteil nahm, war ihr klar.

Man hätte nie gemerkt, daß in diesem Haus ein Kind wohnte. Wo waren die Spielsachen, die Unordnung, der Kram? Pat packte meine Hand und zog mich die Treppe hinauf. Gina kam uns nach, die Arme verschränkt und immer noch lächelnd.

Wenigstens Pats Zimmer kam mir vertraut vor. Überall lag Krieg-der-Sterne-Spielzeug herum, diverse Laserschwerter, eine ganze Reihe von kleinen Action-Figuren, der graue Schrotthaufen des Millennium-Falken und die Überreste von X-Wing-Kämpfern, mit denen er vor ein paar Jahren gespielt hatte. Und dann die Bücher, die ich ihm früher vor dem Schlafengehen vorgelesen hatte: *Wo die wilden Kerle wohnen, Der Tiger, der zum Tee kam, Der Schneemann* und natürlich alles zum Krieg der Sterne – die Fotobände und die Bücher zum Film. Und dann waren da noch ein paar Uralt-Spielsachen, ein ramponiertes *Speak and Spell* und ein zerzauster Menschenaffe, der unter dem Namen George der Affe lief, Pats einziger Ausflug in die Welt der kuscheligen Stofftiere. Neue Sachen hatte er auch, einen *Phantom-Menace*-Bettbezug, Schulbücher, und auf seinem kleinen Schreibtisch ein paar Harry-Potter-Taschenbücher.

Das Zimmer war größer als das, das er bei uns gehabt hatte, und wesentlich aufgeräumter. Entweder hatte er sich selbst am Riemen gerissen, oder in diesem Haushalt herrschte einfach mehr Disziplin.

»Wie findest du mein Zimmer, Daddy?«

»Sagenhaft, mein Schatz. Und du hast alle deine Sachen da.«

»Mhm.«

Gina strich ihm über den Kopf. »Pat, geh doch mal runter und schau dir ein Video an, wenn du magst.«

Unser Junge war völlig verdattert. »Ein Video? Darf ich? Muß ich noch nicht ins Bett?«

»Heute abend ausnahmsweise nicht. Schau dir doch den

ersten Film an.« Wenn Gina Pat gegenüber vom ersten Film redete, dann meinte sie den ersten Krieg-der-Sterne-Film. »Nicht ganz natürlich, nur bis die Droiden gefangengenommen werden, okay?« Das war doch die alte Abmachung, oder? Das hatte sie damals schon immer gesagt, *nur bis die Droiden gefangengenommen werden*. Das kam mir bekannt vor, früher hatte ich das selber mal gesagt. »Und dann putz dir die Zähne und zieh deinen Schlafanzug an. Ich möchte noch mit Daddy reden.«

Pat, der sein Glück nicht fassen konnte, rannte nach unten, und Gina stand mit mir im Zimmer unseres Sohnes und lächelte mich an.

»Harry«, sagte sie.

»Gina«, sagte ich. So schmal und hübsch war sie, meine Exfrau.

»Ich möchte dir etwas sagen.«

»Nur zu.«

»Ich weiß nicht, wie ich es ausdrücken soll. Vielleicht will ich dir einfach sagen … daß ich ihn dir nicht wegnehmen will.«

»Das ist gut.«

»Egal, was passiert, egal, wo wir sind, du bleibst immer sein Vater. Nichts auf der Welt kann das ändern.«

Ich sagte nichts. Weder, daß ich am nächsten Tag einen Termin beim Anwalt hatte, noch, daß Pat nur über meine Leiche an den Abflugschalter kam. Natürlich wollte sie nett sein, das war mir klar, aber nichts von dem, was sie von sich gab, war mir neu.

»Man kann nicht immer in der Vergangenheit leben, Harry. Richard und ich, wir denken einfach an die Zukunft. Die Zukunft unserer Familie. Darum geht es bei unserem Umzug, und ich hätte so gern, daß du versuchst, das zu verstehen. Wir denken einfach an die Zukunft, dazu ist eine Familie schließlich da.« Und dann lachte sie. »Ich muß dir was zeigen. Hast du Lust?« Plötzlich wurde sie befangen, als hätten wir einander gerade kennengelernt und wären überhöflich. »Hast du noch Zeit, oder bist du im Druck?«

»Ich habe alle Zeit der Welt, Gina.«

Ich stieg hinter ihr noch eine Treppe hoch und betrat ein kleines Arbeitszimmer. Ein blauer iMAC, zwei Aktenschränkchen und ein Bücherregal. Auf dem Schreibtisch ein Foto von Pat mit zwei Jahren, strahlend und splitternackt in einem Planschbecken. Ginas Zimmer.

Sie öffnete eine großen flache Pappschachtel und nahm einen Stapel Fotos heraus. Sie waren alle von Pat. Es mußten gut zwei Dutzend sein, 20 mal 25 cm, schwarzweiß, professionell gemacht.

Und umwerfend.

Sie mußten vor ein paar Monaten geschossen worden sein, gegen Ende des Sommers, denn Pat hatte darauf noch seinen Wuschelkopf und war braun gebrannt. Sein Oberkörper war nackt, er strahlte und strotzte vor Lebenslust. Auf den meisten Fotos lachte er offen, auf anderen grinste er schüchtern und fast belustigt. Sie waren alle am selben sonnigen Nachmittag gemacht, und er blödelte vor der Kamera in einem Garten herum, der mir fremd war. Wahrscheinlich Ginas Garten, hier hinter dem Haus.

Mich hauten diese Schwarzweißfotos von meinem Sohn einfach um. Der Fotograf hatte ihn perfekt getroffen.

Pat strampelte in einem Planschbecken eine glitzernde Wasserfontäne hoch, schlitterte über nasses Gras und platzte schier vor Vergnügen, er drosch einen Plastikball in den Gartenzaun und lachte dabei aus vollem Hals. Seine Augen, sein Gesicht, seine zarten Glieder – nichts war diesem Fotografen entgangen. Ich konnte nicht fassen, daß jemand ihn so genau erfaßt hatte.

»Hast du die gemacht?«

Gina schüttelte den Kopf. »Nur das hier.«

Und dann zeigte sie mir noch ein Bild, eindeutig am selben Tag geschossen, mit derselben Kamera, aber nicht vom selben Fotografen. Auf diesem Bild stand Pat da und lächelte schüchtern in die Kamera. Neben ihm stand eine junge Frau mit exotischem Äußeren, die lächelnd den Arm um die bloßen Schultern meines Sohnes gelegt hatte. Sie war wunderschön. Und sexy. Und sah nett aus. Alles, was man sich nur wünschen kann.

»Meine Freundin Kazumi hast du nie kennengelernt, oder?«

fragte Gina. Wir haben in Tokio ein Jahr lang zusammen gewohnt, und jetzt ist sie in London, um als Fotografin Karriere zu machen. Sie hat sich in Pat verliebt, wie du unschwer erkennen kannst.«

Ich wollte sie sofort kennenlernen, diese Fotografin, die beim ersten Blick auf meinen Sohn mit vollendeter Klarheit sein sanftes, fröhliches Wesen erkannt hatte, diese Fremde, die die vorsichtige, ernste Maske durchschaute, die er zu tragen gelernt hatte, diese Frau, die meinen Sohn mit meinen Augen sah.

Urplötzlich war er da, dieser Gedanke, mit dem jeder Verrat beginnt, der gefährlichste Gedanke, den ein verheirateter Mann haben kann.

Es gibt sie.

Ich habe sie bloß noch nicht kennengelernt.

8

Ich hatte gedacht, mein Anwalt würde mir helfen, meinen Sohn zu behalten. Hatte angenommen, er würde mir erklären, Gina wolle ein ehernes Naturgesetz brechen, und das würde ihr die Justiz schon austreiben.

Und ich lag völlig daneben.

»Aber als Elternteil hat man doch bestimmte Rechte, oder?«

»Das kommt darauf an, was Sie mit Elternteil meinen«, sagte Nigel Batty. »Es gibt schließlich verschiedene Arten von Eltern: verheiratete Eltern, unverheiratete Eltern, Adoptiveltern, Stiefeltern, Pflegeeltern. Definieren Sie Eltern, Mr. Silver.«

»Sie wissen doch, was ich meine, Nigel. Eltern aus Liebe, die Sache mit den Bienchen, mit Sperma und Eizelle, leibliche Eltern meine ich, Eltern im altmodischen Sinn.«

»Ach so, Eltern im *altmodischen* Sinn.«

Nigel Batty war klein, streitlustig und bekannt dafür, daß er für die Rechte von Ehemännern und Vätern kämpfte, die vor dem Scheidungsrichter über den Tisch gezogen werden sollten.

Als er mich bei der Scheidung von Gina vertreten hatte und dem anschließenden Hickhack darüber, bei wem Pat leben sollte, waren seine Knopfaugen hinter dicken Flaschengläsern versteckt gewesen. Inzwischen hatte er sich die Kurzsichtigkeit weglasern lassen und die Brille entsorgt. Aus Gewohnheit kniff er jedoch nach wie vor die Augen zusammen, was ihm einen mißtrauischen, feindseligen Anschein verlieh, so als sei mit ihm nicht gut Kirschen essen.

Damals bei Gina hatte ich ihm keine freie Hand gelassen. Wenn es nach ihm gegangen wäre, hätte er sie aussehen lassen wie die Hure von Babylon und sie vor Gericht vernichtet, aber mir ging das zu weit. Trotz aller Grabenkämpfe zwischen uns: Das hatte Gina nicht verdient. Und mein Sohn genausowenig.

Ich hatte im Sorgerechtsstreit das Handtuch geworfen, weil ich dachte, das sei für Pat das beste. Ich hatte mich anständig verhalten wollen. Und jetzt kam ich mir vor wie der letzte Idiot.

Nigel Batty hatte seine Gründe, warum er so fanatisch für die Männerrechte focht, denn er hatte eine internationale Ehe, Zwillingstöchter und eine häßliche Scheidung hinter sich. Soviel ich wußte, sah er seine Töchter nie. Aus unerfindlichen Gründen glaubte ich jedoch, daß er für mich alles in Ordnung bringen könnte.

»Das kann meine Frau doch nicht machen, oder? Sie kann doch nicht einfach meinen Sohn in ein fremdes Land verpflanzen. Oder?«

»Besteht eine Behinderung der Kontaktaufnahme seitens des Aufenthaltsbestimmungsberechtigten?«

»Sagen Sie das noch mal langsam, zum Mitschreiben?«

Nigel Batty seufzte.

»Wenn dieser Umzug stattfindet, wird Ihre Exfrau Sie dann davon abhalten, Ihr Kind zu besuchen?«

»Sie vielleicht nicht, aber der Atlantik.«

»Ihre Exfrau beabsichtigt also nicht, Ihnen den Zugang zu Ihrem Kind zu verwehren?«

»Immerhin dadurch, daß sie in ein fremdes Land zieht.«

»Verstehe.«

»Hören Sie, was können wir unternehmen? Wie können wir sie davon abhalten? Mir ist jedes Mittel recht, Nigel, was immer Sie für nötig halten. Ist mir alles recht.«

»Ich halte Ihnen das ungern vor, aber damals wollten Sie ja unbedingt den edlen Ritter spielen.«

»Nigel, reden Sie Klartext: Kann sie meinen Sohn ins Ausland verpflanzen oder nicht?«

»Im Klartext: Nicht ohne Ihre Einwilligung.«

»Meine Einwilligung?«

Er nickte. »Wenn sie ohne Ihre Einwilligung mit Ihrem Sohn ins Ausland geht, dann ist sie sehr, sehr ungezogen.« Er grinste hinterhältig. »So was nennt man Kindesentführung.«

»Sie braucht also meine Zustimmung?«

»Richtig.«

»Aber das ist doch wunderbar! Oder? Das ist doch fantastisch, Nigel! Und was kann sie tun, wenn ich meine Zustimmung nicht gebe?«

»Dann müßte sie einen Antrag auf Genehmigung der Ausreise stellen, um das Kind dauerhaft der Jurisdiktion zu entziehen.«

»Wenn ich meine Zustimmung verweigere, könnte ich also noch nicht hundertprozentig sicher sein, daß sie das aufhält?«

»Wenn Sie Ihre Einwilligung nicht erteilen und sie das anfechten will, dann müßte das Gericht entscheiden. So sieht es unterm Strich aus. Wären Besuche bei Ihrem Kind für Sie schwierig, wenn der Umzug stattfände?«

»Na ja, wir reden hier von Connecticut. Da kann ich nicht eben schnell am Sonntagnachmittag vorbeischauen.«

»Nein, aber die Gegenseite würde zweifellos argumentieren, daß es jede Menge Billigflüge von London an die amerikanische Ostküste gibt. Und Ihr Beruf wirft einiges ab, wenn ich mich recht entsinne.« Er warf einen Blick in seine Akten. »Fernsehproduzent, natürlich. Das muß interessant sein. Habe ich vielleicht schon mal was von Ihnen gesehen?«

»Angefangen habe ich mit der *Marty-Mann-Show*, und jetzt mache ich *Und Freitags Fish.*«

»Ah, sehr gut. ›*Wieso machen die Mädchen in Kilcarney beim Sex immer die Augen zu?*‹ Perfekt imitiertes Woody-Allen-Gehüstel. ›*Weil sie es nicht sehen können, wenn ein Mann seinen Spaß hat.*‹ Ausgesprochen witzig.«

Prompt fiel mir ein, daß Barry Twist, der feste Redakteur der Show, mich die ganze Woche um Rückruf gebeten hatte. Ausgerechnet jetzt, wo ich ganz andere Sorgen hatte, machte sich der Sender plötzlich Gedanken um Eamon. Und zum ersten Mal dämmerte mir, wie Marty das gemeint hatte, man müsse »sein Eisen in mehreren Feuern haben«. Wenn Eamon abschmierte, war ich mit dran.

»Falls dieser Umzug nach Amerika stattfindet, wird Ihre Frau Ihnen dann das Besuchsrecht verweigern?«

»Wie meinen Sie das?«

»Würden Sie Ihren Sohn wiedersehen?«

»Sie sagt, ich könnte in den Ferien rüberkommen und ihn besuchen, oder er könnte zu mir kommen. Aber das ist schließlich nicht dasselbe wie gemeinsam in London zu wohnen. Nicht dasselbe wie zusammenzuleben.« Ich schüttelte den Kopf. »Dann entgleitet er mir doch.«

»Das kann ich Ihnen nachfühlen.«

»Außerdem weiß ich nicht, wie wir ihm das erklären sollen. Das mit dem Umzug nach Amerika meine ich.«

»Ach, einen Siebenjährigen kann man für alles begeistern. Die Frage ist vielmehr: Warum sollten Sie? Hören Sie, Mr. Silver, wir können dafür sorgen, daß Ihre Frau sich eine richterliche Genehmigung holen muß, um mit Ihrem Sohn ins Ausland zu gehen. Wir könnten das Gericht davon überzeugen, daß Ihr Kind im Falle eines Umzugs gravierende Nachteile hätte. Die Sache vor Gericht zu bringen würde allerdings Zeit, Nerven und Geld kosten. Und ich muß Sie warnen: Das Ergebnis wäre vollkommen ungewiß.«

Ich bemühte mich, das Foto mit den zwei lachenden kleinen Mädchen auf seinem Schreibtisch nicht zu sehr anzustarren, denn schließlich hatte Nigel Batty genau diese Schlacht geschlagen. Und verloren.

»Was mir passiert ist, muß nicht unbedingt Ihnen passieren.« Der Mann las Gedanken. »Ihre Frau müßte dem Gericht detaillierte Informationen zu den geplanten Vorkehrungen in bezug auf das Kind liefern, zu Unterbringung, Schulbildung, Krankenversicherung, Haushaltsführung, Betreuung, Kontakt zu Ihnen. Daraufhin würde das Gericht entscheiden, ob es seines Amtes walten muß.«

»Wie stehen die Chancen?«

Es war so still, daß ich ihn atmen hörte.

»Nicht gut. Es gibt nämlich den sogenannten mütterlichen Vorzugsfaktor. Sagt Ihnen der Begriff etwas?«

»Nein.«

»Das heißt, daß in neunundneunzig Prozent der Fälle der Vater der Arsch ist.«

»Aber das ist doch nicht fair.«

»Die Kindererziehung nach einer Scheidung ist fast immer das Vorrecht der Mutter. Das Gesetz sollte eigentlich der Wohlfahrt des Kindes dienen, tatsächlich ist es aber auf die Wünsche der Mutter zugeschnitten. Sehen Sie den Unterschied? Was zählt, ist nicht das Wohlergehen des Kindes, sondern was die Mutter wünscht. Wenn Ihre Exfrau den Richter davon überzeugen kann, daß sie nicht beabsichtigt, Ihnen den Kontakt zu Ihrem Kind zu verwehren und daß das Wohlergehen Ihres Kindes unter der Verlegung des Wohnsitzes nicht leiden würde, dann kann sie Ihr Kind so ziemlich überallhin verpflanzen. Und wenn Sie mir diese persönliche Bemerkung erlauben: Genau das ist mir passiert.«

Er nahm das Foto von seinem Schreibtisch, blickte es an und stellte es wieder zurück, diesmal mit der Vorderseite zu mir. Zwei strahlende Kinder, die man ihrem Vater weggenommen hatte.

»Dann gibt es also keine Hoffnung.«

»Hoffnung gibt es immer, Mr. Silver. Sie können Ihr Einverständnis verweigern, und wir können eine einstweilige Anordnung auf Gewährung des Besuchsrechts beantragen. Das würde

Ihre Frau zumindest zeitlich bremsen. Sie müßte sozusagen ein paar Umwege zum Flughafen fahren. Und vielleicht würde sie das davon abbringen, ins Ausland zu gehen, wer weiß?«

»Und in dieser Anordnung würde stehen, daß ich meinen Sohn besuchen darf? Sie könnte mir also nicht verbieten, ihn zu sehen?

»Nicht ganz. Sie hätten als Besuchsberechtigter Anspruch auf Ausübung des Besuchsrechts in dem in der Einstweiligen Anordnung bestimmten Umfang.«

Als Besuchsberechtigter. Früher war ich Vater, jetzt bin ich Besuchsberechtigter.

»In unserer Gesellschaft ist oft von den abwesenden Vätern die Rede, Mr. Silver, und selten von den verantwortlichen Vätern, denen aus der Laune eines Richters heraus der Zugang zu ihren Kindern verwehrt wird. Ich habe miterlebt, wie es gestandene Männer ruiniert hat, daß sie den Kontakt zu ihren Kindern verloren haben. Und zwar buchstäblich ruiniert: Die Folge waren Nervenzusammenbrüche, Selbstmorde, Alkoholismus, Herzinfarkt oder so hoher Blutdruck, daß der Schlaganfall vorprogrammiert war. Ich habe erlebt, wie der Verlust ihrer Kinder Männer umgebracht hat, und zwar Männer, die nichts falsch gemacht hatten.«

»Das habe ich allerdings schon.«

»Wie bitte?«

»Im Gegensatz zu diesen Männern habe ich etwas falsch gemacht. Unser Zerwürfnis war meine Schuld.«

»Was war Ihre Schuld?«

»Unsere Scheidung, daß unsere Ehe in die Brüche ging. Es war meine Schuld, weil ich mit einer anderen Frau geschlafen habe.«

Mein Anwalt lachte schallend. »Das tut doch überhaupt nichts zur Sache, Mr. Silver, Harry. Sie müssen Ihrer Frau nicht treu sein, meine Güte, Untreue ist doch bei uns Nationalsport.« Dann setzte er wieder eine ernste Miene auf. »Noch etwas müssen Sie bedenken, Mr. Silver, und das ist das Allerwichtigste.«

»Nämlich?«

»Sie müssen sich fragen, was passiert, wenn Sie gewinnen.«

»Dann ist doch alles in Butter, oder? Nachteile sehe ich da keine. Wenn ich gewinne, bleibt Pat im Lande, und Gina kann nichts dagegen tun. Genau das wollen wir, stimmt's?«

»Na ja, aber was glauben Sie, wie Ihre Exfrau das findet, wenn Sie sie vom Auswandern abhalten?«

»Wahrscheinlich bekommt sie einen Haß auf mich. Einen ausgewachsenen Riesenhaß.«

Nicht zum ersten Mal fiel mir ein, daß Gina immer davon geträumt hatte, nach Japan zu gehen, und ich ihr diesen Traum an unserem Hochzeitstag gestohlen hatte. Und jetzt würde ich ihr den Traum stehlen, nach Amerika zu gehen. Dadurch hätte ich ihr zum zweiten Mal die Chance auf ihr Glück verpatzt.

»Richtig, Mr. Silver. Sie würden Sie daran hindern, dort zu leben, wo sie gerne leben möchte. Und darunter hätte Ihr Sohn höchstwahrscheinlich in irgendeiner Form zu leiden. Ganz sicher sogar. Offen gestanden: Wenn Sie Ihre Exfrau davon abhalten zu gehen, wird sie Ihren Sohn gegen Sie aufhetzen, Ihre Besuche torpedieren und Sie nach Strich und Faden schikanieren. So läuft es in den allermeisten Fällen.«

»Dann meinen Sie, ich solle ihr mein Einverständnis dazu geben, daß sie Pat ins Ausland entführt?«

»Das habe ich nicht gesagt. Aber einen wichtigen Aspekt möchte ich Ihnen noch nahebringen: Das Familienrecht funktioniert so, daß wir Anwälte uns nicht einmischen. Solange die Eltern sich einigen, halten wir uns heraus. Erst wenn sie sich nicht einigen können, treten wir auf den Plan. Und dann wird es unter Umständen sehr schwierig, uns wieder loszuwerden.«

Ich dachte daran, wie mein Leben aussehen würde, wenn Pat in Amerika wäre, wie leer es sich anfühlen würde. Ich dachte auch daran, wie mein Leben mit Cyd und Peggy aussehen würde, wenn Pat nicht mehr da wäre. Wir hatten zu dritt schon viel Spaß gehabt, und das sollte auch in Zukunft so sein. Am liebsten erinnerte ich mich an die albernen Momente, als wir zu Kylie Minogue getanzt oder mit Lucy Doll herumgeblödelt hatten, und an die stillen Momente, wenn wir einfach die Tür hinter uns zugemacht hatten und nicht einmal Gespräche nötig gewesen waren. Aber wenn Pat in einer anderen Zeitzone leben würde, wären sogar die innigsten Momente überschattet. Ich freute mich darauf, Peggys Erwachsenwerden mitzuerleben, und gleichzeitig hatte ich Bedenken, ob man ein fremdes Kind erziehen kann, wenn man das schon bei seinem eigenen nicht geschafft hat. Und dann dachte ich daran, wie mein Leben aussehen würde, wenn Gina und Pat hierbleiben würden. Wenn ihre Wut auf mich immer größer würde, wenn sie mich für den Karriereknick ihres Mannes verantwortlich machen würde, wenn sie mir alles in die Schuhe schieben würde, was in ihrem Leben nicht stimmte. Ich überlegte wirklich hin und her, was für meinen Sohn das beste wäre, aber wenn ich daran dachte, wie sehr er mir fehlen würde, zerriß es mir einfach das Herz.

»Ich verliere ihn sowieso, da kann ich machen, was ich will«, sagte ich. »Ich kann nicht gewinnen. Ob ich mein Einverständnis gebe oder nicht, ist völlig egal. Ich verliere ihn in jedem Fall, zum zweiten Mal.«

Nigel Batty beobachtete mich aufmerksam.

»Kümmern Sie sich um Ihre Familie«, sagte Nigel Batty. »Nur das kann ich Ihnen raten, und zwar nicht als Anwalt, sondern als Mensch. Freuen Sie sich an dem, was Sie haben, und lieben Sie Ihre Familie, aber nicht die Familie von früher, sondern die von jetzt.«

9

Am Eingang zum Supermarkt versperrte Peggy und mir eine füllige junge Mutter den Weg, die sich hinunterbeugte, um einen vielleicht fünfjährigen kleinen Quengler anzublaffen.

»Zum letzten Mal, Roman – *nein!*«

»Ich will aber!« schluchzte Roman, dem Rotz und Wasser

übers zitternde Kinn sabberten. »Ich will aber, Mum. Ich will, ich will, ich will.«

»Du kriegst keine mehr, Roman. Du willst vielleicht, aber du kriegst keine. Du hast heute schon genug gehabt, sonst wird dir noch schlecht. Morgen kriegst du wieder welche, wenn du brav bist und heute abend deinen Teller leer ißt.«

»Ich will aber jetzt, Mum, jetzt gleich!«

»Du kriegst keine mehr, Roman, und damit basta. Also hör auf.«

»Will aber, will aber, will aber!«

»Ich zeig dir gleich, was du willst«, sagte die Frau, die plötzlich die Nerven verlor und Roman am Arm packte, herumwirbelte und ihm ein paar saftige Schläge auf sein Hinterteil verpaßte. Einmal, zweimal, dreimal. Und die Frau war keineswegs füllig. Sondern schwanger.

Eine Viertelsekunde lang war Roman still und riß erschrokken die Augen auf, dann ging das Geplärr richtig los. Die schwangere junge Frau konnte noch so viel an ihm zerren, sein Geschrei schallte von der Wursttheke bis zu den Spülmaschinentabs.

Peggy und ich warfen uns einen vielsagenden Blick zu.

Sie saß beinebaumelnd mir gegenüber im Einkaufswagen, und man sah ihr an, daß sie dasselbe dachte wie ich: Gott sei Dank sind wir nicht so wie die.

Wir beide fühlten uns im Supermarkt immer ein bißchen überlegen. Mit stummem Entsetzen beobachteten wir die erschöpften, meistens schon wieder schwangeren jungen Mütter, die ihre quengelnden Fratzen am Keksregal vorbeizerrten, und die bedrohlich schweigsamen, cholerischen Väter, die beim ersten falschen Wort ihrer schmollenden Kinder in die Luft gehen würden, und dachten dabei: Wir sind was Besseres.

Für Peggy ging es dabei, glaube ich, einfach um gute Manieren. Mit ihren acht Jahren hatte sie einen Sinn für Sitte und Anstand, um den sie Nancy Mitford beneidet hätte. Dieses gräßliche Fußvolk hatte keine Ahnung, wie man sich in einem Supermarkt benahm. Furchtbar gewöhnlich, die meisten.

Für mich dagegen ging es um mehr als korrekte Supermarktetikette.

Wenn Cyd arbeitete, das Catering für irgendeine Konferenz in der City oder eine Vernissage im West End besorgte und Peggy und ich alleine die Supermarkt-Runde drehten, überlegte ich angesichts dieser echten Mütter und Väter, die mit ihren echten Töchtern und Söhnen einkaufen gingen, was daran so beneidenswert sein sollte.

Was war am Live-Genörgel echter Kinder und echter Eltern denn so toll? Kurz vor Ladenschluß in einem überfüllten Supermarkt sah es eher so aus, als wäre das Echte enorm überbewertet.

Peggy und ich amüsierten uns dagegen bestens. Das mochte daran liegen, daß unsere gemeinsamen Ausflüge zum Supermarkt immer noch so selten waren, daß sie uns vorkamen wie kleine Abenteuer, auch wenn sie jetzt, wo Food Glorious Food so gut lief, immer häufiger wurden. Jedenfalls düsten wir fröhlich durch die Regalreihen, und Peggy schwenkte im Einkaufswagen den Zettel und gackerte begeistert, wenn ich die supermarkteigene Geschwindigkeitsbeschränkung übertrat. Nach außen hin sahen wir sicher aus wie ein gewöhnlicher Dad mit seiner Tochter, aber bei uns gab es einfach nicht dieses Gezeter und Gezanke, das wir so oft bei den echten Eltern und ihren echten Kindern mitbekamen.

Wir waren eben was Besseres.

Peggy und ich hatten im Supermarkt immer unseren Spaß.

Jedenfalls bisher.

Und schuld war Tony der Tiger. Wenn Peggy nicht so hoffnungslos süchtig nach drei Schüsseln Frosties am Tag gewesen wäre, hätte sich dieser Supermarktausflug genauso schmerz- und ereignislos gestaltet wie alle anderen.

Aber Tony der Tiger funkte uns dazwischen.

»Brot«, sagte Peggy stirnrunzelnd mit Blick auf den Einkaufszettel ihrer Mutter.

»Haben wir«, sagte ich.

»Milch?«

Ich hielt ihr eine große Tüte fettarme Milch hin. »Ta-ta!«

Peggy lachte und kniff die Augen zusammen. »Klop... Klopap... ähm.«

»Klopapier. Bingo! Alles klar, Peg, wir haben's geschafft. Jetzt machen wir die Biege.«

»Es fehlt bloß noch mein Frühstück.« Wir standen vor dem Regal mit den Frühstücksflocken, inmitten grellbunter Packungen mit grinsenden Comicfiguren. »Frosties sind suuuper!«

»Brauchen wir nicht, Peg. Wir haben noch alle möglichen Frühstücksflocken zu Hause.«

»Aber keine Frosties, Harry. Keinen Tony Tiger. Frosties sind suuuper!«

Peggy war Frosties-Fan, oder vielleicht auch nur ein Fan von Tony dem Tiger und seinem Spruch. Und die gleiche Auseinandersetzung hatte sie schon mehrmals mit ihrer Mutter gehabt.

Obwohl Peggy nämlich Frosties-Fan war, kaufte Cyd die Frühstücksflocken immer im Multipack, und ein ungeschriebenes Gesetz in unserem Haus besagte, daß Peggy alle Sorten essen sollte, inklusive Coco Pops, Wheaties und der verhaßten Special K, bevor der Vorrat wieder aufgefüllt wurde. Nur weil Peggy die Frosties aufgefuttert hatte, konnten wir schließlich keinen neuen Multipack kaufen.

Wenn sich die Frosties-Debatte in der Vergangenheit angekündigt hatte, war Cyd einfach weitergegangen, und das Thema war beendet. Bei mir dagegen witterte Peggy, daß der Triumph und ein Extrapack Frosties durchaus im Bereich des Möglichen lagen.

»Mummy hat's erlaubt, Harry.« Sie streckte den Arm aus und holte eine Riesenpackung Frosties aus dem Regal. Tony der Tiger grinste mich an. Das Grinsen verging ihm auch nicht, als ich Peggy die Schachtel aus der Hand nahm und sie wieder ins Regal stellte. »Harry! Ich bin enttäuscht von dir, wirklich sehr enttäuscht.«

»Nein, Peg. Schau mal, wir kaufen wieder Frosties, wenn du die anderen Sorten aufgegessen hast. Versprochen, okay?«

Ihre Miene verfinsterte sich. »Nein, Harry. Jetzt. Sofort. Es ist mir wirklich ernst.«

»Nein, Peg.«

Sie machte Anstalten, aus dem Einkaufswagen zu klettern. Da sie sowieso längst zu groß dafür war, kippte der Wagen plötzlich, und ich mußte sie auffangen.

»Himmelarsch, Peg, du rennst dir noch den Kopf ein!«

»Laß das Fluchen, Harry, das ist ordinär.« Sie zog wieder eine Packung Frosties aus dem Regal, ich nahm sie ihr wieder weg und stellte sie wütend zurück. Allmählich starrten uns die Leute genauso an wie wir zuvor Roman, als er für sein Gebettel eine auf den Hintern bekam.

»Jetzt laß die Mucken, Peg. Komm, wir gehen.«

Ich wollte sie wieder in den Wagen heben, aber sie schüttelte mich ab. »Faß mich nicht an, Harry. Du bist nicht mein Vater.«

»Wie bitte?«

»Du hast mich schon verstanden.«

Ich wollte sie noch einmal hochheben, aber sie wich zurück und fing an zu plärren.

»Ich will zu meiner Mummy. Du bist nicht mein Daddy, hör auf, so zu tun!«

Eine ältere Dame mit einem Korb, in dem zwei Dosen Katzenfutter und eine Packung Maltesers lagen, blieb neugierig stehen.

»Ist alles in Ordnung, meine Kleine?«

»Jaja, kein Problem«, antwortete ich.

»Entschuldigen Sie, aber Sie habe ich nicht gefragt«, erwiderte die Katzenfutterlady. »Sondern das kleine Mädchen.«

»Er tut, wie wenn er mein Daddy wäre, aber das ist er gar nicht«, sagte Peggy, der plötzlich das Selbstmitleid in die Augen stieg. »Ist er nicht, er tut bloß so.«

»Na prächtig«, sagte ich. »Jetzt kommen die Tränen.«

»Sie Scheusal!« sagte die alte Dame.

Zufällig kam die schwangere Mutter vorbei. Romans Laune hatte sich erheblich gebessert. Er klaubte gerade die letzten Krümel aus einer Packung Chips mit California-Roll-Geschmack. »Na, meine Kleine, ist alles in Ordnung?« fragte seine Mutter.

»Sie ist ganz durcheinander«, sagte die Katzenfutterlady. »Sie will zu ihrer Mummy.«

»Und wer ist dieser Herr?« fragte die Jungmutter mit einer Kopfbewegung in meine Richtung.

»Niemand, glaube ich«, sagte das späte Mädchen. »Oder sind Sie irgendwer? Sind Sie ihr Daddy?«

»Na ja, nicht ganz.«

»Nein, ist er nicht«, sagte Peggy und umschlang ein Bein von Romans Mutter. »Mein Daddy hat nämlich ein Motorrad.«

Die alte Dame tupfte sich über die Frisur. Roman beäugte mich mißtrauisch; die Chipskrümel waren im ganzen Gesicht verteilt. Damit er später noch was davon hat, hätte meine Mutter gesagt.

Und plötzlich stand ein Hausdetektiv vor uns – braunes Hemd, Bizeps und kahlrasierter Schädel. »Was ist hier los?«

»Das ist doch lächerlich«, sagte ich. »Peggy, komm, wir gehen.«

Ich machte wieder Anstalten, Peggy hochzuheben, aber sie zuckte zurück, als wäre ich mit einer blutverschmierten Kettensäge auf sie losgegangen.

»Der soll mich nicht anfassen!«

»Der kriegt dich nicht«, sagte die alte Dame.

»Das soll er bloß versuchen«, sagte Romans Mum.

»Mum?« sagte Roman und plärrte los, so daß man einen hervorragenden Blick auf die zerkauten Chipsstücke in seinem Mund hatte.

»Ich kümmere mich darum«, sagte der Hausdetektiv.

Schon hatte er sich vor mir aufgebaut, dieser kahlgeschorene Bläßling mit Pickeln auf dem rosa Stiernacken, und drückte mir die fleischigen Hände gegen die Brust. Über seine Schulter hinweg sah ich, wie die alte Dame und die junge Mutter den Arm um Peggy gelegt hatten und alle drei mich anfunkelten.

»Ich muß Sie einen Augenblick sprechen, Sir«, sagte der Detektiv und faßte mich am Ärmel. »In meinem Büro. Dann sehen wir ja, ob wir die Polizei einschalten müssen.«

Erbost schüttelte ich ihn ab. »Die Polizei? Das ist doch absurd!«

»Sind Sie der Vater dieses Mädchens?«

»Ich bin der Mann ihrer Mutter.«

»Das sehen wir ja dann.«

»Mit Ihnen gehe ich nirgends hin. Wir beide gehen jetzt nach Hause, und zwar dalli.«

Plötzlich fiel alle Höflichkeit von ihm ab, und er schien darüber ganz froh zu sein.

»Du kommst mit, Bürschchen«, sagte er leiser, aber um so überzeugender. »Ob freiwillig oder nicht, jedenfalls kommst du mit.«

»Das ist doch absurd«, sagte ich. »Komplett absurd.«

Trotzdem ließ ich mich von dem Hausdetektiv abführen, und Peggy blieb in der Obhut ihrer neuen Beschützer zurück.

»Mum«, krähte Roman. »Krieg ich ein –«

»Verdammte Hacke, nein!« sagte seine Mutter.

Zwei Stunden saß ich in einem kleinen Kabuff, das man für Ladendiebe, Milchtüten-Amokläufer und andere Verrückte eingerichtet hatte, ich ganz allein mit dem pickeligen Detektiv. Am Ende rief er doch nicht die Polizei an. Sondern meine Frau.

Man hörte die beiden, bevor sie zu sehen waren, so laut hallten die Schritte durch das Labyrinth aus Lagerräumen und Büros in den Eingeweiden des Supermarkts. Dann ging die Tür auf, und da standen meine Frau und meine Stieftochter in Begleitung eines weißbekittelten Filialleiters.

»Hallo, Harry«, sagte Peggy. »Wo bist du denn hier gelandet?«

»Gnädige Frau«, sagte der Mann im weißen Kittel. »Ist er das?«

»Ja«, sagte Cyd. »Das ist mein Mann.«

Sehr begeistert klang das nicht.

»Versuch einfach, dich zu amüsieren«, sagte Cyd, während unser Taxi sich durch den Feierabendverkehr im West End schob. »Auch wenn du nach deiner Verhaftung nicht in Ausgehstimmung bist.«

»Man hat mich nicht verhaftet.«

»Nein?«

»Nur festgehalten und befragt.«

»Ach so.«

»Das ist nicht dasselbe.«

»Natürlich nicht. Aber bitte versuch, dich zu amüsieren, okay? Mir zuliebe.«

»Okay«, sagte ich. »Dir zuliebe.«

Und das meinte ich ernst. Der Abend war schließlich sehr wichtig für sie.

Cyd hatte mich schon oft zu meinen Job-Festivitäten begleitet, zu all den Launch-Partys und Staffelabschlußfeiern, zu Preisverleihungen und sonstigen Zwangslustbarkeiten, die ich in meiner Eigenschaft als Produzent von *Und Freitags Fish* über mich ergehen lassen mußte. Und sie hatte nie gemurrt.

Im Gegensatz zu Gina, die nach solchen Partys Zornestränen vergoß, weil irgendwer sie behandelt hatte wie die letzte Idiotin, nur weil sie Hausfrau war. Im Gegensatz zu Gina fühlte sich Cyd auf diesen Partys richtig wohl, oder jedenfalls tat sie so, mir zuliebe.

Und heute abend war eben ich dran. Wir gingen zu einem Dinner, das der Caterer-Verband ausrichtete, und zum ersten Mal hatte man die Geschäftsführerin von *Food Glorious Food* eingeladen. Und ich war ihr Anhängsel.

»Bist du sicher, daß ich keinen Schlips brauche?« erkundigte ich mich. Ich trug immer noch dieselben Chinos und das Sweatshirt, in denen man mich festgehalten hatte. »Die werden nicht alle im Anzug erscheinen, oder?«

Cyd schaute mich zweifelnd an. Sie war so mit ihrer eigenen Garderobe beschäftigt gewesen – das Rennen machte schließlich das kleine Schwarze, das ihre Beine perfekt zur Geltung brachte, diese Tänzerinnenbeine, die ich so liebte und die denen von Cyd Charisse in nichts nachstanden –, daß sie mich gar nicht beachtet hatte.

»Na ja, was zieht man denn bei deinen Dinners an? Wenn wieder mal eine Staffel *Und Freitags Fish* durch ist?«

»Dasselbe wie immer. Man zieht an, was man mag. Aber das ist ja auch Fernsehen.«

»Ach, wird schon passen. Es soll zwanglos sein, hieß es.«

Die Sache stieg in einem Lokal namens Deng, in dem ich mit Eamon und diversen Senderpersönlichkeiten schon ein paarmal gewesen war. Ein großer, scheunenartiger Raum mit moderner asiatischer Küche, sprich perfekt arrangierten Variationen von Gerichten, die man genausogut in Soho oder Chinatown bekam, nur wurden sie hier unter ironischen Deng-Xiaoping-Bildern von Andy Warhol serviert, und die Portionen waren viel kleiner. Die Kellner im Deng trugen seidene Maoanzüge aus dem Shanghai Tang und die Kundschaft meistens den teuren Gammellook, der in meiner Branche gefragt war.

Außer heute.

Als das Taxi vor dem Lokal hielt und klar wurde, daß die Männer alle im Smoking erschienen, machte mein Magen einen Satz.

Alle. Bloß ich nicht.

»Ach du Scheiße«, sagte Cyd. »Tut mir leid, Harry.«

»Tja. Dumm gelaufen.«

»Willst du wieder nach Hause?«

»Ich beiß mich durch.«

»Mußt du nicht, Baby. Das war schließlich meine Schuld.«

»Ich will aber heute abend an deiner Seite sein. Was kann schon passieren?«

»Daß du dir vorkommst wie der letzte Trottel?«

»Du sagst es.«

Wir gingen hinein. Ich stakste durch die Smokings mit Fliege wie eine Nonne durchs Puff, nicht ohne die Blicke und das Gehüstel zu bemerken, aber demonstrativ darüber hinwegsehend.

So ein paar Imbißfritzen hielten mich doch nicht davon ab, meine Frau bei ihrem großen Auftritt zu begleiten. Cyds Assistentin Sally gestikulierte wie wild aus der andern Ecke des Raumes und bahnte sich durch das Gedränge einen Weg zu uns. Sally gehörte praktisch zur Familie; sie war Ginas Halbschwester und hatte früher manchmal auf Pat aufgepaßt. Heute trug sie ein hochkompliziertes Ballkleid, schulterfrei und aus Seide, eine Aufmachung, in der Lucy Doll zu einem entscheidenden Date mit Brucie Doll antreten würde. Mir kam sie zum ersten Mal wie eine erwachsene Frau vor. Sie sprudelte über vor Begeisterung, kühlte aber ein paar Grad ab, als sie mich sah.

»Was ist denn mit Harry passiert?«

»Er wußte es nicht«, sagte Cyd.

»Luke Moore will dich kennenlernen«, sagte Sally und faßte Cyd am Arm.

»Luke Moore? Der ist hier?«

»Und will dich kennenlernen.« Sally schnappte die Stimme fast über. »Er hat schon so viel Gutes über Food Glorious Food gehört, sagt er, und jetzt will er uns mal ein paar Aufträge zuschieben.«

»Wer ist bitte schön Luke Moore?« fragte ich.

»Ach, der Allertollste überhaupt«, schnatterte Sally. »Der Inhaber von Cakehole Incorporated.«

»Luke Moore ist der größte Caterer im Bankenviertel«, sagte Cyd. »Wenn man sich irgendwo in der City was zwischen die Kiemen schiebt, hat meistens Luke Moore mit Cakehole Incorporated das Catering besorgt.«

»Jetzt komm schon«, sagte Sally und zog meine Frau weg. Ich hielt mich dicht dahinter.

Luke Moore war eine imposante Erscheinung: groß und stämmig, mit einer Figur wie ein Exsportler, der erst allmählich ein paar Pfunde ansetzt. Für jemand, der nicht Rod Stewart heißt, waren seine Haare allerdings ein bißchen lang. Mit seinen schätzungsweise vierzig Jahren und im Smoking sah er richtig gut aus.

Ich faßte sofort eine große Abneigung gegen ihn.

Er war umlagert von glucksenden Schleimern, die gebannt an seinen Lippen hingen.

»Die Wissenschaft hat offenbar einen Stoff entdeckt, der den weiblichen Sex-Drive um neunundneunzig Prozent reduziert. Der Stoff heißt Hochzeitstorte.«

Während sein Gefolge vor Lachen wieherte und sich die Tränen aus den Augenwinkeln wischte, fiel sein Blick auf Sally, die Cyd durch die Menge schob.

Und dann fiel sein Blick auf Cyd. Auf meine Frau.

»Sie sind also die Frau hinter dem besten kleinen Catering-Service der Stadt«, sagte er, nahm ihre Hand und ließ nicht wieder los.

»Und Sie ein riesengroßer Schmeichler.« Cyd lächelte.

»Nein, das meine ich ernst. Ich habe schon so viel Gutes über Ihre Firma gehört. Wir müssen uns mal zusammentun, vielleicht können wir uns ja gegenseitig unterstützen.«

»Klingt gut«, sagte Cyd, die sich nicht gerade den Arm verrenkte, um ihre Hand aus den Klauen dieses Weiberhelden zu befreien. »Darf ich vorstellen: Das ist mein Mann.«

Luke Moore sah mich an, als hätte er mich erst jetzt entdeckt. »Ach, ich dachte, Ihr Hausmeister.«

Die Schleimerbande röhrte los. Aber während ich mit flammenden Wangen dastand, kam meine Frau mir zu Hilfe.

»Mr. Moore, mein Mann ist sogar ziemlich bedeutend. Er ist der Fernsehproduzent Harry Silver.«

»Ach, natürlich«, sagte Luke Moore, der garantiert noch nie von mir gehört hatte. »Ich bin ein großer Fan Ihrer Arbeit.«

»Soso.«

»Marty Mann war richtig gut, als Sie noch mit ihm zusammengearbeitet haben. Aber was der inzwischen macht, ist ja traurig, was? Diese unsäglichen Produktionen mit kleinem Geld und großer Wirkung, *Sechs besoffene Studenten* und dieses ganze Zeug. Ich habe nichts gegen Geldverdienen, im Gegenteil. Aber ich bin wirklich froh, daß Sie jetzt mit Eamon Fish zusammenarbeiten.«

Ich war beeindruckt. Und fühlte mich geschmeichelt.

»Eamon Fish«, sagte einer aus der Schleimerbande. »Der ist tierisch gut.«

»Doch«, sagte Luke Moore. »Er hat diesen gewissen B-Movie-Charme.«

Ich lächelte und biß mir auf die Zunge. Wieso reden von

B-Movies immer nur die Leute, die nicht mal in C-, D-, oder E-Movies auftauchen?

»Im übrigen haben Junkies immer einen besonderen Reiz«, fügte Luke Moore hinzu. »Man weiß nie, was als nächstes schiefgeht.«

»Er ist kein Junkie«, sagte ich. »Nur ausgebrannt.«

Aber Luke Moore war mit mir fertig. Er verneigte sich leicht, hob Cyds Hand und drückte – hier, mitten in der Öffentlichkeit – einen Kuß darauf.

Mir kam das Kotzen.

»Ich brauche immer gute Leute«, sagte er. »Mein Geschäft braucht eine Frau wie Sie, Cyd. Wir sollten uns wirklich zusammentun.«

»Gern«, sagte meine Frau. Dann tauschten sie Visitenkarten aus, und nicht aus purer Höflichkeit, das war deutlich.

Die beiden sahen sich wieder.

»Nächstes Mal kannst du ja Luke Moore mit Peggy in den Supermarkt schicken«, sagte ich im Taxi nach Hause. Der Abend war ein Fiasko gewesen, ich war betrunken, stockeifersüchtig und heilfroh, diesen Leuten entronnen zu sein, die mich anglotzten, als hätte ich besser den Lieferanteneingang benutzt. »Vielleicht kann Onkel Luke ihr erklären, wieso sie nicht jedesmal Frosties kriegt, wenn sie danach schreit. Der gute Luke Moore kann Peggy sicher auch erklären, wieso ihr Scheißkerl von Vater bloß aufkreuzt, wenn es ihm in den Kram paßt. Und der liebe Luke Moore könnte …«

»Harry«, sagte Cyd und nahm meine Hand. »Jetzt mal ganz ruhig, Baby. Luke Moore will mich nicht heiraten. Er will weder für mich sorgen noch Peggy vorlesen noch mit uns an Weihnachten kochen.« Sie streichelte mir mit aller Cyd-typischen Zärtlichkeit übers Gesicht. »Er will mich bloß vögeln.«

»Ach so«, sagte ich, mit einem Schlag nüchtern.

»Weißt du, wie oft am Tag man als Frau diesen Blick sieht?«

»Einmal? *Zweimal*?«

Sie gluckste. »Vielleicht sogar öfter. Aber ich bin schließlich verheiratet. Jetzt halt endlich den Mund und küß mich, du Hornochse.«

Also küßte ich sie und kam mir dabei vor wie der letzte Idiot, war aber auch froh und dankbar und so verliebt wie eh und je. Ich brauchte keine Angst zu haben, diese unglaubliche Frau zu verlieren. Weder an Luke Moore noch an sonstjemanden. Es sei denn, ich tat irgendwas völlig Bescheuertes.

Und wieso sollte ich?

10

Quer über dem Schild vor dem Haus mit der Aufschrift »Zu Verkaufen« stand in dicken Lettern: VERKAUFT. Als Gina zur Tür kam, sah ich die Umzugskisten, die sich in der ganzen Diele stapelten. Die Tatsachen sprachen für sich.

Diesmal wollte ich mit Pat was Besonderes unternehmen. Die übliche Dreifaltigkeit aus Kino, Park und Pizza fand ich nicht gut genug; heute sollte er richtig Spaß haben. Ich wollte seine Augen leuchten sehen. Ich wollte ihm etwas Unvergeßliches bieten.

Also fuhren wir zum Somerset House in der Strand Street. Obwohl der Bau selbst einen Besuch wert ist, ließen wir ihn links liegen. Wir waren nur wegen der Springbrunnen hier.

Mit den bunten Regenschirmen bewaffnet, die man uns an der Kasse in die Hand gedrückt hatte, rannten wir durch das Labyrinth aus Fontänen im Innenhof, und mein Sohn strahlte glückselig, während das Wasser auf seinen Schirm einprasselte.

Gene Kelly, dachte ich mir. *Singin' in the Rain.* Im Regen herumtanzen und singen.

Als wir kamen, war der Innenhof recht voll, aber nach einer Weile verzogen sich die anderen Kinder mit ihren Eltern, um sich trockeneren, weniger wilden Vergnügungen zu widmen. Pat und ich konnten dagegen nicht genug kriegen von den Minispringbrunnen, die irgendein genialer Kopf im Hof dieses prunkvollen alten Gebäudes hatte errichten lassen. Den ganzen Nachmittag blieben wir im Somerset House und rannten, mit unseren Schirmen bewaffnet, durch die Wasserspiele – tropfnaß, mit klopfendem Herzen und zum Umfallen glücklich.

Als es dann anfing, dunkel zu werden, fuhren wir hinaus zu meiner Mum und gingen in den alten Park. Nur wir drei, meine Mutter, mein Sohn und ich, schlenderten in der Dämmerung des Novembernachmittags am See entlang. Der Park war leer, alle anderen waren schon fort. Unter unseren Füßen raschelte das Herbstlaub, und in der Luft lag schon ein Hauch von Winter, von Feuerwerk, Nebel und noch einem Jahr, das fast vergangen war.

Mich erinnerte das an ein früheres Erlebnis in diesem Park. An damals, als wir von Bluebell, Pats Fahrrad, die Stützräder abmontierten.

Als mein alter Herr, an dem schon Krebs fraß, ohne daß wir das wußten, hinter Bluebell herrannte, nicht mehr nachkam, aber immer weiter rief:

Ich hab dich.

Ich hab dich.

Ich hab dich.

Als es schließlich ganz dunkel war, fuhr ich Pat nach Hause zu seiner Mutter. Ich begleitete ihn bis an die Tür und kniete mich vor ihn, so daß wir gleich groß waren.

Ich küßte ihn, ermahnte ihn, brav zu sein, und drückte ihn an mich, als wollte ich ihn nie wieder loslassen.

Und am nächsten Morgen setzten sich Pat, seine Mutter und ihr neuer Mann ins Flugzeug und flogen in ihr neues Leben in einem fremden Land.

Im Studio immer noch keine Spur von Eamon.

Der Einheizer war dagewesen und wieder gegangen, und das Studiopublikum wurde allmählich unruhig. Von Minute zu Minute wurde die Stimmung schlechter. Man war gekommen, um sich zu amüsieren, und man war bereit, über jeden Kuhkäse zu lachen, wie meine Mutter sagen würde. Aber auf den Star zu warten wurde allmählich mühsam. Die Kameramänner langweilten sich, die Autocue-Lady beschäftigte sich hinter dem Monitor mit ihrem Strickzeug, der Aufnahmeleiter drückte auf seine Kopfhörer und murmelte dem Regisseur oben auf der Galerie irgendwas zu. Dann warf er achselzuckend einen Blick zu mir.

»Ich hole ihn«, sagte ich.

Die Tür zu seiner Garderobe war abgeschlossen. Ich hämmerte dagegen und rief seinen Namen. Keine Antwort. Ich hämmerte noch lauter, beschimpfte ihn als Idioten und verlangte, daß er die Tür aufmacht. Stille. Schließlich klassisches Turnschuhgequietsche.

Eamon schloß die Tür auf, und noch während ich eintrat, kniete er sich hin und suchte verzweifelt unter seinem Schminktisch herum. Ich verfluchte ihn innerlich, weil ich dachte, er suche ein paar verlegte Kokainkrümel. Doch das war nicht der Fall.

»Sie ist hier irgendwo«, sagte er. »Das weiß ich ganz genau – aha!«

Mit ein paar zerknüllten Papierfetzen in der Hand stand er wieder auf. Er breitete sie auf dem Schminktisch aus und setzte sie zusammen wie ein Puzzle für Vierjährige. Es war ein Foto von einem Mädchen. Einer Asiatin. Dunkler Typ, hübsch, ich kannte sie.

»Mem«, sagte er. »Meine bildschöne Mem. Wie konntest du nur so grausam sein? Ich hab dich so geliebt, du fieses kleines Miststück.«

Sorgfältig legte er das Foto wieder zusammen, das er zerrissen hatte. Es war ein Polaroidbild, wie es verliebte Touristen von sich machen lassen: Ein Mann und eine Frau blinzeln an einem Sommertag vor Notre-Dame in die Kamera. Eamon mit seiner Mem in Paris.

»Was ist denn passiert, Eamon?«

»Sie ist verheiratet. Stell dir vor, verheiratet! Scheiße.«

»Mem ist verheiratet?« Ich mußte daran denken, wie sie in der Table-dance-Bar, in der sie arbeitete, die Hüllen hatte fallen lassen. Sehr verheiratet sah sie da nicht aus. »Dabei kam sie mir immer so – single vor.«

»Sie hat in Bangkok Mann und Kind. Einen Jungen, so alt wie Pat. Und denen hat sie die ganze Zeit Geld geschickt.«

»Du lieber Himmel.« Ich legte ihm den Arm um die Schultern. »Das tut mir leid, Eamon.«

»Wir haben uns getroffen. Wir wollten drüber reden, ob wir nicht wieder zusammensein wollen. Sie schien ganz scharf drauf zu sein. Ich hätte ihr gefehlt. Und ich habe ihr einen Ring gekauft. Einen Verlobungsring von Tiffany, einen echten. Wenn das kein guter Witz ist. Ich wollte ihn in ihrem Geldbeutel verstecken, als sie auf der Toilette war, um sich die Nase oder sonstwas zu pudern. Es sollte eine Überraschung werden. Und dann habe ich das Bild von ihr mit Mann und Kind gefunden. Dieses Miststück. Und ich hatte gedacht, sie meint es ernst damit, daß sie wieder zu mir zurückwill. Dabei war ich immer bloß ihr Geldscheißer.«

Gemeinsam starrten wir das malträtierte Foto an, das er mühsam wieder zusammengesetzt hatte.

»Meinst du, Tesafilm sieht einigermaßen aus? Oder soll ich lieber Sekundenkleber nehmen?«

»Hör zu, Eamon, das mußt du dir später überlegen. Da draußen warten ein paar hundert Leute darauf, daß du mit *Und Freitags Fish* anfängst.«

»Die Show? Wie soll ich an die Show denken, wenn Mem Mann und Kind hat!«

»Du mußt aber. Genau das ist der Punkt, du mußt auch ran, wenn du keine Lust hast. Du mußt eine tolle Show abziehen, obwohl es dir hundsmiserabel geht. So ist das Leben, das du dir ausgesucht hast. Du kannst nicht den Abend blaumachen, bloß weil dein Herz ein paar Dellen abgekriegt hat.«

»Dellen? Zermetzgert ist es! Zu Hackfleisch gemacht! Die Frau, die ich heiraten wollte, kann leider nicht. Ihr Mann hätte was dagegen. Ich brauch eine Bahn, Harry. In meiner Jacke ist noch eine Portion für Notfälle, und das ist ein Notfall. Hack's schon mal klein, sei so lieb.«

Jetzt kriegte ich zuviel. Ich nahm das Kokainpäckchen aus seiner Jacke und schmiß es ihm an den Kopf.

»Wegen der Puppe willst du dich jetzt ruinieren? Sie hat in Thailand Mann und Kind, und deswegen ziehst du dir Zauberpulver rein? Du bist doch nicht zu retten! Wegen einer Puppe schmeißt du alles hin?«

»Das ist nicht irgendeine Puppe, sondern die einzig wahre Frau für mich. Die Richtige! Hast du denn keine Ahnung von Liebe, du Zwerg?«

»Oh doch. Schau mal, Mem ist wirklich hübsch, keine Frage. Aber im Ozean schwimmen noch mehr Fische.«

»Und alle sind glitschig, Harry.«

Er hob das Kokainpäckchen auf und steckte es in die Tasche, die Fetzen des zerrissenen Fotos hinterher. Dann spurtete er an mir vorbei und blieb an der Zimmertür noch mal stehen.

»Wie sollst du das auch verstehen? Du bist schließlich verheiratet. Was verstehst du von Romantik?«

Sonntags war es immer am schlimmsten.

Jetzt wo Pat nicht mehr da war, nahmen die Tage zum Ausspannen einfach kein Ende.

Ich lief verloren im Haus herum und kannte mich mit meinem Leben nicht mehr aus, während Peggy in der Küche Cyd bei ihrem neuen Teigtaschenrezept half.

Daß die Teigtaschen für Food Glorious Food bestimmt waren und nicht für unser Abendessen, erkannte man daran, daß es ungefähr sechshundert waren. Auf Silbertabletts lagen sie überall in der Küche herum – kleine Teigpakete, in die meine Frau und ihre Tochter sorgfältig eine Füllung aus Fleisch, Kräutern und gehacktem Knoblauch füllten, um sie dann unter den Grill zu schieben.

»Texanische Maultaschen«, sagte Cyd.

»Cowgirlfutter«, sagte Peggy.

Ich stand an der Tür und sah den beiden bei der Arbeit zu. Sie standen mit nackten Armen da, hatten die gleichen Schürzen um und die schwarzen Haare hochgebunden, so daß ihre hübschen Gesichter zur Geltung kamen. Die Kocherei machte ihnen sichtlich Spaß.

»Einsam ohne ihn, was?« sagte Cyd.

Ich nickte, und sie streichelte mir über den Arm. Ihr mußte ich nicht erklären, wie es mir sonntags ging, sie liebte mich so, daß sie das verstand.

»Braucht ihr Hilfe?«

»Wie denn – von *dir?*« fragte Peggy.

Cyd lächelte. »Klar.«

Peggy zeigte mir, wie es ging.

Man mußte ein rund ausgeschnittenes Teigblatt nehmen, ein bißchen Fleisch in die Mitte legen, Kräuter und Knoblauch darüber verteilen, das Ganze zusammenklappen und die Ränder so festdrücken, daß sich ein bestimmtes Muster ergab.

Erstaunlicherweise war ich dazu nicht zu gebrauchen. Meine überquellenden Teigtaschen fielen auseinander, bevor ich sie auf eines der Silbertabletts schieben konnte. Zu Anfang fanden wir es alle drei lustig, daß meine Teigtaschen so mißlangen. Als sie nach einer Weile immer noch jedesmal zerbrachen, hatte sich der Witz aber abgenutzt.

»Doch nicht so, Harry«, seufzte Peggy. »Du tust immer zu viel Zeug rein!«

Mit geschickten Fingern zeigte sie mir ein paar Tricks, und nach einiger Zeit wurde meine Technik deutlich besser. Natürlich machte ihr das Lehrerspielen Spaß, und eine Zeitlang werkelten wir in froher Teigtaschenharmonie vor uns hin. Doch irgendwann wurde ich unruhig.

»Wißt ihr was?« sagte ich. »Ich glaube, ich besuche mal meine Mutter.«

»Gute Idee«, sagte Cyd. »Die freut sich bestimmt.«

»Kommt ihr hier ohne mich zurecht?«

Beide waren viel zu höflich, um so eine hirnrissige Frage zu beantworten.

Ich war nicht der einzige, dem Pat fehlte. Vor unserem Haus stand ein Junge. Ein hübsches Kind mit schokoladeverschmiertem Mund, dem sein Fahrrad eine halbe Nummer zu groß war.

»Wo ist eigentlich der Patrick?« fragte er.

»Pat? Der ist nicht mehr da. Er ist nach Amerika geflogen, letzte Woche schon.«

Der Junge nickte.

»Daß er weggeht, hab ich gewußt. Bloß vielleicht noch nicht so schnell, habe ich mir gedenkt.«

»Hätte ja sein könnten. Aber leider ist er schon weg. Bist du in seiner Klasse?«

Doch da war der Junge schon weg, war davongestrampelt auf seinem Fahrrad, das aussah, als gehöre es einem älteren Geschwisterkind. Und dieser kleine Junge fragte sich jetzt auch, wie er den Tag ohne meinen Sohn ausfüllen sollte.

Bernie Cooper. Pats erster bester Freund.

Als ich ein Kind war, gab es viele Leute, bei denen ich ohne Vorwarnung einfach vorbeischauen konnte.

Ich hatte viele Freunde, bei denen ich jederzeit herzlich empfangen wurde. Aber alle diese Freunde waren jetzt erwachsen – ich selber ja auch –, und mittlerweile war der einzige Mensch, bei dem ich unangemeldet auftauchen konnte, meine Mutter.

»Harry«, sagte sie, als sie mir die Tür öffnete. »Das ist aber nett, mein Schatz. Ich will gerade gehen.«

Ich glaubte, nicht recht zu hören.

»Am Sonntag? Am Sonntag willst du irgendwohin?«

»Ich gehe mit deiner Tante Ethel in die Union Hall zum Line dance.

»Wie, Line dance? Dieses Cowboyzeug? Ich dachte, wir setzen uns gemütlich vor den Fernseher.«

»Ach Harry«, sagte meine Mutter lachend. »Fernsehen kann ich auch noch, wenn ich tot bin.«

Es klingelte, und herein kam ein siebzigjähriges Cowgirl. Anstelle der vernünftigen Strickjacke, des geblümten Rocks und der klobigen Gesundheitssandalen trug Tante Ethel, die Nachbarin, die nur eine Nenntante war, einen Stetson, eine Wildlederjacke mit Fransen und Cowboystiefel.

»Hallo, Harry, mein Lieber. Kommst du mit zum Line dance?«

»Du siehst fantastisch aus, Ethel«, sagte meine Mutter. »Wie aus *Annie Get Your Gun.*«

»Wohl eher aus *Granny Get Your Gun*!« sagte Tante Ethel, und die beiden lachten gluckernd wie überlaufende Regenrinnen.

»Ethel war schon ein paarmal dort. Sie ist inzwischen Expertin – stimmt doch, Ethel?«

Tante Ethel lächelte geschmeichelt. »Ich kann den Sleazy Slide, den Hardwood Stomp und den Crazy Legs. Nur mit dem Dime A Dance Cha Cha und dem Shamrock Shuffle komme ich noch nicht zurecht.« Sie stelzte plötzlich zackig im Wohnzimmer herum und hätte beinahe ein lindgrünes Sitzpolster überrannt. »Schritt vorwärts links stampf – rechtes Knie hoch und swing, swing, swing – rechtes Knie noch hö-her.«

»Ist das der Dime A Dance Cha Cha, Ethel?«

»Nein, Liebes, der Shamrock Shuffle. Und weißt du was? Bei meinem Hexenschuß wirkt der Wunder!«

Ich schaute erst Tante Ethel an, dann meine Mutter.

»Du gehst mir in so einem Aufzug nicht aus dem Haus«, befahl ich ihr.

Dabei war meine Sorge unbegründet. Meine Mutter wollte erst sehen, ob es ihr gefiel, bevor sie sich das Cowboy-Zubehör anschaffte. Ich brachte die beiden zur Tür. Und erst als meine Mutter dort mit mir wartete, bis Tante Ethel ihren Nissan Micra aus der Einfahrt schleuste, wandte sie sich mir zu.

»Du kriegst ihn wieder, Liebes, mach dir da keine Gedanken. Wir kriegen ihn beide wieder.«

»Meinst du? Ich bin mir nicht so sicher, Mum.«

»Kinder brauchen ihre Väter.«

»Aber Väter spielen nicht mehr so eine wichtige Rolle wie damals bei euch.«

»Jedes Kind braucht beide Eltern, Liebes, glaub mir. *It takes two to tango.*«

Ich brachte es nicht fertig, meine Mutter darauf hinzuweisen, daß heutzutage kein Mensch mehr Tango tanzt.

Nicht einmal sie.

Tante Ethel drückte auf die Hupe und ließ das Fenster herunter.

»Yii-haaa! Auf die Pferde«, sagte sie.

Es war schon Mitternacht, als ich nach Hause kam.

Das Bett war besetzt. Peggy schlief daumenlutschend an ihre Mutter gekuschelt, ein paar schwarze Strähnen an der Kleinmädchenstirn verklebt, als hätte sie Fieber.

»Sie hat schlecht geträumt«, flüsterte Cyd. »Ihr Vater ist mit dem Motorrad umgekippt. Ich warte lieber nur noch, bis sie wieder fest eingeschlafen ist, dann trag ich sie rüber in ihr Zimmer.«

»Ist schon gut, laß sie ruhig da.«

»Macht dir das nichts, Baby?«

»Nein, ist okay.«

Ich gab meiner Frau einen Kuß und legte mich im Wohnzimmer aufs Sofa. Es machte mir tatsächlich nichts aus. Peggy brauchte heute nacht ihre Mutter, und auf dem Sofa mußte ich mir keine Gedanken machen, ob Peggy aufwachte, ob Cyd zu müde für Sex war oder ob ich ihr aus Versehen die Decke wegzog. Hier unten kam zwar keiner zum Kuscheln, aber dafür konnte ich in Ruhe schlafen.

Das ist ja das Kreuz mit den Sofas. Man kann sich glatt dran gewöhnen.

»Du brauchst einfach mal wieder Romantik«, erklärte mir Eamon, während er seine Nudeln von einer Tellerseite auf die andere schob. Er aß nur noch wie ein Spatz. »Ein bißchen Spannung, Harry, ein bißchen Leidenschaft. Nachts nicht schlafen können vor lauter Sehnsucht und so. Weißt du noch? Überleg mal ganz scharf.«

»Du meinst, ich soll meiner Frau mal wieder Blumen mitbringen?«

Er verdrehte die Augen. »Du sollst dir eine Geliebte nehmen.«

»Ich liebe meine Frau.«

»Na und? Romantik ist ein Menschenrecht, genauso wie Essen, Trinken und ein Dach über dem Kopf.«

»Du meinst gar nicht Romantik, du meinst Rumvögeln. Du denkst ja nur an deinen fiesen kleinen Stummel, wie üblich.«

»Nenn das, wie du willst, Harry«, sagte er mit einem lüsternen Seitenblick auf die Bedienung, die seine übriggelassenen Nudeln abräumte. »Aber wenn du dir mal was nebenbei gönnst, dann tust du deiner Ehe nichts zuleide. Im Gegenteil, eher was zuliebe.«

»Erzähl das meiner Frau.«

»Die braucht ja nichts davon zu wissen.«

»Aber ich selber wüßte es. Du verstehst nicht, was ich meine. Ich will keine neue Frau, ich will meine eigene wiederhaben. Ich will, daß es wieder so wird wie früher.«

»Ihr verheirateten Männer seid einfach zu komisch.« Eamon gluckste. »Erst beschwert ihr euch, daß es unter dem guten alten Eheplumeau zu langweilig ist, und dann schafft ihr es nicht, loszuziehen und eure Augen aufzusperren. Ihr wißt genau, was ihr wollt, habt aber nicht den Mut, es euch zu holen.«

»Genau darum geht es bei einer Ehe.«

»Um was? Um Frust? Enttäuschung? Abgeschminkte Illusionen? Geht es darum, mit jemand zu schlafen, auf den man nicht mehr steht? Klingt verdammt gut, Harry, wirklich erstrebenswert. Erinner mich dran, daß ich Single bleibe.«

»Ich stehe aber noch auf Cyd«, sagte ich, und das meinte ich ernst.

Manchmal beobachtete ich sie, wenn sie nicht hersah, und dann war ich fassungslos, weil sie so schön war, fassungslos, weil sie in mir so tiefe Gefühle auslöste, ohne irgend etwas zu tun.

»Und ich glaube, sie steht auch noch auf mich. Falls sie mal dazu kommt, jedenfalls.«

Da hatte Eamon wieder etwas zu lachen.

»Ich meine, eine Ehe hört doch nicht einfach auf, nur weil die Flitterwochen vorbei sind«, sagte ich.

»Aber die Flitterwochen sind das Beste daran!«

»Zerbrich dir nicht den Kopf über unser Sexualleben, da klappt alles – wenn wir uns aufraffen können. Es ist bloß ... ach, ich weiß nicht. Es knistert nicht mehr. Sie arbeitet dauernd, oder sie kommt nach Hause und ist erschöpft, oder der Boiler ist geplatzt. Das war doch früher alles anders!«

»Frauen verändern sich, Harry«, sagte Eamon und lehnte sich zurück, um zu einem Vortrag auszuholen. »Schau mal, eine Frau gleicht in jeder Lebensphase einem anderen Kontinent.«

»Wie das?«

»Na ja, zwischen dreizehn und achtzehn ist sie wie Afrika: jungfräuliches Terrain. Zwischen achtzehn und dreißig ist sie wie Asien: heiß und exotisch. Zwischen dreißig und fünfundvierzig ist sie wie Amerika: restlos erforscht und freigebig mit ihren Ressourcen. Zwischen fünfundvierzig und fünfundfünfzig ist sie wie Europa: ein bißchen erschöpft, ein bißchen angeschlagen, aber immer noch mit vielen interessanten Orten. Und ab fünfundfünfzig ist sie wie Australien: Jeder weiß, daß da unten irgendwas ist, aber die wenigsten wollen hin.

»Für dein Comeback brauchst du aber besseres Material als das.«

»Kein Problem«, sagte Eamon trocken. »Apropos Comeback. Entschuldige mich, ich bin gleich wieder da.«

Er ging Richtung Toilette. Wir hatten uns mit dem Sender darauf verständigt, daß Eamon so lange eine kreative Pause machen sollte, bis er sich wieder im Griff hatte. Die Show zu unterbrechen machte ihn natürlich stockdepressiv, aber der Sender verlangte, daß er mit seiner Sucht fertig wird, bevor er wieder vor die Kamera durfte. Deswegen saßen wir auch hier beim Mittagessen. Ich wollte Eamon davon überzeugen, daß er therapeutische Hilfe braucht.

Als Eamon wieder an den Tisch kam, hatte er glasige Augen und war aschfahl. Nicht schon wieder, dachte ich und tippte mir an die Nase, woraufhin er mit seiner Leinenserviette ein paar weiße Pulverkörner vom linken Nasenflügel tupfte.

»Hoppla«, sagte er kichernd.

»Hör zu, da ist diese Ärztin in der Harley Street, die behandelt … Erschöpfungszustände. Der Sender will, daß du hingehst, und ich begleite dich.«

»Ach, du haariger Affenarsch! Wer bin ich denn? Ein Kleinkind? Ich brauche keine Hilfe.«

»Hör zu, Eamon. Du hast ein riesengroßes Talent, aber im Augenblick bist du dabei, es zu verschleudern.«

»Harry, ich brauch keinen Babysitter.«

»Wenn du nicht zu dieser Ärztin gehst, bist du irgendwann deine Show los.«

»Mir fehlt nichts.«

»Auf alle Fälle ruinierst du dir die Gesundheit.«

»Das ist mein Bier.«

»Wahrscheinlich kriegst du Probleme mit der Polizei.«

»Mir scheißegal.«

»Aber sicher ist, daß du dir dein sauer verdientes Geld in die Nase ziehst und es zum Klo runterspülst.«

»Mit meinem Geld kann ich tun und lassen, was ich will.«

»Und außerdem wird dein Schwanz schrumpfen.«

»Was?«

»Du hast mich schon verstanden.«

Er starrte mich an. »Wie heißt diese Ärztin noch mal?«

Sein Handy vibrierte. Es klingelte nicht, sondern zuckte nur. Er ging ran und brabbelte los, obwohl in diesem Lokal das Telefonieren verboten war. Es war seine Exfreundin Mem. In Null Komma nichts kämpfte er mit den Tränen und fuhr sich gequält durch die schwarze Flatterfrisur.

»Ich belästige dich doch nicht … wie, zwanzig Nachrichten? Du übertreibst maßlos. Ich will dich eben sehen, mein kleines zuckersüßes Popsicle mit Limonengeschmack … Wieso? Na, um zu reden, um dir alles zu erklären … Mem, wir können es doch noch mal probieren … Ich will der einzige Mann sein, bei dem du auf dem Schoß tanzt … bitte, Baby …«

Zwei Geschäftsleute am Nebentisch starrten ihn herablassend an.

»Wer ist denn der Komiker mit dem Handy?« sagte der eine. »Hier drin sind Handys doch verboten.«

»Ähm, hallo«, sagte der andere in einer Parodie auf dämliche Handybenutzer. »Ich sitze jetzt hier in der S-Bahn ...«

Eamon drehte sich wie von der Tarantel gestochen zu ihnen um.

»Es hat schließlich nicht geklingelt, oder?« blaffte er sie an. »Es war auf Vibrieren eingestellt, okay? Also ist doch scheißegal, ob ich in diesen verdammten Hörer spreche oder ihr beiden Arschgeigen euch über die Finanzmärkte unterhaltet oder über Tiger Woods oder was sonst eure sensiblen Gemüter erregt. Oder?«

Stimmt eigentlich, dachte ich mir und winkte dem Kellner wegen der Rechnung. Das sollte er in seine Nummer einbauen. Aber meine Güte, war der Mann geladen!

Während man uns vom Nachbartisch Prügel androhte, mußte ich an den Spruch über die Frauen denken, den Eamon zuvor gebracht hatte. Wenn seine Theorie stimmte, war meine Frau gerade wie Amerika. Nur daß ich nicht glaubte, sie sei nach eineinhalb Jahren Ehe schon restlos erforscht.

Manchmal hatte ich das Gefühl, sie überhaupt nicht zu kennen.

Ich weiß nicht, warum ich plötzlich anfing, an Ginas ehemaligem Haus vorbeizufahren. Es war doch klar, daß niemand zu Hause war. Die neuen Besitzer zogen erst in ein paar Wochen ein, und selbst das verträumte Au-Pair-Mädchen hatte sich wieder nach Bayern abgesetzt. Ich fand es einfach – ich weiß nicht – irgendwie tröstlich.

Selbst wenn es nie mein Haus war und nun auch nicht mehr Pats Zuhause, selbst wenn ich keine schönen Erinnerungen damit verband: Am ehemaligen Zuhause meines Sohnes vorbeizufahren, daran zu denken, daß noch letzte Woche seine Sachen in seinem Zimmer lagen – seine Kleider im Schrank, darunter ein paar, die ihm längst zu klein waren, sein Bett mit dem *Phantom-*

Menace-Bezug, sein Kopfkissen – all das vertrieb ein bißchen die Einsamkeit.

Ich schlich also um dieses Haus wie ein ehemaliger Liebhaber, voller Sehnsucht und ein bißchen wehmütig.

Und da sah ich Pats Fahrrad.

Es war im Vorgarten liegengeblieben. Typisch Pat, er stellte sein Fahrrad immer vors Haus, wenn er vom Park zurückkam, und dann vergaß er es einfach oder vertraute darauf, daß die ganze Welt so unschuldig ist wie er.

Daß es noch nicht geklaut war, lag nur daran, daß ein Busch es fast völlig versteckte. Ich parkte den Wagen, stieg über die symbolische Gartenmauer und hob das Fahrrad auf. Ich wollte es aufbewahren, bis mein Sohn wieder zurückkam, falls sie mich nicht baten, es rüberzuschicken.

»Ist sie da?«

Ich blickte auf. Vor mir stand ein hagerer junger Mann mit blondgefärbten Haaren. Ein Asiate. So ein moderner junger Japaner, wie man sie manchmal in den Galerien und Raritäten-Plattenläden der Londoner Künstlerviertel sieht. Dieser hier sah ziemlich verweint aus. Ich schaute ihn über das Mäuerchen an.

»Wen meinst du denn? Gina?«

Er blickte zum Haus. »Kazumi.«

Der Name sagte mir nichts. »Du hast die falsche Adresse, Kumpel. Probier's doch mal nebenan.«

»Nein, sie wohnt hier.« Er sprach gut Englisch. »Ganz sicher.« Kopfschüttelnd blickte er die Straße hinunter. »Das ist schon das richtige Haus. Da kommt sie!«

Eine junge Asiatin kam auf einem Fahrrad langsam angefahren. Sie hatte diese schwungvollen, glänzenden Haare der Japanerinnen, allerdings eine Idee heller als normal. Vor Ginas Haus hielt sie an und strich sich die Haare aus den Augen. Ihr Gesicht war blaß, ernst und etwas älter, als ich anfangs gedacht hatte. Es war kein Mädchen, sondern eine Frau, ungefähr so alt wie ich.

Und es war die attraktivste Frau, die mir seit langem begegnet war. Genaugenommen seit mir meine Frau begegnet war.

Sie warf einen Blick auf den jungen Mann und schien wenig

begeistert von seiner Anwesenheit. Wieder fielen ihr die Haare vor das ausgesprochen ungewöhnliche Gesicht, und sie ließ sie dort, sozusagen als Schleier zwischen sich und der Welt.

»Kazu-chan«, sagte sie, und plötzlich kam ich darauf.

Natürlich, Ginas Freundin aus Japan.

Die Pat durch ihre Kamera beobachtet und sein Wesen erkannt hatte.

Kazumi.

Er sagte etwas auf japanisch, leise und eindringlich, mit gesenktem Blick, den Kummer hinter den gefärbten Haaren verborgen.

Sie schüttelte den Kopf und schob ihr Fahrrad aufs Haus zu. Der junge Mann setzte sich auf die Gartenmauer meiner Exfrau, schlug die Hände vors Gesicht und fing an zu schluchzen.

Wieder schüttelte sie den Kopf, diesmal mit einem genervten, ungläubigen Blick, und dann nestelte sie vor der Haustür an einem Schlüsselbund herum. Sie fand nicht gleich die beiden richtigen. Schließlich sperrte sie auf, und die Alarmanlage fiepte.

Kurz bevor sie die Tür zumachte, fiel ihr Blick auf mich. Ich stand noch immer in ihrem Vorgarten, hielt das vergessene Fahrrad meines Sohnes in der Hand und beobachtete, wie sie die Geheimzahl für die Alarmanlage eintippte.

Ihr Gesichtsausdruck sprach Bände.

Noch so ein liebeskranker Irrer.

11

Eine Postkarte aus New York.

Auf der Vorderseite ein Bild vom Central Park im Herbst. Silbrige Wolkenkratzer lugen über ein Meer aus Bäumen in Rostrot, Grün und Gold. Weiße Wattewölkchen an einem strahlend blauen Himmel.

Auf der Rückseite in sorgfältig geschriebenen Druckbuchstaben ein paar Zeilen von meinem Sohn.

LIEBER DADDY,
WIR WAREN IN DEM PARK. DA GIBT'S
ENTEN. ICH HAB DICH LIEB. ALLES LIEBE
DEIN SOHN
PAT XXX

»Kommt ein Betrunkener in Kilcarney in den Beichtstuhl«, sagte Eamon. »Fragt ihn der Pfarrer: ›Was kann ich für dich tun, mein Sohn?‹ Sagt der Betrunkene: ›Ist bei dir drüben zufällig Papier?‹«

Wir saßen im Wartezimmer in der Harley Street. Tiefe Sofas, am Empfang eine ältere Dame und auf den Lacktischchen verstreut Immobilienwerbung – es roch nach Geld und kranken Menschen. Eamons Fingernägel waren blutig gebissen.

»Wird schon werden«, beruhigte ich ihn.

»Schulbus in Kilcarney. Da sitzt dieser alte Säufer, schnarcht, grölt Freiheitslieder, kotzt alles voll. Ist völlig hinüber. Die Knirpse müssen ihm helfen auszusteigen. Sagt einer hinterher: ›Mist, und wer fährt jetzt unseren Bus?‹«

»Die Ärztin ist wirklich gut. Die hat schon Models und Musiker wieder hingekriegt – alle möglichen Leute.«

»Kommt ein Mann in Kilcarney in die Kneipe. ›Los, gib mir nen anständigen Drink.‹ Sagt der Barkeeper: ›Erst mußt du drei Aufgaben erfüllen. Schlag den Türsteher zusammen, zieh dem Wachhund seinen wackelnden Zahn und dann fick die Dorfhure, wie sie noch keiner gefickt hat.‹ Der Typ geht nach draußen und schlägt den Türsteher mit einem linken Haken k.o. Dann geht er ins Hinterzimmer, und kurz darauf hört man den Wachhund jaulen und winseln. Dann kommt er wieder raus und knöpft sich die Hose zu. ›So, und wo ist der Hund mit dem wackelnden Zahn?‹«

»Entspann dich ein bißchen.«

»Das ist doch alles Quatsch. Ich brauche keine Hilfe. Diese Schwachköpfe im Sender.«

»Mr. Fish?« sagte die Dame vom Empfang. »Sie können zu Dr. Baggio.«

Eamon zitterte. Wir standen auf, ich legte ihm den Arm um die Schultern. Und da verschwammen plötzlich die Konturen des Wartezimmers. Meine Beine fühlten sich an wie aus Gummi, und während es mir die Sicht verschmierte, traten meine Füße ins Leere und der tiefe, flauschige Harley-Street-Teppich kam auf mich zugesaust.

Als ich aufwachte, lag ich bei Dr. Baggio auf der Couch und Eamon saß mit besorgter Miene neben mir. Dr. Baggio hatte mir irgendwas um den Arm gepackt.

Ah ja. Sie maß meinen Blutdruck.

»Litt Ihr Vater an Hypertonie?«

Mein Vater erschien verschwommen vor meinem inneren Auge. »Wie bitte?«

»Ihr Blutdruck ist 195 zu 100.«

»Leck mich fett«, sagte Eamon. »Du bist der Kranke, Harry, nicht ich.«

»Wissen Sie, was das bedeutet?« fragte Dr. Baggio. »Das ist ziemlich ernst. Die erste Zahl bezeichnet den systolischen Druck, das heißt, den Druck in den Arterien, wenn Ihr Blut durch den Körper gepumpt wird, und die zweite Zahl den diastolischen Druck, also den, wenn der Herzmuskel ruht und sich mit Blut füllt, bevor er sich wieder zusammenzieht. Ihr Blutdruck ist so hoch, daß Sie schlaganfallgefährdet sind. Hatte Ihr Vater zu hohen Blutdruck, Mr. Silver?«

Ich schüttelte den Kopf und versuchte, die Lage zu überblicken.

»Ich weiß nicht«, sagte ich. »Er hat uns ja nicht mal erzählt, daß er Lungenkrebs hat.«

Ich wußte zwar, daß Gina nicht da ist, klopfte aber trotzdem bei ihr an die Tür. Gleichzeitig fragte ich mich, was ich da tat. Irgendwie suchte ich etwas, was ich zu Hause nicht fand. Nur was, wußte ich nicht genau. Noch nicht.

Kazumis Mandelaugen erschienen über dem Türriegel. Schwungvoll strich sie sich die schwarze Mähne aus dem Gesicht.

»Ist Gina da?«

»Gina wohnt nicht mehr hier.« Sie hatte nur einen erstaunlich leichten Akzent, ein leises Rollen, das fast nach Schottland klang. »Gina ist umgezogen.«

»Ach so, natürlich.« Kopfschüttelnd blickte ich die Straße hinunter, als wäre mir das plötzlich wieder eingefallen. Dann sah ich Kazumi wieder an und lächelte. »Ich bin Harry.«

»Harry? Aber nicht Gina-sans Harry?«

Gina-san. Die ehrwürdige, geschätzte Gina. Viel Japanisch hatte ich in fünf Ehejahren mit einer nipponverrückten Frau zwar nicht gelernt, aber so weit reichte es. Gina-san.

»Doch.«

Jetzt lächelte sie zum ersten Mal. Und die Sonne ging auf.

»Ich habe schon so viel von dir gehört. Natürlich, Gina-sans ehemaliger – ich meine, Pats Vater, ja?«

»Ebender.«

»Sakamoto Kazumi«, sagte sie. Wo auch immer sie ihren schottischen Akzent herhatte – sie war Japanerin genug, um ihren Familiennamen zuerst zu nennen. »Ich wohne hier ein bißchen, bis die neue Familie kommt. Ich kann aufs Haus aufpassen, und für mich ist es sehr praktisch. Ein großes Glück.«

»Kazumi? Die Frau, die meinen Sohn fotografiert hat?«

Wieder dieses Lächeln. Ich konnte mich von ihrem Anblick kaum losreißen. »Ebendie«, sagte sie. Witzig noch dazu.

»Die Fotos waren fantastisch. Und das meine ich ernst. Unglaublich, wie du ihn getroffen hast.«

»Nein, nein, nur ein paar Schnappschüsse im Garten.« Japanische Bescheidenheit, trotz des schottischen Akzents und des guten Englisch. Sie nickte kurz und heftig, eine Geste, die mir immer ausgesprochen japanisch vorkam. »Er ist bildschön«, sagte sie, und das war nicht reine Höflichkeit. Sonst hätten die Fotos nie so werden können.

Diese mir unbekannte Frau fand meinen Sohn bildschön.

»Aber dann weißt du doch, daß Gina-san mit ihrem – mit Richard in Amerika ist. Und mit Pat-kun.«

Pat-kun. Der liebevolle Ehrenname rührte mich. Der liebe,

süße, kleine Pat, hatte sie gesagt. Meine erste Frau hat mir mehr beigebracht, als mir klar war.

»Ich bin sehr vergeßlich«, sagte ich. »Irgendwann vergesse ich noch meinen Kopf.«

Das war natürlich gelogen. Aber alles andere stimmte – daß ihre Fotos so toll waren zum Beispiel. Außerdem hatte sie etwas an sich, bei dem ich alles mögliche vergaß.

Zum Beispiel, wo ich hingehörte, wen ich besuchen durfte und daß ich verheiratet war.

Kazumi bat mich herein und machte mir Tee. Das wäre natürlich nicht nötig gewesen, aber sie meinte, sie hätte das Gefühl, mich schon ewig zu kennen.

In Japan war Kazumi Ginas beste Freundin gewesen. Ein Jahr lang hatten sie gemeinsam in einer winzigen Wohnung in Tokio gewohnt. Gina wollte eigentlich nach Japan zurück, um dort zu leben, aber dann hat sie mich kennengelernt. Das wußte Kazumi alles. Ob sie auch wußte, warum wir nicht mit einem Happy-End aufwarten konnten, wurde nicht klar, denn das zu erwähnen, dazu war sie viel zu höflich.

»Ihre Jungs«, sagte Kazumi. »So hat sie dich und Pat immer genannt: ihre Jungs.«

Tja, die Zeiten sind vorbei, dachte ich. Aber mich durchströmte plötzlich ein Gefühl der Dankbarkeit, daß wir hier im ehemaligen Haus von Gina und Richard sitzen und grünen Tee trinken konnten und Kazumi offen aussprach, daß ihre Freundin sich früher mal was aus mir gemacht hat.

Und dann erzählte sie ihre Geschichte. Natürlich nicht ganz, aber immerhin, daß sie in Japan Innenarchitektin gewesen war und immer davon geträumt hatte, Fotografin zu sein. Westliche Fotografie faszinierte sie – Weber, Newton, Cartier-Bresson, Avedon, Bailey. Seit sie denken konnte, wollte sie genau das machen: die Welt anschauen und festhalten, was sie sah. Und dann war in Tokio irgendwas vorgefallen – was, sagte sie nicht, aber vermutlich hatte es mit einem Mann zu tun –, jedenfalls setzte sie sich ins Flugzeug nach Heathrow und kehrte ihrem früheren Leben den Rücken.

Der schottische Akzent kam, wie sich herausstellte, von drei Jahren Uni in Edinburgh mit Anfang Zwanzig, nicht lange, nachdem sie in Tokio ein Jahr lang ihr Leben, eine Wohnung und diverse Nudelsuppen mit Gina geteilt hatte.

»Ich wollte immer in Edinburgh studieren«, sagte Kazumi. »Schon als ganz kleine Kind.« In ihr perfektes Englisch schlichen sich nur ab und zu winzige Fehler, die unheimlich charmant klangen. »Sehr schöne Stadt, sehr antik.«

Ihr Studium dort mußte sich mit den ersten Ehejahren von Gina und mir überschnitten haben, und ich erwähnte, es wundere mich, daß wir uns damals nicht kennengelernt hätten.

»Gina-san war zu der Zeit sehr beschäftigt. Sehr beschäftigt mit ihren zwei Jungs.«

Aber natürlich steckte mehr dahinter. Am Anfang unserer Beziehung waren Gina und ich ziemlich selbstgenügsam gewesen, und wir glaubten ernsthaft, wir bräuchten keinen Menschen auf der Welt, nicht einmal unsere engsten Freunde. Also ließen wir den Kontakt einschlafen, und erst, als unsere Beziehung auseinanderbrach, merkten wir, was wir damit angerichtet hatten.

»Wer war eigentlich der Mann vorhin, Kazumi? Der im Garten? Der geweint hat?«

Diese Frage war natürlich sehr direkt. Aber mich interessierte diese unnahbare Schöne, die in ihrem Vorgarten Nervenzusammenbrüche provozierte.

»Ah so. Der geweint hat? Das war mein Mann.« Kurze Pause. »Exmann.«

Dann stand sie auf. Sie hatte mir genug erzählt, vielleicht schon zu viel.

»Willst du noch mehr Fotos von Pat sehen? Ich habe neue Abzüge gekriegt.«

Wir gingen nach oben in Ginas früheres Arbeitszimmer. Das Haus war fast leer, und alles, was noch herumstand, gehörte Kazumi.

Sie breitete einen Stapel großformatiger Fotos auf dem Boden aus. Ihre Technik war atemberaubend: Motivwahl, Schärfe – für meine Laienaugen traf sie immer ins Schwarze. Solche flüchtigen Augenblicke aus der Kindheit meines Sohnes wie das Herumalbern im Garten hatte sie vollendet eingefangen. Und obwohl es Schwarzweißfotos waren, strahlten sie Wärme und Herzlichkeit aus. Sie mochte meinen Sohn, das spürte man.

»Warum bist du aus Tokio weggegangen?«

Aus unerfindlichen Gründen wollte ich noch mehr von ihr wissen, zum Beispiel, warum sie so weit weg von zu Hause lebte. Mit Cartier-Bresson oder Robert Capa hatte das ja vermutlich wenig zu tun.

»Bei mir war das wie bei Gina.«

»In welcher Beziehung?«

»*Shufu.*«

Ein paar Brocken Japanisch hatte ich im Lauf der Jahre ja aufgeschnappt, aber so weit reichte es nicht. Ich mußte raten.

»Mutter?«

»Nein, nein. Das heißt *oka-san. Shufu* heißt wörtlich Mrs. Innendrin.«

»Mrs. Innendrin?«

»Bei euch sagt man Hausfrau, in Amerika Familienmanagerin. In Japan *shufu.* Aber Gina wollte *shufu* sein, oder?«

»Na ja, am Anfang schon.«

Bis sie ihr eigenes Leben wiederhaben wollte.

»Mein Mann wollte, daß ich eine *shufu* werde. Aber ich will nicht so sehr!«

Sie schien das ausgesprochen komisch zu finden, wobei mir nicht klar war, ob die Vorstellung von ihr als Hausfrau ihren Lachnerv kitzelte oder das amerikanische Profil einer Mrs. Innendrin. Vielleicht wollte sie auch nur ihre Verlegenheit überspielen.

»Und das hat nicht geklappt?«

Offenbar nicht, du Hornochse. Sonst würde sich ihr Exmann nicht auf der Gartenmauer die Augen ausheulen, und keine fremden Männer würden unter fadenscheinigen Vorwänden bei ihr an die Tür klopfen.

Aber für heute hatte sie mir genug erzählt.

»Verheiratet«, sagte sie, und ich verstand nicht sofort, daß sie mich meinte.

Sie blickte auf den dicken goldenen Ring an meiner linken Hand. »Wieder verheiratet. Jetzt mit einer anderen Frau, nicht Gina-san.«

Verwundert betrachtete ich meinen Ehering, als sähe ich ihn zum ersten Mal, als hätte ihn mir jemand heimlich angesteckt. Daß ich ihn vor meinem Besuch bei Kazumi abziehen könnte, war mir keine Minute in den Sinn gekommen.

Ich brachte ihn sowieso nicht mehr ab. Irgendwas war mit diesem Ring passiert. Er steckte.

»Nicht geklappt«, sagte Kazumi vor sich hin, als sei das ein neuer Ausdruck, mit dem sie vielleicht mal eine Probefahrt riskieren sollte. »Hat einfach nicht geklappt.«

Gina schickte mir ein Foto.

Und darauf hatte mein Sohn ein neues Lächeln.

Ein Lächeln mit Lücke, das mir das Herz zerriß. Die beiden oberen Schneidezähne fehlten, was ihn haarsträubend verwegen aussehen ließ – wie ein betrunkener Matrose bei der Rückkehr vom Landgang oder ein zwielichtiger Preisboxer auf Tour.

Auf dem Bild war er für die Kamera ausstaffiert und steckte von Kopf bis Fuß in offizieller New-York-Yankees-Ausrüstung, von der Baseballkappe über die Sweatpants bis zum Anorak, wie meine Mutter das nennen würde. Alles in Dunkelblau mit dem weißen Yankees-Logo drauf. Unter dem Anorak trug er ein blau-weiß gestreiftes Yankees-Shirt, das ihm ein paar Nummern zu groß war.

Er sah aus wie ein kleiner Amerikaner. Ich rief ihn sofort an, ohne Ginas Brief zu lesen oder nachzusehen, was sonst noch in dem Umschlag steckte.

Gina nahm ab, rief aber gleich Pat.

»Was ist denn mit deinen Zähnen passiert?« fragte ich.

»Die sind rausgefallen.«

Das klang erstaunlich gleichmütig.

»Hat das weh getan?«

»Nö.«

»Du kriegst wieder neue, Pat. Da wachsen Erwachsenenzähne nach.«

»Weiß ich, Fleischzähne für die Milchzähne, hat Mummy gesagt.«

Diese zwei Schneidezähne hatten schon seit Ewigkeiten gewackelt, und irgendwie hatte ich es für selbstverständlich gehalten, daß ich miterlebe, wie sie ausfallen. Aber jetzt waren sie weg, und mir fiel wieder ein, was ich alles verpaßte.

Erst da fiel mir auf, daß in dem Kuvert eine kleine Streichholzschachtel steckte. *Il Fornaio* stand darauf, *132a Mulberry Street, between Hester and Grand.*

»Gefällt es dir in Amerika?«

»New York ist ganz schön groß, noch größer wie London. Und die Taxis, du? Die sind gelb statt schwarz, echt hey. Aber da, wo wir wohnen, sind lauter Wiesen. Wir wohnen nämlich nicht in New York.«

»Geht ihr öfter zu diesem Italiener, Mummy und Richard und du? Magst du das *Il Fornaio*, mein Schatz?

»Da gibt's Pizza. Hast du reingeschaut?«

In dem Schächtelchen lagen zwei gezackte Perlen. Die beiden Zähne von meinem Sohn.

»Sind die für mich? Darf ich die behalten?«

»Oder du verkaufst sie der Zahnfee.«

»Ich glaube, die behalte ich lieber selbst. Doch, die behalte ich. Ist das okay?«

»Ja, ist okay.«

»Geht's dir gut, mein Schatz?«

»Ich hab viel zu tun.«

»Das kann ich mir vorstellen.«

»Wir sind immer noch am Sachenauspacken.«

»Sind es noch viele Sachen?«

»Weiß ich nicht, ich bin ja erst sieben.«

»Stimmt, das hatte ich doch glatt vergessen. Tja, jetzt sehen wir uns erst mal am Sonntag nicht mehr.«

»Ich weiß. Connecki – Connacki –«

»Connecticut.«

»Genau, Connecticut ist zu weit weg, da kannst du nicht am Sonntag kommen.«

»Aber wir können immer telefonieren. Außerdem besuche ich dich mal. Und du darfst in den Ferien herkommen und mich besuchen, das ist ganz bald.«

»Aber wo soll ich da schlafen?«

»Ich überleg mir was und richte dir in unserem Haus was Schönes ein.«

»Und meine Sachen? Wo sollen meine Sachen hin?«

»Da finden wir was, mein Schatz. Du kriegst ganz viel Platz für deine Sachen.«

»Okay, dann komme ich.«

»Amerika wird bestimmt ganz toll, da gefällt es dir sicher. Da wo ihr wohnt, gibt's ganz viel Platz.«

»Und ich kriege einen Hund, hat Mummy mir versprochen. Wenn wir ausgepackt haben und nicht mehr so viel zu tun haben, dann holen wir ihn ab.«

»Einen Hund, das ist ja toll! Wie willst du den denn nennen?«

»Weiß ich noch nicht, vielleicht wird es ja ein Mädchen, und dann ist es anders.«

»Pat?«

»Was denn?«

»Vergiß mich nicht, okay? Vergiß deinen alten Dad nicht, der dich so furchtbar liebhat.«

»Ich vergeß dich nie, nie, nie, nie, nie im Leben.«

Dann kam Gina wieder ans Telefon, um zu erzählen. Wie es ihr ging, wollte ich zwar gar nicht wissen – mit Pat war alles in Ordnung, mehr interessierte mich nicht. Aber sie wollte erzählen.

»Wir wohnen bei Richards Eltern in Connecticut, und er fährt jeden Tag mit dem Zug nach Manhattan auf Jobsuche.«

»Moment mal, ich dachte, er hat einen Job? Seid ihr nicht deshalb überhaupt los?«

»Er hatte auch einen, aber den hat er gleich wieder gekündigt.«

»Na, das ging aber schnell. Ihr seid doch gerade erst angekommen, wie kann er da schon kündigen?«

»Er hatte sich den Job anders vorgestellt. Und er dachte, er findet sofort was Besseres, aber hier schwächelt die Wirtschaft genauso, und in seiner Kategorie gibt es nicht so viel Auswahl. Außerdem ist das mit den Wohnungen eine Katastrophe. Entweder du gondelst jeden Tag drei Stunden hin und her, oder du gehst zu Fuß zur Arbeit und wohnst dafür in einer Schuhschachtel.«

»Das hast du dir auch anders vorgestellt, oder?«

»Richard ist angeblich überqualifiziert. So ein Blödsinn, wie kann man denn überqualifiziert sein? Zu schlau für einen Job?«

»Das darfst du mich nicht fragen. Ist wahrscheinlich der Preis für so viel Genialität. Aber Pat geht's gut?«

»Er ist total happy, Harry. Richards Eltern machen ein Mordstheater um ihn, sie behandeln ihn fast wie ein eigenes Enkelkind.«

Anständig von ihnen, dachte ich mir, hielt aber den Mund.

»Richards Schwester hat einen Sohn, der ein Jahr jünger ist als Pat, und die beiden haben sich auf Anhieb verstanden. Seine Schwester wohnt auch hier in Connecticut, eigentlich seine ganze Familie.«

»Aber du hast es dir anders vorgestellt?«

»Das Gelobte Land gibt es eben nicht. Das merke ich auch allmählich.«

»Wann kommst du dann nach Hause?«

Sie seufzte. »Ich bin jetzt hier zu Hause, Harry. Richard hat einen neuen Job angeboten bekommen, bei Bridle-Worthington.«

»Klingt nach Halskrankheit.«

»Börsenmakler, Harry. Bridle-Worthington ist ein Maklerbüro an der Wall Street.«

»Aber er ist doch überqualifiziert.«

»Es ist nicht ganz das, was er gesucht hat. Sie zahlen viel weniger, aber immerhin haben sie einen Job für ihn. Wie gesagt, nicht das Gehalt, das er gern hätte, aber für den Anfang …«

»Ich dachte, man fährt entweder stundenlang hin und her oder wohnt in einer Schuhschachtel. Hast du nicht gerade so was gesagt?«

»Perfekt ist es halt nirgendwo. Aber Connecticut ist wirklich wunderschön, und in einer Stunde ist man in New York, na ja, in einer guten Stunde. Wir sehen uns gerade Schulen in Hartford und New Haven an, die sind hundertmal besser als alles, was wir in London finden könnten. London ist einfach out.«

»Nicht für mich, Gina, für mich ist London überhaupt nicht out. Wieso erzählst du mir das eigentlich alles?«

»Damit du siehst, daß es nicht darum geht, dir Pat wegzunehmen, Harry. Sondern um ein neues, besseres Leben für unsere Familie.«

»Und was ist mit mir?«

»Du hast deine eigene Familie.«

»Hatte ich. Bis du mir meinen Sohn entführt hast.«

Kurze Stille. Quer über Tausende von Kilometern hinweg hörte ich sie mit den Zähnen knirschen.

»Ich bin ja so froh, daß ich dich los bin, Harry. Daß du nicht mehr in meinem Leben herumpfuschen kannst, darauf freue ich am meisten. Daß wir uns richtig fremd werden.«

Dann war sie weg.

Und ich hatte in einer Hand den toten Hörer, in der anderen die beiden kostbaren kleinen Perlen.

12

Manchmal brachten wir Peggy abends ins Bett, einer von uns las ihr vor, bis sie eingeschlafen war, und dann schauten wir noch ein bißchen fern, liebten uns auf dem Sofa, und mit unserer kleinen Familie war alles in Butter.

Dann wieder übernachtete sie bei ihrem Vater, und die Sache

lief weniger rund. Jim Mason hatte eine neue Freundin, und diese Frau unternahm alles, um sich bei Peggy einzuschmeicheln: Sie machte Platz für sie in ihrer Beziehung, überschüttete sie mit Geschenken und Aufmerksamkeit und tat, als würde das bis in alle Ewigkeit so bleiben. Und ausgerechnet wenn Peggy über Nacht weg war, mußte Cyd immer sehr lange arbeiten.

Wenn Peggy nicht da war, dauerte alles ein bißchen länger als sonst: die Filmpremieren im West End, die Konferenzen in der City – vielleicht war es Zufall, aber wenn Peggy zu Hause nicht auf sie wartete, hatte Cyd nie früher Schluß. Doch, vielleicht war das Zufall, dachte ich mir. Bis mir sein Auto auffiel.

Einmal stand ich am Fenster, als der Porsche in Sichtweite kam. Es war schon spät, besser gesagt, früh am Morgen, und der 911er glitt durch unsere Straße mit der bedrohlichen Eleganz eines Hais im seichten Wasser.

Der Porsche blieb stehen, und man sah ihre Schatten. Die Silhouette von meiner Frau und von Luke Moore, die in seinem Wagen saßen und redeten. Sie redeten, weiter nichts.

Als ich dann den Schlüssel im Schloß hörte, lag ich wieder im Bett, reglos auf meiner Seite, hatte die Augen geschlossen und atmete gleichmäßig.

Meine Frau kam auf Zehenspitzen in unser Schlafzimmer geschlichen und zog sich möglichst leise aus.

Sie tat so, als käme sie spät von der Arbeit, während ihr Mann im Dunkeln lag und so tat, als würde er schlafen.

Im Lehnstuhl meines Vaters saß ein grauhaariger Mann.

Ich befürchtete schon, im falschen Haus gelandet zu sein. Keiner von uns hatte sich je in Dads Sessel gesetzt, weder meine Mutter noch Pat noch ich. Der Lehnstuhl am Kamin war zwar nicht der schönste Platz im Haus – er stand in einem ungünstigen Winkel zum Fernseher, und das Polster war durchgesessen und abgewetzt –, aber es war eben Dads Sessel gewesen, sein Vorstadt-Thron im Rauhputzpalast, und selbst wenn er jetzt schon seit zwei Jahren tot war, gehörte der Sessel immer noch ihm. Wer also war dieser runzlige Greis?

»Howdy, Partner«, sagte er zu mir.

Howdy, Partner.

Wie bitte?

Äußerlich war der Alte praktisch das Gegenteil von meinem Vater. Wo Dad eine spiegelblanke Glatze gehabt hatte, lag bei diesem Opa eine kunstvoll zurückgekämmte, silbergraue Matte. Während mein Vater stämmig, muskelbepackt und ein bißchen gedrungen war, hatte diese Witzfigur eine Wespentaille wie ein alternder Gigolo. Mein Vater hatte zu Hause immer seine Marks-&-Spencer-Kluft getragen: Pantoffeln, eine ausgebeulte Gärtnerhose und eine Strickjacke in undefinierbarer Farbe, Hauptsache unauffällig. Ein richtiger Vorstadt-Dad eben, auch wenn sich, wie wir alle wußten, unter seinen vernünftigen Strickjacken gräßliche Kriegsverletzungen verbargen.

Dieser Clown dagegen war als Cowboy kostümiert.

Fransenhemd, spitze Stiefel mit Blockabsätzen, enge Röhren-Levis und ein Gürtel mit großer Silberschnalle. Man sah fast die Wölbung seines alternden Gemächts: der Opa von Ben Cartwright.

»Howdy, Partner«, sagte er noch einmal, während er sich langsam aus dem Sessel meines Vaters hochhievte. Er ließ sich Zeit. »Heiße Tex. Und du mußt Harry sein. Ist mir eine Freude, Fremder. Elizabeth hat mir schon so viel von dir erzählt.«

Im Hintergrund sang Nanci Griffith *Lone Star State of Mind*. Meine Mutter kam, vor sich hin summend, mit einem Teetablett und Keksen ins Wohnzimmer.

»Ah, du hast also Graham schon kennengelernt, Liebes«, sagte sie.

»Graham? Ich dachte …«

»Tex heiße ich nur beim Line dance«, sagte er ohne die Spur eines schlechten Gewissens. »Graham klingt doch nach nichts, wenn man gerade den Walkin' Wazi tanzt, oder?«

»Oho, du müßtest Graham, ich meine Tex, mal den Walkin' Wazi tanzen sehen«, sagte meine Mutter glucksend und reichte uns Ingwerkekse. »Er schwingt sein altes Tanzbein wirklich wacker.«

Ein Line-dance-Freund, so war das also. Weiter nichts Verdächtiges dabei. Zwei rüstige Senioren, die sich im Herbst ihres Lebens ein bißchen auf der Tanzfläche amüsieren. Eine ganz natürliche Sache. Trotzdem muß ich zugeben, daß mich die Gegenwart dieses Tex schockierte.

Meine Mutter, die sechs Brüder, aber weder Schwestern noch Töchter hatte, die ihr Leben lang mit Männern zusammenlebte, hatte ihre Freundschaften streng gleichgeschlechtlich ausgerichtet. Befreundet war sie immer nur mit Frauen. Die einzige Ausnahme war mein Vater gewesen, der war ihr allerbester Freund.

»Habe deine Mutter beim Four-Star-Boogie kennengelernt«, sagte er, als hätte er meine Gedanken gelesen. »Habe ihr ein paar Tips gegeben, ihr und – Elsie?«

»Ethel«, sagte Mum. »Der Four-Star-Boogie«, sagte sie kopfschüttelnd, »das ist ja so ein Schwieriger, mit diesen ganzen Drehungen!«

»Richtungswechseln«, korrigierte Tex sie sanft. »Der Four-Star-Boogie ist ein Four-Wall-Line-dance«, informierte er mich, als interessierte mich das brennend. »Im Gegensatz zum Wild, Wild West, der nur ein Two-Wall-Line-dance ist, wie du wahrscheinlich weißt.«

»Kommst du hier aus der Gegend, Tex?«

»Aus Southend, die A127 immer geradeaus und beim Kriegerdenkmal rechts ab.«

»Graham war früher Versicherungsvertreter«, sagte meine Mutter. »Aber jetzt ist er natürlich in Rente.«

Tex schenkte den Tee ein. »Ein Stück oder zwei?« fragte er mich. »Ich bin ja sowieso schon süß genug.«

Meine Mutter lachte so schallend wie über eine bissige Pointe von Noël Coward.

Als sie in die Küche ging, um die Schokoladenkekse zu holen, entschuldigte ich mich bei Tex und folgte ihr.

»Ich dachte, du gehst mit Tante Ethel zum Line dance?«

»Ach, weißt du, Ethel hat aufgegeben. Bei dem vielen Aufstampfen hat ihre Arthritis sie arg geplagt, die Arme.«

»Und was macht John Wayne bei uns im Wohnzimmer? In Dads Sessel?«

»Der gute Graham ist schon in Ordnung, mach dir mal keine Gedanken. Er ist harmlos, er fährt mich immer nach Hause. Ein bißchen eingebildet ist er ja, aber schließlich hat er auch bei all den alten Mädchen einen Stein im Brett.«

»Bei dir auch?«

»Bei mir?« Meine Mutter lachte ehrlich amüsiert. »Keine Sorge, Harry, über so was bin ich hinaus. Wenn ich einen Mann zu Tee und Keksen hereinbitte, dann meine ich das ohne Hintergedanken. Mehr als eine Cremewaffel bekommt er hier nicht angeboten.«

»Ob Tex das auch weiß?« Ich dachte an die obszöne Wölbung in der Levis des bejahrten Gentleman. Meine Mutter mochte zwar über Siebzig sein, aber ich konnte mir schon vorstellen, daß sie so einem alten Lüstling ins Auge fiel. Sie sah schließlich immer noch höchst passabel aus. »Nicht, daß er plötzlich nach seinem sechsschüssigen Revolver greift«, sagte ich mit einem Grinsen, als verstünde sich die Antwort von selbst.

Aber meine Mutter lachte nicht.

»Ich hatte schon einen Mann«, sagte sie. »Und der genügt mir ein Leben lang …«

»Deine Mutter muß doch ihre Sexualität ausleben«, sagte meine Frau. »Schließlich ist sie eine Frau.«

»Eine altes Mütterchen ist sie! Sie soll, was weiß ich! Sich an ihrem Strickzeug ausleben.«

Wir zogen uns aus, um schlafen zu gehen, wie schon hundertmal zuvor. Trotzdem erregte es mich immer noch, wenn ich zusah, wie meine Frau ihre Kleider ablegte, wie ihre schlanken Glieder so beiläufig zum Vorschein kamen. Ihr ging es vermutlich nicht ganz so, wenn ich in meine gestreifte Schlafanzughose stieg.

»Ich finde es toll, daß sie einen Freund hat, Harry. Du weißt doch, wie sehr ihr dein Vater fehlt. Und du willst sicher nicht, daß sie ihr Leben lang beim Schlafen das Licht brennen läßt, oder?«

»Sie war eine halbe Ewigkeit mit Dad zusammen, da ist es doch kein Wunder, wenn sie ihn vermißt. Sie hat recht damit.«

»Muß ich dir nach deinem Tod treu bleiben?«

Ich schnaubte. »Ich bin ja schon froh, wenn du mir zu Lebzeiten treu bist.«

Sie versteinerte mit dem T-Shirt über dem Kopf. Dann tauchte ihr Gesicht wieder auf, die Augen zu Schlitzen verengt. »Was soll das heißen?«

»Gar nichts.«

»Komm schon.«

»Ich finde nur, daß du mit diesem Typen ein bißchen eng bist.«

»Mit Luke?«

»Heißt er so?«

»Verdammt noch mal, Harry – Luke interessiert mich nicht. Jedenfalls nicht so, wie du meinst.«

»Du hast doch gesagt, er will –«

»Mir ist egal, was er will, wollen ist nicht gleich kriegen. Er ist schlau genug zu sehen, was ich mit meiner kleinen Firma auf die Beine stelle, und begreift, daß ich seinem Unternehmen nützen kann. Und er kann mir vermutlich auch nützen. Ich bewundere ihn, verstehst du?«

»Du bewunderst einen Sandwichverkäufer?«

»Er ist ein brillanter Geschäftsmann, und er hat sich alles hart erarbeitet. Natürlich ist er ein Angeber, und natürlich hat es dir nicht gepaßt, was er über Eamon gesagt hat – mir ja auch nicht. Aber hier geht es nur ums Geschäft. Glaubst du ernsthaft, ich will was von ihm? Ich geh nicht durchs Leben und leg alles auf die Matte, was mir in den Weg kommt, Harry. Ich bin doch kein Mann. Ich bin doch nicht du.«

»Wie läuft das dann so, mit euch beiden? Wie sieht eure Beziehung so aus?«

»Seine Firma hat so viele Aufträge, daß sie nicht alles annehmen können. Wenn also was reinkommt und sie ausgelastet sind, ruft er bei mir an.«

»Nein, ich meine, wie läuft das mit euch beiden? Auf der persönlichen Schiene. Weiß er, daß du nichts von ihm willst? Kann er damit leben? Oder hofft er heimlich, daß er doch noch die Pfoten an deine Canapés kriegt? Und spar dir die Antwort, denn die kenne ich.«

Natürlich hätte ich längst den Mund halten sollen, aber ich konnte mich nicht beherrschen. Ich hatte solche Angst, sie zu verlieren. Was andererseits der Hohn war, denn schließlich hatte ich kurz zuvor bei Gina an die Tür geklopft, obwohl ich genau wußte, daß sie nicht da war.

»Soll ich dir sagen, was mich traurig macht, Harry? Daß du glaubst, er interessiert sich nur für meine langen Beine. Vielleicht findet er noch was anderes an mir attraktiv. Ist dir das schon mal in den Sinn gekommen? Wieso fällt es dir so schwer zu glauben, daß mich jemand mag, weil ich was kann, und nicht nur, weil ich gut aussehe? Wieso fällt dir das so schwer?«

Weil ich nach wie vor verrückt nach dir bin, dachte ich. Weil ich mir nicht vorstellen kann, daß dich irgendein Mann anschaut, ohne genau das zu spüren, was ich spüre. Nicht, daß ich das laut gesagt hätte.

»Ich will jetzt nicht mehr reden.« Sie drehte sich um und machte wütend das Licht aus. Ich drehte mich ebenfalls um und griff nach dem Schalter.

Eine Weile lagen wir stumm da, und als sie schließlich das Schweigen brach, klang ihre Stimme weder verweint noch wütend. Eher verwundert.

»Harry?«

»Was ist?«

»Wieso fällt es dir so schwer zu glauben, daß du geliebt wirst?«

Treffer, versenkt.

Kazumi hatte mir erzählt, daß sie vormittags einen Fotografiekurs in Soho besuchte. Nach ein paar Probeläufen hatte ich heraus, daß ich sie mit dem entsprechenden Timing auf dem kurzen Weg zwischen Ginas Haus und der U-Bahn abpassen konnte. Ich fand zwar selbst unglaublich, daß ich ihr auflauerte, tat es aber trotzdem.

Ich fuhr neben ihr an den Straßenrand und hupte, obwohl der aufgehaltene Rush-hour-Verkehr hinter mir empört aufjaulte. Dann setzte ich ein möglichst überraschtes Gesicht auf.

»Kazumi! Hab ich mir doch gedacht, daß du das bist! Sag mal, soll ich dich mitnehmen? Ich wollte sowieso in die Stadt, das liegt auf dem Weg.«

Etwas zögerlich stieg sie ein, nicht ganz so freudig überrascht über meinen Anblick, wie ich gehofft hatte. Sie plagte sich mit einer großen Pappschachtel mit der Aufschrift *Ilford-Photopapier* ab und hatte mehrere Kameras umhängen. Trotzdem sah sie keineswegs nach Touristin aus.

Ich fragte sie, ob ihr London gefalle, welche Techniken sie gerade lerne und ob sie Japan vermisse. Ich brabbelte heillos drauflos, meine Wangen brannten vor lauter Aufregung, sie zu sehen. Irgendwann schaffte sie es, mich zu unterbrechen.

»Harry«, sagte sie.

Nicht Harry-san? Nicht ehrwürdiger, geschätzter Harry? Zugegebenermaßen war ich etwas enttäuscht.

»Du bist verheiratet. Mit einer bildschönen Frau, die du sehr liebst.« Das stimmte alles. Sie starrte aus dem Fenster auf den erzürnten, stockenden Verkehr und schüttelte den Kopf. »Oder habe ich da was übersehen?«

Nein, dachte ich. Nicht du. Ich habe was übersehen. Und plötzlich wußte ich genau, was.

Cajun-Kochduft.

Cyd stand in der Küche und experimentierte mit roten Bohnen, Reis und etwas, das aussah wie ein Catfish, als ich ihr den Stapel Hochglanzprospekte aufs Schneidebrett warf.

»Was ist denn das?«

Ich schlug einen auf und zeigte ihr die Palmen, das blaue Wasser und den weißen Sand wie ein fliegender Händler, der seine Waren feilbietet. »Barbados, mein Schatz.« Ich begann, die Prospekte durchzublättern. »Antigua, St. Lucia, die Cayman-Inseln.«

»Spinnst du? Wir können doch nicht einfach in die Karibik, jedenfalls nicht jetzt!«

»Dann eben auf die Malediven. Ans Rote Meer? Nach Koh Samui?«

»Harry, ich fliege nicht nach Thailand, ich muß arbeiten.«

Ich nahm ihre beiden Hände. »Brenn mit mir durch, mein Engel.«

»Faß mich nicht an, ich rieche nach Fisch.«

»Macht nichts. Du bist meine große Liebe, und ich will dich unbedingt in ein Tropenparadies entführen.«

»Und was ist mit Peggy?«

»Peg kommt natürlich mit. In den Indischen Ozean, nach Florida, egal wohin. Drei Wochen lang, oder zwei. Oder eine. Da kann sie schnorcheln, in der Sonne braten, Banana Boat fahren. Einen Heidenspaß wird sie haben.«

»Ich kann sie doch nicht einfach aus der Schule nehmen.«

»Gina hat Pat auch einfach aus der Schule genommen.«

»Ich bin aber nicht Gina. Und wir können nicht wochenlang weg.«

Ich hatte auch noch andere Prospekte dabei: dünnere, die statt der sonnenüberfluteten Strände glitzernde Flüssen und freundliche Städtchen auf dem Titelbild hatten.

»Wie wär's dann mit einem Kurzurlaub? Ein paar Tage Prag, Venedig oder Paris? Pat war ganz begeistert von Paris.«

»Harry, ich habe zur Zeit zu viel zu tun. Der Laden läuft so gut, Sally und ich kommen mit der Arbeit kaum nach. Wir denken schon dran, jemand einzustellen.«

»Barcelona? Madrid? Stockholm?«

»Nein, tut mir leid.«

Ich seufzte. »Willst du dann vielleicht ins Kino? Oder in Chinatown essen gehen. Sally könnte babysitten.«

»Wann dachtest du denn? Sonntag geht bei mir immer gut.«

Also zückten meine Frau und ich die Terminkalender und bemühten uns, zwischen Bohnen und Catfish ein Zeitfenster für die Romantik zu finden.

ZWEITER TEIL:
Das Herz ist ein kleines Wunder

13

Meine Frau.

Ich entdeckte sie immer schon von weitem, auch wenn ein Raum völlig überfüllt war. Irgend etwas an ihrem Profil, an der Art, wie sie den Kopf hielt oder wie sie sich eine Haarsträhne aus dem Gesicht strich – ein Blick genügte, meine Frau war unverkennbar. Selbst wenn ich nicht mit ihr rechnete.

Es war eine Party im Sender, zum Auftakt der neuen Programmsaison. Wein und Canapés, Klatsch und Schmeicheleien, eine Rede von Barry Twist zu den bevorstehenden Attraktionen – ein Abend voller Zwangsspaß. In meinem Metier gab es das dauernd. Und obwohl Eamon offiziell pausierte und im Frühjahrsprogramm kein *Und Freitags Fish* auf dem Plan stand, dachte ich mir, ich gehe lieber mal hin. Marty Manns Rat von damals hatte mir mehr zugesetzt, als ich zugeben wollte. Vielleicht sollte ich mich doch nach neuen Talenten umsehen, mich um ein paar zusätzliche Eisen im Feuer kümmern. Vielleicht war es ja wirklich idiotisch, alle Hoffnungen auf einen Menschen zu setzen. Aber im Moment konnte ich darüber nicht nachdenken, weil meine Frau hier war. Ich drängte mich durch die Menge. Cyd nahm meine Gegenwart gelassen.

»Harry! Na, was machst du hier?«

»Arbeiten.« Falls man das Arbeit nennen konnte, diese paar Stunden Small talk mit Chardonnay. Für meinen alten Herrn wäre das ein großer offizieller Anlaß gewesen, aber für mich war es stinknormale Maloche am Tatort. »Und du?« fragte ich, obwohl das nicht schwer zu erraten war.

»Auch arbeiten.« Erst jetzt fiel mir auf, daß sie ein Silbertablett trug, das bis auf ein paar Reste von Fischbällchen und Satays leergeräumt war. »Sally ist als Babysitter bei mir eingesprungen – bei uns, meine ich. Der Anruf kam heute nachmittag aus heiterem Himmel ... bisher haben Luke und seine Mannschaft hier immer das Catering gemacht, aber bei denen ist gerade Land unter. Und für mich ist das ein hübscher Auftrag.«

Luke. Wichser.

Wir lächelten uns an. Ich freute mich so, sie zu sehen. Ich hatte unter Partyvereinsamung gelitten, bis ihr Gesicht plötzlich aufgetaucht war. Früher hatte Cyd mich oft zu solchen Anlässen begleitet, in letzter Zeit allerdings nicht mehr. Nicht, daß sie sich vor den Feten gedrückt hätte, aber eigentlich war sie nicht der Typ dafür: zu viel Small talk, zu viel Alkohol und zu viel hohles Geplauder mit Leuten, die sie ja doch nie wieder sah und die einem ständig über die Schulter linsten, ob da nicht jemand Berühmteres stand. Das war eher mühsam. Aber hier im Sender waren wir mindestens einmal schon zusammen gewesen, deshalb kam es mir überhaupt nicht abwegig vor, sie hier zu sehen. Nicht einmal mit einem Silbertablett in der Hand.

Ich faßte sie am Arm. »Möchtest du was trinken?«

Sie lachte. »Ich muß arbeiten, Baby. Wir sehen uns später, okay? Wir können ja zusammen heimfahren, falls du durchhältst, bis ich zusammengepackt habe.«

Sie gab mir einen Schmatz auf die Wange und steuerte auf die Küche zu, um eine neue Ladung Fischbällchen und Satays zu holen. Ich schlenderte einstweilen auf der Party herum und bemühte mich, Leuten aus dem Weg zu gehen, die womöglich über Eamon und sein ausgeleiertes Nervenkostüm reden wollten. In der Mitte des Raumes standen auf einer Bank lauter Monitore, auf denen geloopte Trailer der Sendungen für die neue Saison liefen. Eine ganze Reihe von Marty-Mann-Shows war vertreten: *Sechs besoffene Studenten in einer Bude* lief wieder, genauso wie die Show mit den Überwachungskameras *Achtung Überfall!*. Ich stellte mich mit meinem Bier davor und ließ die Kostproben respektloser Quiz-Shows, respektloser Talk-Shows und respektloser Action-Shows an mir vorüberziehen.

Die ausgelutschte Masche mit der Respektlosigkeit, dachte ich. Die macht das ganze Fernsehen kaputt.

Neben mir tauchten zwei geschniegelte Busineßtypen auf, schaufelten sich Erdnüsse in den Mund und glotzten dabei auf die Bildschirme, als hätten sie noch nie einen Fernseher gesehen. Daß sie nicht zum Sender oder einer der Filmproduktionen gehörten, die die Shows machten, sah man schon an der förmlichen Kleidung. Beim Sender herrschte ein strenger Dresscode: nur der hippste Gammel. Vermutlich waren es Werbekunden, die man eingeladen hatte, damit sie mal in den Low-Budget-Glamour reinschmecken durften.

Cyd rauschte an mir vorbei, zwei Silbertabletts mit aufgetürmten Sashimis in der Hand. Sie zwinkerte mir zu und beugte sich vor, um eines der Tabletts auf einen Tisch zu stellen.

»Schau dir die Beine an«, sagte einer von ihnen.

»Die gehen der Puppe bis zum Hals«, sagte der andere.

»Arsch ist allerdings Fehlanzeige.«

»Flach wie ein Brett.«

»Und keine Titten.«

»Bei solchen Beinen kriegst du eben keine Titten.«

»Aber ohne netten Arsch geht gar nichts.«

»Da hast du recht.«

»Entweder Titten oder Arsch braucht man, sogar bei solchen Beinen. An irgendwas muß man sich beim Aufsteigen ja festhalten.«

»Aber scharf sind die Beine schon.«

»Wenn du die um den Hals hast, willst du gar nicht mehr zum Luftholen hoch.«

Sie röhrten gemeinsam los und gafften meiner Frau hinterher.

Ich funkelte die beiden mit hochrotem Gesicht an, bis sie es endlich merkten.

Sie merkten es aber nicht.

Dann waren die Erdnüsse alle, und die beiden trollten sich, nachdem sie noch eine Weile die Salzgebäckschälchen durchwühlt hatten. Ich machte mich auf die Suche nach meiner Frau. Als ich sie gefunden hatte, reichte sie ihr Sashimi gerade bei einem Grüppchen von Frauen herum, die mir vage bekannt vorkamen. Sie bedienten sich mit rohem Fisch und schafften es, Cyd dabei vollkommen zu ignorieren. Diese Arschgeigen – wofür hielten die meine Frau eigentlich? Für Luft?

Cyd lächelte mir zu. Sie sah wunderhübsch aus, und sie würde noch in fünfzig Jahren wunderhübsch sein. Aber ich schaffte es nicht zurückzulächeln.

»Hol deinen Mantel. Wir gehen.«

»Gehen? Ich kann doch nicht einfach gehen, Baby, das dauert noch. Was ist denn los? Du bist ja ganz –«

»Ich will hier weg.«

»Aber ich muß arbeiten, das weißt du doch.«

Die Frauen mit ihren Lachs- und Thunfischscheibchen in den Wurstfingern starrten uns allmählich an. Ich faßte Cyd am Arm und zog sie beiseite, so daß ihr Silbertablett einem Mann in den Rücken stieß und das Sashimi gefährlich ins Rutschen geriet.

»Ich meine es ernst, Cyd. Ich fahre nach Hause, und zwar sofort. Und ich möchte, daß du mitkommst. Bitte.«

Jetzt lächelte sie nicht mehr.

»Kann ja sein, daß du heimfährst, aber ich arbeite hier. Was war denn los? Komm, erzähl's mir. Hat irgendwer was Blödes über Eamon gesagt? Bist du deswegen so durcheinander? Vergiß Eamon, Harry. Marty hat schon recht: Bau dir was Neues auf.«

Ich wollte so gern zu ihr sagen: Verschwend hier nicht deine Zeit. Ich kenne diese Männer, ich bin ja selber so ein Arschloch. Aber sie hätte keine Ahnung gehabt, wovon ich rede. In ihrer naiven Art dachte sie, die Welt drehe sich um rohen Fisch und Huhn am Stiel und Menschen, die einen schätzen, weil man seine Sache gut macht.

»Bitte, Cyd. Komm mit.«

»Nein, Harry.«

»Dann mach doch, was du willst.«

»Genau das tue ich.«

Und damit ließ ich sie auf der Party stehen, allein mit ihrer Aufgabe, diese gefühllosen, hohlen Gestalten zu füttern, und rief mir draußen ein Taxi. Ich ließ sie allein, obwohl ich wußte, daß sie für diese Party viel zu schade war, und viel zu schade für diese Menschen.

Als ich nach Hause kam, lag Peggy längst im Bett. Sally saß auf dem Sofa, zappte sich mit der einen Hand gelangweilt durch die Kanäle und beruhigte mit der anderen ihr Baby in der Tragetasche. Precious, so hieß das Kind. Precious. Sally fragte, wie der Abend gelaufen sei – für Food Glorious Food meinte sie, nicht für den Sender –, und ich sagte, alles sei in Ordnung. Dann rief ich ihr ein Minicab.

Luke Moore brachte meine Frau nach Hause. Ich stellte mich auf meiner Bettseite schlafend, atmete gleichmäßig und ahmte möglichst lebensecht einen sanften Schlafrhythmus nach. Ich horchte, wie meine Frau sich im Dunkeln auszog, hörte, wie die Kleider von ihrem langen, schlanken Körper glitten, und tief in meinem Marks-&-Spencer-Schlafanzug sehnte sich mein Herz nach ihr. Dann lagen wir noch lange in der Dunkelheit und gaben uns Mühe, einander nicht zu stören.

Rücken an Rücken im Ehebett, aber ohne uns zu berühren.

»Ihr Herz ist ein kleines Wunder, Mr. Silver«, sagte Dr. Baggio. »Ein richtiges kleines Wunder.«

Meine Frau hat eine Affäre, dachte ich. Sie schläft mit diesem Typen, ich weiß es genau.

»Das Herz ist eine etwa faustgroße Pumpe«, sagte die Ärztin und pumpte Luft in die Manschette, die sie mir um den Arm gewickelt hatte. Ich spürte, wie es dort eng wurde. »Unser Blutdruck ist einfach der Druck, der durch den ständigen Kreislauf des Bluts durch den Körper erzeugt wird. Bei einem gesunden Erwachsenen ist der Blutdruck normalerweise 120 zu 80. Ihrer ist … du liebe Güte.«

So etwas passiert. Man schwört sich die ewige Treue, und man meint das ernst. Man hat vor, bis an sein Lebensende mit keinem anderen Menschen mehr zu schlafen. Dann nagt die Zeit an der Liebe wie die Gezeiten an einem Felsen, und irgendwann sind deine Gefühle – oder ihre Gefühle – nicht mehr das, was sie waren. Andere Menschen sickern herein wie Licht in ein dunkles Zimmer. Und wenn man sie erst mal hereingelassen hat, wird man sie nicht wieder los. Wenn sie erst mal drin sind: Was kann man dann noch tun?

»Sie können Ihr Hemd wieder anziehen«, sagte die Ärztin.

Sie wollte keinen Sex mehr, jedenfalls nicht mit mir. Nicht einmal mit meinen neuen gefühlsechten Kondomen. Gut, unsere Samstagabendnummer hatten wir noch, auch wenn sie manchmal auf Sonntag oder Montag verschoben wurde, falls das Catering-Geschäft boomte. Aber ich hatte das Gefühl, sie schlief nur mit mir, damit ich die Klappe hielt. Als wäre es einfacher, die Beine breitzumachen, als sich herumzustreiten. Zu müde, sagte sie immer. Genau. Der Sex mit mir war ihr zu müde. Dabei war es gar nicht der Sex, der mir am meisten fehlte.

Sondern das ganze Drumherum. Das Geliebtwerden.

»Um Ihren Blutdruck zu normalisieren, können Sie eine ganze Menge tun«, sagte die Ärztin. »Sie können Ihren Alkoholkonsum einschränken, Sie können abnehmen, Sie können mehr Sport treiben. Vor allem aber können Sie Cyd ändern.«

Cyd ändern?

So schlimm war es auch wieder nicht. Ich wollte, daß meine Ehe hält. Ich wollte es endlich richtig machen, ein für allemal richtig.

»Aber ich liebe meine Frau, wie sie ist.«

»Nicht Ihre Frau – sich sollen Sie ändern! Nehmen Sie sich nicht alles so zu Herzen. Nehmen Sie sich Zeit für sich. Schauen Sie Ihren Ängsten ins Auge. Sie müssen Ihr Leben ändern, Mr. Silver. Mehr als eines kriegen Sie nicht.«

Das Leben ändern, nicht die Frau.

Von denen kriegte man ja notfalls mehr.

Das Herz ist ein kleines Wunder.

»Ich mochte einfach das Gefühl«, erklärte Eamon, »das ich irgendwann dabei hatte, vor Urzeiten. Und dieses Gefühl wollte ich unbedingt immer wieder.«

Wir wandelten durch das herbstliche Gelände einer Privatklinik eine Autostunde südlich von London, und Eamon redete über Kokain. Er war mit seiner 28-Tage-Entziehungskur erst zur Hälfte durch, wirkte aber schon so fit, wie ich ihn seit damals, als er frisch vom Edinburgh-Festival kam, nicht mehr erlebt hatte. Eigentlich hätte er heute nachmittag Fußball spielen sollen – die Suchtkranken gegen die Manisch-Depressiven –, aber das Match war abgeblasen worden. Die Manisch-Depressiven waren zu deprimiert.

»Wir haben immer Gruppensitzungen. Diese Storys, Harry! Du wärst begeistert. Die ganzen Alkoholiker, Kokser und Junkies erzählen dir, wie alles den Bach runterging. Jede Art von Süchtling, die du dir nur vorstellen kannst, und manche können sich sogar richtig gut ausdrücken. Weißt du, was heute morgen einer gesagt hat? *Der Alkohol hat mir Flügel verliehen, aber dann bin ich abgestürzt.* Das ist doch nicht schlecht. Genauso ging es mir mit dem Koks.«

»Aber es erklärt nicht alles. Da hast du dieses phantastische Leben – Geld, Ruhm, Wettermädels bis zum Abwinken – und wirfst alles weg, bloß wegen einem Gefühl? Noch nicht mal das, bloß wegen der Erinnerung an ein Gefühl?«

»Ach komm, Harry. Du trinkst zwar nicht und stehst auch nicht auf Drogen. Aber im Grunde machst du genau das gleiche.«

»Wieso das denn?«

»Du machst das gleiche mit den Frauen.«

Er hatte recht. Nur deswegen wollte ich, daß mit Cyd alles wieder so war wie am Anfang, nur deswegen war ich bei Kazumi aufgetaucht. Ich war ebenfalls süchtig nach einem Gefühl.

Nach der Erinnerung an das schönste Gefühl der Welt.

Nicht nach dem Kokain-High oder Alkoholnebel, sondern nach dem Gefühl, das ich am Anfang bei einer Frau hatte: Leidenschaft, Sex, Romantik, sich lebendig fühlen, sich begehrt fühlen – nach all dem, nach diesem flüchtigen Moment.

Ich mochte einfach das Gefühl.

Und ich wollte es unbedingt wiederhaben.

Selbst wenn ich mir damit Riesenärger einhandelte.

14

Jim Mason sah aus wie ein Dressman, der seine besten Tage hinter sich hat.

An den markanten Gesichtszügen zeichneten sich Spuren eines Doppelkinns ab, und unter der Lederjacke wölbte sich wie ein junger Kürbis der Bierbauch. Trotzdem sah er immer noch so aus, als könnte er jede Menge Ärger anzetteln. Cyds Exmann kam, um seine Tochter abzuholen.

»Hallo, Harry. Wie geht's, Mann? Peggy fertig zum Abzwitschern?«

Es war eine der Szenen, in denen ich mich eigentlich nie gesehen hatte, eine Situation, für die ich zu gern die korrekte Etikette gewußt hätte. Dieser Mann hatte der Frau, die ich liebte, das Herz gebrochen. Wenn er das jedoch nicht getan hätte, wären meine Frau und ich nicht zusammen. Sollte ich ihm also dankbar sein oder eins auf die Mütze geben? Oder beides?

Cyd war einmal in diesen Typen vernarrt gewesen, und er hatte derweil jede Asiatin zwischen Houston und Hoxton gepudelt, die ihn ranließ. Meine große Liebe hatte Himmel und Hölle in Bewegung gesetzt, damit es mit diesem Arschloch klappte. Sie war mit ihm nach London gegangen, als sich herausstellte, daß Amerika sich nicht viel aus ihm machte, sie hatte ihn gepflegt, als er vom Motorrad fiel und sein dämliches Bein zerquetschte, und sie hatte ihm sogar eine letzte Chance gegeben, als wir beide uns schon kannten. Außerdem hatte sie natürlich sein Kind zur Welt gebracht, um es dann allein großzuziehen. Ich hätte Jim Mason mit Fug und Recht hassen können. Aber wirklichen Haß brachte ich nicht zustande. Nur eine dumpfe, nagende Eifersucht.

Daß sich bei mir die Nackenhaare sträubten, lag jedoch nicht daran, daß er Cyd so schlecht behandelt hatte, sondern daran, daß er ihr Herz so mühelos erobert und dann so beiläufig gebrochen hatte. Verabscheuen konnte ich ihn trotzdem nicht, diesen anderen Mann meiner Frau.

Er war immer so nett zu mir.

»Cyd in der Arbeit? Frauen und Arbeit, das paßt einfach nicht, oder? War bloß ein Scherz, Kumpel. Grüß sie schön von mir. Ist meine kleine Prinzessin fertig?«

»Daddy!«

Peggy feuerte ihre Lucy-Doll-Ballerina weg und stürmte auf ihren Vater zu. Jim hob sie hoch und drückte ihr einen schmatzenden Kuß aufs Haar, während sie ihm die Beine um die Hüften und die Arme um den Hals schlang und sich mit theatralischer Hingabe an ihn drückte. Vater und Tochter sahen sich so sporadisch, daß das Wiedersehen immer eine hochdramatische Angelegenheit war, ungefähr so, wie wenn ein Gefangener des Vietcong zum ersten Mal seine Familie wiedersieht. Mir war nur nie ganz klar, ob diese Gefühle echt waren. Wenn sie zu lange voneinander getrennt sind, gehen Eltern und Kinder manchmal so befangen miteinander um wie Fremde.

Ich brachte die beiden zur Tür. Sie hatten immer dasselbe Ritual: mit dem Motorrad zu Kentucky Fried Chicken oder zum Pizza Express. Ich weiß gar nicht, ob das in Peggys Alter überhaupt erlaubt war. Jim waren solche Kleinigkeiten egal. Cyd hatte einmal protestiert, Peggy sei noch zu klein zum Motorradfahren, worauf Jim mit Karacho davonbrauste und ein bitterlich weinendes Kind hinterließ. Danach ließ er sich drei Monate lang nicht blicken, und seither wurden die Spritztouren nie wieder in Frage gestellt.

Jims Besuche waren traditionell mit dem Erhalt eines riesigen, unpassenden, immens nutzlosen Spielzeugs verbunden. Teddybären, die Peggy um Haupteslänge überragten, waren besonders beliebt.

Kaum war Peggy fort, merkte ich mit Schrecken, daß sie ihren Sturzhelm vergessen hatte. Cyd hatte fürs Motorradfahren strenge Regeln aufgestellt:

Immer deinen Helm aufsetzen.

Immer schön festhalten bei Daddy.

Nicht fahren, wenn es regnet.

Nicht länger als zehn Minuten.

Nie auf die Autobahn.

Ich spurtete nach draußen, aber das Motorrad, eine dicke, klobige Norton, röhrte schon davon, mit einer Peggy, die sich an der Lederjacke ihres Dad festklammerte und deren Haare im Fahrtwind flatterten.

Ich rannte los, brüllte ihnen nach und schwenkte den Kinderhelm, aber sie hörten mich nicht. Unsere Straße war lang und schnurgerade, und ich beschimpfte lautstark die immer kleiner werdenden Rücklichter von Jim, verwünschte den Kerl und seine Fahrlässigkeit.

Und dann kehrten sie im letzten Moment um.

Ich stand mitten auf der Straße, während das Motorrad auf mich zuraste, mein Herz bummerte wie verrückt, und in mir kochte dieses Gefühl hoch, das man hat, wenn das eigene Kind unnötig in Gefahr schwebt. Schlingernd kam die Norton zum Stehen. Jim und Peggy grinsten mich mit vor Begeisterung roten Backen an. Ich setzte ihr wütend den Helm auf.

»Jim, du bist so ein Idiot!«

Er schüttelte ungläubig den hübschen Kopf.

»Wie hast du mich gerade genannt?«

»Du hast schon richtig gehört. Und was hat dir deine Mutter eingeschärft, Peggy? Was ist die wichtigste Regel beim Motorradfahren? Was ist die alleroberste Regel?«

Jetzt lachten beide nicht mehr, sondern stierten mich unter ihren Helmen mit demselben Blick an. Ich hatte immer gedacht, Peggy sähe Cyd ähnlich, aber jetzt merkte ich, daß sie genauso Jims Kind war.

»Na los. Was hat Mummy gesagt, Peggy? Was hat dir Mummy immer wieder eingeschärft? Was darfst du nie vergessen?«

»Immer schön festhalten bei Daddy«, sagte meine Stieftochter.

Für Stiefväter und Stiefmütter ist es so schwierig, die Balance zwischen zu viel und zu wenig Zuwendung zu halten.

Die Horror-Stiefeltern, die vor Gericht, in der Zeitung oder im Knast landen, die denken darüber nicht nach. Es ist ihnen egal. Das Kind ihres Partners oder ihrer Partnerin stört, ist lästig und ist eine lebendige Erinnerung an eine tote Beziehung. Aber wir anderen? Wir, die wir so verzweifelt alles richtig machen wollen?

Wir sind nichts Besonderes. Wir sind keine besseren Menschen, weil wir die Elternrolle für ein Kind übernommen haben, das nicht unser leibliches ist. Man stürzt sich in solche Sachen, ohne groß zu überlegen, und wenn man doch überlegt, dann denkt man, das wird schon irgendwie klappen. Die Liebe und die Patchworkfamilie werden das Kind schon schaukeln. So denkt man sich das.

Aber in einer Patchworkfamilie hat man die gleichen Probleme wie in der alten Familie, und noch ein paar dazu. Man kann mit seinem Stiefkind nicht immer nur freundlich und wohlwollend umgehen, das bringt schließlich kein Elternteil fertig. Trotzdem hat man nicht das Recht, ein Stiefkind so zu tadeln, wie das ein echter Elternteil tut.

Pat gegenüber hatte ich nie die Hand erhoben.

Aber Peggy gegenüber durfte ich ja nicht mal die Stimme heben.

Stiefeltern wollen gemocht werden. Echte Eltern haben das nicht nötig.

Sie werden sowieso geliebt.

Sie werden bedingungslos und hemmungslos geliebt. Väter und Mütter müssen sich schon sehr viel zuschulden kommen lassen, um die Liebe ihres Kindes zu verwirken. Stiefväter und Stiefmütter bekommen diese Art Liebe einfach nicht.

Und ich gelangte immer mehr zu der Überzeugung, daß man sie sich auch nicht verdienen konnte.

Entweder war ich zu weich, weil ich so unbedingt gemocht werden wollte, so danach lechzte, ein paar Brosamen von Peggys Anerkennung zu bekommen, oder ich versuchte, mich als echter Vater auszugeben. Und das war das schlimmste Vergehen eines Stiefvaters. So zu tun, als sei man jemand, der man nicht ist und nie werden kann.

In meinen besonneneren Momenten war mir klar, daß

Richard es nicht leicht hatte. Mir war klar, daß alles, was er meinem Sohn bieten wollte – ob Museen, Harry Potter, Tofu oder das Leben in einem fremden Land –, nicht als Strafe gemeint war. Deswegen haßte ich Richard auch nicht. Sondern weil er mir meinen Sohn weggenommen hatte. Für wen hielt sich dieser Kerl? Er war schließlich nicht Pats Vater.

Stiefeltern haben einen undankbaren Job. Stiefeltern können nicht gewinnen. Entweder engagiert man sich zu viel für diesen fremden Zwerg oder zu wenig. Nur dürfen Stiefeltern eines nie vergessen: Für das Kind ist es noch viel schlimmer.

Erwachsene können sich immer wieder einen neuen Mann oder eine Frau nehmen. Aber Scheidungskinder können keinen neuen Vater oder eine neue Mutter bekommen, genausowenig wie ein neues Herz, eine neue Lunge oder neue Augen. Man ist auf Gedeih und Verderb, für immer und ewig an die Eltern gebunden, mit denen man geboren wurde.

Und ich wurde Peggy aufgebrummt, dieser Mann im Bett ihrer Mutter, der weder Fisch noch Fleisch war, weder Freund noch Vater, der reinste Elterndarsteller.

Onkel Papa.

Mal wieder zusammen ausgehen, so wie früher. Das war die Idee. Im Curzon Mayfair lief eine neue Fassung vom *Stadtneurotiker*. Danach wollten wir in Chinatown Pekingente essen und den Abend vielleicht mit einem Espresso in einer kleinen Bar in Soho abrunden, bevor wir heimfahren, uns langsam und genüßlich lieben und dann gemütlich ausschlafen würden.

Kino, Ente, Kaffee, Nummer.

Und dann in Löffelstellung unter einer Decke satte acht Stunden schlafen.

Die perfekte Verabredung.

Unser Ausgehabend bestand zwar nicht im Abhängen an der Met Bar mit Oasis, aber uns würde er glücklich machen. Hatte schließlich früher schon oft funktioniert. Vielleicht habe ich mich allerdings zu sehr bemüht, alles wie früher zu machen.

Der Film war gut. Und danach liefen wir händchenhaltend

durch die engen Straßen von Soho, lachten über Alvy Singer und seinen Stadtneurotiker, ganz auf den Film und auf uns konzentriert, ganz wie in unserem Märchen von früher.

Schief ging das Ganze erst in Chinatown.

Das Shenyang Tiger war schon überfüllt. Am Nebentisch saß eine chinesische Großfamilie mit Oma, Opa, ein paar jungen Männern mit ihren Frauen und einer Horde bildhübscher Kinder inklusive einem Säugling, einem mondgesichtigen Buddha mit einer urkomischen, pechschwarzen Elvis-Tolle.

Cyd und ich schauten das Baby an und lächelten uns zu.

»Ist der nicht süß?« sagte Cyd. »Und diese schwarzen Haare.«

»Möchtest du eines? Du kannst bestimmt noch umbestellen. Dann nehme ich die Ente und du das Baby.«

Das war natürlich reiner Spaß – oder? Trotzdem erlosch ihr Lächeln sofort.

»Komm, Harry, nicht schon wieder die Leier mit dem Baby. Laß das doch bitte mal sein.«

»Von wegen, das war doch nicht die Leier mit dem Baby. Ich wollte dich bloß ein bißchen aufziehen, mein Schatz. Früher hast du mehr Spaß vertragen.«

»Und du hast mir mein eigenes Leben gegönnt.«

»Was soll das jetzt wieder heißen?«

»Daß du willst, daß ich das Geschäft aufgebe. Stimmt doch, oder? Du willst, daß ich schwanger in der Küche am Herd stehe. Ich kenn dich doch.«

Ich sagte nichts. Wie hätte ich leugnen sollen, daß ich es lieber gesehen hätte, wenn sie ihre eigene Familie bekocht hätte statt die halbe Londoner Schickeria? Wie hätte ich leugnen sollen, daß ich ein Kind haben wollte, eine Familie und all diese altmodischen Träume?

Ich wollte, daß es wieder so wird wie früher. Aber doch nicht, weil ich sie einsperren wollte. Sondern weil ich sie liebte.

Der Kellner kam mit unserer Pekingente und Tellern mit Gurken, Frühlingszwiebeln und Pflaumensauce.

»Ich will doch nur, daß du glücklich bist, Cyd.«

»Dann laß mich in Ruhe, Harry. Laß mich meinen Laden führen. Laß mich zum ersten Mal im Leben was für mich selber tun. Versuch nicht dauernd, mich davon abzubringen, damit ich wieder irgendein Idealbild bin – ich weiß nicht mal, welches. Doris Day? Mary Tyler Moore? Deine Mutter? Eine Hausfrau wie in den fünfziger Jahren, die abends zu Hause bleibt.«

Meine Mutter ging ständig aus. Meine Mutter tanzte den Four-Star-Boogie und den Get-In-Line und den I-Like-It-I-Love-It und den Walkin' Wazi, aber das nur am Rande.

»Ich hab doch nichts dagegen, daß du abends unterwegs bist. Ich freue mich auch, daß deine Firma so gut läuft. Ich hätte nur gern öfter so was wie heute, daß du einen Abend mit mir verbringst.«

Aber jetzt war ihr Blut schon in Wallung.

»Du willst unbedingt der einzige Brötchenverdiener sein, was? Der Mister Großkotz. Willst du eigentlich dein Leben lang versuchen, deinem Vater nachzueifern?«

»Warum nicht? Es gibt Schlimmeres.« Ich schob meinen Teller weg. Der Hunger war mir vergangen. »Und willst du dein Leben lang irgendwelchen Arschlöchern in den Hintern kriechen?«

»Luke Moore ist kein Arschloch. Sondern ein hervorragender Geschäftsmann.«

»Wer redet denn von deinem bescheuerten Luke Moore? Ich meine diese ganze bierselige Schickeria, die glaubt, sie kriegt die Griffel an deinen Tanga, weil du ihnen ein Huhn am Stiel serviert hast.«

In den Tiefen ihrer Handtasche dudelte ein Mobiltelefon. Sie fischte es heraus und reagierte sofort auf die Nummer des Anrufers. Es war unsere.

»Sally?« Sie war heute wieder unser Babysitter. Cyd sah es nicht gern, wenn jemand außerhalb unserer kleinen Familie auf Peggy aufpaßte. »Seit wann muß sie denn schon brechen?«

Na toll, dachte ich. Die Kleine kotzt den Babysitter voll.

»Alles in Ordnung?« fragte der Kellner.

»Ja, bestens, danke.« Ich lächelte.

»Ist es fest oder flüssig?« fragte Cyd. »Schon gut, schon gut. Kann sie denn nicht in die Kloschüssel spucken? Ach so. Aha. Gut, Sally, wir sind in einer halben Stunde zu Hause. Was? Na, dann zieh ihr einen frischen Schlafanzug an und steck den schmutzigen in die Waschmaschine. Wir springen sofort in ein Taxi. Bis gleich.«

»Stimmt irgendwas nicht?«

»Ja, mit Peggy. Sie mag es eben nicht, wenn wir beide zugleich weg sind, das schlägt ihr immer auf den Magen.« Sie winkte einer vorbeikommenden Kellnerin. »Können wir bitte zahlen?« Dann schaute sie in mein versteinertes Gesicht. »Bist du jetzt beleidigt, weil es Peggy schlecht ist?«

»Wir sollten hierbleiben. Du solltest deine wunderbare Ente essen. Peggy fehlt gar nichts.«

»Sie hat gerade ihre ganze Mister-Milano-Pizza ausgespuckt. Da kannst du doch nicht sagen, daß ihr nichts fehlt!«

»Irgendwas passiert immer.« Das stimmte. Jedesmal, wenn wir ausnahmsweise zusammen abends ausgingen, hätte man meinen können, Peggy steckte sich den Finger in den Mund. »Hör mal, wenn ihr wirklich was fehlen würde, würde ich mir genau solche Sorgen machen wie du.«

»Ach? Genau solche wie ich? Das glaube ich kaum.«

»Begreifst du denn nicht? Das ist eine Art Erpressung. Sie macht das nur, damit du nach Hause kommst. Iß deine Ente, Cyd.«

»Ich will meine Ente aber nicht mehr. Und du solltest am besten verstehen, wie sich das anfühlt, Harry. Du besser als irgendwer sonst. Du weißt schließlich, was es heißt, alleinerziehend zu sein.«

»Hältst du dich vielleicht für alleinerziehend?« Ich schüttelte den Kopf. »Du bist verheiratet, Cyd. Seit deinem Hochzeitstag bist du nicht mehr alleinerziehend.«

»Warum fühle ich mich dann immer noch wie eine alleinerziehende Mutter? Warum fühle ich mich so allein?«

»Nicht, weil mit Peggy etwas nicht stimmt.« Ein Kellner legte die Rechnung samt ein paar Orangenscheibchen vor uns hin. »Sondern weil es bei uns nicht mehr stimmt.«

Der Abend draußen hatte seinen Zauber eingebüßt.

Die harmlose, entspannte Menge von vorhin hatte sich in eine Meute lärmender Betrunkener verwandelt. Aus *Mamma Mia!* und *Les Misérables* kamen die Touristen und winkten verzweifelt nach bereits besetzten Taxis. Die Straßen waren voll mit jungen Rowdys aus den Suburbs und Bettlern aus irgendwelchen fremden Städten. Vor einem überfüllten Pub entspann sich aus purer Rauflust eine halbherzige Schlägerei. Irgendwo splitterte Glas, und Polizeisirenen heulten.

Und dann sah ich sie.

Kazumi.

Sie stand vor der Kirche in der Shaftesbury Avenue, die man vor zwanzig Jahren in einen Club umgewandelt hatte, das Limelight. Mit Gina war ich ein paar Mal dort gewesen. Ich hatte gar nicht gewußt, daß es das Limelight noch gab.

Kazumi stand mit ein paar Leuten da, die etwas jünger wirkten als sie, dem Aussehen nach alles Londoner. Sie war der Mittelpunkt der Gruppe, die Jungs wollten ihr alle imponieren, die Mädchen ihre beste Freundin sein. Sie lächelte freundlich, und als sich unsere Blicke trafen, starrte sie durch mich hindurch, weil sie den Mann aus der Vergangenheit ihrer Freundin entweder nicht erkannte oder nicht wichtig genug fand.

Kazumi ging zum Tanzen.

Sie zog los, und ich fuhr nach Hause.

Das war nicht zur Abwechslung mal ein anderer Abend.

Das war ein anderes Leben.

15

Wieder eine Postkarte aus Amerika. Auf der Vorderseite eine ländliche Wildnis in schillernden Herbstfarben, mit der Überschrift *Connecticut – der Muskat-Staat in Neuengland*. Auf der Rückseite, in Schreibschrift, eine Mitteilung von meinem Sohn.

> *Lieber Daddy, wir haben einen Hund. Er heißt Britney. Wir haben ihn sehr lieb. Tschüß.*

»Britney ist schon ein seltsamer Name für einen Hund«, sagte meine Mutter. »Das war wohl Ginas Idee, nicht?«

Am Anfang hatte meine Mutter Gina sehr gemocht. Als die beiden sich kennenlernten, fand sie, Gina sei eine Londoner Edelversion von Grace Kelly, die perfekte Mischung aus blauäugiger Schönheit, altmodischem Takt und majestätischer Haltung. Seit unserer Scheidung hatte Mum ihre Meinung allerdings schrittweise geändert, und inzwischen war Gina nicht mehr die Prinzessin von Monaco, sondern eher die Hure von Babylon.

»Britney Bitch – warum nicht, Mum? Für eine Hündin paßt das doch.«

»Du mußt nicht gleich ordinär werden, Harry«, sagte meine Mutter.

Wir standen am Grab meines Vaters. Ich war zum ersten Mal wieder hier, seit ich Mum an Weihnachten abgeholt und zu uns mitgenommen hatte. Drei Monate war das jetzt her. Weihnachten war erstaunlich harmonisch verlaufen: Mum und Cyd hatten unter großem Gelächter gemeinsam den überdimensionalen Truthahn gefüllt, Peggy und Pat hingen stundenlang am Telefon, um ihre Geschenke zu vergleichen, und Peggy jubelte laut, als sie ihre große Überraschung auspackte: einen Ibiza-DJ-Brucie-Doll mit eigenem kleinen Plattenspieler.

Weihnachten ohne Pat hatte ich mir als ausgesprochen traurige Angelegenheit vorgestellt, und dann wurde es die reinste Erholung vom Trübsalblasen. Inzwischen war aber Zeit vergangen, und jetzt fiel mir auf, daß Dads Grabstein nicht mehr so jungfräulich weiß war wie noch vor ein paar Monaten. Die Zeit nagte an ihm, der Winter hatte Spuren hinterlassen. Die Dinge nutzten sich ab, und ich merkte es nicht einmal.

»Geht's Pat denn gut?« fragte meine Mutter. »Gefällt es ihm in der Schule? Hat er Freunde? Hier hat er ein bißchen Schwierigkeiten gehabt, oder? Ihr mußtet doch mal zu seiner Lehrerin, Gina und du. Ist das wieder vorbei?«

»Ja, Mum, ihm geht's gut«, sagte ich, obwohl ich keine Ahnung hatte, ob er lauter Einsen schrieb oder auch in seinem neuen Klassenzimmer auf Wanderschaft ging. Für mein Gefühl war mein Sohn nicht nur ein paar tausend Meilen weit weg, sondern Lichtjahre.

»Er fehlt mir, weißt du?«

»Ich weiß, Mum. Mir ja auch.«

»Kommt er denn in den Ferien?«

»In den großen Ferien im Sommer. Da kommt er bestimmt.«

»Das ist aber noch lange hin. Was ist denn mit Ostern? Kann er nicht an Ostern rüberkommen?«

»Ich bespreche das mal mit Gina, Mum.«

»Ich hoffe schon sehr, daß er in den Osterferien kommt.«

»Ich tu mein Bestes, Mum.«

»Man weiß ja nie, was passiert. Es kann alles mögliche passieren.«

»Pat passiert nichts, Mum«, sagte ich bemüht geduldig. »Es geht ihm wirklich gut.«

Sie blickte zu mir hoch und rieb sich fahrig die Hände sauber, mit denen sie ein paar Blätter vom Grab geholt hatte.

»Harry, ich meine nicht Pat, sondern mich.«

Ich blickte sie an, und die Welt fing an zu kreiseln.

Früher hatte ich immer meinen Vater für den Hartgesottenen gehalten. Meine Mutter fuhr nicht Auto, machte nach Einbruch der Dunkelheit die Tür nicht mehr auf und konnte Auseinandersetzungen nicht ausstehen. Und nur, weil sie keinen Führerschein hatte, selbst noch den unverschämtesten Kellner höflich behandelte und nachts das Licht brennen ließ, glaubte ich idiotischerweise, meine Mutter sei ein ängstlicher Mensch. Jetzt sollte ich erfahren, welche Reserven an Tapferkeit sie hatte.

»Was ist passiert, Mum?«

Sie holte Luft.

»Ich habe einen Knoten gefunden, Harry. Unter der Dusche. In meiner Brust.«

Ich spürte, wie mein Herz schlug.

»Oh Gott, Mum. Bitte nicht.«

»Er ist klein, aber ganz hart. Ich war schon beim Arzt, und du weißt ja, wie ungern ich gehe – fast wie dein Vater. Aber jetzt muß ich lauter Untersuchungen machen lassen. Graham fährt mich.«

So läuft das also, dachte ich. Man verliert einen Elternteil, und dann auch noch den anderen. Ich hab das alles doch bei Dad mitgemacht, schoß mir ganz egoistisch durch den Kopf, das schaffe ich nicht noch mal. Aber ich mußte es schaffen. Es war die natürlichste Sache der Welt.

Ich konnte mir vorstellen, wie sie den Knoten entdeckt hatte. Ich sah es vor mir, wie sie unter der Dusche stand und sich mit der Delphinseife aus dem Body Shop einseifte, die sie von ihrem Enkel zu Weihnachten bekommen hatte. Ich sah ihr Gesicht vor mir, das liebe, unersetzliche Gesicht meiner Mutter, wie sie dieses Etwas entdeckte, das vorher noch nicht da war.

Einen kleinen, verhärteten Knoten.

So groß wie ein Planet.

Als ich nach Hause kam, saß Peggy im Schneidersitz auf dem Teppich und war in ein Buch über Lucy Doll vertieft.

»Guck mal, was ich gekriegt habe, Harry.«

Ich setzte mich zu ihr auf den Fußboden und warf einen Blick auf das Buch. *Lucy Doll, ich hab dich lieb. Ein interkulturelles Puppenphänomen* war ein prachtvoller Bildband inklusive soziologischer Analyse und dekonstruktivistischer Kulturkritik. Den ersten Artikel mit der Überschrift »Woher stammt

Lucy Doll?« überflog ich, denn das hatte ich mich auch schon immer gefragt. Wie sich herausstellte, war Lucy Doll in Paris geboren und hatte eine thailändisch-brasilianische Mutter und einen Vater, der halb Engländer, halb Zulu war. Brucie Doll stammte dagegen aus Ibiza, wie dasselbe Kapitel enthüllte.

Das Buch enthielt noch weitere wissenschaftliche Aufsätze: Lucy Doll als moderne Ikone, Lucy Doll als feministisches Vorbild, Lucy Doll als Hüterin traditioneller Werte, Lucy Doll als radikale Verfechterin der sexuellen Revolution. Lucy Doll war die perfekte Puppe: Man konnte aus ihr machen, was man wollte. »Wo hast du denn das her, mein Schatz?«

»Von Onkel Luke.«

»Onkel Luke?«

»Er hat Mummy mit seinem Rennauto nach Hause gebracht.«

»Ist Onkel Luke mit reingekommen?«

»Nö. Aber er hat Mummy das Buch für mich mitgegeben. Das ist schon für große Kinder.«

Wieso schenkten diese Arschgeigen dem Kind eigentlich immer die falschen Sachen? Erst ihr Vater mit seinen überdimensionalen Stofftieren, die kein Mensch brauchen konnte, und jetzt kam Onkel Luke mit einem Bildband an. Peggy war mindestens zehn Jahre zu klein für *Lucy Doll, ich hab dich lieb. Ein interkulturelles Puppenphänomen*. Aber was wußte ich schon? Das Buch bot seitenweise Reproduktionen sämtlicher Lucy-Doll-Prospekte aller Zeiten, und Peggy studierte die Bilder mit Feuereifer.

»Guck mal, die ganzen Lucy Dolls«, sagte Peggy.

Da waren sie in aller Pracht und Herrlichkeit. Bürodame Lucy Doll (als Lucy Doll noch für einen japanischen Großkonzern arbeitete, bevor die Blase platzte), Karneval-in-Rio-Lucy-Doll (mit Federbusch à la Carmen Miranda) und Arbeitsbiene Lucy Doll (die blonde Mähne braun gefärbt, um ernsthaftes Karrierestreben anzudeuten, unter dem Arm ein Aktenkoffer und auf der Nase ein Brillengestell ohne Gläser).

Außerdem waren da Space-Shuttle-Lucy-Doll, Schicke-Diva-Lucy-Doll, Lucy-Doll-à-Paris, Hippiegirl Lucy Doll,

Chansonette Lucy Doll, Bungee-Jumperin Lucy Doll und Kampfpilotin Lucy Doll.

Lucy Doll als Sängerin, Hausfrau, Pendlerin, Köchin, Soldatin, Abenteurerin und Touristin – Heim und Karriere, Liebe und Sex, Häuslichkeit und Glamour, Arbeit und Spaß.

»Welche Lucy Doll magst du am liebsten, Harry?«

Ich warf einen Blick auf Schlaf-gut-kleine-Lucy-Doll, die ein transparentes weißes Negligé trug, das ihr gerade mal bis zum Bauchnabel reichte.

»Ich mag Working Girl Lucy Doll«, sagte ich.

»Und wieso?«

»Die erinnert mich an deine Mutter.«

»Mich auch.«

Cyd war oben beim Umziehen; sie saß in Jeans und BH vor dem Spiegel. Als ich ins Zimmer kam, warf sie mir einen angriffslustigen Blick zu, weil sie schon ahnte, daß ich gleich über das Buch, die Heimfahrt und Onkel Luke meckern würde.

Aber ich schüttelte den Kopf und biß mir auf die Lippen.

»Meine Mutter«, sagte ich.

»Was ist denn los?«

»Sie hat einen Knoten in ihrer Brust gefunden«, sagte ich und mußte schlucken. Meine Frau kam auf mich zu, nahm mich in die Arme und hielt mich fest wie nur zweimal zuvor in unserem Leben.

Das erste Mal, als wir erfuhren, daß mein Vater gestorben war.

Und das zweite Mal, als mein Sohn zu seiner Mutter zog.

Als es so schlimm kam, daß es schlimmer nicht sein konnte.

Cyd hielt mich fest. Meine Frau hielt mich fest. Sie drückte mich, als wollte sie nie wieder loslassen, streichelte mir übers Haar und flüsterte so innig auf mich ein, als würde sie beten.

Und dann wiegte sie mich sanft, während ich heulte und heulte und heulte.

Meine Ärztin hatte mich zum Schwimmen geschickt. Werktags ging ich meistens in aller Frühe ins nahe gelegene Schwimmbad und mischte mich unter die Büroangestellten, die dort ihre Bahnen zogen.

Ich schwamm auf und ab und sagte mir dabei meinen Spruch vor: *Mein Herz ist ein kleines Wunder, mein Herz ist ein kleines Wunder*. Ich schwamm bis zum Umfallen. Das war ein Ausdruck, den ich erst kurz zuvor in meinen Wortschatz aufgenommen hatte. Bis zum Umfallen. Buchstäblich bis zur Erschöpfung.

Wenn ich aus dem Schwimmbad kam, war die morgendliche Rush-hour in vollem Gang. Alle Menschen im Park strebten eilig auf die U-Bahn zu.

Nur sie nicht.

Kazumi kauerte auf der Wiese und äugte in ihre Kamera, während zu beiden Seiten Bürovolk an ihr vorbeiströmte. Nur ein Eichhörnchen und ich machten halt und beobachteten sie.

Sie trug einen schwarzen Parka, Stiefel und einen kurzen beigefarbenen Schottenrock, bei dem sogar ich auf Burberry tippte. Schwarze Strümpfe, schöne Beine, ins Gesicht fallendes Haar, das zurückgeschoben wurde. Für die Rush-hour sah sie viel zu schade aus.

»Was fotografierst du denn?«

Sie blickte auf, und diesmal erkannte sie mich. Und lächelte. »Die jungen Blätter. Sie sind wunderschön, aber sie bleiben nur ganz kurz. Wie die *sakura* in Japan. Kennst du *sakura*?«

Ich nickte. »Die Kirschblüte, stimmt's? Während der paar Tage, die sie dauert, gehen alle Japaner in den Park und schauen sich die Kirschblüte an. Schulkinder, Angestellte, Sekretärinnen, alte Leute – alle sehen sich die Kirschblüte an, bevor sie wieder vergeht.«

Sie stand auf, strich den Burberry-Rock glatt und streifte sich wieder die Haare aus dem Gesicht. »Weißt du das von Gina?«

»Genau.« Die Jahre mit meiner ersten Frau hatten als Crash-Kurs in japanischer Kultur gewirkt. Ich war der reinste *sakura*-Spezialist. »Aber können so ein paar Nord-Londoner Blätter da mithalten?«

Sie lachte. »Die Farben sind schön, all diese verschiedenen

Grüns. Es ist nicht so offensichtlich, man muß genau hingucken. Interessierst du dich für Fotografie?«

»Ich? Und wie!«

»Tatsächlich?«

»Na klar. Es geht doch nicht nur um Urlaubsfotos, die man in die Billigdrogerie zum Entwickeln bringt. Fotografie ist schließlich eine Kunstform des zwanzigsten Jahrhunderts. Ein, ähm, Medium der Moderne, das noch gar nicht restlos ausgeschöpft ist.«

Was redete ich da? Was sollte der Blödsinn? Sie muß mich für einen kompletten Idioten gehalten haben.

»*Man bittet den flüchtigen Augenblick zu verweilen*«, sagte sie.

Ich muß ein ziemlich dummes Gesicht gemacht haben.

»Das hat jemand mal über die Fotografie gesagt. Ich glaube, ein Dichter. Das ist wie mit *sakura.* Der Augenblick ist interessant, weil er so schnell vergeht. *Man bittet den flüchtigen Augenblick zu verweilen.*« Sie lächelte. »Das gefällt mir, es ist so schön.«

Man bittet den flüchtigen Augenblick zu verweilen, dachte ich.

»Mir auch«, sagte ich. Und das war nicht gelogen.

Sie steckte den Deckel auf die Linse und strich ihren Schottenrock glatt. Für heute war sie fertig. Ich kratzte hastig Ideen zusammen, um das Gespräch in Gang zu halten.

»Wie läuft es denn bei dir, Kazumi? Hast du Arbeit?«

»So hie und da. Ich bemühe mich drum.«

»Und hast du eine Wohnung gefunden?«

Sie nickte. »Sogar in Primrose Hill, ein paar Straßen weiter von da, wo Gina gewohnt hat.«

»Das ist ja wunderbar. Primrose Hill ist ein tolles Viertel.«

»Neulich habe ich beim Einkaufen Jude Law gesehen. Mit seinem Baby!«

»Na, so was. Schön für dich.« Wobei ich im Grunde dachte: schön für Jude Law. »Was ich dich schon die ganze Zeit fragen wollte: Kann ich ein paar Fotos von Pat nachbestellen? Falls du das zwischendrin einschieben kannst. Ich hab sie auf den Kontaktabzügen schon angestrichen, ich weiß genau, welche ich möchte.«

Sie nickte. Dieses kleine, ermunternde Nicken. »Ich schicke sie dir.«

»Oder ich komme vorbei und hole sie ab.«

»Oder ich schicke sie dir.«

»Das macht mir keine Mühe, wirklich nicht.«

Sie sah mich an und überlegte.

»Möchtest du vielleicht schnell auf eine Tasse Tee gehen? Da hinten bei den Tennisplätzen ist ein Café.«

»Okay. Die Briten gehen ja immer auf eine Tasse Tee.«

»Die Japaner genauso.«

Gegen den hektischen Strom der Büroangestellten schlenderten wir zu dem kleinen Café bei den Tennisplätzen. Und kaum hatten wir unseren Tee bestellt, stand ich im Geiste in ihrer Wohnung in Primrose Hill und sah zu, wie sie die Stiefel auszog und dann aus dem Schottenrock stieg. Ich sah sie vor mir, und es war das beste Gefühl der Welt. Es war dieses alte, gefährliche Knistern, wenn sich etwas Neues gerade entspinnt.

»Was macht Pat?« fragte sie, und schon hatte sie noch einen Stein im Brett. Jeder, der mich nach meinem Jungen fragte, hatte bei mir einen Stein im Brett.

»Ganz gut, glaube ich. Er hat mit der Schule angefangen und einen Hund namens Britney. In den Ferien kommt er rüber, hoffentlich schon an Ostern. Das müssen wir noch ausmachen. Und wie geht es dir? Bist du in London glücklich?«

»Glücklicher als in Tokio jedenfalls. Glücklicher als in meiner Ehe.«

Ich dachte an den heulenden Mann auf Ginas Gartenmauer, und irgendwas in mir wollte nichts darüber hören. Ich kann es nicht ausstehen, wenn sie einem von früher erzählen. Dann kriegt die Sache gleich einen Knacks. Aber Kazumi wollte erzählen, und dann war ich doch neugierig.

»Er ist Fotograf, sogar ein ziemlich berühmter, jedenfalls in Tokio. Er mochte viele von den europäischen Fotografen: Horst,

Robert Doisneau, Alan Brooking – die Magnum-Fotografen eben. Kennst du die Agentur? Er war genial, und ich war seine Assistentin, mein erster Job nach der Uni. Ich habe – wie sagt man? – zu ihm raufgeschaut?«

»Aufgeschaut, meinst du, glaube ich.«

»Er hat mich sehr gefördert. Dann haben wir geheiratet, und plötzlich hat er sich verändert. Er wollte, daß ich zu Hause bleibe und ein Kind kriege.«

»Was erlaubt sich dieser Kerl!«

»Er wollte nicht, daß ich arbeite.« Sie nippte an ihrem Tee. »Wie bei Gina und dir.«

»Von wegen, Gina wollte ja zu Hause bleiben und unseren Sohn großziehen. Jedenfalls am Anfang.«

»Verheiratete Männer«, sagte sie, als würde das alles erklären. Sie stand auf und zückte eine kleine Prada-Geldbörse. Bei allen Kenntnissen über die Agentur Magnum war sie doch die klassische junge Japanerin: Hauptsache Burberry und Prada.

»Laß dein Geld stecken, den Tee übernehme ich. Du kannst ja nächstes Mal bezahlen.«

»Nein«, sagte sie. »Es gibt kein nächstes Mal. Ich schicke dir die Fotos von Pat.«

Als wir draußen waren, lief sie wortlos davon. Das Eichhörnchen kam wieder an, und wir beide sahen zu, wie sie im Gewühl der Büromeute verschwand. Eine junge Asiatin im Schottenrock. Ich rief ihr nach.

»Wann sehen wir uns dann wieder?«

Ohne sich umzudrehen, hob sie die linke Hand. »Wenn es deinem Finger bessergeht.«

Ich blickte auf meine Hand mit dem goldenen Ring. Es fühlte sich an, als wäre heute damit etwas nicht in Ordnung.

Er schnitt mir ins Fleisch.

Ich wußte, daß Gina im Grunde ihres Herzens immer noch an mir hing.

»Du Idiot«, sagte sie, als ich anrief. »Du Hornochse, du Holzklotz, du hochkarätiger Trottel – weißt du, wie spät es hier ist?

Eins vorbei. Pat liegt seit Stunden im Bett. Du bist so bescheuert, Harry.«

»Ich will auch nicht Pat sprechen, sondern dich.«

»Dann faß dich kurz, ich hab schon die Zahnseide in der Hand und will ins Bett.«

»Ich möchte, daß Pat rüberkommt, für eine Woche oder ein paar Tage, irgend so was. Zum Beispiel an Ostern. Wie wär's mit Ostern?«

Ich hörte, wie sie die Hand über die Muschel legte und Richard mitteilte, daß ich es bin. Und ich bekam mit, wie er die Tür zuknallte und den Beleidigten spielte.

»Das geht nicht, Harry.«

»Wieso nicht?«

»Weil es zu teuer ist, ihn dauernd über den Atlantik zu schikken. Außerdem bringt das so viel durcheinander. Dafür ist er noch zu jung. Er ist doch kein Tony Blair! Der Junge ist sieben.«

»Das schafft er schon. Für ihn ist das ein Abenteuer. Ich muß ihn einfach sehen, bis zum Sommer dauert mir das zu lang. Und Geld spielt keine Rolle.«

»Ach nein?« Das mit dem Sarkasmus hatte sie drauf. »Für dich vielleicht, aber Richards Job bei Bridle-Worthington ist leider nicht das Wahre.« Pause. »Er hat wieder gekündigt.«

»Du liebe Zeit, der kann doch nicht andauernd wechseln! Der soll sich jetzt lieber mal zusammenreißen, schließlich hat er Verantwortung.«

Langes Schweigen in der Leitung. Vermutlich hatte meine Exfrau ihrem wählerischen Ehemann dieselben Worte an den Kopf geworfen.

»Dann sitzt er auf der Straße?«

»Nein, er sieht sich um. Aber wir haben nicht das Geld, daß wir –«

»Den Flug übernehme ich. Mach dir darüber keine Gedanken. Ich will meinen Sohn einfach sehen. Er soll nicht vergessen, daß er hier auch noch ein Leben hat. Er hat doch Osterferien, oder? Schick ihn zu Ostern rüber, oder schon ein bißchen früher.«

»Ich werd's mir überlegen.«

»Bitte.« Da bettelte ich bei ihr, daß ich meinen Sohn sehen durfte. Aber komischerweise kam keine Wut auf. Komischerweise hatte ich eher Mitleid. »Wie geht's denn so da drüben?«

»Ach, die Küste von New England ist wirklich wunderschön. Lauter historische Sehenswürdigkeiten, Fischerdörfer und kleine Antiquitätenläden. Und bei den Namen denkt man an seine englische Kindheit: Yarmouth, Portsmouth – ich glaube, es gibt sogar ein Little Hampton. Lauter englische Namen, Harry!«

»Das klingt ja toll. Ich freu mich für dich.«

»Aber ... «

»Was denn?«

Jetzt flüsterte sie fast, als spräche sie mehr zu sich selbst als zu mir. »Wo wir leben, sieht es allerdings anders aus. Hartford ist nicht ganz so hübsch und beschaulich, sondern ziemlich groß und häßlich. Es gibt viel Kriminalität. Und ich bin – wie soll ich sagen? – wahrscheinlich ein bißchen einsam. Richard fährt jeden Tag auf Jobsuche in die Stadt, und Pat ist in der Schule.

»Geht es ihm gut?«

»Sehr gut sogar. Er wandert auch nicht mehr im Klassenzimmer herum.«

»Das ist doch phantastisch.«

»Bloß daß ich keine Leute kennenlerne. Tagsüber sind alle unterwegs, und abends sperren sie sich ein. Das hatte ich mir anders vorgestellt.« Dann fiel ihr ein, mit wem sie sprach, und sie riß sich zusammen. »Aber mit der Zeit wird das schon werden.«

»Hör zu, laß Pat eine Woche rüberkommen, ja? Dann kann er auch meine Mutter besuchen, darauf freut er sich sicher. Und sie sich auch.« Von meiner Mutter erzählte ich Gina nicht, von dem Knoten, so groß wie ein Planet. Die Zeiten waren vorbei. »Man weiß doch nie, was als nächstes passiert.«

»Das stimmt«, sagte meine Exfrau. »Man weiß nie, was als nächstes passiert.«

16

Wenn man meiner Mutter auf der Straße begegnet, könnte man meinen, sie sei eine x-beliebige alte Dame, die gerade Katzenfutter kaufen geht. Aber da hätte man sich schwer getäuscht.

Erstens kann sie Katzen nicht ausstehen, weil die angeblich jede Wohnung verwüsten (andererseits hockt sie sich seltsamerweise auf Reisen vor jedes räudige Miezenvieh und lockt es mit den süßesten Koseworten). Wenn man meine Mutter so sieht, könnte man meinen, man wüßte über sie Bescheid. Dabei hat man keine Ahnung.

Ein paar Dinge aber weiß ich über meine Mutter.

Zum Beispiel, daß sie Dolly Parton für die beste Sängerin der Welt hält und findet, man sollte sich nicht dauernd über deren Figur lustig machen. Daß sie sich jede Art von Sport im Fernsehen ansieht, am liebsten die härteren Sachen wie Boxen, Rugby oder Football. Oder daß sie meint, ihr Enkel sei das süßeste Baby der Weltgeschichte gewesen, dies für eine absolut objektive Meinung hält und jede Voreingenommenheit weit von sich weist.

Und noch ein paar Dinge weiß ich über meine Mum: Seit mein Vater gestorben ist, ist sie manchmal furchtbar einsam, auch wenn noch so viele Menschen um sie sind. Sie hat ihn angebetet, und in unbeobachteten Momenten spricht sie mit seinen Fotos. Ein Besuch an seinem Grab ist für ihren Geschmack ein richtig schöner Ausflug.

Außerdem weiß ich, daß ihre Familie und ihre Freundinnen sie heiß und innig lieben. Junge Nachbarn reparieren ihr die Dachrinne gegen eine Tasse Tee, das Heer ihrer weißhaarigen Freundinnen fragt ständig an, ob sie ins neue Einkaufszentrum zum Bummeln mitkommt, und ihre Brüder rufen jeden Tag bei ihr an.

Meine Mutter ist warmherzig, lustig und tapfer. Sehr tapfer. Sie mag zwar nach Einbruch der Dunkelheit ihre Tür nicht mehr öffnen, aber sie läßt sich von niemandem einschüchtern. Als Pat noch ganz klein war, hat sie einmal einem Pulk von Jugendlichen

Prügel angedroht, die bei General Lee's Tasty Tennessee Kitchen »randalierten«, wie sie das nannte.

Damals war ich ihr böse – die Bande hätte schließlich mit dem Messer auf sie losgehen können, in unseren lausigen modernen Zeiten sind ja selbst alte Mütterchen nicht mehr sicher –, aber heute bin ich stolz, daß sie den Mund aufgemacht hat. Das war eben typisch. Typisch für meine Mutter. Genauso ist sie. Und darauf bin ich stolz.

Sie geht nicht so schnell in die Luft wie mein Vater. Sie toleriert andere Weltanschauungen und glaubt an das grundsätzlich Gute im Menschen. Nur wenn es ihr zu bunt wird, dann – »flippt sie aus«, wie sie das nennen würde.

Ihr Lieblingsbruder, der ihr altersmäßig am nächsten steht, erinnert meine Mutter immer gern daran, wie sie dem Klavier im alten Haus der Familie im East End eine böse Macke beigebracht hat. Mum war so wütend über eine Stichelei von ihrem Bruder, daß sie ihm ein Messer an den Kopf warf. Es hat ihn um Zentimeter verfehlt und landete im Klavier, mit zitterndem Schaft wie sonst nur in Comics. Der Mordversuch an ihrem Bruder war allerdings untypisch: Sie war ein ruhiges, schüchternes Mädchen, das in der Schule wegen eines kleinen Sprachfehlers gehänselt wurde – und zwar nicht von den Mitschülern, sondern von den Lehrern, denn in dieser Schule im East End herrschten so rauhe Sitten wie in einem Armenhaus bei Dickens. Sie hat immer beteuert, das Messer sei ihr ausgerutscht, aber ihr Bruder schwört, sie hätte genauestens gezielt.

In einem Haus voller Jungs hatte sie etwas Unnahbares und Vornehmes wie eine Prinzessin. Von den Eltern vergöttert und daran gewöhnt, sich für etwas Besonderes zu halten, wurde sie wie ein Einzelkind verhätschelt.

Meine Mutter wurde immer geliebt, zuerst als einziges Mädchen in einer großen Sippschaft von Brüdern, dann als einziges weibliches Wesen in unserer Kleinfamilie, und das hat sie wohl geprägt, deshalb hat sie selbst so viel Liebe zu verschenken. Pat und ich wären ohne sie jedenfalls verratzt. Ich kann mir eine Welt ohne meine Mutter überhaupt nicht vorstellen.

Sie ist so lebendig. Ich kenne sonst keinen, der so viel Leben in sich hat wie sie. Sie singt und tanzt gern, und ganz besonders gern lacht sie, selbst in den allerschlimmsten Momenten. Vor allem in den allerschlimmsten Momenten. Wir müssen immer schmunzeln, wenn wir daran denken, wie sie sich bei der Beerdigung meines Vaters den Kopf am Sarg angeschlagen hat.

Nur ein Mensch, der die Menschen so liebt wie meine Mutter, kann so einsam werden wie sie. Jetzt plant sie sorgsam ihre Abende vor dem Fernseher. Nachrichten und Dokumentarfilme über unspektakuläre Menschen sieht sie gern, bei den gepiercten Zungen und Nippel in *Sechs besoffene Studenten in einer Bude* runzelt sie die Stirn, und über Serien rümpft sie die Nase, auch wenn sie damals in den achtziger Jahren JR in *Dallas* richtig gut fand. Über karikierte Bösewichter kann sie sich amüsieren.

Was noch? Ach ja.

Sie geht furchtbar ungern zum Arzt.

Tex fuhr meine Mum dann doch nicht ins Krankenhaus. Angeblich streikte sein Auto, aber ich glaube, es waren eher seine Nerven.

Dann nehme sie eben den Bus, erklärte mir meine Mutter. Als ich ihr anbot, sie zu fahren, betonte sie noch einmal, der Bus genüge ihr völlig. Sie wollte kein Theater machen. Das war ihr schon immer wichtig gewesen: bloß kein Theater. Und wenn die vier Apokalyptischen Reiter durch ihren Garten geprescht wären und die Rosen zertrampelt hätten, sie hätte immer noch versucht, kein Theater zu machen.

Lach drüber und mach kein Theater – das war ihre Art. Ihre Lebensphilosophie. Eine Art stoischer Heiterkeit, bei der es mir das Herz zerriß und ich sie immer am liebsten in den Arm genommen hätte.

Heute fiel das Lachen allerdings schwer. An solchen Tagen blieb einem die gute Laune im Hals stecken.

Als sie aus dem Behandlungszimmer des Spezialisten kam, sah man ihr an, daß es schlechte Nachrichten gab.

Sie bemühte sich noch, die Diagnose zu verarbeiten, rang mit den Fachbegriffen und mit der Tatsache, daß ein verhärtetes Stück Fleisch das eigene Leben so vollkommen verändern konnte.

In dem überfüllten Wartezimmer wollte sie nicht reden. Reden wollte sie überhaupt erst, als wir wieder in meinem Auto saßen.

Wir standen auf dem unendlich großen Krankenhausparkplatz, während die anderen Autos uns wie die Haie umkreisten, um eine der raren Parklücken zu ergattern. Heute war viel los in diesem Krankenhaus. Wahrscheinlich war meistens viel los.

»Schau her, ich habe es aufgeschrieben.« Sie hielt mir einen Zettel hin, auf dem in ihrer verwackelten Handschrift »invasives Karzinom« stand.

»Was heißt das?« fragte ich, weil ich es ahnte, aber nicht wahrhaben wollte.

»Brustkrebs«, sagte meine Mutter.

Alles klar, dachte ich. Erst der Vater, dann die Mutter. Es ist das Natürlichste auf der Welt, so natürlich wie die Geburt eines Kindes. Wieso fühlte es sich dann an, als stürzte die Welt ein?

»Der Arzt auf der Brustkrebsstation meinte, sie wüßten noch nicht, was sie tun werden. Wie sie ihn behandeln wollen. Netter Mann übrigens, irgendein Südländer. Sprach besser Englisch als ich, das ist doch wieder typisch, nicht? Und er hat es mir ganz offen gesagt. Hat mir das mit den Stadien erklärt. Das heißt, sie müssen herausfinden, wie hoch das Risiko ist, daß er sich ausbreitet. Und, tja, wie weit er sich schon ausgebreitet hat.«

Mir hatte es die Sprache verschlagen.

»Die Brustkrebsschwester habe ich auch schon kennengelernt. Eine ganz nette, und so hübsch! Sie war – wie heißt das noch mal? – gepierct. Durch die Nase. Sie hat eine Spezialausbildung für solche Fälle wie mich. Du, ich muß jetzt nach Hause. Aber ich kann den Bus nehmen, keine Sorge. Du hast sicher zu tun.«

Sie blickte noch einmal zum Krankenhaus hinüber, und ich starrte wie gebannt auf ihr Profil, beobachtete dieses liebe

Gesicht, das ich länger kenne als irgendeines sonst, und bekam mit, was alles für Gefühle in ihr tobten.

Schock, Angst, Erstaunen, Wut und sogar ein Hauch von allerschwärzestem Humor.

»Graham hatte ja kein großes Durchhaltevermögen, was? Der gute alte Tex, Cowboy Joe vom Rio Southend. Kaum war die Party vorbei, hat er sich schleunigst aus dem Staub gemacht. Dein Vater hätte mich hierher begleitet. Dein Vater hätte mir beigestanden, Harry. Dieser Mann wäre für mich durchs Feuer gegangen. Das heißt verheiratet sein, Harry, das ist der Sinn der Ehe.«

»Man kann doch was dagegen tun, oder?«

Sie blieb stumm und hing ihren eigenen Gedanken nach.

»Mum?« fragte ich. »Man kann doch was dagegen tun?«

»Aber natürlich. Natürlich. Alles mögliche kann man tun. Ich werde damit schon fertig, Harry. Und das meine ich ernst. Mit Brustkrebs kann man leben. Doch, viele Menschen leben damit. Das ist nicht wie bei deinem Vater. Gegen Lungenkrebs ist man machtlos. Gegen diesen verdammten Lungenkrebs. Verdammter Krebs, der hat uns deinen Vater weggenommen. Aber mich kriegt er nicht, dieser verdammte Mistkrebs. Dieser … Scheißkerl. Entschuldige die Ausdrucksweise.«

»Mum?«

»Was denn, Liebes?«

»Ich bin wirklich stolz darauf, daß du meine Mutter bist.«

Sie nickte, nahm meine Hand und hielt sie fest. Hielt sie so fest in ihrer kleinen Hand, daß ich das kostbare Metall in meiner Handfläche spürte, diesen von einem Menschenleben polierten Streifen Gold.

Den Ehering meiner Mutter.

Er paßte ihr perfekt.

Meine Eltern haben sich über Mums Bruder kennenlernt. Über den, nach dem sie das Messer geworfen hatte. Den mochte sie schon immer am liebsten.

Mums Bruder und mein Dad gingen in denselben Boxclub, denn damals war Boxen bei den Schuljungs noch genauso beliebt wie Fußballspielen. Inzwischen hat sich das alles natürlich gewandelt, und wenn bei uns im Sender einer in der Schule noch geboxt hat, dann war er bestimmt in Eton.

Aber damals betrachtete man Boxen noch als gesunden Zeitvertreib für heranwachsende Jungs. Mums Bruder und mein Vater hatten dasselbe Gewicht und dasselbe Alter – beide ein Jahr älter als meine Mutter –, und einmal brachte mein Onkel nach einer Trainingsrunde im Ring seinen Sparringspartner mit nach Hause, in das *Banjo*, wie sie ihre kleine Sackgasse nannten, weil sie geformt war wie ein Banjo. Und mitten in diesem Banjo im East End stand ein Haus voller halbwüchsiger Jungs. Und einem Mädchen.

Mit seinen siebzehn Jahren stand mein Vater schon seit drei Jahren im Berufsleben. Er war ein Angeber und Rabauke, nicht nur stolz, sondern auch ausgesprochen aufbrausend: Als ihn eine Cousine aus dem Heer seiner kleinen Verwandten einmal angeflucht hatte, fesselte er sie zur Strafe an einen Laternenpfahl und stopfte ihr ein Stück Seife in den Mund. Er hatte ein hitziges Temperament und ließ sich mit Vorliebe auf jede Schlägerei ein. Dann begegnete ihm meine Mutter mit ihren gerade mal sechzehn Lenzen, die verwöhnte Prinzessin aus dem Banjo, und da hatte er seinen Grund gefunden, mit dem Raufen aufzuhören und mit dem Leben anzufangen.

Sie brachte ihm bei, sanft zu sein – sie und all das Unfaßbare, was er im Krieg getan und erlebt hatte. Er brachte ihr bei, stark zu sein. Vielleicht hatten sie Ansätze dazu auch schon vorher: Der ruppige Junge war sensibler, als er zugeben konnte, und das Mädchen vermutlich weniger zart besaitet, als es aussah. Die Armut, das Leben im Banjo und die vielen Brüder hatten ihr schließlich ein dickes Fell wachsen lassen.

Jedenfalls war die Ehe der beiden unbeschreiblich glücklich. Bis zum Todestag meines Vaters waren die beiden verrückt nacheinander. Ihr ganzes Leben lang hörten sie nicht auf, sich zu umwerben.

Er schickte ihr rote Rosen, sie brachte ihm das Frühstück ans Bett. Er staunte sie an und konnte sein Glück nicht fassen. Sie schrieb ihm Gedichte und legte sie ihm in die Lunchbox. Er schrieb ihr Karten zum Muttertag, zum Geburtstag, zu Weihnachten, auf denen er sie mein Engel nannte, meine große Liebe. Er war der unromantischste Mensch der Welt, aber sie inspirierte ihn zu Sonetten.

Obwohl sie beide aus großen Familien mit engem Zusammenhalt stammten, waren sie sich gegenseitig genug. Erschüttert wurde ihre Verbindung nur durch die vielen Jahre am Anfang, als sie einfach kein Kind bekamen. Und als ich dann endlich da war, hatte meine Mutter eine Reihe tragischer Fehlgeburten. Eine meiner deutlichsten Kindheitserinnerungen zeigt meine Mutter, wie sie in unserer Mietwohnung über dem Gemüseladen auf den Dielen sitzt und bitterlich um ein verlorenes Kind weint. Nicht einmal mein Vater konnte sie dann trösten, seinen Engel mit dem gebrochenen Herzen, seine große Liebe, die am Boden zerstört war.

Das war mein erster Eindruck vom Eheleben.

Als ich Vater wurde, habe ich die beiden instinktiv nachgeahmt, indem ich versucht habe, ihre Balance zwischen Strenge und Milde zu treffen. Mir kamen sie immer vor wie die perfekten Eltern: genauso liebevoll wie konsequent.

Mein Vater hat weder sie noch mich je geschlagen – die Handgreiflichkeiten sparte er sich für Fremde auf, die dumm genug waren, ihn zu ärgern. Meine Mutter warf durchaus mal einen Schuh nach mir (immerhin kein Messer), wenn ich sie wieder zum Wahnsinn trieb mit meiner Tagträumerei und den einsamen Spielen, diesem Trostpflaster für Einzelkinder, wenn sie schon zehnmal gerufen hatte, und ich immer noch nicht kam. Aber sie hatte so lange auf ein Kind gewartet, daß sie mir kein Vergehen länger nachtrug.

»Warte, bis dein Vater nach Hause kommt«, ihre schlimmste Drohung, die sie mir dann entgegenhielt.

Vor der ich allerdings keine Angst hatte. Ich wußte ja, daß die beiden mich liebten, und zwar mit einer bedingungslosen Liebe, die dazu bestimmt war, ein Leben lang und darüber hinaus zu halten.

Angst hatte ich als Kind eher davor, meine Mutter zu verlieren. Klein und zierlich, wie sie war, verschwand an dunklen, zugigen Winterabenden – diese eisigen November- und Dezemberabende, die es heutzutage gar nicht mehr gibt – ihr Lockenkopf in der Ladenzeile um die Ecke, um fürs Abendessen einzukaufen. Damals schneite es im Winter bei uns noch, und lauter offene Feuer vernebelten mit ihrem Rauch die Straßen, so habe ich das jedenfalls in Erinnerung. Sie wollte noch schnell Hackfleisch, Schweinekoteletts oder Baked beans holen, und am Freitag in Zeitungspapier eingewickelten Fish and Chips, die typischen Menüs meiner Kindheit.

Und ich wartete ängstlich, unsagbar ängstlich, darauf, daß meine Mutter wiederkam, die bloß mal eben zum Metzger gesprungen war. In meiner Schuluniform mit der grauen Flanellhose, dem grauen Hemd und der gestreiften Krawatte, dieser Altherrenverkleidung, in die sie uns steckten, stand ich auf der Rückenlehne des Sofas, drückte die Nase ans Fenster, an dem das Kondenswasser herunterlief, und suchte die leere, dunkle Straße ab.

Suchte sie ab nach meiner Mutter, diesem unersetzlichen Menschen, gequält von dem Gedanken, sie käme vielleicht nie wieder nach Hause.

Cyd und ich führten Mum in ein Musical aus.

Mein Vater hatte meine Mutter immer in Musicals ausgeführt. Zweimal im Jahr holten sie ihre besten Kleider aus dem Schrank und zogen los in die Lichter der Großstadt. Für zwei Menschen, die sonst abends immer vor dem Fernseher saßen, waren sie wahre Kenner der Londoner Musicalszene.

Wenn die Verfilmungen von *Oklahoma!*, *West Side Story* oder *My Fair Lady* im Fernsehen kamen, sangen die beiden jedes Wort mit. Mum tanzte außerdem dazu, wobei ihre Spezialität das *Cool-Daddy-O*-Ballett der Sharks und der Jets aus der *West Side Story* war. Meine Mutter sah Musicals nicht als passives Erlebnis. Nachdem sie fünfzig Jahre lang eifrig das West End frequentiert hatte, kannte sie die Songs, die allabendlich auf der Shaftesbury Avenue, auf der Strand und Haymarket geschmettert wurden, zum Großteil besser als die Sänger aus der aktuellen Besetzung.

Und nun wollte sie sich *Les Misérables* noch einmal ansehen.

»Das mag ich besonders«, hatte sie Cyd verkündet. »Ich mag das kleine Mädchen, und ich mag die Prostituierten. Und ich mag es, wenn die ganzen Studenten erschossen werden. Es ist so traurig, und manche Melodien sind wirklich wunderschön.«

Sie trug ein weißes Kostüm von Bloomingdale, das ich ihr von einem New-York-Besuch mitgebracht hatte. Sie sah zauberhaft aus und zerbrechlich und älter, viel älter, als ich sie mir je vorgestellt hatte.

Als wir sie abholten, nahm Cyd ihre Hand, um sie auf dem Weg zum Palace Theatre am Cambridge Circus nicht wieder loszulassen. Die ganze Autofahrt über hielt Cyd ihre Hand, und dann, als wir durch das frühabendliche Gewimmel auf den Straßen gingen und Mum uns zu zart für die Großstadt vorkam, zu empfindlich für den ganzen Verkehr und das Treiben und die Menschenmassen.

Das Publikum im Palace Theatre setzte sich wie üblich aus ausländischen Touristen, Busladungen aus den Suburbs und Londonern in Gala-Stimmung zusammen. Vor uns saß ein junger Mann im Nadelstreifenanzug, ein geschniegelter junger Wichtigtuer aus der City, flankiert, wie es aussah, auf der einen Seite von seiner Mutter und auf der anderen von seiner Großmutter. Ich mochte ihn von Anfang an nicht.

Er drehte sich demonstrativ kopfschüttelnd um, bloß weil meine Mutter ihn ein paarmal an den Segelohren streifte, während sie mühsam ihren Mantel auszog. Als sie dann bei der Ouvertüre mitpfiff, schnalzte er mehrmals entnervt mit der Zunge. Und nachdem die Vorstellung begonnen hatte, räusperte er sich ständig betont, weil Mum bei Fantines großer Sterbeszene *I Dreamed A Dream* mitsang. Als Mum schließlich bei der mitreißenden Version von *Do You Hear the People Sing* wieder das Ensemble verstärkte, drehte er sich wütend um.

»Sind Sie doch bitte mal still!« zischte er.

»Laß sie gefälligst in Ruhe«, sagte Cyd, und das war wieder

echt meine wunderbare Frau. »Wir haben für unsere Karten genauso bezahlt wie du.«

»Wir können die Musik nicht genießen, wenn die da so tut, als gehörte sie zur Truppe!«

»Was heißt denn hier *die da?*« erkundigte ich mich.

Hinter uns fing man an zu zischeln. Von vorn drehten sich Glatzköpfe und dauergewellte Häupter zu uns um. Wohlgenährte Gesichter verzogen sich irritiert.

»*Do you hear the people sing, singing the song of angry men?*« sang meine Mutter, die von alldem nichts mitbekam, begeistert den aufmüpfigen Text vor sich hin. »*It is the music of a people who will not be slaves again!*«

Nun gab die schnieke Oma des jungen Anzugträgers ihren Senf dazu: »Wir haben für unsere Karten schließlich auch bezahlt!«

»Wir können uns nicht auf die Inszenierung konzentrieren«, maulte ihre unansehnliche Tochter.

»Sie sollen sich auch nicht konzentrieren, Lady«, sagte Cyd. »Sie sollen sich genüßlich zurücklehnen und gehenlassen. Wie man sich genüßlich zurücklehnt und gehenläßt, wissen Sie ja hoffentlich, oder nicht?«

»Also bitte, ja!«

»Ich hole Hilfe«, sagte ihr Sohn, stand auf und kam mit einer jungen Frau mit einer Taschenlampe wieder.

Und dann warf man uns raus. Auf die freundlichste Art. Sofern wir uns außerstande sähen, meine Mutter zum Schweigen zu veranlassen, so behalte sich das Management das Recht vor, uns zu ersuchen, das Etablissement zu verlassen. Und wie hätten wir Mum zum Schweigen bringen sollen, wenn man sich noch auf die Tode von Valjean, Javert, Eponine und all den netten Studenten freuen durfte?

Also verließen meine Frau, meine Mutter und ich das Etablissement. Und schon auf dem Weg nach draußen amüsierten wir uns prächtig, als wäre es viel lustiger, aus einem Musical rausgeschmissen zu werden, als es tatsächlich zu erleben. Kichernd bahnten wir uns einen Weg durch die coolen abendlichen

Bummler bis zur Bar Italia, wo wir meiner Mutter eine schöne Tasse Tee spendieren wollten.

Zu dritt liefen wir Arm in Arm durch die Straßen von Soho: meine Frau, meine Mutter und ich.

Und grölten aus voller Kehle *Empty Chairs at Empty Tables*.

17

Ich holte meinen Sohn vom Flughafen ab.

Er kam an der Hand einer British-Airways-Stewardeß durch die Schranke und hatte eine Art Namensschild um den Hals, wie sie evakuierte Kinder in alten Schwarzweißfilmen um den Hals haben, oder Paddington-Bär.

Bitte kümmert euch um diesen Bären.

»Pat! Hier bin ich! Pat!«

Die Stewardeß entdeckte mich vor ihm. Er schnatterte nämlich blaß um die Nase und mit ernster Miene auf sie ein, aber dann sah er mich durch die Beine all der ankommenden Touristen und Geschäftsleute, riß sich von der British-Airways-Biene los, um auf meine ausgebreiteten Arme zuzurennen, und ich kniete mich hin, drückte ihn an mich und küßte ihn auf den blonden Schopf.

»Laß dich anschauen, mein Schatz.«

Er gähnte grinsend, so daß ich sah, was sich in der klaffenden rosa Lücke in seinem Mund verändert hatte. Zwei schiefe Ecken weißer Knochenmasse hatten sich durch den Kiefer gebohrt: Die Zähne, die jetzt ein Leben lang halten sollten.

Das war aber nicht das einzige, was sich verändert hatte. Er war gewachsen, seine Haare wirkten eine Schattierung dunkler, und von seinen Kleidern kannte ich kein einziges Stück mehr.

»Alles okay? Wie war der Flug? Ich freu mich ja so, daß du da bist, mein Schatz!«

»Im Flugzeug kann man nicht schlafen, weil immer wer ankommt und einem was zu essen andrehen will«, erklärte er, mit seinen müden blauen Augen zwinkernd. »Und dann muß man sagen, ob Fisch oder Hühnchen.«

»Er hat noch ein bißchen Jetlag – stimmt's, Pat?« sagte die British-Airways-Biene. Dann ließ sie ein Blendaxlächeln blitzen. »Er ist ein goldiger kleiner Kerl.«

Ja, das stimmte. Er war goldig – ein schlauer, lustiger, bildhübscher Kerl. Und selbständig und tapfer, wie er da so mutterseelenallein über den Atlantik geflogen kam. Ein toller Bursche.

Mein Sohn mit sieben Jahren.

Wir bedankten uns bei der Stewardeß und nahmen ein Taxi in die Stadt. Mir war so leicht ums Herz wie schon seit Monaten nicht mehr.

»Alles klar in Connecticut?«

»Ja.«

»Gefällt es dir in der neuen Schule? Hast du schon Freunde?«

»Gut.«

»Wie geht's Mummy?«

»Ganz gut.« Pause. Stirnrunzelnd beobachtete er den Verkehr, der im Schneckentempo auf die Auffahrt zur Autobahn kroch. »Aber sie streitet sich oft mit Richard. Neulich gab es Zoff wegen Britney.«

Das war es also, was bei Gina nicht rund lief. Ein paar Sekunden lang fragte ich mich, wer Britney sein mochte – vielleicht ein scharfer Zahn von Babysitter, oder eine liebebedürftige, knuffige Sekretärin? Nein, Sekretärin eher nicht, Richard hatte ja keinen Job. Es hatte sich ausgebridleworthingtont. Wer war dann diese mysteriöse Frau?

»Britney hat unser ganzes Wohnzimmer vollgespuckt«, sagte Pat. »Richard war sehr böse. Und dann hat Britney auf den Perserteppich gepieselt und mußte operiert werden, und Richard fand es eklig, wie Britney an ihren Fäden rumgeknabbert hat.«

Wahrlich ein Teufelsbabysitter, diese Britney, dachte ich, und dann fiel es mir ein: Natürlich, mein Sohn hatte einen Hund.

Pats Gesicht verzog sich ganz langsam zu einem Grinsen.

»Und weißt du was? Beim Abendessen sitzt er da und leckt sich seinen Pimmel.«

Ich zog die Augenbrauen hoch.

»Richard oder Britney?«

Mein Sohn überlegte einen Moment.

»Das war aber jetzt ein Witz, oder?«

»Komm her, du.«

Er rutschte herüber und kletterte auf meinen Schoß, so daß ich den alten Pat-Duft nach Dreck und Bonbons roch und spüren konnte, wie erschöpft er war. Ein paar Minuten später war er eingeschlafen.

Der Taxifahrer, der Fotos von drei kleinen Kindern auf dem Armaturenbrett hatte, warf einen Blick in den Rückspiegel und lächelte uns zu.

»Na, lange Reise gewesen?«

Ich drückte meinen Sohn an mich.

»Allerdings«, sagte ich. »Wir haben ganz schön was hinter uns.«

Cyd hatte Luftballons an die Haustür gehängt, und ich war wieder mal froh und dankbar für meine Frau und liebte sie sehr.

Während ich beim Fahrer bezahlte, stand sie da und grinste übers ganze Gesicht. Und als ich dann Pats Koffer durch unseren Vorgarten schleppte, ging sie in die Knie, schlang ihm die Arme um den Hals, und ich hatte das Gefühl, daß wir endlich eine richtige Familie werden.

Peggy saß im Wohnzimmer vor einem Lucy-Doll-Video. Wir beide hatten es schon gemeinsam gesehen, es war ein Double Feature mit einer billigen Zeichentrickausgabe von Lucy-Doll-Rock-'n'-Roll und ihrer einfältig glotzenden Band, die es plötzlich in die fünfziger Jahre verschlagen hat.

»Lucy-Doll-Rock-'n'-Roll und ihre Clique können es kaum erwarten, bis sie bei den Hipsters im Drugstore sind und ihnen mit ihrem Rock 'n' Roll einheizen«, sagte Peggy. »Alles anschnallen, denn jetzt kommt suuuuper-duper Stimmung auf.«

Pat grinste seiner ältesten Freundin schüchtern zu.

»Hallo, Pat«, sagte Peggy mit der unterkühlten Förmlichkeit niederer Adliger. »Wie ist es denn in Amerika?«

»Schön«, sagte er. »Ich habe einen Hund. Er heißt Britney. Er darf nicht ins Haus, weil er sich vor allen Leuten den Pimmel abschleckt.«

»Pat, ich muß dich enttäuschen«, sagte Peggy naserümpfend. »Aber wenn der Hund Britney heißt, kann es kein Männchen sein. Britney ist ein Mädchenname, du Schnellspanner.«

Pat warf mir einen hilfesuchenden Blick zu. »Aber Britney ist doch ein Männchen, oder?«

Ich sah im Geiste, wie sich Britney am Abendbrottisch seinen überdimensionalen Penis leckt.

»Das will ich meinen, mein Schatz.«

»Willst du mit mir *Lucy Doll's American Graffitti* anschauen?« fragte Peggy. »Wundersam erwacht Lucy Doll in einer fantastischen Fassung dieses beliebten Klassikers zum Leben.«

Cyd und ich lächelten uns an, und sie drückte meinen Arm, denn sie wußte, wieviel mir das bedeutete.

Pat erwog die Aussicht, die knatschrosa Zauberfee in Chuck-Berry-Manier über die Bühne watscheln zu sehen.

»Lucy Doll ist bescheuert«, sagte er.

»Pat«, sagte ich.

»Lucy Doll ist megabescheuert.«

»Pat!«

»Lucy Doll kann mich am Arsch lecken.«

»Pat, ich warne dich.«

»Lucy Doll soll sich ins Knie ficken.«

Und ab da ging es mehr oder weniger bergab.

So glücklich hatte ich meine Mutter noch nie erlebt.

Es war mehr als Glück. Ihren Enkel wiederzusehen rief eine Art Ekstase auf den Plan, eine Art hingebungsvolles Delirium. Meine Mutter löste sich auf vor lauter Enkelkind.

Noch bevor ich die Handbremse angezogen hatte, schwang sie ihn hoch und drückte ihm die Luft ab. Dann hielt sie ihn von sich weg und starrte ungläubig in sein niedliches Gesicht. Sie schüttelte den Kopf, weil sie nicht fassen konnte, daß er wieder da war.

Wenn auch nur für eine Woche.

Wir gingen ins Haus. Auf dem Couchtisch lagen Informationsbroschüren in Rosa und Lila verstreut. Bevor sie meine Mutter rasch zusammenraffte, konnte ich ein paar Überschriften lesen.

Umgehen mit der Diagnose. Wir sind für Sie da. Selbsthilfe für Brustkrebspatientinnen. Der Krankenhausaufenthalt. Zoladex. Taxol. Taxotere. Arimidex. Chemotherapie. Radiotherapie.

Mit der Hälfte der Überschriften konnte ich zwar nichts anfangen. Aber was sie bedeuteten, war klar.

»Alles okay, Mum?« fragte ich, die dümmste Frage überhaupt, die ich mir dennoch nicht verkneifen konnte, weil ich so gern von ihr hören wollte, alles komme wieder in Ordnung und sie sei für alle Ewigkeit auf dieser Welt.

»Ja, wunderbar«, sagte sie, um kein Theater zu machen, um ja kein Selbstmitleid und Melodrama aufkommen zu lassen. »Die haben mir dieses ganze Zeug geschickt, aber wer soll so viel Papier schon lesen!«

Sie packte ihre Krebsbroschüren zusammen und verstaute sie in einer Schublade.

Dann klatschte sie in die Hände.

»So, und jetzt mache ich meinen beiden Jungs eine schöne Tasse Tee«, sagte sie. »Was haltet ihr davon?«

»Ich darf kein Koffein oder so was kriegen«, sagte Pat und nahm die Fernbedienung in die Hand. »Hat Mummy gesagt.«

»Und ich habe heute schon ein paar Cappuccinos getrunken«, sagte ich. »Mehr als dreimal am Tag Koffein soll ich nicht, meint meine Ärztin. Ist schlecht für den Blutdruck, weißt du.«

»Aha«, sagte meine Mutter verstört. »Na gut, dann mache ich eben nur eine Tasse für mich, ja?«

Und dann ließen Pat und ich uns auf das alte Sofa fallen, das unsere Körper bis in den letzten Winkel zu kennen schienen, während Mum in die Küche ging, Dolly Partons *Jolene* vor sich hin summte und über diese neue Welt nachsann, in der es sowohl ihrem Sohn als auch ihrem Enkel untersagt war, eine schöne Tasse Tee zu trinken.

Später gingen wir noch in den Park und schauten zu, wie Pat die luftigen Höhen eines rostigen Klettergerüsts erklomm. Er war längst nicht mehr der zaghafte Bub von vor ein paar Jahren, sondern draufgängerisch wie ein Steinbock.

Ganz oben kletterten zwei größere Jungs herum wie zwei Äffchen im Tommy-Hilfiger-Outfit. Pat machte ab und zu Pause, um bewundernd zu ihnen hochzusehen. Größere Jungs machten ihm immer noch mordsmäßig Eindruck. Die beiden ignorierten ihn natürlich komplett.

»Es ist schön, daß er wieder da ist«, sagte ich. »Fühlt sich wieder mehr nach richtiger Familie an, besonders wenn wir hier draußen bei dir sind. Einfach nach Durchschnittsfamilie, wo man nicht dauernd einen Eiertanz aufführen muß. Wo alles so – na ja – so normal ist. Wie bei dir und Dad.«

Mein Vater hätte meine Sehnsucht nach Normalität sofort begrüßt. Mein alter Herr hätte sein Klagelied angestimmt über das Aussterben der Familie, den Anstieg der Scheidungsziffern und die Generation der Kinder, die mit nur einem Elternteil aufwachsen müssen. Und während der Tirade hätte er sich in Ruhe eine Zigarette gedreht.

Mein Dad war ein großer Verfechter der Normalität.

Meine Mum hatte da andere Ansichten.

»Was heißt schon normal?« fragte sie. »Dein Vater und ich waren zehn Jahre verheiratet, bis du endlich kamst. Und das nennst du normal? Wir haben uns damals ganz bestimmt nicht normal gefühlt. Eher wie Monster.«

Die beiden großen Jungs sprangen vom Klettergerüst und rannten zu den Schaukeln. Pat schmachtete sie unverblümt an.

»Alle unsere Freunde bekamen Kinder«, sagte sie. »Wie die Karnickel, irgendeine hatte immer einen Braten in der Röhre. Einen Fußball verschluckt, dick gemacht – alle, bloß ich nicht.« Sie grinste mir zu. »Und uns nennst du normal, Harry? Nett von dir. Gefühlt haben wir uns nicht normal, das kannst du mir glauben.«

»Du weißt doch, wie ich das meine. Du und Dad und ich, wir waren einfach eine normale Familie.«

Ich dachte an die Weihnachtsfeste mit allen Onkels und Tanten, an Ferien mit dem Camper in Cornwall und an den Duft des Sonntagsbratens, der durchs Haus zog, während mein Vater in unserer Einfahrt das Auto wusch. Ich erinnerte mich an Ausflüge nach Southend, und zwar nicht an den Pier oder den Strand, sondern zum Hunderennen. Und ich erinnerte mich daran, wie ich auf dem Rücksitz im Auto lag und die gelben Lichter der Essexer Landstraßen über mich hinwegstrichen, auf der Rückfahrt von meiner Nan oder, einmal im Jahr, von einer Pantomime im Londoner Palladium nach Hause. Wenn ich meiner Mutter erklärte, ich könne nicht einschlafen, ich sei überhaupt nicht müde, und sie sagte. »Ruh einfach deine Augen aus. Mehr mußt du gar nicht tun.« Meine Kindheit hatte so etwas wunderbar Unkompliziertes an sich, und dafür war es bei meinem Sohn wahrscheinlich schon zu spät. »Wir waren doch so normal wie nur was.«

»Dann wurden wir also normal, als wir dich gekriegt haben? Und wenn wir dich nicht gekriegt hätten, wären wir Monster geblieben?«

»Ich weiß nicht, aber früher war alles so einfach, und heute ist es kompliziert. Pat und Peggy reden nicht mehr miteinander, Cyd ist mir böse, weil sie findet, daß ich Pat verwöhne, und ich bin Cyd böse, weil ich meine, daß sie es für Quatsch hält, Pat für eine lumpige Woche rüberzuholen.«

»Wieso reden Peggy und Pat nicht mehr miteinander?«

»Sie haben sich verkracht. Er hat Lucy Doll als billige Crack-Nutte bezeichnet, und du weißt ja, wie Peggy an Lucy Doll hängt.«

»Geschwister verkrachen sich immer. Ich hätte einen meiner Brüder fast erstochen.«

»Schon, aber sie sind eben keine Geschwister! Das ist es ja. Deshalb kann es bei uns nie normal werden, jedenfalls nicht richtig normal. Wenn alles schiefgeht, was ist dann? Dann sehen wir uns nie wieder. Findest du das normal? Also komm, so tolerant bist nicht mal du, Mum.«

Wir beobachteten, wie Pat bis an die Spitze des Gerüsts kletterte. Da stand er nun, seine Silhouette zeichnete sich gegen den weiten, blauen Himmel ab, in der Luft lag trotz der Kälte schon der Frühling, und Pat strahlte aus seinem dicken Anorak heraus zu uns herunter. Er hielt sich mit beiden Händen fest, und aus der Pudelmütze, die ihm seine Großmutter gestrickt hatte, ringelten sich ein paar goldene Locken.

»Ich mag dieses Gerede von wegen ›normal‹ einfach nicht«, sagte meine Mum. »Schließlich habe ich mich jahrelang unnormal gefühlt. Zehn Jahre haben wir es vergeblich probiert. Jeden Monat waren wir wieder am Boden zerstört. Und das mal zehn, Harry, rechne das aus, du bist doch so schlau.«

Pats einer Turnschuh kippelte bedenklich, und plötzlich mischte sich in seinen stolzen Blick Panik, als er abrutschte und ein Fuß in der Luft hing. Aber dann fing er sich, fand mit dem Fuß wieder Halt und klammerte sich um so entschlossener fest.

»Die normale Familie gibt es nicht«, sagte meine Mum.

Ein Anruf von Gina.

Es war kurz vor Mitternacht. Die Kinder schliefen schon seit Stunden, Peggy in ihrem Zimmer, Pat auf einem alten Futon im Gästezimmer, und Cyd machte das Catering für die Eröffnung eines der neuen Trendhotels, die in ganz London aus dem Boden sprossen. Nach Pats ausfälligen Bemerkungen über Lucy Dolls Moral redeten wir zwar alle wieder miteinander, allerdings mit einer ausgesuchten Höflichkeit, und die war manchmal noch schlimmer als das wutschnaubende Schweigen. Ich war froh, daß keiner da war, als meine Exfrau anrief.

»Geht's ihm denn gut?«

»Bestens.«

»Du gibst ihm aber keinen Zucker, oder? Und kein Koffein? Und kein britisches Rindfleisch?«

»Er hat kein einziges Happy Meal verdrückt, seit er hier ist.«

»Bitte fahr doch mal mit ihm zu meinem Vater.«

»Zu deinem Vater? Er soll Glenn besuchen?«

»Genau. Zu Pats Großvater.«

Ich konnte mir nie richtig vorstellen, daß Pat zwei Paar Großeltern hat. Ginas Mutter war schon gestorben, als wir unseren Sohn bekamen, und ihr alter Herr lebte zwar noch, und Pat hatte ihn im Lauf der Jahre auch sporadisch zu Gesicht bekommen, aber eine traditionelle Großvaterfigur war er nicht.

Glenn war das, was er sein Leben lang gewesen war: ein Musiker mit Deppenfrisur, der es nie ganz aus der Ferner-liefen-Ecke herausgeschafft hatte. In den Sechzigern und Siebzigern war er zwar ein paarmal in den *Top of the Pops* aufgetaucht, aber im Grunde hatte er drei Jahrzehnte lang sein Dasein als Aushilfsverkäufer in einem Gitarrenladen in der Denmark Street gefristet, wo er jungen *NME*-Lesern *Stairway to Heaven* vorklimpern durfte. Die meiste Energie hatte er darauf verwendet, alle paar Jahre eine neue Band zu gründen, ganz zu schweigen von einer neuen Familie. Gina und ihre Mutter hatte er schon vor Urzeiten im Regen stehenlassen. Vermutlich wegen musikalischer Differenzen.

»Ich möchte, daß er meinen Vater besucht. Er soll wissen, daß er noch einen Großvater hat, nicht nur deinen Vater, Harry.«

»Okay. Ich fahre mit Pat zu Glenn.«

»Danke.«

»Und wie läuft es bei dir drüben? Haben sich Britney und Richard wieder versöhnt? Pat hat mir die Geschichte erzählt. Leckt er sich immer noch beim Abendessen den Penis? Der Hund, meine ich, nicht Richard.«

»Der Hund ist unser kleinstes Problem«, sagte meine Exfrau.

Mitten in der Nacht stieß mein Sohn einen Schrei aus. Ich stand leise auf, spürte, wie sich Cyd neben mir einrollte, und tastete mich verschlafen bis an sein Bett.

Und es war, als wären wir nie getrennt worden.

Seine blonden Wuschelhaare klebten ihm wirr und verschwitzt am Kopf. Ich stützte ihn auf, gab ihm zu trinken und rubbelte ihm den Rücken wie damals als Baby, wenn er Luft im Bauch hatte.

»Im Flugzeug kann man nicht schlafen«, sagte er schlaftrunken in die Dunkelheit. »Das geht ganz schwer, weil man nämlich fliegt, und dann kriegt man dauernd was zu essen, und der Fernseher ist an. Stimmt doch, Daddy?«

»Aber jetzt ist alles in Ordnung, Pat. Alles in bester Ordnung.«

Ich drückte meinen Sohn an mich und wiegte ihn, spürte seine Wärme durch den Frotteeschlafanzug, spürte, wie sich seine kleine Brust mit jedem Atemzug hob und senkte, und spürte, wie meine ganze Liebe zu ihm hinströmte.

Es war vier Uhr morgens. Das ganze Haus schlief. Nur ich war hellwach, und dann fiel mir wieder der Spruch von damals ein.

»Ruh einfach deine Augen aus«, sagte ich zu meinem Jungen.

18

Peggy beäugte die Menschenmenge, die um das überdimensionale Riesenrad herum summte und brummte.

»Ganz schön viele Leute«, sagte sie und faßte meine Hand.

Ich warf einen Blick hinauf zum London Eye hoch über unseren Köpfen, dann zurück in ihr verzagtes Gesicht, und drückte aufmunternd ihre Hand

»Bald sind wir auch da oben.«

Sie nickte und packte meine Hand noch fester. Wenn Peggy meine Hand nahm, dachte ich manchmal, alles wird gut.

Sie war so klein, so schlau und klug, so voller Urvertrauen und so bildhübsch, daß sie nur meine Hand nehmen mußte, und schon hätte ich sie am liebsten bis in alle Ewigkeit beschützt. Wenn sich diese warme Hand in meine stahl, zählte nichts anderes mehr. Weder die sporadischen Besuche ihres Hallodris von Vater noch der ständige Kampf, den sie zur Zeit mit Pat um ihr gemeinsames frühabendliches DVD-Entertainment ausfocht, nicht einmal die Tatsache, daß sie ihrer Mutter so viel bedeutete, wie Cyd mein Sohn nie bedeuten würde. Wenn Peggy meine Hand nahm, spielten meine Hormone verrückt. Ich fühlte mich wie ihr Vater.

Hoch über uns drehte sich das Riesenrad am klaren Aprilhimmel. Es kreiste so langsam, daß man von unserem Standort aus kaum sagen konnte, ob es überhaupt vom Fleck kam. Aber nachdem ständig neue Leute aus den gläsernen Gondeln strömten, mußte da oben irgendwas passieren.

Zentimeterweise bewegte sich die Menge auf die Einlaßschranke zu. Pat flitzte geschäftig zwischen den verschiedenen Absperrgittern hin und her und überwachte unser Fortkommen. Cyd studierte einen Prospekt über das London Eye und murmelte ab und zu: »Ach, *das* ist ja interessant …«, um uns sodann über Details bezüglich der Architekten, des Baus oder der Größe des Riesenrads aufzuklären. Und während Pat herumrannte und Cyd vor sich hin dozierte, hielt Peggy einfach meine Hand, bis wir wieder einen Schritt vorankamen.

Sie war viel zurückhaltender als Pat, aber daran lag es nicht, daß sie heute so still war. Mein Sohn drehte fast durch vor Begeisterung über die Jahrmarktstimmung um das London Eye; Peggy dagegen fand die Menschenmassen eher bedrohlich.

»Von da oben können wir sehen, wo wir wohnen«, erklärte ich ihr. »Und das Parlament auch, und die ganzen Parks, sogar bis runter zu den Docklands.«

»Und Big Ben?« Kam es mit einem schwachen Stimmchen.

»Natürlich, auch Big Ben.« Ich drückte noch einmal ihre Hand. »Das wird bombig, Peg.«

Sie war sich da nicht so sicher. Als Pat hechelnd und erhitzt wieder angesaust kam, klemmte sich Cyd ihren Prospekt unter den Arm, faßte mich mit dem anderen um die Taille und lehnte den Kopf an meine Schulter. Dann schaute sie zu mir hoch, und wir lächelten uns zu, wie man das nur kann, wenn man sich schon eine ganze Weile liebt, mit einem Lächeln, das keine Worte braucht.

Glücklich?

Ja, weil es dich gibt.

Dann klatschte mir meine Frau ihren London-Eye-Prospekt auf den Arm.

»Hey, daß du das nicht vergißt«, sagte sie. »Nächste Woche ist Peggys Schulaufführung, und ihr beiden müßt unbedingt kommen. Ihr kriegt den Hintern versohlt, wenn ihr nicht erscheint.«

»Das lassen wir uns sowieso nicht entgehen!«

Und das meinte ich ernst. Heute fühlte sich unser Haufen wie eine richtige Familie an. Und dieses Gefühl wollte ich unbedingt behalten.

Inzwischen standen wir so dicht unter dem Riesenrad, daß man sich den Hals verrenken mußte, um die Spitze zu sehen. Und es bewegte sich doch, von hier aus gab es keinen Zweifel.

»Wir kommen gleich dran!« japste Pat.

Und dann hielt ich Peggys Hand ganz fest, während sich das Riesenrad drehte und drehte und ringsum die Erwachsenenwelt über ihr aufragte.

»Hey, Jungs«, sagte Ginas Vater. »Cool, daß ihr da seid. Wollt ihr 'ne Tasse Tee? Kamillentee zum Beispiel?«

Glenn. Pats anderer Großvater. Als das verkorkste Arschloch von Vater meiner Exfrau war er mir ja vertraut, als unmännliches Würstchen, das schuld daran war, daß ihr sämtliche Männer suspekt und zu jeglichem Vertrauensbruch fähig erschienen. Weniger vertraut war mir die Vorstellung, daß er der Großvater meines Sohnes sein sollte.

Meine Eltern hatten so sehr zu Pats Leben gehört, waren in all den Jahren meines ständigen Familienchaos ein solcher Hort der Stabilität und bedingungslosen Liebe gewesen, daß es mir schwerfiel, Ginas unberechenbaren Vater in dieselbe Kategorie zu stecken. Glenn entsprach nicht meiner Vorstellung von einem Großvater. Eher meiner Vorstellung von einem alternden Hippie, der glaubte, um seinen faltigen Schrumpelschwanz rotiere die ganze Welt. Wenn Glenn schon für seine Tochter nicht dagewesen war, wieso sollte man für seinen Enkel mehr erwarten?

Doch bei allem Kummer, den er anderen Menschen bereitet hatte: ihn zu hassen brachte ich nicht fertig. Die paar Male, die der alternde Gigolo und ich uns getroffen hatten, war er mir in seiner brüchigen Lederhose ziemlich einsam und bemitleidenswert vorgekommen. Nach all den großen Träumen, den großen Lieben und überkandidelten Episoden in seinem Leben war er zu guter Letzt in einer Einzimmer-Mietwohnung in Hadley Wood gelandet. Er hatte eben Glück mit Genußsucht verwechselt.

Außerdem hatte er durchaus etwas Liebenswertes an sich. Auch wenn ich wußte, daß er ein selbstsüchtiger alter Knacker war, der jeden Menschen, den er je liebte, ohne mit der Wimper zu zucken für seine Gitarre und seinen Sextrieb geopfert hatte, auch wenn ich wußte, daß Gina immer noch die Wunden mit sich herumtrug, die er ihr zugefügt hatte, als er sie und ihre Mutter verließ und so mir nichts, dir nichts ein neues Leben anfing. Aber er schien sich aufrichtig über unseren Besuch zu freuen, und wenn er Pat ansah, dann trat etwas unendlich Zartfühlendes in seinen Blick. Wenn man sie erst einmal aufeinander losließ, verstanden sich die beiden prächtig. Vielleicht bildete ich mir das ja nur ein, aber wenn Glenn meinen Sohn ansah, funkelten seine Augen vor Liebe.

Während Glenn umständlich mit unseren Heißgetränken hantierte – er war von der kleinsten gastgeberischen Aufgabe hoffnungslos überfordert –, setzte ich mich auf ein Sofa, das aus demselben brüchigen Leder bestand wie seine Hose, und Pat stromerte durch die Wohnung. Viel Platz zum Stromern gab es zwar nicht, aber wo man hinschaute, fand man Musik.

Diverse Rock-Zeitschriften auf dem Couchtisch, eine akustische und eine elektrische Gitarre schräg im Gitarrenständer, eine hochwertige Stereoanlage, an deren Lautsprechern die Bespannung allerdings ähnlich ausgefranst war wie Glenns Erscheinung. Glitzernde, turmhohe CD-Stapel und meterweise alte LPs. Pat zog eine heraus.

»Was ist denn das?« fragte er und wedelte mir mit einem düsteren Pappquadrat vor der Nase herum.

»Das ist eine LP, Pat.«

»Und was macht man damit?«

»Man hört sich die Musik darauf an.«

Pat blickte zweifelnd. »Die ist doch viel zu groß.«

Auf dem Cover der Platte blickte ein bildschöner junger Mann trübsinnig aus dem Dunkel hervor. Im Hintergrund lungerten drei weniger schöne junge Männer herum wie drei häßliche Schwestern, die darauf warten, daß sie endlich jemand zum Ball einlädt.

Glenn balancierte drei große Becher Kamillentee ins Zimmer.

»Guter Griff, Mann«, sagte er. »Das erste Album von den Doors, für manche das beste Debüt-Album aller Zeiten.«

»Ich glaube, Pat interessiert sich nicht für Jim Morrison«, sagte ich. »Er hat bloß noch nie eine LP gesehen.«

Glenn ließ fast den Kamillentee fallen. »Mach keine Witze!«

Und dann tauchte er ab. Setzte sich zu Pat auf den Boden seiner Einzimmerwohnung und blätterte durch ein halbes Jahrhundert Musikgeschichte, während die Doors *Break On Through (to the Other Side)* dröhnten.

Alles graste er ab, von Elvis und Little Richard bis zu den Beatles und Stones, Hendrix und The Who, den Pistols und The Clash, den Smiths und den Stone Roses, Nirvana und den Strokes, und dazu jede Nebenstraße, jeden Umweg von Country Rock über Glam und Grunge bis zu Nu Metal: die Größen, die Exgrößen und – seine besondere Spezialität – die Eintagsfliegen. Glenn gab seinem staunenden Enkel eine Privatführung durch das Wunderland der Rockmusik.

»Die hier sind besonders interessant«, sagte Glenn kichernd und hielt ihm ein Cover hin, auf dem vier Jungs in wildgemusterter Psychedelik-Kluft auf einem Kinderspielplatz herumturnten. »Die Trollies, jawohl. Fingen als ganz normale Mod-Cover-Band unter dem Namen The Trolley Boys an. Dann sind sie auf Psychedelik umgestiegen, und zwar als die Trollies. Sind in ihren Sozialwohnblöcken rumgelatscht und hatten kosmische

Visionen, so diese Kiste, Pat, du weißt schon. Viel später haben sie noch ein paar ziemlich interessante, gnadenlos verkannte Konzeptalben aufgenommen, da hießen sie Maximum Troll.« Glenn drückte Pat das Plattencover in die Hand. »Schau mal, ob du jemand erkennst.«

Ich schielte den beiden über die Schulter. Und hatte ihn sofort entdeckt: ein Gesicht wie ein zugedröhnter Chorknabe, die Robert-Plant-mäßige Mähne übers Samtjackett wallend, und er glotzte genauso abgedreht in die Kamera wie seine Kumpels. Glenn vor dreißig Jahren, als Gina noch ganz klein war, Glenn, der Erfüllung seiner Träume so nahe wie nie wieder.

»Das ist dein Großvater, Pat«, sagte ich und widerstand dabei dem Drang, »dein anderer Großvater« zu sagen. »Er war sogar mal in den *Top of the Pops* – das stimmt doch, Glenn?«

Pat klappte der Mund auf. »*Du* warst in den *Top Pops*?«

Er nannte sie immer *Top Pops*, und ich hatte es aufgegeben, ihn zu verbessern. Ehrlich gesagt fand ich seinen Versprecher charmant.

»Jawohl, und zwar mit der Besetzung von dem Foto. Ach so, bis auf Chalky Brown, den Schlagzeuger. Zu den Zeiten von *Roundhouse Lady* hatten wir Sniffer Penge an den Tomtoms.«

Pat war hingerissen. Nie hätte er gedacht, daß sein abtrünniger Großvater zu derartiger Glorie fähig war. Und Glenn zog bescheiden den Kopf ein, glückstrahlend, wie ich ihn noch nie gesehen hatte.

Mein Vater redete nur ungern von seiner Vergangenheit: die Armut im East End, den Dienst bei den Britischen Marinekommandos, den Krieg mit seinen ganzen Verwüstungen, all die neunzehnjährigen Freunde, die nicht mehr nach Hause zurückkehrten. Glenn stand zu seiner Vergangenheit ganz anders: Er hatte Gigs mit den Trolley Boys gespielt, bei denen Pete Townshend und Roger Daltry im Publikum saßen, er hatte mit den Trollies und *Roundhouse Lady* einen großen Hit gelandet und war schließlich mit Maximum Troll aufs Land gezogen, um Konzept-Doppel-LPs aufzunehmen, er hätte noch wochenlang weitererzählt.

Und zum ersten Mal drang wirklich in mein Bewußtsein, daß Glenn für Pat genauso ein Großvater war wie mein Dad.

Ginas Dad verkörperte eben eine alternative Version von Männlichkeit. Statt Soldat, Vater und Ehemann wie mein Vater war Glenn Musiker, freier Mensch und Künstler.

Falls man ein ehemaliges Mitglied von Maximum Troll als Künstler bezeichnen kann.

Es war schon spät, als wir bei Glenn wegfuhren.

Die beiden waren so in ihre Fachsimpelei über Musik vertieft gewesen – besser gesagt fachsimpelte Glenn, während Pat ihm fasziniert lauschte und immer mal ein »*Du* warst in den *Top Pos*, Granddad?« einwarf –, daß der Feierabendstau schon begonnen hatte, als wir endlich im Wagen saßen.

Wir krochen im Schneckentempo die Finchley Road Richtung Süden. Irgendwann beschlossen wir abzuwarten, bis der schlimmste Verkehr vorbei war, und einen Happen essen zu gehen. Später hatten wir nämlich einen wichtigen Termin: Peggys Schulaufführung – aber bis dahin hatten wir noch massenweise Zeit.

Dachten wir jedenfalls.

In Camden Town fanden wir dann diesen kleinen Japaner. Pat war dank seiner Mutter Experte in Sachen japanischer Küche, werkelte geschickt mit Stäbchen und konnte Sashimi und Tempura wegputzen wie andere Siebenjährige einen Big Mac. Erst als wir drinnen standen, merkten wir, daß wir in einem Tepenyaki-Lokal gelandet waren. Hier ging es weniger ums Essen als um die Show.

Man saß um riesige Tische mit einer Grillplatte, an der jeweils ein Koch seine Künste vorführte. Diese Köche stelzten durchs Lokal wie kulinarische Revolverhelden, so breitbeinig, als hätten sie zehn Tage im Sattel hinter sich, die hohe weiße Kochmütze auf dem Kopf und die riesigen Messer im lässig um die Hüften geschlungenen Halfter über der Schürze.

Diese Köche kochten nicht einfach, sie zelebrierten. Im ganzen Lokal verteilt, klatschten sie Riesengarnelen, Fleisch- und

Gemüsehappen auf die Grills, daß es zischte, schnipselten Gemüse, mixten Reis unter, schnippten angeberisch Gewürzdosen in die Luft und fingen sie hinter dem Rücken wieder auf, und das alles in einem wahnwitzigen Tempo, ungefähr wie Tom Cruise in *Cocktail*, nur mit einem überdimensionalen Hackbeil.

Allerdings dauerte es ewig, bis die Show überhaupt losging. Wir mußten warten, bis sich unser Tisch mit anderen Gästen gefüllt hatte, vorher ging gar nichts. Ich schaute auf die Uhr und rechnete aus, wann wir spätestens wegmußten, um pünktlich zu Peggys Theaterstück zu kommen. Als unser Tisch endlich komplett war, begrüßte uns ein junger Filipino-Koch, zückte melodramatisch sein Messer und begann, Naturalien in die Luft zu katapultieren. Er mußte ziemlich neu gewesen sein, denn immer wieder fiel ihm etwas herunter – eine verirrte Riesengarnele stach einem deutschen Touristen fast das Auge aus –, aber Pat grinste ihm trotzdem aufmunternd zu. Die Zeit verging, und Pat bestellte immer mehr Sachen, die geschleudert, aufgeschlitzt und gebrutzelt wurden.

»Wir müssen wirklich los, Pat«, sagte ich, obwohl ich wußte, daß ich es sowieso nicht schaffte, ihm seinen Spaß zu verderben.

Der junge Tepenyaki-Koch warf mit Karacho eine Zimtdose in die Luft – und hätte sie um ein Haar tatsächlich gefangen. Halbherzig beteiligte ich mich an dem mitfühlenden Applaus.

»Ich hab noch so Hunger«, sagte Pat mit glänzenden Augen.

Was war das bloß mit meiner Familie und der leichten Muse?

Als wir in der Schule ankamen, war Pat grün um die Kiemen.

»Ich hab dich gewarnt, daß du keine dritte Portion Tintenfisch essen sollst«, sagte ich.

Das Stück hatte bereits begonnen. Die Aula war bis zum Rand gefüllt mit stolzen Eltern, die eifrig ein multikulturelles Fest der Toleranz namens *Das Ei* filmten. Der Bezug zu Ostern? Blieb dunkel.

Mehrere Kinder, die die Weltreligionen verkörperten, hatten sich in einem Stall versammelt, in dem soeben eine Friedenstaube aus Pappmaché geboren worden war. Auf der kleinen Bühne standen ein Junge in weißem Bettlaken und schwarzem Käppi, der vermutlich einen shintoistischen Priester darstellte, ein Mädchen mit einem orangefarbenen Badetuch und, zur Andeutung von Glatzköpfigkeit, einer rosa Badekappe auf dem Kopf, das mit Sicherheit ein buddhistischer Mönch sein sollte, sowie ein Kind unbestimmbaren Geschlechts mit Wattebart und Sandalen, das entweder den Islam oder das Judentum darstellte, womöglich beides.

Außerdem stand da Peggy, deren Arme und Beine aus einem alten Pocahontas-Plumeau staken und die ein Tuch von Habitat um den Kopf geschlungen hatte; ich tippte auf Jungfrau Maria.

Cyd entdeckte ich in der Mitte einer Reihe, mit zwei leeren Stühlen neben sich. Ich packte Pat an der Hand, und wir zwängten uns zentimeterweise zu ihr durch. Mit Digitalkameras bewaffnete Eltern zischten mißbilligend und stießen Schmerzensschreie aus, wenn wir ihnen auf die Zehen traten und gegen die Knie bollerten.

»Entschuldigen Sie, Verzeihung«, flüsterte ich. Pat ächzte und stöhnte und hielt sich den Bauch. Das Stück auf der Bühne steuerte auf seinen Höhepunkt zu.

»Wer-ist-dieses-seltsame-Wesen?« fragte der shintoistische Priester.

»Woher-mag-es-kommen?« fragte der buddhistische Mönch.

»Was-will-es-den-Menschen-auf-der-Erde-sagen?« fragte das Kind mit dem Wattebart.

»Wo zum Teufel seid ihr zwei gewesen?« blaffte mich meine Frau an.

»Schsch!« Eines der kamerabewehrten Elternpaare.

»Tut mir leid, ich habe ihn nicht von Glenn weggekriegt.«

»Von Glenn? Diesem ekelhaften Alt-Punker?«

»Und dann sind wir in einem Tepenyaki-Lokal hängengeblieben.«

»SCHSCH!«

Wir konzentrierten uns auf das Bühnengeschehen.

»Du hast genau gewußt, daß heute Peggys großer Auftritt ist. Ganz genau«, zischte meine Frau durch die Mundwinkel.

»WENN SIE DOCH BITTE SCHÖN ENDLICH STILL SIND!« Eine alte Oma in der Reihe hinter uns.

Pat machte den Mund auf und begann leise zu würgen.

Auf der Bühne blickte alles zu Peggy: der buddhistische Mönch mit dem orangefarbenen Badetuch und der Badekappe, der shintoistische Priester im weißen Laken mit schwarzem Käppi, der bärtige Alte mit der Watte im Gesicht und den Sandalen – alle warteten darauf, daß Peggy endlich ihren Text aufsagte.

»*Was-will-es-den-Menschen-auf-der-Erde-sagen?*« wiederholte der ehrwürdige Alte.

»Du bist so ein Egoist«, erklärte mir Cyd, ohne ihre Stimme nennenswert zu dämpfen. »Das einzige, was dich interessiert, ist dein Sohn. Alle anderen Menschen sind dir völlig egal.«

»WENN SIE DOCH BITTE ...«

Cyd wirbelte herum. »Ach, leg 'ne neue Platte auf, Omi.«

Peggy spähte ins Publikum, als warte sie auf die Souffleuse. Ihr Mund öffnete sich, aber es kam nichts heraus. Ganz anders bei Pat, der mir im selben Moment großzügig den Schoß vollkotzte.

Aus der Kulisse drang die Stimme einer barmherzigen Lehrerin.

»Dieser Vogel will euch sagen, daß alle Menschen friedlich zusammenleben und ...«

»Und-einander-liebhaben-sollen«, murmelten die Schauspieler auf der Bühne, indem sie die Papptaube umringten. Bis auf Peggy, die flehentlich zu ihrer Mutter blickte. Während ich Pat und mich mit einem einsamen Kleenex abputzte, schritt Peggy auf den Bühnenrand zu. Das Tuch um ihren Kopf begann sich zu lösen.

Ich rief noch warnend, aber es war schon zu spät. Sie hob die Hand, um sich die Augen gegen das Scheinwerferlicht abzuschirmen und kippte, zu den erschrockenen Aufschreien des Publikums, von der Bühne.

»Das verzeih ich dir nie«, sagte Cyd.

Niemand war ernsthaft verletzt.

Peggys Sturz wurde von einer Gruppe von Erstkläßlern abgefedert, die im Schneidersitz in der ersten Reihe saßen, und Pat ging es schlagartig besser, nachdem er seinen Tepenyaki-Tintenfisch von sich gegeben hatte. Glückstrahlende Eltern und Großeltern ergötzten sich bei Tee, Keksen und spontaner Theaterkritik. Cyd und ich beschlossen dagegen, auf den geselligen Teil des Abends zu verzichten.

Sobald Pat notdürftig gesäubert und Peggys Tränen versiegt waren, entschuldigten wir uns noch mal bei den Erstkläßlern, ihren Eltern und Lehrerinnen, und dann machten wir uns auf den Weg Richtung Parkplatz, wobei meine Frau und ich unsere Kinder mehr oder weniger hinter uns herzerrten.

»Dir ist das alles egal, oder?« sagt Cyd. »Sobald irgendwas nicht direkt mit dir und Pat zu tun hat, ist es dir scheißegal.«

»Das stimmt nicht.«

»Wenn bloß der blöde Tintenfisch nicht gewesen wäre«, lallte Pat wie ein Sturzbetrunkener, der behauptet, man hätte ihm verdorbenes Bier angedreht.

»Kommt, wir fahren erst mal nach Hause«, sagte ich, obwohl der Gedanke an eine neuerliche Nacht in meiner Patchworkfamilie mich schier verzweifeln ließ.

»Alles wäre gutgegangen, wenn du rechtzeitig gekommen wärst«, sagte Cyd mit schwimmenden Augen. »Wenn du bloß mal einen Funken Rücksicht nehmen würdest.«

»Harry?« Ein dünnes Stimmchen neben mir.

»Ja, Peggy?«

Ich beugte mich zu ihr hinunter.

Sie flüsterte mir ins Ohr.

»Ich hasse dich.«

Eine alte Dame mit einer Kamera um den Hals lächelte uns zu.

»Was für eine nette kleine Familie«, sagte sie.

19

Wir lagen im Dunklen, ohne einander zu berühren, und warteten darauf, daß wir einschliefen, obwohl daran nicht zu denken war.

»Du verwöhnst ihn«, sagte sie, und zwar nicht vorwurfsvoll. Sondern fast sanft. »Wenn du ihn nicht so verwöhnen würdest, würde so was nicht passieren.«

»Irgendwer muß ihn verwöhnen. Wer tut denn das sonst? Du vielleicht?«

»Ihr hättet nicht so lange bei seinem Großvater bleiben müssen.«

»Sie haben sich ewig nicht gesehen. Und ich habe keine Ahnung, wann sie sich wiedersehen. Sie haben sich amüsiert.«

»Ich habe mir so gewünscht, daß ihr beiden heute abend da seid. Für Peggy. Und für mich.«

»Du willst ihn doch gar nicht hierhaben. Kaum wohnt er eine lumpige Woche bei uns, ist dir das schon zuviel.«

»Das stimmt nicht. Und es ist unfair.«

»Weißt du, warum ich geheiratet habe? Hast du eine Ahnung, Cyd? Ich habe geheiratet, damit mein Sohn eine Familie hat. Das ist doch der Witz der Woche. Eine schöne Familie habe ich ihm da eingebrockt.«

Sie schwieg, als überdenke sie, was ich gesagt hatte.

»Ich dachte, du hast geheiratet, weil du eine Familie willst. Du, Harry. Für dich. Nicht für Pat.«

»Eine lumpige Woche, weiter nichts. Und das ist dir schon zuviel.«

Ein Weile lagen wir schweigend da. Wir hatten schon zuviel gesagt. Ich dachte, sie sei inzwischen eingeschlafen.

Aber sie schlief keineswegs.

»Wir waren doch mal verrückt nacheinander, und das ist nicht lange her. Wir wollten uns so viel geben, weißt du noch, Harry? Was passiert denn mit uns? Wir waren doch so glücklich.«

Ich dachte, sie würde gleich die Hand nach mir ausstrecken.

Tat sie aber nicht. Und ich streckte meine auch nicht nach ihr aus. Wir lagen einfach da, meine Frau und ich, und fragten uns, wie es so weit hatte kommen können.

»Manchmal frage ich mich, wieso du mich geheiratet hast«, sagte ich.

Das stimmte. Okay, der Sex war gut, wir konnten miteinander reden, und meistens war sie richtig lieb zu mir. Aber sonst? Sie hätte sich doch weiß Gott wen aussuchen können. Wieso hat sie sich ausgerechnet mich eingebildet, von allen Männern der Welt?

»Ich habe mich in dich verliebt«, sagte sie.

»Aber wieso? Genau das begreife ich nicht, Cyd. Und das meine ich ernst. Das mit dem Verlieben ist keine Erklärung. Wenn du dich noch ein bißchen umgeschaut hättest, wäre dir einer über den Weg gelaufen, der mehr Geld hat, einen größeren Schwanz und einen viel besseren Charakter.«

»Ich wollte aber keinen anderen. Sondern dich.«

»Aber wieso?«

»Weil du ein guter Vater bist.«

Im Garten des alten Hauses lag Aufregung in der Luft.

Wir waren aufgeregt, weil Pat am nächsten Morgen nach Amerika zurückflog und meine Mutter und ich unbedingt jede Stunde zu einer besonderen machen wollten.

Außerdem waren wir aufgeregt, weil es der erste wirklich heiße Tag im Jahr war und ich eine lange Plastikplane im Garten ausgebreitet hatte, die meine Mutter jetzt mit dem Gartenschlauch bespritzte, bis sie glitschig war wie eine Eisbahn.

Aber vor allem waren wir aufgeregt, weil wir einen Ehrengast hatten.

Bernie Cooper.

Während die beiden Jungs oben die Badehosen anzogen und dabei schnatterten, was das Zeug hielt, fiel mir auf, daß ich dieses Treffen schon ein paar Tage früher hätte arrangieren sollen. Bernie Cooper und Pat hätten mehr als einen Tag miteinander verbringen sollen. Aber ich war so darauf bedacht gewesen, daß

Pat meine Mutter besucht, und Cyd und Peggy, und sogar den guten Glenn, daß ich fast vergessen hätte, noch Zeit einzuräumen für den Menschen, den er selbst am liebsten sehen wollte. Erst am Abend seines vorletzten Tages rief ich bei Bernies Eltern an und holte mir die Erlaubnis, ihn mit zu meiner Mutter zu nehmen. Wir wollten ins Kino, ein bißchen rumbolzen im Park und hinterher zum Pizzaessen. Aber dann schien die Sonne strahlend wie im Hochsommer, und wir blieben einfach bei meiner Mutter im Garten.

Die beiden Jungs schlitterten den ganzen Nachmittag lang über die nasse Plastikplane, Bernie so dunkelhaarig wie Pat blond, furchtlos, wo Pat vorsichtig war – zack, sauste er auf dem Bauch die Plane entlang, mitten in die Rosensträucher –, und laut, wo Pat ruhig war. Völlig verschieden waren die beiden, und doch ein perfektes Paar.

Meine Mutter und ich schauten stundenlang zu, wie sie mit ihren schlaksigen, nassen Gliedern durch den Garten sausten; Mum spritzte immer wieder die Plane naß, mahnte zur Vorsicht, wenn sie auf dem Rückweg durchs feuchte Gras mit Karacho ausrutschten, und lachte in sich hinein, wenn die beiden fast platzten vor Vergnügen. Bernie Cooper und Pat, zwei Siebenjährige und ein Tag, der ihretwegen bis an ihr Lebensende hätte dauern können.

Mein Sohn würde andere Freunde finden, das war klar. In Connecticut. In seinem neuen Viertel. In der High-School. Auf dem College. Er war ein liebenswerter Kerl, und er würde immer Freunde finden. Vielleicht nicht wieder so gute wie diesen hier, vielleicht nie wieder ganz so gute wie Bernie Cooper, aber trotzdem echte Freunde. Auch wenn es noch so weh tat, Bernie Cooper mußte ihn loslassen.

Und ich auch.

Meine Mutter begleitete uns zum Flughafen.

Als wir aus dem Heathrow Express ausstiegen, faßte Pat sie im Trubel der Touristen und Geschäftsleute an der Hand, und es sah fast so aus, als würde er sich um sie kümmern, statt umgekehrt. Wann hatten die beiden Rollen getauscht? Wann war meine Mutter alt geworden?

Wir gingen zum British-Airways-Schalter und übergaben Pat einer strahlenden Stewardeß. Sie schien sich ehrlich auf ihn zu freuen. Das ging vielen Menschen so bei Pat, sie freuten sich, wenn er da war. Man mußte ihn einfach gern haben.

Am Abflugschalter ging ich neben ihm in die Hocke, drückte ihm einen Kuß auf die Wange und versprach, daß wir uns bald wiedersehen würden. Er nickte brüsk. Er hatte weder Angst, noch war er traurig, er schien nur weit weg zu sein, vielleicht schon zurück in seinem anderen Leben.

Meine Mutter umarmte ihn so fest, daß sie ihm fast die Luft abquetschte. Dann nahm ihn die junge Frau von der British Airways an der Hand. Erst da bekam mein Sohn plötzlich Bedenken.

»Es ist ziemlich weit«, sagte er. »Ich brauche die ganze Nacht, bis ich da bin.«

»Ruh einfach deine Augen aus«, sagte meine Mutter.

Als es aufs Ende zuging, hatte ich Pat zu seinem Großvater ins Krankenhaus mitgenommen, weil ich fand, mein Vater und mein Sohn sollten sich ein letztes Mal sehen. Wenn wir unsere Großeltern verlieren, begreifen wir meistens zum ersten Mal, daß das Leben eine Reihe von Abschieden ist.

Und als mein Sohn der Stewardeß die Hand reichte, fragte ich mich, ob meine Mutter und Pat sich je wiedersehen würden.

»Wie du weißt, hat der Sender die allergrößte Hochachtung für Eamon Fish«, eröffnete mir Barry Twist in einem Nebenzimmer der *Fröhlichen Krätze*.

Das klang nach Ärger.

»Er ist cool, er ist geil, er ist total abgefahren«, schleimte Barry. »Er ist heiß, er ist hip. Die Umfragen ergeben, daß er beim männlichen ABC-Publikum der Achtzehner bis Dreißiger der beliebteste Komiker ist.«

»Wolltest du warten, bis Eamon in Irland ist, um mir das alles zu erzählen?«

Eamon ruhte sich aus. Er war gut aufgehoben auf einer Farm in der Grafschaft Kerry, und zwar schon seit Wochen – dort, wo Berge und Meer zusammentreffen und keine Chance bestand, daß er und sein Dealer zusammentrafen.

Der Kellner kam.

»Ein Glas Champagner. Zwei, Harry? Zwei. Und was zum Knabbern – Erdnüsse, Reiscräcker, Chips.«

»Nicht für mich.«

Zu salzig, das Zeug. Gift für den Blutdruck. Solche Altmännersorgen mußte ich mir inzwischen machen. Und jetzt auch noch Sorgen um meinen Job.

»Wir planen ein Comeback«, sagte ich im gelackten Produzententon. »Eamon Fish ist der beste Komiker seiner Generation. Den nicht zu sehen ist Sünde.«

»Die Sache ist nicht ganz so einfach«, sagte Barry Twist.

»Wieso nicht?«

»Na ja, unsere Umfragen haben auch ergeben, daß die Mehrheit der männlichen ABC-Zuschauer zwischen zwanzig und vierzig es gar nicht schlecht findet, daß Eamon sich, ähem, ausruht. Auch die Werbekunden finden es nicht ganz so lustig. Die großen Sechs – Bier, Autos, Soft Drinks, Sportartikel, Körperpflege und Finanzen – möchten nicht mit jemand in Verbindung gebracht werden, der erst kürzlich ausgebrannt war.«

»Red Klartext, Mann.«

»Der kolumbianische Stiefelstaub, Koks, Schnee. Das hat Eamons Image verändert. Früher war er dieser liebenswerte irische Suffkopf mit der Vorliebe für Wetterfeen. Jetzt ist er nicht mehr ganz so liebenswert. Und nicht mehr ganz so hip.«

Er warf eine Zeitung auf den Tisch. »Hast du das in der *Trumpet* gesehen? Evelyn Blunt über Eamon Fish. Besser gesagt, ein Abgesang auf die New Comedy.«

»Evelyn Blunt ist ein Wichser. Ein verbitterter, verkorkster Schmierfink, der die Welt haßt, weil er es nie geschafft hat, als – was wollte er noch mal sein? Schriftsteller? Mensch?«

»Ich mag Evelyn Blunt. Er ist bissig, er ist respektlos, er ist kontrovers.«

Er durchwühlte eine Schale mit Salzgebäck.

»Jeder Pisser mit einem PC kann eine Eins mit sechs Nullen verdienen, wenn er bissig, respektlos und kontrovers ist.«

»Mit sechs Nullen? Ehrlich? Nicht schlecht. Ich meine, wie lange braucht er für so eine Kolumne?«

»Eamon hat er schon immer auf dem Kieker, der Neidhammel. Was hat der schmierige Fettsack denn diesmal verbrochen?«

Barry Twist wischte sich die Krümel von den Fingern und setzte die Lesebrille auf.

»Für eine Generation von Komikern, deren Reihen sich schneller lichten als ihr Haupthaar –«

»Das ist ja süß. Evelyn Blunt ist auch nicht gerade ein Adonis. Daß sich immer die häßlichsten Zwerge über das Aussehen anderer Menschen lustig machen müssen.«

»– war Eamon Fish der Inbegriff der Stand-up-Comedy mit ihrer messerscharfen Ironie. Jetzt allerdings ›ruht‹ Fish sich ›aus‹. Das Messer ist stumpf geworden. Und anders als in den neunziger Jahren helfen die Schreihälse der Open-Mike-Nights der Stand-up nicht wieder auf die Beine. Dann wird er persönlich. *›Fish geht den Bach runter‹, texten schon die Kollegen.«*

»Wer's kann, der tut's«, sagte ich. »Wer's nicht kann, wird respektloser Kritiker.«

»Wie geht's dem Jungen eigentlich? Besser? Allmählich ausgechillt?«

»Er brennt darauf, wieder zu arbeiten. Sich wieder um seine Show zu kümmern.«

»Ach ja, die Show.« Barrys Blicke schweiften durch die *Fröhliche Krätze*. Halbherzig winkte er einem Bekannten zu. »Natürlich, natürlich.«

»Gibt es da Probleme?«

»Keine Probleme. Nur eine kleine Veränderung.«

Er ließ die Worte im Raum stehen.

»Ihr wollt *Und Freitags Fish* absetzen?«

Beim bloßen Gedanken daran mußte Barry laut lachen. »Nein, nein, nein, nein, nein.« Dann machte er ein belämmertes Gesicht. »Doch.«

»Mensch, Barry! Die Show ist Eamons Leben!«

Und mein Lebensunterhalt, dachte ich im stillen. Ich dachte an das Geld, das ich Gina schickte, das Geld für Pat, die Rechnungen zu Hause, und fragte mich, was ich tun sollte, wenn unsere Show den Bach runterging. Vielleicht hatte Marty Mann doch recht gehabt. Es war dämlich von mir, so viel Vertrauen in einen Menschen zu setzen. Wenn alles schiefgeht, was bleibt einem dann noch? Monogamie bricht einem das Herz und das Genick.

»Wir stehen ja weiter hinter Eamon. Aber nach den jüngsten Vorfällen, die alle mit seinem unersättlichen Näschen zu tun haben, sehen wir Eamon nicht mehr als Talk-Show-Material. Sondern eher in der Street-Ecke. Jüngeres Publikum, bißchen Action, bißchen Geballer ... Er soll *Schöne Bescherung* moderieren.«

»*Schöne Bescherung!?*«

»Genaugenommen co-moderieren. Zusammen mit Hermione Gates.«

»Diese hirnlose Tusse mit den Tattoos, die auf jeder Launch-Party die Unterhose blitzen läßt?«

Barry nickte begeistert. »Genau, Hermione, wie sie leibt und lebt. Ist sie nicht toll? Sehr hip, sehr geil. Mit dem speziellen postmodernen Girlie-Vibe.« Er strich sich nachdenklich übers Kinn. »Sie läßt wirklich oft den Schlüpfer blitzen, was?«

»Und *Schöne Bescherung!* Unter was läuft denn das? Unter bekloppter Mix aus geistlosem Gequatsche und schlechter Musik für Studenten, die besoffen aus der Uni-Kneipe kommen und sich noch ein Stündchen an grenzwertigen Obszönitäten ergötzen, bevor sie endgültig die Besinnung verlieren?«

»Ja, ungefähr so«, sagte Barry. »Wird von Marty Mann Productions produziert, von deinem alten Kumpel Marty Mann. Die sind groß im Kommen, Harry. Marty hat diese Saison eine Latte von Formaten auf Sendung. Reality-TV ist wieder ganz groß, *Sechs besoffene Studenten in einer Bude.* Und außerdem hat er die neue Flirt-Show *Wo ist meine Hose, Kumpel?*. Und die Quiz-Show *Sorry, ich bin ein hirnloser Dämlack*. Und jetzt macht Marty auch noch unsere Late-Night-Kulturkritiksendung *Kunst? Leck mich fett!*.«

»Kunst leck mich fett? Von wem stammt denn diese kranke Grammatik?

»Nicht Kunst leck mich fett. *Kunst? Leck mich fett!* Harry. *Kunst? Leck mich fett!* Respektlos, aktuell, abgefahren.«

Er bemerkte meinen Blick.

»Schlag's ihm einfach mal vor, okay? Die Sache mit *Schöne Bescherung*. Die Zeit tickt. Gewisse Menschen wie Eamon – und du, Harry – glauben, sie hätten das Fernsehen gepachtet. Aber so läuft das nicht. Die Welt dreht sich weiter, andauernd tauchen neue Gesichter auf. Das Fernsehen ist eine wunderbare Geliebte, aber eine miese Ehefrau.«

Ich wollte gerade ein flammendes Plädoyer für Eamon halten: Er sei wieder clean, er sei viel zu gut für diesen Late-Night-Blödsinn, der sich bei betankten Hohlköpfen anwanzen will, als ich über Barrys Schulter Cyd in die *Fröhliche Krätze* kommen sah. Und zwar nicht allein.

Meiner Frau besitzergreifend den Arm um die Taille gelegt hatte ausgerechnet Luke Moore, der sie jetzt durch die Bar ins Restaurant im hinteren Teil des Pubs dirigierte. Irgend etwas Außergewöhnliches hatte sie an sich, schoß es mir durch den Kopf. Und dann kam ich drauf.

Sie sah glücklich aus.

Es gab mir einen heftigen Stich, als ich daran dachte, daß sie früher so aussah, wenn sie mit mir zusammen war. Diese Mischung aus Stolz und Glück, die man empfindet, wenn man denjenigen gefunden hat, nach dem man gesucht hat. Und plötzlich wußte ich, daß ich Cyd nicht nur meinem Sohn zuliebe geheiratet hatte. Sondern, weil ich verrückt nach ihr war. Weil ich sie liebte.

Der Mann vom Sender unterdrückte ein Gähnen.

»Das ist das Dumme an den modernen Zeiten«, sagte er. »Früher oder später sind wir alle out.«

Als ich nach Hause kam, lag Sally auf dem Sofa und schlief.

Blondgefärbter Wuschelkopf, Jeans in den Kniekehlen und ein dezenter Nabelring, der knapp unter dem kurzen T-Shirt zum Vorschein kam: die Kleine von nebenan. Was Sally von einem Nullachtfünfzehn-Babysitter unterschied, war, daß auf dem Teppich vor dem Kamin ihr eigenes Baby lag und schlief.

Precious lag in ihrem Schlafanzug von Gap Kids auf dem Rücken, die Fäuste neben den kleinen Ohren, und sah aus wie ein Gewichtheber im Kleinformat. Sie kam mir viel größer vor als beim letzten Mal, aber die kleinen Kinder wuchsen schließlich schnell. Tja, und ich war auf dem besten Wege, wie die alten Tanten und Onkel zu werden, die mich früher so genervt hatten mit ihrem: »*Mensch, bist du aber gewachsen!*« Und das Kind wird sich denken: Bescheuerter alter Opi, dieser Harry.

Sally wachte auf, rieb sich die Augen und lächelte.

»Peggy ist ganz ohne Zirkus ins Bett gegangen«, sagte sie. »Ohne Pat ist es richtig still.«

»Wie machst du das eigentlich, Sally?«

Sie hob ihre schlafende Tochter auf und fuhr ihr durch die strähnigen Flusen. »Wie mache ich was?«

»Das mit Precious. Sie allein großziehen. Wie schaffst du das?«

»Na ja, meine Eltern sind super. So wie deine Mutter mit Pat. Und du kennst dich ja aus. Du hast dich doch eine Weile allein um Pat gekümmert. Alles halb so wild.«

»Ich hab das ein paar Monate lang gemacht, aber du machst es für immer. Das muß doch ganz schön happig sein, jetzt wo – wie heißt er? – Steve nicht mehr mitzieht.«

»Ich bin lieber allein als mit einem beknackten Typen zusammen«, sagte Sally, während sie Precious auf dem Arm wiegte. »Wie ihr breitarschiger Vater einer ist. Kein Zoff, kein Gezanke darüber, wer was zu erledigen hat. Bloß meine Kleine und ich. Alleinerziehende sind keinem Rechenschaft schuldig. Weißt du, was ich daran so mag, Harry?« Sie drückte Precious einen Kuß auf die Flusen. »Es ist unkompliziert.«

Ich dachte an die Zeit, als Pat und ich allein waren, als Gina auf Selbstfindungstrip in Japan war, um wieder ein eigenes Leben zu haben und Cyd und ich noch nicht zusammen waren. Bei aller Hilfe von meinen Eltern hatte ich damals oft das Gefühl, als sei ich die letzte Bastion zwischen meinem Sohn und der bösen Welt. Manchmal war ich zwar einsam und hatte Angst. Aber trotzdem ist es für mich in der Erinnerung eine glückliche Zeit. Pat und ich, nur wir beide – irgendwie vermißte ich diese alten Zeiten.

Sally hatte nämlich recht.

Es war unkompliziert.

Als Cyd nach Hause kam, stand ich unter der Dusche.

Sie steckte den Kopf herein und grinste neckisch.

»Na, ist da noch Platz für jemand?«

Anscheinend hatte sie einiges getrunken. Meine Frau mit Luke Moore in der *Fröhlichen Krätze*. Wieso hatte sie mir nicht erzählt, daß sie sich mit diesem Fiesling traf? Was hatte sie zu verbergen?

Ich hörte, wie sie sich auszog und dabei vor sich hin summte. Sie wirkte locker und aufgekratzt: eine beschwipste Frau, die mit reinem Gewissen zu ihrem Mann nach Hause kommt. Ich legte den Kopf in den Nacken und ließ mir das heiße Wasser ins Gesicht prasseln.

Dann kam Cyd zu mir in die Dusche und drückte sich mit ihrem langen, schlanken Körper an mich. Ich spürte, wie ich sofort darauf ansprang. Es war nicht zu leugnen: Ich stand nach wie vor höllisch auf sie.

»Ho, ho, ho«, sagte sie. Junge, hatte die Frau einen sitzen. »Freust du dich bloß, mich zu sehen, oder ist das eine Riesenerektion? Gib mir doch mal die Seife.«

Sie seifte erst sich selbst gründlich ein und wollte dann mir den Rücken einseifen. Das machte sie eher gründlich als sexy – die Handgriffe einer Frau, die routinemäßig ihr Kind wäscht –, aber ich hatte trotzdem innerhalb kürzester Zeit einen Ständer. Ich drehte mich um. Sie blinzelte mit ihren schönen

Augen in den Wassernebel, die schwarzen Haare klebten ihr an den Schultern.

»In der Dusche«, sagte sie lachend. »Das haben wir schon ewig nicht mehr gemacht!«

»Wie war dein Abend?«

»Schön.«

»Entschuldige, aber mit wem warst du noch mal unterwegs?«

»Ach, mit diesen zwei Frauen, die das Catering für ein paar kapitalkräftige Unternehmen in der City machen. Wir haben in der *Fröhlichen Krätze* ein paar Drinks gesüffelt und einen Happen gegessen. Ist Pat gut weggekommen?«

»Mit zwei Frauen, sagst du?«

Sie griff nach ihm, als wollte sie die Handbremse lösen, schloß die Augen und stöhnte.

Ich riß mich los, schob den Duschvorhang beiseite und schnappte mir das nächstbeste Handtuch.

»Harry! Was ist denn?«

Wutschnaubend trocknete ich mich ab, den Rücken noch voller Seife. Das Gesicht meiner Frau war naß und verstört. Wenn ich sie bloß nicht so wahnsinnig begehren würde! Wenn doch endlich alles vorbei wäre und ich einfach nichts mehr für sie fühlte.

»Einer ist hier zuviel«, sagte ich zu ihr, schmiß das Handtuch auf den Wäschekorb und ließ sie unter der Dusche stehen.

Und dann begriff ich, daß unsere Ehe irgendwie dem London Eye glich, dem überdimensionalen Riesenrad am Südufer der Themse.

Auch wenn alles reglos wirkte, auch wenn nicht das geringste zu passieren schien, war es da in der Dunkelheit und drehte und drehte sich und stand nie still.

20

»Mach reinen Tisch«, sagte Eamon. »Das ist das erste, was sie dir bei den Anonymen Alkoholikern sagen. Die ganze Lügerei und Heimlichtuerei bringt dir nichts. Wenn du je gesund werden willst, Harry, mußt du klar Schiff machen.«

Die Landschaft lag vor uns wie auf einer Postkarte der Grafschaft Kerry. Ein beschaulicher, silbrig schimmernder See bot die einzige Abwechslung in vielen Meilen Moorland, das sich bis zu der Stelle erstreckte, wo die felsigen Berge ans Meer stießen. Dieses Meer wirkte riesig, als reiche es nicht nur bis nach Amerika, sondern ans Ende der Welt.

Eamon hatte mich davor gewarnt, daß in seiner Heimat inzwischen überall Touristen herumtrampelten, die in jedem Pub nach Spaß – oder, wie die Iren sagen, nach *craic* –, in jedem Winkel nach ein bißchen Keltenmystik und in jedem Bed-and-Breakfast nach Mädchen suchten, die wie *The Corrs* aussahen. Aber das einzige Lebewesen, das ich in dieser wilden, zerklüfteten Landschaft ausmachte, war ein Komiker, der seit unserer letzten Begegnung ein paar Pfund zugelegt hatte.

»Sie wollen die Show absetzen, Eamon. Ich weiß, das ist nicht gerade der beste Zeitpunkt, um es dir zu sagen, aber was soll ich machen? Das mit den Drogen war ihnen nicht geheuer. Wenn du dir ganz einfach nur die Rübe zugesoffen hättest, wäre das was anderes. Das hätte als spätpubertäres Gehabe durchgehen können. Alkoholmißbrauch finden sie niedlich. Das hätte sich gut mit der Bierwerbung vertragen. Aber Drogen sind eine andere Geschichte.«

»Ich bin also draußen? Einfach so?«

»Sie werden *Und Freitags Fish* nicht fortsetzen. Sie wollen dich als Co-Moderator für irgendeinen Late-Night-Schrott. *Schöne Bescherung* heißt er. Du zusammen mit Hermione Gates.«

»Ist das nicht die, die immer ihre Unterhose blitzen läßt?«

»Genau die.«

Er dachte kurz darüber nach. Das duftende Gras raschelte unter meinen nagelneuen Timberland-Stiefeln.

»Und was ist mit dir, Harry? Bist du auch dabei? Ich mach das nicht, wenn sie dich nicht nehmen.«

Ich war gerührt, daß Eamon an mich dachte. Ich selbst wäre nie auf die Idee gekommen, daß die Macher einer coolen, geilen Show wie *Schöne Bescherung* einen so uncoolen, ungeilen Produzenten wie mich haben wollten. Ich ging davon aus, daß sie am liebsten einen jungen Senkrechtstarter hätten, dessen Jeans so tief hingen, daß man seinen gepiercten Hodensack sehen konnte.

»Mach dir um mich keine Sorgen.« Ich dachte an das Geld, das ich Gina für Pat schickte, an das Geld, mit dem Cyd und ich unsere Hypothek abzahlten. »Ich komm schon klar.«

Wir stiegen in eine schattige Senke hinab und wenig später auf eine kleine, sonnenbeschienene Anhöhe. In der Ferne, kurz bevor das Farnkraut der Felsenküste wich, stand ein kleines Bauernhaus. Dort hatte seit der großen irischen Hungersnot in den Jahren 1845–50 niemand mehr dauerhaft gewohnt, doch seit Irland zu einem Land geworden war, in das die Menschen eher kamen, als daß sie es verließen, diente es als authentisches, rustikales Ferienhaus. Seit einem Monat war es Eamons Zuhause. Gerade fuhr ein Taxi über die gewundene Straße der Halbinsel darauf zu.

»Das ist bestimmt Evelyn Blunt«, meinte Eamon.

Wir blickten dem Taxi hinterher.

»Bist du sicher, daß du das willst, Eamon? Du mußt nicht mit diesem Kerl reden.«

»Ich traue Blunt so weit über den Weg, wie ich ejakulieren kann.«

»So weit?«

»Aber er hat mich ja bereits mit allen Schimpfwörtern eingedeckt, die es unter der Sonne gibt. Was kann er mir also noch tun?«

Das Interview war Barry Twists glorreiche Idee gewesen.

Twist glaubte nämlich, daß es beim Publikum gut ankam, wenn ein Sünder schließlich erkannte, daß er auf Abwegen war.

Die Leute da draußen würden einem alles verzeihen, behauptete Barry, solange man nicht den Anschein erweckte, als hätte man es genossen. Es reichte nicht mehr, wenn jemand es schaffte, »trocken« zu werden, die Leute wollten ihm dabei zusehen. Die Welt hatte ein Faible für öffentliche Reue.

Also hatte man Evelyn Blunt, seit langem der personifizierte Giftpfeil in Eamons Flanke, darum gebeten, das Interview zu machen, denn seine Zeitung hatte eine stattliche Auflage – auch die Medienleute lasen sie, jene Meinungsmacher, die darüber entscheiden würden, ob Eamons Comeback ein Erfolg wurde. Blunt selbst verfaßte mittlerweile längere und gedankenvollere Beiträge, weil er von seinen gehässigen kleinen Sticheleien gern auf etwas Substantielleres umsatteln wollte. Blunt war als Fernsehansager, Romanschriftsteller und Moderator von Radio-Talk-Shows gescheitert. Da war es unvermeidlich, daß er sich früher oder später als Journalist versuchen würde.

Wir stiegen gerade den Hügel zum Bauernhaus hinunter, als das Taxi seine Fahrgäste neben meinem Leihwagen absetzte. Blunt mit seinem runzligen Sauertopfgesicht stieg aus und sah sich die großartige wilde Landschaft an. Er wirkte irgendwie verschwitzt, als erholte er sich noch immer von der periodisch auftretenden Trunksucht, die ihn in seiner ausschweifenden Jugend zuweilen befallen hatte. Er war nicht allein, sondern wurde von einer jungen Frau begleitet, einer Fotografin.

Ihr Gesicht konnte ich nicht sehen, weil der Taxifahrer ihr dabei half, schwarze Nylontaschen voller Scheinwerfer, Filmrollen und Stative aus dem Kofferraum zu wuchten. Anschließend richtete sie sich auf und betrachtete die Landschaft, wobei sie sich eine schwarze Haarsträhne aus dem Gesicht strich. Und da sah ich sie.

Kazumi.

Wir standen jetzt vor dem Bauernhaus. Blunt ergriff Eamons Hand und schüttelte sie so kräftig, als hätte er meinen Freund in den letzten zwei Jahren nicht als Boxsack mißbraucht. Kazumi und ich starrten uns an. Dann zeigte sie mit dem Kinn zum Atlantik.

»Schaut mal.«

Ein paar Meilen weiter draußen braute sich über dem Meer ein Sturm zusammen. Riesige schwarze Wolken wälzten auf die Küste zu, aber sie schienen so weit entfernt, daß es wie eine Wetterfront aus einem Traum wirkte.

»Ach, das ist noch weit weg«, meinte Eamon. Sein Kerry-Akzent wurde immer viel stärker, wenn man ihn erst mal aus Soho herausgelockt hatte. »Wir rennen hier nicht gleich los, um einen Unterstand zu suchen. Wir machen erst mal ein Nickerchen, und dann suchen wir uns was zum Unterstellen.«

Aber Kazumi hörte ihm schon nicht mehr zu, sie kletterte mit einer um ihren Hals baumelnden Kamera die schroffen Felsen hinauf. Wir sahen, wie sie auf einem Felsen niederkauerte und ein paar Fotos vom nahenden Unwetter schoß.

»Die niedliche kleine Kazumi«, sagte Evelyn Blunt. »Die nehme ich mir heute nacht vor.«

Erst als Eamon auf der Toilette von einer Horde englischer Touristen in Manchester-United-T-Shirts belagert wurde und Evelyn Blunt auf einen Tisch stieg, um seine Riverdance-Kür zum besten zu geben, hatten Kazumi und ich einen Augenblick für uns allein.

»Und? Wie läuft's in London?« schrie ich im Pub gegen die spritzige Version der Band von Van Morrisons *Real Real Gone* an.

Sie tippte sich an die Ohren. Es gefiel mir, daß sie ein bißchen abstanden. Es gefiel mir sogar ziemlich gut.

»Ich verstehe kein Wort«, sagte sie und nippte an ihrem Guinness.

»Bekommst du viele Aufträge? Hast du schon vorher für *The Trumpet* gearbeitet?«

Sie schüttelte lächelnd den Kopf und faßte sich wieder an die abstehenden Ohren. Es stimmte. Der Lärm hier drin war ohrenbetäubend. Mir wurde klar, daß ich zu ihr sagen konnte, was ich wollte.

»Ich habe gesagt: Ich freue mich so sehr, dich zu sehen. Du

siehst toll aus. Ich finde dich wunderschön. Ich bin so froh, daß du in meinem Leben aufgetaucht bist. Ich glaube, ich verliere den Verstand.«

Sie lächelte höflich.

Ein lachender deutscher Tourist in einem Glasgow-Celtic-T-Shirt krachte in unseren Tisch. Er klatschte in die Hände und stampfte mit den Füßen, während Blunt weiter herumhopste und dabei die Arme so fest an die Seiten preßte, daß sie aussahen wie angenäht.

»Diese verrückten Iren«, rief der Deutsche. »Die lassen es richtig krachen, was?«

»Er wohnt in Hampstead«, erklärte ich dem Mann. »Hampstead in London.«

»Echt verrückt, diese Iren!«

Die Gäste fingen an zu kreischen, als die Band, eine Rotte rauhbeiniger Hippies, die wie Komparsen aus *Braveheart* aussahen, mit Van Morrisons *One Irish Rover* loslegte.

Blunt schaltete einen Gang hoch.

Eine Busladung Italiener traf ein, und jetzt war der Pub brechend voll. Sie bestellten Guinness bei dem rothaarigen Studenten hinter der Theke. Da stieß Blunt mit dem Zeh gegen einen wuchtigen Glasaschenbecher. Er hüpfte auf einem Bein herum und verzog vor Schmerzen das Gesicht. Die Touristen applaudierten begeistert, weil sie sein wehleidiges Getue für eine Einlage in seiner Vorstellung hielten.

Der deutsche Tourist nickte mit Kennermiene. »Musik ist den Iren sehr wichtig. Boomtown Rats. Thin Lizzy. U2. Das haben sie im Blut.«

Er kletterte zu Blunt auf den Tisch.

Eamon kam zurück. Kopfschüttelnd sah er zu Blunt und dem Deutschen hoch. »Da sieht man, was dabei rauskommt, wenn sie sich zu oft *Titanic* ansehen.«

Ein Tablett voller Pints wurde auf dem Tisch abgestellt, und um dem Deutschen, der einen stinknormalen Acid-House-Dance hinlegte – wedelnde Arme, am Boden klebende Füße, das genaue Gegenstück zum landläufigen oder Garden Riverdance –, die Show zu stehlen, versuchte sich Blunt an einem fortgeschrittenen Lord-of-the-Dance-Sprung über die Biergläser. Dabei fiel er vom Tisch und landete mit dem Gesicht voraus im Käse-Tomaten-Toast eines australischen Touristen.

Eamon nippte an seinem Mineralwasser und lächelte Kazumi zu. Mir sank der Mut. Eamon würde doch nicht versuchen, sie ins Bett zu kriegen? Die Drogen hatten in seinem Leben eine Zeitlang die Mädchen ersetzt. Aber jetzt nahm er keine Drogen mehr.

Die Band verlegte sich auf *Brown-Eyed-Girl*, und jetzt war der ganze Laden auf den Beinen. Ein gutaussehender junger Italiener kam auf Kazumi zu und fragte sie, ob sie tanzen wolle. Plötzlich stand Evelyn Blunt mit rotem Gesicht zwischen ihnen und sah ihn finster an. An seiner verschwitzten Braue hing eine Tomatenscheibe.

»Sie ist vergeben, Kumpel.«

Am Ende warf man uns hinaus.

Die Gäste hätten garantiert bis in die Puppen durchgehalten, aber der junge rothaarige Barkeeper mußte für seinen IT-Kurs am College früh aufstehen.

Also marschierten wir vier auf der ausgefahrenen Landstraße nach Hause. Das einzige Licht kam vom funkelnden Sternenhimmel, das einzige Geräusch von der donnernden, tosenden See.

Und von den sich übergebenden Touristen auf dem Busparkplatz.

Es war nicht leicht, in dem Bauernhaus an der Bucht einzuschlafen.

Der Nachtwind peitschte den Atlantik und ließ die betagten Balken des Bauernhauses knarren und ächzen wie ein vom Sturm hin und her geworfenes Schiff. Und es war eiskalt. Ich hatte unter meinem M & S-Schlafanzug ein altes *Und-Freitags-Fish*-T-Shirt und Thermosocken angezogen, und trotzdem schlotterte ich unter der waffeldünnen Steppdecke, die eigentlich für den Sommer gedacht war.

Aber es war nicht die Kälte und auch nicht der Lärm, was mich in dieser Nacht wachhielt. Es war der Gedanke, daß Kazumi oben, im Dachgiebel, unter ihren Laken kauerte. Das war es, was mich wirklich vom Schlafen abhielt. Und deshalb war ich wach, als sie um drei Uhr morgens an meine Tür klopfte.

Sie trug einen Schlafanzug mit Tartan-Muster. Dieses Mädchen hing mehr an ihrem Tartan als jeder Schotte, den ich kannte. Außerdem trug sie derbe Socken und eine Wollmütze. Offenbar war es oben im Haus noch kälter. Ich blinzelte sie an, weil ich mir nicht sicher war, ob ich womöglich träumte. Dann sagte sie etwas. Sie flüsterte, als habe sie Angst, das ganze Haus aufzuwecken.

»Sorry«, sagte sie.

»Schon okay. Was ist denn los?«

»Ein Problem im Zimmer.«

Ich folgte ihr durch das im Dunkeln liegende Wohnzimmer und vorsichtig die kurze Leiter zum Giebel des Bauernhauses hinauf. Evelyn Blunt lag bäuchlings auf ihrem Bett, sein Mund stand offen, er sabberte und schnarchte laut.

»Hat gesagt, er wäre auf Toilette gegangen und hätte sich auf Rückweg im Zimmer geirrt«, erklärte Kazumi.

Wir blickten von dem betrunkenen Kerl zu der wackligen Leiter, die man hochklettern mußte, um in das Zimmer zu gelangen. So betrunken kann er gar nicht gewesen sein, dachte ich.

»Dicker, fetter Lügner!« sagte Kazumi.

»Hat er ... Hat er dir was getan?«

Sie schüttelte ihren hübschen Kopf. »Hat sich meine Wärmflasche gepackt und ist eingeschlafen. Ich kann ihn nicht aufwecken.«

»Laß mich mal versuchen.« Ich schüttelte seine Schulter. »Wachen Sie auf, Blunt. Sie sind im falschen Zimmer. Wachen Sie auf, Sie verschwitzter Fettsack.«

Er grummelte etwas und drückte meine Hand an seine Wange, und dabei huschte ein Ausdruck rauschhafter Verzückung über sein aufgedunsenes Gesicht. Es hatte keinen Sinn. Ich konnte ihn nicht bewegen.

»Du kannst mein Zimmer haben«, bot ich Kazumi an. »Ich schlafe auf der Couch.«

»Nein, nein, nein.«

»Das ist kein Problem, wirklich nicht. Na los, du nimmst mein Zimmer.«

Sie sah mich an. »Wir könnten uns ... Ich meine, wir könnten uns dein Zimmer doch auch teilen.«

»Klar«, sagte ich. »Das können wir natürlich auch.«

Schüchtern wie zwei Sechsjährige an ihrem ersten Schultag, machten wir uns auf den Weg zu meinem Zimmer. Dort sprangen wir von gegenüberliegenden Seiten rasch ins Bett, und mein Herz machte einen freudigen Hüpfer, obwohl ich wußte, daß es nicht Leidenschaft war, was sie antrieb, sondern die Angst vor Unterkühlung.

Ich lag auf dem Rücken, neben mir Kazumi mit abgewandtem Gesicht. Ich hörte mich atmen, spürte ihren warmen Körper, und als ich es nicht mehr aushielt, streckte ich die Hand aus und berührte sacht ihre Rippen. Ich fühlte die angerauhte Baumwolle ihres Tartan-Schlafanzugs unter meinen Fingern.

»Nein, Harry«, sagte sie, und es klang ein bißchen traurig, aber sie rührte sich nicht.

Ich zog die Hand zurück. Ich wollte nicht wie Blunt sein. Egal, was ich war, ich wollte nicht einer von *diesen* Männern sein.

»Warum nicht?«

»Du hast eine Frau und einen Sohn.«

»Die Sache ist ein bißchen komplizierter als das.«

»Auch aus anderen Gründen.«

»Wie zum Beispiel?« Ich versuchte ein kurzes Lachen. »Weil du nicht eins von *diesen* Mädchen bist? Ich weiß, daß du keins von diesen Mädchen bist. Deshalb mag ich dich ja so.«

»Ich mag dich auch. Du bist nett.«

»Wirklich?«

»Ja. Du bist witzig und freundlich. Und einsam.«

»Einsam? Bin ich das?«

»Ich glaube schon.«

»Wo liegt dann das Problem?«

»Du bist keiner von *diesen* Männern.« Sie drehte sich auf den Rücken und sah mich an. Ihre braunen Augen glänzten im Mondlicht wie bei dem Mädchen in dem Song von Van Morrison.

Ich rollte mich auf die Seite. Es gefiel mir, wie ihr das schwarze Haar ins Gesicht fiel. Ich berührte ihren Fuß mit meinem, Wollsocke an Wollsocke. Sie legte mir die Hand flach auf die Brust, und mir stockte der Atem. Unsere Stimmen im Dunkeln waren so leise wie ein Gebet.

»Ich möchte mit dir schlafen«, sagte ich.

»Dann mach die Augen zu und schlaf.« Kein Lächeln.

»Du weißt, was ich meine. Ich möchte dich lieben.«

Sie schüttelte den Kopf. »Du bist nicht frei.«

»Die Welt würde sich trotzdem weiterdrehen. Das ist eine Sache zwischen dir und mir. Wir würden niemandem weh tun. Niemand würde davon wissen, Kazumi.«

»Wir würden es wissen.«

Da hatte sie allerdings recht.

»Ich möchte keine von diesen Frauen sein, die mit einem verheirateten Mann schlafen. Und du willst keiner von diesen verheirateten Männern sein.«

»Doch.«

»Nein, Harry. Dafür bist du zu schade.« Sie streichelte mein Gesicht. »Nimm mich einfach in den Arm«, sagte sie und rollte sich auf die Seite. Ich drängte mich gegen sie, zwei Schichten Schlafanzug zwischen ihrem Hintern und meiner Erektion. Ich legte meinen freien Arm um ihre Taille und zog sie zu mir heran. Sie hob meinen Arm hoch, gab mir einen züchtigen Kuß aufs Handgelenk und drückte meine Hand. Wir hörten auf zu reden, und ich lauschte noch lange dem Wind, der den Atlantik aufpeitschte, lauschte dem Knarren des alten Bauernhauses und dem leisen Geräusch ihres Atems.

Während Kazumi in meinen Armen schlief, überlegte ich, wie man am besten reinen Tisch macht. Indem man bleibt, wo man ist?

Oder indem man von vorn anfängt?

21

Als ich aufwachte, war sie weg.

Unten, am felsigen Strand, hörte ich Stimmen. Durch das Fenster sah ich, daß Kazumi schon auf war und damit angefangen hatte, Fotos von Eamon zu machen.

Er, in einem roten Fleece-Pullover, nahm betont lässige Posen ein – schwermütiger Blick aufs Meer, schwermütiger Blick in die Kamera, schwermütiger Blick ins Ungefähre –, während sie ihn umtanzte, zackig einen Film nach dem anderen verschoß, die Rollen wechselte und dabei Anweisungen und aufmunternde Worte murmelte.

Eine Japanerin mit Fotoapparat, dachte ich. Ein Klischee der modernen Welt. Gedankenlos drauflosknipsende Horden, die jede Touristenattraktion ablichten und wieder in den Bus klettern. Doch als ich Kazumi dabei zusah, wie sie am windgepeitschten Strand der Dingle Bay Fotos von Eamon machte, kam es mir so vor, als wäre die junge Frau mit der Kamera besessen von einer unstillbaren Neugier auf die Welt und auf alles, was sich darauf befand, und eine enorme Zärtlichkeit für sie und ihre Kamera erfaßte mich. *Man bittet den flüchtigen Augenblick zu verweilen* – das habe, wie sie mir einmal erzählte, ein Dichter über die Fotografie gesagt. Und genau das tat sie. Sie bat den flüchtigen Augenblick zu verweilen.

Als ich mich gewaschen und angezogen hatte, waren Eamon und Kazumi den Strand ein Stück weiter hinuntergegangen. Offenbar glaubte sie, daß sie die Bilder, die sie brauchte, im Kasten hatte, denn sie arbeiteten jetzt langsamer und probierten ein paar Dinge aus. Sie kauerte auf den mit Seetang bedeckten Felsen, während Eamon gemächlich auf sie zuschlenderte, die Hände in den Taschen vergraben, den Blick – ich schätze, man würde sagen: schwermütig – auf einen Punkt knapp über ihrem Kopf gerichtet.

Obwohl mich das Eingeständnis mit Bedauern erfüllte, sagte

ich mir, daß sie am Ende vielleicht recht gehabt hatte. Sex in der vergangenen Nacht wäre nicht klug gewesen. Ein One-Night-Stand mit Kazumi wäre ein großer Fehler. Weil ein One-Night-Stand mit dieser Frau nie genug sein würde.

Und was bedeutete das? Was bedeutete es, wenn ein One-Night-Stand nicht genug war?

Eine Affäre.

Ich hatte mit genügend verheirateten Männern, die nebenher etwas laufen hatten, zusammengearbeitet, um zu wissen, daß eine Affäre harte Arbeit war.

Die One-way-Telefonate, die ständige Angst, ertappt zu werden, die Schuldgefühle, die Unruhe, die Tränen an Weihnachten und Silvester, wenn der heimische Herd rief, das Gefühl ständiger und ewiger Zerrissenheit. Und die Lügerei. Ohne Lügerei ging es nicht.

Dafür taugte ich nicht. Ich hatte nicht den Mumm. Und ich konnte es Cyd nicht antun. Oder mir selbst. Oder Kazumi. Jedenfalls sagte ich mir das bei Tageslicht, als Kazumi fünfzig Meter weit weg war und nicht in einem Tartan-Schlafanzug in meinen Armen lag.

Ich war meiner Frau treu gewesen.

Ich hatte das Richtige getan.

Warum fühlte ich mich dann so mies?

Neben mir hörte ich ein klägliches Blöken. Es war Blunt, der ganz grün im Gesicht war und sich gerade das Hemd zuknöpfte. Ein unterdrückter Rülpser entfuhr ihm. Sein Gesicht war von einem dünnen Schweißfilm bedeckt.

»Hab wohl ein paar Bierchen zuviel erwischt«, sagte er und marschierte zum Strand, wo Kazumi die letzten Fotos von Eamon schoß.

Ich wollte nicht so verknallt sein in diese Frau, die ich kaum kannte. Cyd war mehr als nur meine Frau und Geliebte. Sie war meine beste Freundin – jedenfalls bis der andere Mann in unserem Leben auftauchte.

Ich dachte an die Momente zurück, die unsere Liebe zu etwas Besonderem gemacht hatten. Cyd und ich hatten durchaus auch gute Zeiten gehabt. Zum Beispiel als wir in unserer ersten gemeinsamen Nacht die Lichter an der Themse betrachteten, das war am zweiten Weihnachtstag, an dem wir einfach alles komisch fanden, von Ibiza DJ Brucie Dolls winzigen Plattentellern bis hin zur angewiderten Miene meiner Mutter, als sie dem Truthahn die Füllung hinten hineinstopfte.

Aber wirklich zusammengeschweißt hatten uns die anderen, die schlechten Zeiten. Mein Sohn im Krankenhaus, weil er sich bei einem Sturz im Park den Kopf aufgeschlagen hatte. Der Schmerz und die Trauer nach meiner Scheidung von Gina. Cyd war in dieser Zeit für mich da, sie kümmerte sich auf eine Art um mich wie niemand sonst auf dieser Welt.

Doch nun hatte ich das Gefühl, meine Frau zu verlieren und ein Loch in meinem Leben zu entdecken, das Kazumi ausfüllte, obwohl sie das gar nicht wollte.

Ein Loch, herzförmig und so groß wie eine Familie.

Eines Abends hatte ich für uns vier gekocht. Für Cyd und mich, Peggy und Pat. Seit meiner Heirat mit Cyd waren meine Kochkünste verkümmert, aber eines Abends wollte ich es dann eben doch mal wieder tun. Für die Familie.

Wir vier saßen gleichmäßig um den runden Tisch verteilt. Cyd und Pat hielten sich anfangs noch wacker und heuchelten Begeisterung für meine Kocherei, wohingegen alles, was Peggy von sich gab, mit einem gewissen Sarkasmus gewürzt war.

»Spaghetti Bolognese! Mmmm, ich kann es kaum erwarten, Harry!«

»Ha! Mußt du aber, Peg!«

Die Gespräche zwischen meiner Stieftochter und mir waren manchmal von einer Fröhlichkeit, die mir auf den Magen schlug.

»Paß auf, daß die Pasta *al dente* ist«, schrieb sie mir vor. »Ich mag es nicht, wenn sie zu weich ist. Du weißt doch, was ich mit *al dente* meine, oder nicht?«

Mit verkrampftem Lächeln rührte ich auf dem Herd in meiner Fleisch-Tomaten-Sauce.

»Du weißt, daß du es im Grunde wie bei einem Eintopf

machen mußt, nicht wahr?« sagte Cyd sanft. »So eine Menge Fleisch muß ganz schön lang köcheln.«

»Bitte«, sagte ich bemüht freundlich. »Heute abend koche ich, okay?«

Ich machte Spaghetti Bolognese. Spag Bog. Da konnte nichts schiefgehen. Als Pat und ich noch allein lebten, hatte ich das Zeug ständig gekocht. Aus irgendeinem Grund bildete ich mir ein, daß Spaghetti Bolognese ein Schnellgericht seien. Ich dachte, es ginge so flott, wie – was weiß ich – wie sie einem die Spaghetti Bolognese im Restaurant bringen. Aber da täuschte ich mich – wie in so vielen anderen Dingen übrigens auch.

Nach etwa einer Stunde klopfte Peggy mit ihrer Lucy-Doll-Puppe ungeduldig auf den Tisch. Pat stierte die Fernbedienung in seiner Faust an, als erhoffe er sich von ihr ein Zeichen. Cyd machte – nachdem sie mich wirklich nett gefragt hatte, ob es mich störe – ihre Steuererklärung. Und ich stand noch immer am Herd und rührte in der Sauce, die aus unerfindlichen Gründen länger brauchte als in jedem Restaurant. Dabei überlegte ich, ob es womöglich gar nicht Spaghetti Bolognese gewesen waren, was ich ruck, zuck für Pat und mich gekocht hatte. Vielleicht waren es Spaghetti mit Pesto gewesen. Ja, genau. Spaghetti mit Pesto hieß das Gericht, das in Minuten fertig war. Man schraubte einfach das Glas auf und kippte es über die Pasta. Das war einfach und schmeckte. »Grüne Spaghetti« hatte mein Sohn das genannt.

Jetzt, zwei Jahre nach der Grüne-Spaghetti-Zeit, ließ er die Fernbedienung fallen. Sie landete klappernd auf dem Holzboden. »Ups!« sagte er und grinste, nach beifälligem Gelächter suchend, in die Runde, aber Peggy und Cyd ignorierten ihn.

Ich hob die Fernbedienung auf und steckte sie ärgerlich in meine Schürzentasche.

»Versuch mal, fünf Minuten in deinem Leben an was anderes zu denken als an fernsehen, okay?«

Das Kinn meines Sohns fing an zu zittern, ein sicheres Zeichen, daß er gegen die Tränen ankämpfte. Peggy seufzte laut und vernehmlich.

»Darf ich jetzt *bitte* aufstehen?« fragte sie. »Ich bin heute abend *sehr* beschäftigt.«

»Warte noch ein bißchen«, sagte Cyd, ohne von ihren Unterlagen aufzublicken. »Du kannst Geheimagent Brucie Doll holen, wenn du willst. Er kann mit Lucy Doll über ihren Auftrag reden, während wir warten, bis Harry fertig ist.«

»Genau, alle warten einfach noch ein bißchen länger«, sagte ich und rührte wütend in meiner Fleischsauce. »Lucy Dolls Kostümwechsel hat Zeit bis nach dem Abendessen.«

»Ha!« sagte Peggy. »Da ist wohl jemand mit dem falschen Fuß aufgestanden.«

Cyd schaute von ihrer Steuererklärung hoch. »Ist schon okay, Harry. Ich habe es ihr doch schon gesagt. Du mußt nicht auch noch deinen Senf dazugeben, Darling.«

»Wenn du das öfter machen würdest, bräuchte ich es gar nicht zu tun, *Darling*.«

Meine Frau legte den Taschenrechner weg und seufzte. »Wie lange dauert es denn noch?«

»Keine Ahnung. Das liegt am Hackfleisch. Es braucht ewig.«

»Hackfleisch?« fragte Peggy. »Hast du Hackfleisch gesagt? Ich kann kein Fleisch essen.«

»Warum nicht?«

»Weil Fleischessen Mord ist.« Sie machte eine wirkungsvolle Pause. »Habe ich es dir nicht gesagt? Ich esse kein Fleisch mehr. Ich habe beschlossen, Vegetarierin zu werden.«

»Ich auch«, rief Pat. »Ich bin auch Vegetierer. Darf ich jetzt fernsehen? Gleich kommt *Wo ist meine Hose, Kumpel?*«

Ich wollte ein Essen machen, bei dem wir uns wie eine richtige Familie fühlten. Das ist alles, und es ist wohl nicht zuviel verlangt. Und vielleicht habe ich genau das geschafft.

Denn als meine Spaghetti Bolognese fertig waren, redeten wir nicht mehr miteinander.

Eamon kam auf mich zu. Blunt und Kazumi waren immer noch unten am Strand. Blunt sagte gerade etwas zu ihr und kratzte sich dabei seine Wampe. Sie schüttelte den Kopf und packte ihre

Ausrüstung zusammen. Dann gingen sie zurück zum Bauernhaus, aber Blunt machte keine Anstalten, Kazumi beim Tragen zu helfen.

»Na? Wie war die Nacht?« fragte Eamon.

»Es ist nichts passiert.«

»Hey, als ob gerade ich den ersten Stein werfen würde! Was du auf einer Geschäftsreise anstellst, geht mich nichts an.«

»Ich meine es ernst, Eamon. Es ist nichts passiert.«

»Also so eine Art tantrischer Sex, willst du sagen?«

»Es ist *nichts* passiert.«

Es ist nichts passiert, und doch ist alles passiert. Denn zum ersten Mal ist mir der Gedanke gekommen, daß ich, auch wenn ich mit meiner eigenen Frau keine Familie haben konnte, sie doch mit einer anderen haben könnte.

»Ich habe den guten alten tantrischen Sex eigentlich ganz gern«, sagte Eamon. »Dauert stundenlang, was? Weißt du, welche meine Lieblingsstellung ist? Der Klempner. Du bleibst den ganzen Tag drin, und keiner kommt.«

Wenn wir miteinander geschlafen hätten – oder vielmehr: wenn wir nicht nur miteinander geschlafen hätten –, dann wäre da jetzt zwischen uns so eine Befangenheit. Oder, noch viel schlimmer, eine falsche Vertrautheit, die wir uns nicht wirklich verdient hatten. Aber so gingen wir am Strand spazieren und entfernten uns dabei immer mehr vom Bauernhaus, wo Blunt Eamon interviewte, und da war keine postkoitale Verlegenheit zwischen uns. Wir hatten uns nachts in den Armen gelegen, das war auch schon alles. Den felsigen Strand entlangzuschlendern und zuzusehen, wie die Wolken aufs Ufer zusausten, während der erste Touristenbus des Tages in die Dingle Bay kroch, kam uns wie die natürlichste Sache der Welt vor.

»Ich hoffe, die Fotos sind in Ordnung«, sagte Kazumi. »Das ist der erste Job, den ich für diese Leute mache. Die Bildredakteurin ist – wie soll ich sagen? – eine alte Hexe und hat Haare auf den Zähnen. Sie ist eine von den Frauen, die einem keine zweite Chance geben.«

»Die Fotos sind bestimmt in Ordnung. Schließlich bist du eine hervorragende Fotografin.«

Sie lächelte mich an. »Schöne Worte.«

»Nein, das sind keine schönen Worte. Ich habe Fotos von dir gesehen. Du hast meinen Sohn fotografiert.«

»Natürlich«, sagte sie. »Pat.«

Es hatte mir gefallen, daß sie an meinem Sohn das gewisse Etwas bemerkt hatte. Daß sie bemerkt hatte, daß er etwas Besonderes war. Das hatte mir wirklich gefallen.

»Werde ich dich in London wiedersehen?«

Sie blieb stehen und schaute aufs Meer. Der nächste Sturm braute sich zusammen. Die Wolken waren größer und schwärzer als gestern und wälzten sich tief über dem mit Schaumkronen gespickten Atlantik aufs Ufer zu. Das Unwetter rückte rasch näher. Eamons Bauernweisheit, man könne sich erst mal ein Guinness genehmigen und die größten Hits der Corrs anhören, bevor der Sturm da sei, erschien mir immer mehr wie eine Ladung abgestandener Bullshit.

»Kazumi?«

»Wozu?«

»Wozu was?«

»Wozu sollten wir uns in London sehen?« Sie griff abrupt nach meiner linken Hand und zog an meinem Ehering. »Geht nicht runter, siehst du? Alles nicht so einfach.«

»Wir haben nichts Falsches getan.«

»Noch nicht.«

»Ich warte auf dem Primrose Hill auf dich. Ganz oben, von wo aus man die ganze Stadt sehen kann. Sonntag vormittags um zehn?«

Es fing an zu regnen. Wir waren den Strand ziemlich weit hinuntergegangen. Das Bauernhaus verschwand in einem Dunstschleier.

»Hier lang!« rief sie und lief los.

Ich folgte ihr zu einem halbverfallenen Schuppen mit einem verrotteten Ruderboot davor. Die Tür war nicht verschlossen. Drinnen war es dunkel. Es roch nach Tabak und Seetang. Offenbar handelte es sich um eine verlassene Fischerhütte oder um das Ferienhaus einer wohlhabenden Familie aus Bayern.

Wir waren beide bis auf die Haut durchnäßt. Ich sagte mir, vielleicht ist das der Augenblick, uns die klatschnassen Kleider vom Leib zu reißen und uns in die Arme zu fallen. Aber sie setzte sich bloß zitternd auf den Küchentisch und fummelte an ihrer Kamera herum, die um ihren Hals gehangen hatte, um nachzusehen, ob sie beschädigt war.

Ich stand am Fenster, sah, wie der Nebel näher rückte, und hörte – sehen konnte ich es nicht mehr –, wie die Wellen gegen die Felsen krachten. Ich fror in meinen nassen Sachen, doch plötzlich schlang sich von hinten ein Paar Arme um mich, drückte mich fest und gab mir die Wärme, die ich brauchte.

Das ist es also, dachte ich. Das und nicht mehr. Zwei Tiere, die sich an der Westküste Irlands aneinanderkauern. Die ein bißchen Geborgenheit suchen. Und dabei nichts Falsches tun.

»Ich gehe nicht zum Primrose Hill.«

»Okay.«

»Nicht am Sonntag vormittag.«

»Gut.«

»Und auch sonst nicht.«

»In Ordnung.«

Irgendwie schaffte ich es, mich umzudrehen und ihr ins Gesicht zu sehen. Sie legte den Kopf in den Nacken und reckte mir das Kinn entgegen. Da küßte ich sie, und ich sah, wie sich ihre braunen Augen schlossen und wieder öffneten und im dunstigen Dämmerlicht glänzten. Ich hörte den Regen aufs Dach prasseln, spürte die Hitze ihres Körpers durch die feuchten Kleider und schmeckte das Meer auf ihren Lippen.

Das ist es also, dachte ich. Zwei nasse, frierende Kreaturen, die im Nebel bibbern. Das ist alles. Mach nicht mehr draus, als es ist, Harry.

Und ich dachte an Gina und auch an Cyd. Ich hatte meine zwei besten Freundinnen verloren, weil ich mit ihnen ins Bett gegangen war, weil ich sie geheiratet hatte, weil ich versucht hatte, etwas daraus zu machen, was ewig hielt. So weit würde es mit Kazumi und mir nie kommen, und das war vermutlich auch gut so.

Aber ich wußte, daß ich diesen Augenblick aufbewahren würde. Ich würde ihn wegschließen und immer dann herausholen, wenn die Welt hart und einsam war. Das war genug.

Den Primrose Hill mußte ich mir wohl aus dem Kopf schlagen.

22

Zu Hause erwartete mich ein Luftpostkuvert auf dem Fußabstreifer mit der Aufschrift WILLKOMMEN. Mein Name und meine Adresse in Ginas sauberer, eleganter Handschrift.

Darin ein Foto: ein Mann, eine Frau und ein Kind im grellen Sonnenlicht vor einem weißen Lattenzaun. Pat stand in einem verschossenen *Phantom-Menace*-T-Shirt und Shorts im Vordergrund, er blinzelte ins Licht, und da war diese halbgefüllte Lücke mitten in seinem Lächeln. Gina stand direkt hinter ihm, eine Hand zum Schutz gegen die Sonne erhoben, die andere leicht auf der Schulter unseres Sohns ruhend. Sie war dünner, als ich sie je gesehen hatte, und hatte ein abgetragenes Sweatshirt mit hochgeschobenen Ärmeln an. Aber trotz all der Jahre und trotz all der Probleme in ihrem neuen Leben war sie noch immer die strahlende Schönheit, in die ich mich verliebt hatte, und sie besaß noch immer dieses gewisse Etwas, das sie nicht gerne kommentiert hörte.

Und dann war da noch Richard, der Mann, den meine Exfrau geheiratet hatte. Er stand, ohne zu lächeln, ein Stück abseits im Schatten eines weißen Hauses mit Schindeldach und wirkte irgendwie verloren. Er sah nicht glücklich aus, sondern eher wie jemand, der aus dem Exil heimgekehrt ist, allerdings nicht im Triumphzug. Aber was wußte ich schon? Er hatte meine ehemalige Frau geheiratet und lebte mit meinem einzigen Sohn zusammen. Wie konnte ich ihn für einen Versager halten? Im Umschlag steckte außerdem ein Zettel.

Eine Nachricht von Gina.

Harry,
wir kommen für ein paar Wochen zurück nach London. Nur wir zwei, Pat und ich. Mein Dad hat Probleme mit seinem Bein. Er braucht ein bißchen Hilfe im Haushalt. Wir wohnen aber nicht bei ihm – ich habe eine Wohnung. Rufe Dich an, sobald wir da sind. Anscheinend hat es Pat bei Euch gut gefallen. Aber Du kennst ja Pat – er redet nicht viel. Bitte sag Cyd vielen Dank. Ich hoffe, Deiner Mum geht es gut. Muß jetzt los.
Gina

»Hallo, Harry.«

Oben an der Treppe stand Peggy. Sie trug ein langes weißes Spitzenkleid mit Puffärmeln und sah aus wie eine Braut. Oder wie ein Engel.

»Du siehst wunderschön aus, Peg.«

»Mein Daddy heiratet. Seine Freundin Liberty. Sie ist Krankenschwester. Aus Manila. Ich bin ihre Brautjungfer.«

»Komm«, sagte Cyd, die neben ihr auf dem Treppenabsatz erschien. »Zieh das Kleid aus. Und paß auf die Nadeln im Saum auf, ja? Ich bin gleich wieder da.«

Meine Frau kam die Treppe herunter.

»Wie war die Reise? Was macht Eamon? Geht's ihm gut?«

Ich antwortete nicht, sondern ließ meine Taschen in der Diele stehen und ging in die Küche. Auf der Arbeitsfläche standen Schüsseln mit Guacamole, Chili-Sauce und Tabasco, Flaschen mit kantonesischer Pflaumensauce und karibischem Bananenketchup. Süß und scharf.

»Ich probiere ein paar neue Dips aus«, erklärte Cyd. »Ich habe mit deiner Mum gesprochen. Es geht ihr nicht so gut.«

Meine Frau streckte die Arme nach mir aus, aber ich starrte sie einfach nur an.

»Du hast mich angelogen«, sagte ich.

»Was?«

»Vor meiner Abreise. Du hast zu mir gesagt, du triffst dich mit zwei Frauen. Zwei Frauen, hast du gesagt. Aber ich habe dich mit ihm gesehen. Mit Luke Moore. In der *Fröhlichen Krätze*. Ich habe dich gesehen, Cyd.«

»Harry.«

»Ich habe euch beide zusammen gesehen.«

»Harry?«

»Was ist?«

»Es ist nicht so, wie du denkst. Er will die Firma kaufen. Deshalb habe ich mich mit ihm getroffen. Das konnte ich dir aber nicht sagen, weil ich wußte, wie du dich aufführen würdest.«

Zum ersten Mal, seit ich nach Hause gekommen war, sah ich meiner Frau in die Augen.

»Und was hast du ihm gesagt?«

»Was ich ihm schon immer gesagt habe, Harry.« Wir starrten uns an. »Ich habe nein gesagt.«

»Und was wollte er sonst noch kaufen? Nein, sag's mir nicht. Ich kann es verdammt noch mal erraten.«

Ich wollte an ihr vorbeistürmen, aber sie hielt meinen Arm fest. »Ich will keinen anderen, okay? So ist das, und du solltest es inzwischen wissen. Ich will keinen anderen, Harry, das habe ich nie gewollt. Aber du kannst die Liebe eines anderen Menschen ganz schön strapazieren, Harry, so wie du auch alles andere strapazierst. Also entweder du hörst damit auf, oder –«

»Oder was?«

»Oder ich weiß nicht, was aus uns wird.«

Sie berührte mein Gesicht, und ihr Blick fiel auf das Foto in meiner Hand. Sie nahm es und hielt es hoch.

»Ist das ein Foto von Pat?«

»Was interessiert dich das?«

»Ach, Harry.« Sie ließ meine Hand los. »Das ist nicht fair. Wenn ich deinen Sohn nicht auf genau dieselbe Weise liebe wie du, ist das noch lange kein Verbrechen.«

Damit hatte sie allerdings recht.

Eamon machte schlapp.

Vielleicht lag es an Evelyn Blunts linker Tour. Der Journalist hatte den ältesten Trick aller Lohnschreiber aus der Schublade gezogen: Er hatte sich als Eamons bester Freund ausgegeben und sich dann in der Zeitung als sein öffentlicher Scharfrichter entpuppt. Unter der Schlagzeile »Nichts zu lachen« verwandte Blunt 3000 Wörter darauf, um zu erklären, warum Eamon Fish unbedeutend war und die Leser seiner Zeitung absolut keinen Grund hatten, sich für ihn zu interessieren. Die Fotos allerdings waren gut: Eamon vom Wind zerzaust und mit wildem Blick. Seine dunkle, gute Erscheinung wirkte fast wie ein Teil der Landschaft von Kerry County. Und sehr, sehr schwermütig.

Vielleicht stolperte er aber auch über den Starkoch. Eamons erste Pflichtübung in *Schöne Bescherung* war ein Interview mit Wee Willie Hiscock, dem liebenswürdigen Maître de Cuisine aus dem ehemaligen Northumbria. Das ganze üppige englische Frühstück hindurch pries Hiscock wie ein Marktschreier sein neuestes Buch mit dem Titel *Nachschub für die Kuchenlade, Süßer* an, die Fortsetzung seines Bestsellers *Was für die Kuchenlade, Süßer.* Eamon hatte für vollmundige Eigenwerbung noch nie etwas übrig gehabt, aber wenn er sie bei *Und Freitags Fish* noch erfolgreich hatte abwürgen können, so schien er nun unfähig, der Reklamelawine etwas entgegenzusetzen.

Vielleicht gab ihm aber auch die Boy Group den Rest. Hermione Gates machte keinen Hehl daraus, daß sie ein Riesenfan von Lads Unlimited war, fünf hübschen jungen Milchbärten, die es hinkriegten, eine Weile nicht danebenzusingen, allerdings nicht sehr lange, und dazu eine Reihe von Tanzschritten machten, die wie harmlose Übungen für Arthritispatienten aussahen.

Auf dem Studiomonitor war deutlich zu sehen, daß Hermione vor Aufregung ihren Schlüpfer blitzen ließ, als Lads Unlimited *Our Funky Love Will Live Forever* sangen. Ebenso deutlich war auf dem Monitor zu sehen, wie Eamon (Lieblingsalben: *Nevermind* von Nirwana, *Physical Graffiti* von Led Zeppelin und *Is This It?* von The Strokes) auf seine Uhr schaute.

Aber wahrscheinlich würde Eamon *Schöne Bescherung* bis zum heutigen Tag präsentieren, hätte er nicht den Sieger von *Sechs besoffene Studenten in einer Bude* interviewen müssen.

Der Sieger war ein gewisser Warren, ein braungebrannter, gepiercter, muskelstrotzender Klempner mit modischer Kahlschlagfrisur, der hoffte, daß es ihm der Erfolg von *Sechs besoffene Studenten in einer Bude* ermöglichen würde, seinen Werkzeugkasten in die Ecke zu stellen und etwas wirklich Nützliches zu werden, etwa Game-Show-Moderator oder DJ auf Ibiza.

Warren saß zwischen Hermione und einem apathisch dreinblickenden Eamon. Der Klempner a. D. zog gerade selbstverliebt sein blaßblaues Unterhemd hoch, um seinen geriffelten Waschbrettbauch und den Diamantstecker in seinem Nabel vorzuführen.

»Der Wendepunkt? Für mich? Das war in der sechsten Woche. Da hab ich nämlich festgestellt, daß Darren sich was von meiner Milch aus dem Kühlschrank genommen hat. Ohne zu fragen, klar?«

Hermione runzelte bei der Erinnerung an die Szene die Stirn. »Du warst ziemlich sauer, was, Schätzchen?«

Eamon ließ den Kopf hängen.

»Klar, man fragt doch, bevor man sich Milch von jemand nimmt, oder?«

»Aber sicher, Schätzchen. Diesem Darren hätte ich was erzählt. So ein Knilch.«

Eamon vergrub das Gesicht in den Händen.

»Chloe und Zoë, na ja, die wollten, daß ich aufhöre, Darren deswegen anzumachen, klar? Dabei hatte ich gerade zu Darren so 'n guten Draht, weil wir beide ein kaputtes Elternhaus haben.«

Plötzlich sprang Eamon auf und wandte sich an die zweite

Kamera, über der das kleine rote Lämpchen brannte. Ich verspürte einen Anflug von Stolz. Selbst in extremen Streßsituationen blickte er nie in die falsche Kamera.

»Schaltet das Ding aus«, sagte er. »Schaltet es sofort aus!«

»Aber Schätzchen«, sagte Hermione Gates.

»Mit diesem Schwachsinn verseuchst du dein Hirn. Wir alle tun das. Was ist nur mit uns los? Früher haben wir Helden ins Fernsehen gebracht. Jetzt wollen wir Menschen sehen, auf die wir runterschauen können. Hörst du? *Menschen, auf die wir runterschauen können.*« Er musterte Hermione und Warren mit aufrichtigem Bedauern. »Ohne mich!« Eamon riß sein Mikrofon ab, zog den Ohrstöpsel aus Klarwachs heraus, der ihn mit der Galerie verband, und warf dem Aufnahmeleiter beides vor die Füße. »Ich muß mal raus. Kann eine Weile dauern.«

Schon war er weg. Barry Twist und ich blickten ihm im dämmrigen Licht der Kulisse hinterher.

»Dir ist klar, daß er in dieser Stadt nie wieder einen Satz vom Teleprompter ablesen wird, oder?« sagte Barry.

»Manchmal muß man von vorn anfangen«, erwiderte ich. »Das ist schmerzlich und chaotisch. Aber manchmal muß man eben einen Schnitt machen und von vorn anfangen.«

Meine Mutter mußte am nächsten Morgen ins Krankenhaus.

Ich würde sie abholen und wußte schon jetzt, daß sie, wie sie es nannte, ihren Sonntagsstaat tragen würde, und dann würde ich sie ins Krankenhaus in der nächsten Stadt fahren. Dort würde ein Chirurg, wie die Ärzte es nannten, eine »einfache Mastektomie« vornehmen.

Sie würde eine Brust, die mit dem Tumor, hergeben müssen, um ihr Leben zu retten. Diese Brust – eine der Kurven, in die mein Vater sich verliebt hatte, als sie eine junge Frau war, und die er nie zu lieben aufgehört hatte, während sie gemeinsam älter wurden, die Brust, die mich als Säugling ernährt hatte – wäre dann weg, abgeschnitten, um meine Mutter von dem Tumor zu trennen, der sie umbringen wollte. Dieses Ding, das mir Leben gespendet hatte, das meinen Vater vor Staunen und Dankbarkeit nach Luft hatte schnappen lassen, würde abgeschnitten und – ja, was? Weggeworfen? Verbrannt? Für medizinische Zwecke aufbewahrt?

Ich hatte keine Ahnung, und von den Broschüren – *Wie rede ich mit meinen Kindern über Brustkrebs?*, *Leben mit einem Lymphödem* oder *Gymnastikübungen nach einer Brustoperation* – gab keine auch nur den leisesten Hinweis auf das Schicksal einer amputierten Brust. Sie wollten nicht, daß man darüber nachdachte.

Ich saß im Wohnzimmer des alten Hauses, trank eine Tasse starken, gesüßten Tee nach der anderen und wurde das Gefühl nicht los, daß meine Mutter in so etwas wie einen Krieg hineingestoßen worden war. Plötzlich erschien mir alles ungewiß, aus dem Gleichgewicht geraten, widersprüchlich. Die Brust und der Tumor, Liebe und Krankheit, Leben und Tod.

Meine Mutter war glücklich. Sie war glücklich, weil das alte Haus voller Menschen war, und diese Frau – eines von sieben Kindern, Mutter eines Einzelkindes, das Jahre auf sich hatte warten lassen, seit zwei Jahren Witwe – fühlte sich offenbar endlich wieder einmal in ihrem Element. Tee und Kekse, Sandwiches in der Küche, gelegentlich ein Bier, das sie für einen ihrer Brüder hervorzauberte. Es war nicht so, als wäre das Haus wegen der bevorstehenden Krebsoperation voller Menschen. Es war eher wie Weihnachten.

Diese Familie stirbt jetzt langsam aus, die alte Familie, wie ich sie als Kind gekannt hatte. All die Tanten und Onkel, die Brüder meiner Eltern und ihre besseren Hälften, geliebte Ehefrauen, die sie in einer der Nachbarstraßen fanden und mit denen sie ihr Leben lang zusammenblieben.

Ich kannte diese Menschen besser als sonst jemanden. Ich kannte ihre Großzügigkeit, ihr Standvermögen und ihre Loyalität.

Ich war dankbar, daß sie jetzt meine Mutter umsorgten. »Sag uns, was wir tun können, mein Lieber, ganz egal, was«, bekam ich immer wieder zu hören, und das überraschte mich nicht.

Meine Onkel und Tanten. Die meisten von ihnen inzwischen

in Rente oder kurz davor. Aber ich erinnere mich noch daran, wie ich sie in meiner Kindheit erlebt hatte. Ihre heutigen Gebrechen und Wehwehchen, die Pillen, die sie jetzt nehmen mußten, die aufwühlenden Arztbesuche – sie konnten mein Gedächtnis nicht vernebeln. Ich sah sie vor mir, die hageren, hartgesottenen Männer und ihre zierlichen, hübschen Frauen, die Männer anfangs durch die Bank Fabrikarbeiter, Drucker oder Ladenbesitzer, bis die Läden von Supermärkten verdrängt wurden, damals, als Supermärkte neu und modern waren, und ihre Frauen Familienmanagerinnen, und zwar Jahrzehnte, bevor dieser Begriff erfunden wurde, allesamt Familienmanagerinnen, auch die, die arbeiteten. Und wie sie arbeiteten!

Diese Frauen, also meine Tanten, wären nie auf die Idee gekommen, Karriere machen zu wollen. Sie arbeiteten in Schulküchen, fuhren Schulbusse, führten in Kaufhäusern, Läden und Supermärkten die Bücher. Sie arbeiteten, weil sie mußten.

Sie arbeiteten nicht, weil sie in der Arbeit Erfüllung suchten oder sich selbst verwirklichen wollten. Sie arbeiteten, um die Miete zu bezahlen, sie arbeiteten, weil immer Kinder da waren – die Armee meiner Cousins und Cousinen – und nie viel Geld.

Diese alte Familie versammelte sich an dem Abend, bevor sie ihren Termin beim Chirurgen hatte, um meine Mutter. Und obwohl sich ihre Zahl laufend verringerte – mein alter Herr war als erster gegangen, und seit seinem Tod hatte meine Mutter bereits zwei ihrer Brüder verloren, deren Herz gerade in dem Augenblick den Geist aufgab, als sie endlich ihren Garten und ihre Enkelkinder hätten genießen können –, hatten diese Londoner Urgewächse, die schon vor einer Ewigkeit in die Vororte hinausgezogen waren, immer noch etwas Unbezwingbares an sich.

Das Haus war von Cowboymusik und Gelächter erfüllt. Ich wurde in den Laden um die Ecke geschickt, um mehr Milch und Zucker zu holen. Die Krebsbroschüren mit ihren schrecklichen Abbildungen von Frauen, denen eine Brust abgenommen worden war, fanden keine Beachtung; sie lagen auf dem Couchtisch neben den Fernsehzeitschriften und einer Biographie von Shirley Bassey.

Als ich im Heranwachsen davon geträumt hatte, von zu Hause abzuhauen und Karriere beim Fernsehen zu machen, glaubte ich, daß meine Familie ein belangloses Leben führte: Sie machte sich nie Gedanken darüber, was sich außerhalb ihrer Vororte abspielte, sie scherte sich nicht darum und hatte auch keine Träume. Aber jetzt sah ich, daß sie ein besseres Leben als ich geführt hatte, ein erfüllteres, glücklicheres Leben, ein Leben mit mehr Sinn, in dem Loyalität und Anstand als Selbstverständlichkeit galten, in dem man als Reaktion auf den Krebs den Teekessel aufsetzte und eine Platte von Dolly Parton auflegte. Wie ich sie beneidete, jetzt, wo ich diese alte, aussterbende Familie vor mir sah, während meine Mutter um ihr Leben kämpfte, jetzt, wo alles zu spät war.

Tante Doll unterhielt sich mit meiner Mutter leise in der Küche. Manchmal kam es mir so vor, als herrschte in dieser alten Familie eine so strenge Geschlechtertrennung wie bei den Moslems. Es gab Dinge, bei denen meine Mutter nicht im Traum auf die Idee gekommen wäre, sie mit mir oder ihren Brüdern zu besprechen. Dinge, über die ich nur in der Krebsliteratur etwas erfuhr.

Die totale Mastektomie kann sich als die bessere Lösung erweisen, wenn sich der Tumor in der Mitte der Brust oder unmittelbar hinter der Brustwarze befindet; wenn die Brust klein ist und durch eine Teilresektion entstellt würde; wenn es in der Brust mehrere kanzeröse oder präkanzeröse Bereiche gibt; wenn die Frau es vorzieht, die ganze Brust entfernen zu lassen.

Ich mußte also etwas über diese Dinge lesen. Vielleicht war ich sogar froh darüber, daß meine Mutter mit mir nicht darüber reden wollte.

Im Garten rauchte Onkel Jack, der Bruder meines Vaters und Tante Dolls kleiner, dunkelhaariger, adrett gekleideter Ehemann, eine selbstgedrehte Zigarette. Er rauchte nicht im Haus. Das war neu. Ein kleines Zugeständnis an das neue Jahrhundert oder vielleicht an den Lungenkrebs meines Vaters. Zigaretten, die in diesem Haus einst so freizügig konsumiert wurden wie Tee und Pralinés, mußten jetzt im Garten geraucht werden. Ich sah Onkel Jack beim Rauchen zu, und ich erblickte den Geist meines Vaters in seinem Gesicht.

Onkel Jacks dicker schwarzer Benz stand vor dem Haus, eine Luxuskarrosse in einer Straße voll leichtgewichtiger Vans und alter Fords. Onkel Jack war Chauffeur; er fuhr Geschäftsleute zum Flughafen, erwartete sie mit seinem Schild in der Ankunftshalle und rauchte seine selbstgedrehten Zigaretten immer außerhalb des Wagens, damit die Luft darin frühlingsfrisch blieb. Onkel Jack hatte mich begleitet, als ich zum Bestattungsunternehmen ging, um den Leichnam meines Vaters zu sehen. Ich fragte mich, ob wir uns womöglich bald den Leichnam meiner Mutter würden ansehen müssen.

Als die Familie gegangen war – Tante Doll und Onkel Jack verabschiedeten sich als letzte –, machte meine Mutter für uns beide noch einen Tee. Es dämmerte bereits, und an diesem Abend würden keine Besucher mehr kommen. Keine Besucher mehr vor der Operation. Irgendwie waren die Jahre nur so verflogen, und dieselben Tanten und Onkel, die einst bis in die frühen Morgenstunden geblieben waren und Poker gespielt hatten – sie hatten Zigaretten geraucht, Bier und Sherry getrunken, und die ganze Nacht war ihr Gelächter zu hören gewesen –, waren jetzt gern wieder daheim, in ihren eigenen vier Wänden, bevor es allzu dunkel wurde.

»Wie geht es dir, Mum?«

»Mir geht es gut, mein Schatz. Mach dir um mich keine Sorgen. Und dir?«

»Mir?«

»Dir und Cyd.«

»Zur Zeit nicht so gut, Mum.« Ich wollte sie nicht beunruhigen, schon gar nicht an diesem Abend. Aber ich fand, daß ich ihr in Sachen Tapferkeit nicht nachstehen durfte. »Ich habe jemanden kennengelernt. Jemanden, den ich sehr mag. Und ich glaube, Cyd ist dasselbe passiert.«

Ich rechnete damit, daß meine Mutter – die eine Hälfte des

großartigen Doppels, das meine Eltern abgegeben hatten, des ersten Mann-Frau-Teams, das ich kennengelernt hatte, des Paares, das seinen gewaltigen Schatten auf alle Beziehungen warf, die ich je mit einer Frau hatte – mir eine Moralpredigt über die Heiligkeit des Ehegelübdes, die Bedeutung des Heiratens und die Schrecken der Scheidung halten würde.

Doch sie tat nichts dergleichen.

»Das Leben ist sehr kurz«, sagte meine Mum nur. »Man muß schauen, daß man auf seine Kosten kommt.«

Meine Mum stand am Fenster und blickte hinaus auf die Straße, als erwarte sie jemanden. Aber es waren doch schon alle dagewesen. Es stand kein Besuch mehr aus. Und dann begriff ich.

Mein Dad.

Sie wartete auf meinen Dad.

Meine Mutter stand am Fenster des Hauses, in dem ich aufgewachsen war, des Hauses, in dem sie alt geworden war, und als ich sie auf ihren Ehemann warten sah, der niemals mehr heimkommen würde, liebte ich sie mehr, als ich ertragen konnte.

Sie wartete. In der Nacht, bevor sie zur einfachen Mastektomie, die nichts Einfaches an sich hatte, die ganz und gar nicht einfach war, ins Krankenhaus gehen sollte, stand meine Mutter am Fenster des alten Hauses, blickte durch die Gardine hinaus auf die leere Straße und wartete auf meinen alten Herrn.

Sie wartete darauf, daß er in seinem Firmenwagen um die Ecke bog und sie noch einmal in seine alten, knochigen, tätowierten Arme schloß, wartete darauf, daß mein Vater nach Hause kam, um ihr zu sagen, daß sie wunderschön sei – ihr Gesicht, ihr Körper, alles an ihr – und daß er sie liebe, wie er es immer getan hatte, und daß alles gut würde.

Oder einfach nur darauf, daß er sie in die Arme schloß.

Ich sah Tex.

Ich hatte meine Mutter ins Krankenhaus gebracht und es ihr überlassen, ihren kleinen Koffer auf der Station auszupacken, auf der es kein leeres Bett gab und überwiegend ältere Frauen in adretten Nachthemden lagen, auf dem Nachttisch Orangensaft, eine Schachtel Quality Street und ein Liebesroman. Mein Vater war in diesem Krankenhaus gestorben, und ich staunte, wie vertraut mir alles vorkam – in den Gängen der abgestandene Geruch nach Krankenhausküche, überall Warteschlangen, die Grüppchen trotziger Raucher, die vor dem Haupteingang an ihren Zigaretten sogen. Der Geruch nach Essen, Krankheit und Medikamenten hatte sich in den Mauern festgesetzt. Anders war jetzt allerdings, daß ich eine Station besuchte, auf der nur Frauen lagen – Frauen, die lachten, Frauen, die sich unterhielten, sich etwas vorjammerten und gegenseitig bemitleideten, auf eine Weise, wie es auf einer Männerstation undenkbar wäre.

Es gab eine Menge zu tun. Eine Krankenschwester mußte meiner Mutter den Blutdruck messen. Dann das kurze Gespräch mit dem Narkosearzt. Der Chirurg war unterwegs. Und meine Mutter mußte sich noch umziehen, raus aus ihrem Sonntagsstaat, einem zweiteiligen Kostüm, und rein in ihr Nachthemd von Marks & Spencer. Sie benahm sich, als mache sie einen Tagesausflug ans Meer. Sie war ein bißchen zu aufgekratzt, schäkerte zuviel und übertrieb es mit ihrer Fröhlichkeit – ihr Schutzmechanismus in Krisensituationen.

Ich küßte sie – viel zu fest – und ging. Und als ich meinen Wagen an der örtlichen Tankstelle auftankte, sah ich Tex.

Oder vielmehr Graham, den Versicherungsmakler aus dem Southend, der sich für sein wöchentliches Line Dancing in Schale geworfen hatte und die belustigten Blicke blasser Teenager aus Essex in frisierten Ford Escorts auf sich zog, während er seinen alten verbeulten Kombi mit Diesel betankte. Er war nicht allein. Auf dem Beifahrersitz erspähte ich ein schon etwas betagtes Cowgirl – ein unternehmungslustiges altes Reh in einem mit Türkisen besetzten Wildlederdreß und mit einem großen Cowboyhut auf der Maggie-Thatcher-Dauerwelle. Der Line-dancing-Ersatz für meine Mutter. Vielleicht hatte es auch schon mehrere gegeben, seit Tex meine Mutter sitzengelassen hatte, nachdem er von ihrer Krankheit erfuhr.

Ich sah, wie er an den anderen Zapfsäulen vorbei zum Zahlen

ging. Als er wieder herauskam, hatte er eine Schachtel After Eight und einen billigen Blumenstrauß in der Hand, wie man sie nur an Tankstellen kaufen kann. Maggie Thatcher sah ihn mit seinen Geschenken kommen und lächelte scheu. Was für ein Mann! Am liebsten wäre ich zu ihm hinübergegangen und hätte ihn am Arm gepackt, um ihm zu erzählen, was an diesem Vormittag mit meiner Mutter im Krankenhaus unten an der Straße passieren würde, um ihm von der Operation zu erzählen und dabei mit Ausdrücken wie Mastektomie, Chemotherapie, Bestrahlung und Lymphödem um mich zu werfen, bis er sich vor Scham über seine Schäbigkeit wand.

Aber ich tat es nicht. Ich tankte zu Ende, während er Maggie Thatcher die Schokotäfelchen und Blumen mit großspuriger Geste überreichte, und dabei erblickte ich mich im Wagenfenster und betrachtete mich eine Weile gedankenversunken. Als ich mich von meinem Spiegelbild losriß, waren Tex und seine Tanzpartnerin verschwunden.

Mir war klar, daß ich schon allein deshalb nicht zu ihm gegangen war, weil ich befürchtete, daß ich auch einer von diesen Männern war: ein Heuchler, der einer Frau den Kopf verdrehte, indem er sich von seiner netten Seite zeigte, aber sämtliche Gefühle abwürgte, sobald die erste Rechnung ins Haus flatterte. Unterschied sich das, was Tex meiner Mutter angetan hatte, wirklich so sehr von dem, was ich Cyd antat?

Von ganzem Herzen wünschte ich mir, einer von den anderen Männern zu sein, ein Mann wie mein Vater. Loyal und aufrichtig, ein Mann, der sein Wort hielt. Ein Mann für die Ewigkeit. Aber ich fürchtete, ich war eher wie dieser Freizeitcowboy.

Nichts als schöne Worte und leere Versprechungen, Schokotäfelchen und Blumen, und sobald Sand ins Getriebe kam, machte er sich aus dem Staub.

Gina rief mich am Tag ihrer Ankunft in London an, aber ihr Anruf war nicht so, wie ich es erwartet hatte: unverbindlich, förmlich und darauf bedacht, mich schnell wieder loszuwerden – am Telefon und überhaupt.

Statt dessen kam der Anruf um Mitternacht, von einer in Tränen aufgelösten Gina mit wummernder Hard-core-Musik im Hintergrund.

»Harry?«

Ein Wort, und ich wußte, daß sie es war, obwohl sie meinen Namen mit vor Erregung erstickter Stimme hervorgepreßt hatte.

»Gina? Was ist los?«

Cyd wälzte sich unruhig neben mir im Bett, als ich mich aufsetzte. Bei ihr war es spät geworden. Sie hatte das Catering bei irgendeiner Firmengründung gemacht und war eingeschlafen, kaum daß ihr Kopf das Kissen berührt hatte.

»Harry, es ist furchtbar.«

»Bist du in London? Sprich lauter, ich verstehe dich nicht.«

»Wir sind in unserer Wohnung, Pat und ich. In Belsize Park. Ich dachte, das wäre eine nette Gegend, aber die Leute unter uns ... Die haben die *So Solid Crew* aufgelegt, und zwar auf voller Lautstärke.«

»Willst du, daß ich ... Soll ich kommen?«

Ich hörte, wie meine Frau – meine derzeitige Frau, meine ich – ihren Wecker in die Hand nahm und wieder auf den Nachttisch knallte.

»Weißt du, wie spät es ist, Harry?« sagte Cyd.

»Könntest du das, Harry?« fragte Gina. »Ich drehe noch durch. Es hört sich nach vielen Leuten an, nach einer Party oder so. Ich traue mich nicht, bei ihnen zu klopfen.«

Ich legte die Hand auf die Sprechmuschel. »Gina ist in der Stadt. In ihrer Wohnung gibt's ein Problem. Die Nachbarn machen Krach.«

»Sag ihr, sie soll die Polizei rufen.« Cyd setzte sich auf. Sie trug wieder dieses alte Tom-Petty-T-Shirt. Als wir uns kennenlernten und auch noch kurz nach unserer Hochzeit hatte sie immer diese Nachthemden angezogen, die mich ganz wild machten: kurze, durchsichtige Seidenteilchen. Höschen wie aus Zahnseide am oberen Ende ihrer Tänzerinnenbeine. Und jetzt diese Tom-Petty-T-Shirts. »Gib mir mal das Telefon, dann sag ich es ihr selbst.«

»Pat kann auch nicht schlafen«, fuhr Gina fort.

Mehr brauchte ich nicht zu hören.

»Gib mir die Adresse«, sagte ich. »Ich komme, so schnell ich kann.«

Als ich mich im Dunkeln anzog, schaltete Cyd ihre Nachttischlampe an.

»Das ist nicht mehr dein Problem, Harry. Ihr seid geschieden. Eure Beziehung ist *beendet*. Soll sich doch ihr Mann darum kümmern. Oder die Bullen.«

Ich antwortete nicht. Ich wollte keinen Streit. Aber ich wußte, daß ich Ginas Anruf nicht einfach ignorieren und mich wieder schlafen legen konnte. Das alte Sprichwort stimmte.

Unsere Ehe hatte sieben Jahre gedauert.

Aber unsere Scheidung würde ewig dauern.

Es war ein großes weißes Haus in Belsize Park. Ein gutes Haus in einem wohlhabenden Viertel. Jede Menge Bäume und Müllkontainer für Bauschutt und die Sorten von Autos, die man in solchen Vierteln immer sieht: seriöse Wagen wie Mercedes-Benz SLK, Audi TT oder 3er BMW und Autos fürs pure Vergnügen wie Käfer und Minis – sowohl Originale als auch neue Nostalgieausgaben –, rostige Morris Minor und prähistorische Citroëns. Ich bezahlte das Taxi und blickte an dem Haus empor, in dem sich mein Sohn und meine ehemalige Frau befanden. Die Hausnummer brauchte ich erst gar nicht zu überprüfen, denn ich konnte die Musik aus dem zweiten Stock hören.

Ich drückte auf die oberste Klingel, und Gina betätigte den elektrischen Türöffner. Jetzt dröhnte die Musik über meinem Kopf. Im Innern des großen weißen Hauses roch es nach Mietwohnungen. Auf dem abgetretenen Läufer lag wie Herbstlaub stapelweise Post, die an ehemalige Mieter adressiert war. Hier zu wohnen war sicher nicht billig, es kostete bestimmt zweitausend Pfund im Monat, aber es hatte nicht den Anschein, als wäre hier jemand richtig zu Hause. Die Eigentümer der Wohnungen in diesem großen weißen Haus lebten alle woanders.

Ich kam an der Party im zweiten Stock vorbei, wo ich Gelächter, Gekreische und ein zu Boden fallendes Glas hörte. Die Musik, die aus der Wohnung drang, hörte sich an wie das nicht enden wollende Heulen einer Alarmanlage.

Du wirst langsam alt, Harry.

Gina öffnete die Tür zu ihrer Wohnung. Sie war blaß und verweint und hatte sich in einen kimonoähnlichen Hausmantel gewickelt, der ein paar Nummern zu groß wirkte. Vielleicht gehörte es aber auch so. Darunter trug sie ihren Schlafanzug, und ich sagte mir, wie unfair es von Cyd war, von Gina zu verlangen, daß sie im Pyjama hinunterging, um einer feuchtfröhlichen Party ein Ende zu machen.

»Ich geh mal runter und rede ein Wörtchen mit ihnen, okay?«

»Danke, Harry.«

»Wie geht's Pat?«

»Gut. Er schläft. Jedenfalls hat er geschlafen, als ich zuletzt nach ihm geschaut habe. Gott weiß, wie er das schafft.«

Ich fühlte, wie mein Herz pochte, als ich die Treppe hinunterging und an die Tür klopfte. Keine Antwort. Ich klopfte fester. Schließlich öffnete ein schlaksiger, hellhäutiger Junge mit nostalgischem Beatles-Pilzkopf. Schüler, dachte ich. Die werden wohl kaum mit dem Messer auf mich losgehen. Aber was erwartete ich in Belsize Park? Eine Gang wie die Bloods oder die Crips?

»Haben Sie alles dabei? Viermal Peppino, zweimal Speciale mit Knoblauch und eine Capricciosa«, sagte der schlaksige Kerl. »Und eine Vesuvio mit extra Peperoni. Außerdem Krautsalat und Knoblauchbrot und so.«

»Ich bin nicht der Pizzamann. Ich komme von oben. Mein Sohn und meine ... Frau können wegen eurer Musik nicht schlafen.«

Über seine hohe, knochige Schulter hinweg sah ich, daß die Wohnung mit jungen Leuten vollgestopft war, die lachten und tanzten und sich aufführten wie in einem Werbespot für Wodka. Ein kleinerer, dickerer Jugendlicher tauchte an seiner Seite auf.

»Hat er das belgische Schokoladeneis dabei?«

Der schwere, süßliche Geruch von Pott stieg mir in die Nase. Würde das meinem Sohn eine Treppe weiter oben schaden? Konnte sich mein Junge passiv bekiffen?

»Er kommt nicht von Mister Milano«, sagte der schlaksige Kerl. »Er ist von oben.«

»Von oben?« wiederholte der Dicke.

»Wir sollen weniger Krach machen.«

»Stört ihn, was?«

»Scheint so.«

Sie lachten mich aus. Ich war darauf gefaßt, daß sie mich bedrohen würden. Aber ich war nicht darauf gefaßt gewesen, daß sie mich auslachten.

»Kein Problem, Kumpel«, sagte der Dicke. »Wir werden mucksmäuschenstill sein.«

»Sie werden keinen Mucks von uns hören. Oder wie heißt das bei Mäusen? Keinen Quiekser«, ulkte der Schlaksige.

Sie hielten sich aneinander fest und schüttelten sich vor Lachen.

»Das wäre nett«, sagte ich. »Mein Sohn ist nämlich erst sieben. Er –«

»Kein Problem, Kumpel.«

Sie knallten mir die Tür vor der Nase zu. Als ich zu Ginas Wohnung hochging, sank die Lautstärke – man höre und staune – auf ein Niveau, bei dem nicht mehr die Füllungen in meinen Zähnen klapperten.

»Gut gemacht, Harry.«

Ich lächelte meine Exfrau an, als wollte ich sagen: nicht der Rede wert. Doch schon im nächsten Augenblick wurde die Musik noch lauter aufgedreht als zuvor.

»Diese Rotznasen!« rief ich und stürzte zur Tür.

»Bleib lieber hier.«

Ich sah sie an. Sie zog das kimonoähnliche Ding fester um sich, als wolle sie sich darin verstecken.

»Es geht nicht nur um diese Idioten da unten, stimmt's, Gina?«

»Stimmt.«

Ich legte den Arm um sie, und wir gingen zurück in ihre Wohnung. Diese war eindeutig teuer und eindeutig gemietet. Schwere, altenglische Möbel, blutrotes Ledersofa, an den Wänden Drucke von Gustav Klimt – Gina hatte garantiert kein einziges Stück davon ausgesucht, denn sie liebte es leicht, modern, japanisch. Die Wohnung sah aus, als hätte Königin Viktoria höchstpersönlich sie eingerichtet.

Wir setzten uns auf das blutrote Ledersofa.

»Geht es um deinen Vater?« Ich hatte sie gar nicht gefragt, was ihm eigentlich fehlte. Seit dem Tod meines Vaters ging ich fatalistischerweise davon aus, daß für einen alten Menschen jede Krankheit tödlich endete.

»Meinem Vater geht es gut.« Sie lächelte zum ersten Mal und wischte sich mit dem Handrücken die Nase ab. »Er ist ein alter Spinner. Er hat sich beim Snowboarden die Hüfte ausgekugelt.«

»Beim Snowboarden? Ich dachte, er hätte ein ernstes Problem.«

»Nur das Problem, das er sein Leben lang gehabt hat: Er will nicht erwachsen werden.«

Ich hatte meine Schuhe an der Tür abgestreift. Selbst in diesen gemieteten Räumen brauchte mir Gina nicht zu sagen, daß es ihr lieber war, wenn man die Schuhe an der Tür auszog – die japanische Art eben. Und jetzt spürte ich unter meinen Fußsohlen, wie der Boden vibrierte.

»Ich gehe noch mal runter und rede mit diesen Schwachköpfen.«

»Laß es lieber, Harry.«

»Keine Angst, die tun mir schon nichts. Das sind alles behütete Wohlstandskinder aus der Mittelschicht.«

»Im Unterschied zu uns.«

»Stimmt.«

Ich betrachtete sie. Trotz Müdigkeit, Tränen und all der Jahre, die vergangen waren, hatte sie noch immer diese Ausstrahlung, die mir bei unserer ersten Begegnung die Sprache und den Atem verschlagen hatte. Aber irgend etwas war mit Gina passiert. Etwas Schreckliches.

»Geh du mal nach Pat schauen, ja? Ich mache inzwischen Tee. Ist Jasmin okay? Ich habe nichts anderes.«

»Jasmin ist prima.«

Gina ging in die kleine Küche, und ich probierte ein paar Türen aus, bis ich die vertraute Gestalt mit dem Strubbelkopf, flach auf dem Rücken schlafend, fand.

Mein siebenjähriger Sohn lag im Schlafzimmer einer Mietwohnung in Belsize Park. Und ich lebte nur ein paar Meilen weiter mit einer anderen Frau und einem anderen Kind zusammen. Wie immer war ich fassungslos, als ich feststellte, wie sehr ich meinen Jungen liebte. Die Hip-Hop-Musik von unten ließ die Fensterscheiben in seinem Zimmer beben. Ihm schien das nichts auszumachen. Ich zog die Steppdecke mit den Motiven aus *Episode Eins* über seine Schultern und schloß so leise wie möglich die Tür.

Gina stellte zwei Tassen mit blaßgrünem Tee auf den Couchtisch.

»Er schläft«, sagte ich.

»Dieses Kind kann immer und überall schlafen. Du hättest ihn im Flugzeug sehen sollen. Über dem Atlantik hatten wir die ganze Zeit Turbulenzen, aber er hat sich nicht gerührt.«

»Was ist los, Gina? Was hast du für ein Problem?«

»Es geht um Richard. Ich habe ihn verlassen.«

Es dauerte eine Weile, bis diese Neuigkeit in mich einsickerte. »Du hast Richard verlassen? Dann ist dein Ausflug nach London also –«

»Endgültig. Wir gehen nicht zurück.«

»Aber du hast doch gesagt, ihr wollt nur ein paar Wochen bleiben ...«

»Das war ursprünglich auch so geplant. Aber jetzt gibt es keinen Grund mehr zurückzugehen. Scheiße, Harry, aber mein Leben ist ein einziges Chaos. Was tue ich hier in dieser verdammten Wohnung mit diesen bescheuerten Jungs da unten und ihrer gräßlichen Musik? Ich lande noch in der Jerry-Springer-Show, das schwöre ich dir.«

»Du landest nicht bei Jerry Springer. Was ist passiert?«

»Die Kinder sind schuld.«

Ich dachte, sie meinte Pat. Ich dachte, sie wollte sagen, daß sie Richard und Pat nicht unter einen Hut kriegte. Aber das war es nicht.

»Wir konnten keine bekommen«, erklärte sie. »Wir haben alles versucht, aber ich bin nicht schwanger geworden, und das hat unsere Ehe kaputtgemacht, Harry. Es hat sie ganz einfach kaputtgemacht.«

Ich nippte an meinem Tee, obwohl er brühheiß war. Ich wußte nicht, ob ich mir das anhören sollte. Ich wußte nicht, ob ich es hören *wollte*.

»Ich finde, zu einer Ehe gehören Kinder, Harry. Selbst wenn man ein Kind hat, ist es schwer genug zusammenzuhalten. Aber ohne Kinder – ich weiß nicht, ob das geht. Richard und ich, wir haben alle Tests gemacht. Anfangs war das in Ordnung. Wir haben sogar darüber gelacht. Er hat in einen kleinen Plastikbehälter masturbiert, und ich habe die Beine hochgelegt und sie in mir herumstochern und -fuhrwerken lassen. Sie haben nichts gefunden. Aber irgendwas stimmte nicht. Am Ende wurde die Belastung zu groß. Vielleicht wäre alles einfacher gewesen und wir hätten durchgehalten, wenn Pat nicht gewesen wäre. Es war schwer für Richard. Es ist schwer, das Kind von jemand anderem zu lieben, wenn man selbst keins haben kann.«

»Hat Richard etwa Pat die Schuld gegeben?«

»Das habe ich nicht gesagt, Harry. Aber Stiefvater zu sein ist eine undankbare Aufgabe. Ich glaube, Richard hatte irgendwann das Gefühl, daß er es nicht packt.« Sie seufzte. »Und dann habe ich seine Kreditkartenabrechnung gesehen: Blumen, Hotelzimmer, Restaurants.« Sie sah mich an. »Blumen, die ich nicht bekommen hatte. Hotelzimmer, in denen ich nie gewesen war. Restaurants, von denen ich nur gelesen hatte.«

»Wer war sie?«

»Eine Nachbarin. Eine gelangweilte Hausfrau mit drei Kindern – witzigerweise. Wenn er einen Job gehabt hätte, wäre es bestimmt irgendeine Mitarbeiterin gewesen. Aber er ist immer noch arbeitslos, und deshalb mußte er sich was im Supermarkt suchen. Und sie hatte offenbar das Gefühl, was zu verpassen.«

»Er muß verrückt sein, dich zu betrügen.«

Sie lachte nur. »Das hast du auch getan, Harry. Du auch.«

»Tut mir leid, Gina. Das mit dir und Richard tut mir leid. Und auch das mit dir und mir. Und das mit den Schülern da unten. Einfach alles.«

»Was ist nur aus uns geworden, Harry? Was ist aus dem Jungen und dem Mädchen geworden, die für immer zusammenbleiben wollten?«

»Ich weiß auch nicht. Die Zeit, schätze ich. Einfach nur die Zeit, Gina.«

»Wünschst du dir nicht manchmal, daß alles wieder so wie früher ist? So unschuldig und unkompliziert?«

Ich trank meinen japanischen Tee aus und stand auf. Jetzt war ich gestärkt, um etwas gegen die Musik zu unternehmen.

»Manchmal«, antwortete ich.

Meine Mutter schlief.

Weiß vor Erschöpfung, vollgepumpt mit Schmerzmitteln und Medikamenten gegen die Übelkeit und nichtsahnend von dem hallenden, übelriechenden Krankenhausleben um sie herum, lag sie, eine Infusionsnadel in einer blaßblauen Vene ihrer Hand, in dem kleinen Aufwachzimmer auf dem Rücken im Bett und schlief.

An einem Sonntagmittag schlafen – das hatte sie in ihrem Leben noch nicht getan, sofern man diesen postoperativen Zustand, dieses drogenbedingte Dahindämmern überhaupt Schlaf nennen konnte.

Ich setzte mich neben sie, traute mich aber nicht, sie zu berühren.

Ihr liebes Gesicht, ihre zierliche Gestalt und der Gedanke an den Verband auf der Wunde unter ihrem Kliniknachthemd – all das zerrte an meinem Herzen. Es würgte mich in meinem Innern, und ich mußte meinen Kopf abstützen.

Es waren keine Besucher da, noch nicht, und auch keine Ärzte oder Krankenschwestern. Sie hatten ihr die Brust mit dem Tumor abgenommen und waren zuversichtlich, daß die Operation ein Erfolg war.

Sie hatten mit mir durchgesprochen, was als nächstes kam. Erst Chemotherapie, dann Bestrahlung. Während der Chemotherapie würden meiner Mutter höchstwahrscheinlich die Haare ausfallen, und ihr würde übel sein. Bei der Bestrahlung würde ihre Haut kribbeln und sich röten wie bei einem starken Sonnenbrand. Doch vor allem würde sie, sobald sie aufwachte, Schmerzen im Arm verspüren, von all den Nadeln und Kanülen, und Übelkeit. Mit der Übelkeit würde sie jetzt eine Zeitlang leben müssen. Die Wunde, also der Schnitt, den man gemacht hatte, um dieses Ding zu entfernen, das sie umbringen wollte, würde noch monatelang wund und empfindlich sein und spannen.

Die Ärzte erzählten mir auch etwas, was meine Mutter mir nie erzählt hätte. Sie würde keinen Büstenhalter tragen können. Vorerst nicht. Die Wunde war noch zu frisch. Mir kam es so vor, als würde diese Krankheit mit allem Drum und Dran nur auf eins abzielen: meiner Mutter das Gefühl zu geben, daß sie keine vollwertige Frau mehr war.

Als sie alle weg waren – die zuversichtlichen Ärzte und die fidelen Krankenschwestern, der freundliche Onkologe, der warmherzige Chirurg und der lässige Anästhesist –, weinte ich bei der Vorstellung, was meine Mutter alles durchgemacht hatte und noch würde durchmachen müssen.

Selbst wenn sie dieses Ding besiegte, selbst wenn sie am Leben blieb.

»Ich hab dich so lieb«, flüsterte ich und sagte ihr Dinge, die ich, wäre sie wach gewesen, nie gesagt hätte, weil wir beide zu schüchtern und zu verlegen gewesen wären. »Das hast du nicht verdient, Mum. Du nicht. Niemand.«

Ich saß stundenlang bei ihr. Sie wachte den ganzen Sonntag nicht auf. Es schien, als würde der Schlaf Jahrzehnte dauern, wie im Märchen. Als ich ging, schwand hinter den geschlossenen Vorhängen des winzigen Zimmers gerade das Licht des Frühlingstages. Erst als ich auf dem riesigen Parkplatz des Krankenhauses nach meinem Auto suchte, fiel mir die Verabredung ein, die ich vergessen hatte.

Ich mochte die Laternen auf dem Primrose Hill.

Es waren – und sind auch heute noch – diese alten viktorianischen Straßenlampen: hoch und schwarz und mit einem klobigen Glasgehäuse obendrauf. Sie wirken wie Überbleibsel einer älteren, längst verschwundenen Stadt, wie Relikte aus dem London von Sherlock Holmes und Dr. Watson, dem London mit Waschküchennebel und Schleppkähnen auf der Themse.

Als ich den Primrose Hill erreichte, brannten die Lampen noch nicht. Die Tage wurden länger. Aber es dämmerte schon, und deshalb würden sie bestimmt bald eingeschaltet.

Die Menschen zerstreuten sich allmählich. Für Ballspiele wurde es langsam zu dunkel, die Schoßhündchen aus der Nachbarschaft hatten sich einigermaßen müde gelaufen, und die jungen Liebespärchen schlenderten Arm in Arm davon, zum Abendessen in Camden Town, Hampstead oder Swiss Cottage. Ich beschloß, einen raschen Spaziergang auf den Hügel zu machen und anschließend nach Hause zu gehen.

Auf der grasbewachsenen Kuppe des Primrose Hill ist ein Park angelegt. Von dort oben kann man meilenweit blicken. Nach unten zum Londoner Zoo und zum üppigen Grün des Regent's Park. Zum West End, zur City und zu den Docklands in der Ferne. Und, auf dem Hügel im Rücken, zu den urwüchsigen Wäldern von Hampstead Heath. Ich betrachtete meine Stadt, während es Abend wurde. Die Sterne kamen heraus, und die große Metropole begann zu funkeln.

Plötzlich sah ich sie heraufkommen. Ihr hübsches Gesicht war von der Anstrengung gerötet. Sie sah aus, als wäre sie den ganzen Tag in der Gegend herummarschiert oder zumindest, seit wir verabredet gewesen waren.

»Tut mir leid, Kazumi. Ich bin ein bißchen spät dran.«

Schwer atmend erreichte sie die Kuppe. Sie schüttelte den Kopf, und ich weiß nicht, ob sie mir damit sagen wollte, daß ihr das egal oder daß sie sprachlos vor Wut war. Dann sah sie mich auf eine Weise an, die ich sofort begriff.

Sie schien zu sagen: Küß mich, du Dummkopf.

Und das tat ich.

Genau in diesem Augenblick gingen auf der ganzen Länge und Breite von Primrose Hill, von der Prince Albert Road im Süden bis zur King Henry's Road im Norden, von St. John's Wood im Westen bis zum Grand Union Canal im Osten, die Laternen an.

DRITTER TEIL:

Das tollste Mädchen in der Geschichte der Menschheit

23

»Viagra«, schlug Eamon ungefragt vor. »Genau das richtige für einen Mann, der eine Frau *und* eine Freundin hat. Das ist es, was du brauchst, Harry: Viagra. Das Zeug ist klasse. Allerdings merkt man natürlich, daß man langsam alt wird, wenn man ihn nicht mehr runterkriegt.«

Aber ich brauchte kein Viagra, weil ich für einen Mann mit Frau und Freundin nämlich erstaunlich wenig Sex hatte.

Man könnte meinen, daß ich mich richtig verausgabte und meinen Samen in alle Himmelsrichtungen verteilte, während ich vom Ehebett auf den Futon meiner Freundin und zurück hopste. Aber Cyd war ins Gästezimmer gezogen. Die Welt, wie meine Eltern sie kannten, hatte sich auf den Kopf gestellt: Für sie gab es keinen Sex vor der Ehe. Für mich keinen danach.

Wir schliefen getrennt, weil ich normalerweise lange nach Mitternacht zu Bett ging, während es Cyd passieren konnte, daß sie schon kurz nach den 22-Uhr-Nachrichten in den Federn lag, ein Täßchen Kamillentee auf dem Nachttisch. Wir gaben beide der Arbeit die Schuld, weil es einfach zu traurig gewesen wäre, uns einzugestehen, daß unsere Probleme nicht nur mit unseren unterschiedlichen Zeitplänen zu tun hatten, sondern viel tiefer gingen.

Nachdem sie es abgelehnt hatte, *Food Glorious Food* an Luke Moore zu verkaufen, ging es bei ihr erst richtig rund. Plötzlich brach eine Flut von sogenannten »Breakfast Meetings« über sie herein, bei denen sie das Catering übernehmen sollte, frühmorgendliche Veranstaltungen in der City und im West End, bei denen Geschäftsleute Croissants, Pains au Raisins und sechs verschiedene Arten von Bagels vertilgten. Und während meine Frau deshalb zeitig schlafen ging, war ich oft bis in die frühen Morgenstunden unterwegs, um Eamon bei seinem Wiedereinstieg als Stand-up-Comedian beizustehen.

Jetzt, wo es für ihn mit dem Fernsehen vorbei war, kehrte Eamon zu seinen Wurzeln zurück und machte zum ersten Mal seit Jahren wieder ein Stand-up, ja, sogar irgend so ein Open-Mike-Zeug, und spielte mit dem Gedanken, mit seiner Nummer durchs Land zu tingeln. In der Anfangsphase sprang noch kein Geld heraus, und meine Ersparnisse schmolzen auch zunehmend dahin, aber wir hatten beide das Gefühl, daß dies der einzige Weg für ein Comeback war. Er trat in kleinen Clubs auf, die oft nicht viel mehr als ein Keller waren und in denen wir einfach so aufkreuzen konnten. Und ich lernte, daß jeder Komiker davon träumt, Stand-ups zu machen, so wie sich jeder Clown danach sehnt, Hamlet zu spielen.

Hier war er in seinem Element, hier wurde er wirklich auf die Probe gestellt – von seiner Nervosität, seinen eigenen Grenzen und von den Betrunkenen. Wir schlugen uns die Abende also in stickigen Kellerräumen um die Ohren, und er war mal gut, mal weniger gut, aber immer witziger als seine Zwischenrufer – »Kenne ich Sie nicht von der medizinischen Fakultät? Sie waren doch der im Einweckglas«. Ich fragte mich, ob er wirklich ohne Re-Takes, Teleprompter, einem kompletten Produktionsteam und Kokain zum Mutmachen klarkam.

Eamons Comeback kostete mich eine Menge Zeit, aber ehrlich gesagt nicht meine ganze. Manchmal sagte ich zu Cyd, ich würde mich mit Eamon treffen, obwohl ich mich in Wirklichkeit mit Kazumi traf. Und wenn ich ihr überhaupt nichts sagte, machte es ihr anscheinend auch nichts aus.

Ich war spätnachts unterwegs, meine Frau frühmorgens. Wir wußten beide, daß dies nicht allein an unserer Arbeit lag. Sie telefonierte in letzter Zeit immer wieder lange mit ihren Schwestern und ihrer Mutter in den Staaten, weil sie sich – wie ich vermutete, und ich glaube, ich lag mit meiner Vermutung richtig – mittlerweile ernsthaft überlegte, ob sie nicht nach Hause zurückgehen sollte. Unser Problem, also das Problem, das meine Frau und ich miteinander hatten, bestand darin, daß wir uns einfach keine gemeinsame Zukunft vorstellen konnten. Wir liebten uns noch immer, aber wir behandelten uns mit einer Höflichkeit und Förmlichkeit, die mir das Herz brachen. Außerdem hatten wir keine Ahnung, wie es mit uns weitergehen sollte.

»Laß uns einfach abwarten, was meinst du?« schlug Cyd vor, als sie im Gästezimmer ihr Bett machte.

Also warteten wir ab. Ein Mann und eine Frau in einer Ehekrise – nichts Ungewöhnliches. Trotzdem kam es uns so vor, als gäbe es auf der Welt nichts Traurigeres als dieses Gefühl, daß das, was noch zwischen uns war, nicht gut genug war, um zu bleiben, und nicht schlecht genug, um zu gehen.

Obwohl es keinen Sex nach der Ehe gab, gab es auch keinen in Primrose Hill, in der Wohnung, die sich Kazumi mit einer jungen Schwedin teilte, die im zweiten Jahr an der Royal Academy of Music studierte. Es war, als hätte mir unser Kuß in der Abenddämmerung hoch über London zwar eine Tür geöffnet, aber als stünde ich nun vor einem verschlossenen Tor.

Wenn Kazumi und ich, angekleidet und bei zugezogenen Vorhängen, auf ihrem schmalen Bett lagen, hörten wir ihre Mitbewohnerin im Zimmer nebenan oft Cello üben. Sie war so gut, daß uns ihre Musik nie störte. Es hatte etwas seltsam Beruhigendes, wenn die wirbelnden, romantischen Klänge von Chopin, Elgar oder Haydn durch die dünne Wand sickerten, all diese Leidenschaft, die für mich unerreichbar schien. Die Mitbewohnerin spielte Stücke, die ich von irgendwoher kannte, auch wenn ich nicht wußte, woher, aber auch Musik, die ich noch nie gehört hatte. Ein Stück, das sie immer wieder spielte – eine Prüfung stand vor der Tür –, war »Lied ohne Worte« von Mendelssohn.

Kazumis Mitbewohnerin hätte genausogut Rechnungswesen oder Baumpflege studieren können, aber Romantik ist nun mal ein Zusammentreffen glücklicher Umstände, und die Tatsache, daß sie die schönste Musik spielte, die je komponiert wurde, während Kazumi keusch in meinen Armen lag, schien mir vorherbestimmt, in die Sterne geschrieben, und gab mir das sichere Gefühl, am richtigen Ort zu sein.

Diese Musik wäre die perfekte Untermalung für ein paar leidenschaftliche Stunden gewesen. Aber Kazumi wollte das nicht. Kazumi wollte nicht mit mir schlafen. Genau wie meine Frau.

»Ich möchte nicht dein schmutziges kleines Geheimnis sein«, sagte Kazumi. »Das klappt nie. Ständig die Angst, zusammen gesehen zu werden oder jemandem in die Arme zu laufen, den man kennt. Was für ein Leben ist das? Du kannst mich anrufen, aber ich dich nicht. Und all die Fragen, die ich dir stellen müßte. Zum Beispiel, ob du noch mit deiner Frau schläfst.«

»Die Antwort darauf kann ich dir sofort geben.«

»Nein.« Sie legte mir einen Finger auf die Lippen. »Ich will nicht, daß du anfängst, mich zu belügen. Und selbst wenn sie ihre Frauen verlassen, klappt es nicht. Was weiß ich, warum. Vielleicht ist der Preis zu hoch.«

Ich war hin- und hergerissen. Ich wollte für sie beide da sein. Sie beide lieben. Kazumi und Cyd. So, wie beide es verdienten. Aber ich wußte schon jetzt, daß das unmöglich war.

Man kann zwei Frauen gleichzeitig lieben, aber nicht so, wie sie es verdienen.

Also suchte ich fieberhaft nach einem Ausweg, nach einer Tür, die aus diesem Chaos herausführte. Bei Kazumi und bei Cyd. Manchmal, wenn ich fast durchdrehte, weil mir alles zuviel wurde und die Musik plötzlich aufhörte, wünschte ich mir, daß mir eine von beiden – Cyd oder Kazumi, egal wer – etwas beichtete, das so schmerzlich war, daß es mich von ihr forttrieb und ein für allemal klare Verhältnisse schuf.

»Du verstehst anscheinend eine Menge von Sex mit verheirateten Männern, Kazumi. Wie kommt es, daß du so eine Expertin bist?«

»Das ist unwichtig.«

»Ich möchte es aber wissen.«

»Nicht ich. Eine Freundin.«

»Eine Freundin? Natürlich.«

»Wirklich.«

»Und wer ist diese geheimnisvolle Freundin? Lebt sie hier?«

»Nein. In Japan. Eine gute Freundin in Japan.«

Da fiel bei mir endlich der Yen.

»Wie hieß sie, diese Freundin, die was mit einem verheirateten Mann hatte?«

Auf der anderen Seite der Wand schwelgte ein Cello in getragener Melancholie. Wieder »Lied ohne Worte«. Die Prüfung mußte unmittelbar bevorstehen.

»Gina«, sagte Kazumi. »Sie hieß Gina.«

Meine Ärztin war der Ansicht, daß ich unter dem sogenannten »Weißkittel-Syndrom« litt.

»Sie sehen einen Arzt«, sagte sie lächelnd mit ihrem hinreißenden italienischen Akzent, der sie an manche Wortenden unerwartet einen Vokal anhängen ließ, »und Ihr Blutdruck gerät außer Rand und *Band-a.*«

Sie hatte nicht ganz unrecht. Wenn ich zu ihr in die Praxis kam, lag mein systolischer Blutdruck gewöhnlich um die 180 und mein diastolischer Blutdruck um die 95. Meine Ärztin ließ mich zehn, fünfzehn Minuten liegen und maß dann erneut. Das Ergebnis fiel danach jedesmal deutlich besser aus – ungefähr 150 zu 90. Das war nicht berauschend, aber es bedeutete zumindest, daß ich nicht akut von einem Schlaganfall bedroht war.

Weißkittel-Syndrom. Hm, vielleicht. Mir war klar, daß das etwas mit meinem Herzen zu tun hatte. Was meine Ärztin bei ihrer Diagnose allerdings nicht berücksichtigt hatte, war die Tatsache, daß ich direkt von zu Hause in ihre Praxis kam. Insofern konnte mein Blutdruck bis zu einem gewissen Grad als Indikator für das Leben mit meiner Frau gewertet werden, dieses freudlose, festgefahrene Leben mit getrennten Betten, Patchworkfamilien und einem Exmann, der nächste Woche heiraten würde. Klar, daß mein Blutdruck himmelhoch war. Wie sollte er sonst sein?

Während ich auf der Couch lag und dem fernen Dröhnen des Verkehrs in der Harley Street lauschte, wanderten meine Gedanken zum erfreulicheren Teil meines Lebens. Die erste Messung spiegelte mein Leben mit Cyd wider. Die zweite mein anderes, mein geheimes Leben, mein Leben mit Kazumi.

Ich kannte sie jetzt. Sie war nicht nur eine hübsche junge Frau, die mir aufgefallen war. Ich wußte über ihre Kindheit Bescheid, über ihren Vater, den kleinen Angestellten, der sich nach der Arbeit sinnlos betrank, und über die Mutter, die ihren Traum, in der Welt herumzureisen, für einen Mann aufgegeben hatte, der sie nicht liebte. Ich wußte von Kazumis gescheiterter Ehe und wieviel Mut es sie gekostet hatte, nach London zu gehen, um von vorn anzufangen, und ich wußte, wie ihr Gesicht, wenn sie mit ernster Miene vor sich hin träumte oder in Gedanken versunken war, urplötzlich vor Glück aufleuchten konnte, ganz ohne Vorwarnung, wie die altmodischen Laternen auf dem Primrose Hill.

Ich wußte aber auch, daß es nicht dasselbe war, wie mit jemandem ein reales Leben aufzubauen. Es war nicht dasselbe, wie wenn man sich in der Alltagsmühle mit all den Dingen herumschlägt, die kaputtgehen können – Waschmaschinen, Boiler, Autos, Familien, Ehen –, aber sie war und blieb das Süßeste, was ich in meinem Leben hatte, und auch das war real, realer als alles andere. Kazumi und ich redeten miteinander. Wir redeten über alles, außer über meine Frau, natürlich. Über sie redeten wir nie.

»Wir müssen bei Ihrer Behandlung etwas aggressiver vorgehen«, sagte meine Ärztin.

Sie änderte die Verordnung. Statt einmal täglich 40 mg Zestril sollte ich nun 20 mg Zestril und 20 mg Zestoretic nehmen.

Aber in meinem Herzen, meinem wie verrückt pumpenden, liebeskranken Herzen, fühlte ich, daß gegen das, worunter ich litt, mit Pillen allein nichts auszurichten war.

Wie viele Mädchen und Frauen hatte ich mit nach Hause gebracht, um sie meiner Mutter vorzustellen?

Nicht jedes Mädchen, mit dem ich ins Kino, und nicht jede Frau, mit der ich ins Bett gegangen war. Aber wenn man allein die Freundinnen aus meiner Teenagerzeit und meine zwei Ehefrauen zählte, dürfte man bereits im zweistelligen Bereich landen. Während Kazumi und ich mit dem Auto aus der Stadt hinausfuhren, bis deren Ausläufer schließlich sommerlichen Feldern wichen, wurde mir bewußt, daß das Kriterium, warum ich eine Frau meiner Mutter vorstellte, immer dasselbe gewesen war: Diese, diese ganz besondere, würde die letzte sein, die ich je mit nach Hause bringen würde. Warum messen wir eigentlich der ersten so viel Bedeutung bei? Es ist die letzte, die zählt.

In dieser Phase ihres Lebens hätte ich meine Mum gern mit meinen jüngsten häuslichen Verwerfungen verschont. Aber es kam überhaupt nicht in Frage, ihr zu erzählen, daß Kazumi nur eine Freundin war.

Meine Mutter wußte, daß es so etwas für einen Mann, der in einer Ehekrise steckte, nicht gab.

Das alte Haus an einem Sonntagnachmittag.

Pat machte uns auf. Er lächelte Kazumi an, konnte sich aber keinen rechten Reim darauf machen, was sie hier tat. Meine Mum saß im Wohnzimmer auf dem Teppich und ließ mit ruhiger, konzentrierter Miene die Schultern kreisen. Sie stand auf, leicht verlegen, weil wir sie dabei überrascht hatten, doch gleich darauf küßte sie Kazumi, als würde sie sie schon ewig kennen.

»Hallo, meine Liebe, ich mache gerade meine Übungen.«

Meine Mutter war durch die Hölle gegangen, aber sie tat, als wäre es ein Spaziergang im Park gewesen.

Nach der Operation und der Bestrahlung waren die Muskeln in ihrem rechten Arm hart und steif. Man hatte ihr Gymnastikübungen gezeigt, damit sie die Schmerzen in den Griff bekam, und andere, damit ihr rechter Arm wieder gebrauchsfähig wurde. Sie machte diese Übungen bereitwillig, ohne ein Wort der Klage, und mir wurde klar, daß sie härter im Nehmen war als alle Männer in ihrem Leben, mich eingeschlossen.

»Die muß ich zwei Jahre lang machen, Süße«, sagte sie zu Kazumi. Meine Mum brauchte eine Person nur fünf Sekunden zu kennen, schon fing sie an, sie »meine Liebe«, »Schätzchen« oder »Süße« zu nennen. »Jedenfalls haben sie das gesagt.«

Kazumi, Pat und ich sahen zu, wie meine Mum aus Rücksicht auf uns ihr Übungsprogramm ruck, zuck herunterspulte. Sie führte uns Schulterkreisen, Haarebürsten, Aufstehen mit Abstützen, Rückenkratzen und Armbeugen vor. Stolz verkündete sie die Namen ihrer Übungen, so wie sie einst die Tänze Walin' Wazi, Lost in Austin und Four-Star Boogie aufgezählt hatte.

Ich wußte, daß diese Übungen noch das Geringste waren. Mit ein bißchen Stretching wäre es allerdings nicht getan. Auch nach der grauenhaften Operation, die nötig gewesen war, um ihr Leben zu retten, konnte sie diese Sache nie wirklich ad acta legen. Die Kontrolluntersuchungen, die Übungen, die Medikamente, die Angst, daß der Krebs wiederkam – das alles war eine Sache von Jahren.

Meine Mutter hatte ein Kribbeln im Arm und quälende Schmerzen in der Brust. Als wir bei Tee und Keksen zusammensaßen, fiel mir auf, daß sie sich angewöhnt hatte, immer wieder ihre Hand zu untersuchen.

Man hatte ihr ein paar Lymphknoten in der Achselhöhle entfernt und ihr gesagt, daß dies ein Lymphödem zur Folge haben könne, eine Flüssigkeitsansammlung im Gewebe. Deshalb solle sie auf Schwellungen auf der betroffenen Seite, also auf der rechten, achten, und das tat sie pausenlos. Vielleicht würde sie ab jetzt nichts anderes mehr tun. Etwa alle fünf Minuten begutachtete sie ihre Hand und hielt Ausschau nach Anzeichen für den Anfang vom Ende.

Nach der Chemotherapie fühlte sie sich, als hätte sie den schlimmsten Kater der Welt, einen Kater, der nicht besser werden wollte. Gnädigerweise fiel ihr das Haar nicht aus. Nach der Bestrahlung war sie müde und wund und fühlte sich, als wäre sie in der sengenden Sonne eingeschlafen. Doch sie lachte über Dinge, die gestandene Mannsbilder wie mich in einem dunklen Raum vor Verzweiflung hätten wimmern lassen.

»Ich hatte mich schon darauf gefreut, daß mir das Haar ausfällt«, sagte sie und lächelte verschmitzt. »Dann hätte ich nämlich meine Dolly-Parton-Perücke tragen können.«

Pat lachte verständnisvoll. Er begriff nicht allzuviel von dem, was hier vor sich ging, obwohl meine Mum und ich die Broschüre *Wie rede ich mit meinen Kindern über Brustkrebs?* Wort für Wort studiert hatten (»Wenn Sie es fertigbringen, mit Ihrer Familie offen und ehrlich über jeden Schritt zu reden, werden Sie hoffentlich feststellen, daß sie ein Quell der Liebe und Unterstützung sein kann.«). Aber er kannte die Signale, die darauf hinweisen, daß gerade ein Witz gemacht wird – neckischer Tonfall, hochgezogene Brauen, Augenrollen –, und reagierte jedesmal bereitwillig und voller Begeisterung.

Mir fiel es wesentlich schwerer, mich zu einem Lächeln durchzuringen, weil ich wußte, daß mein Sohn ausgewachsen sein würde, bevor wir behaupten konnten, daß meine Mutter dieses Ding in ihr drin wirklich besiegt hatte. Jahre, es würde Jahre dauern. Das Beste, was passieren konnte, würde Jahre dauern. Das Schlimmste konnte jeden Augenblick eintreten.

Sie bekam täglich 20 mg Tamoxifen, ein Hormonpräparat, durch das sie sich wie in einer zweiten Menopause fühlte. Sie würde es fünf Jahre lang nehmen müssen. Nach zwei Jahren würde sie vielleicht keine Übungen mehr machen müssen. Vielleicht. Mal schauen, was die Ärzte sagten. Abwarten hieß die Parole.

Es gab noch immer viele Dinge, über die sie mit mir nie sprechen würde, Dinge, die ich erraten, den Chirurgen und den Freundinnen meiner Mum entlocken, all den rosafarbenen und violetten Broschüren entnehmen mußte. »Frauensachen« würde meine Mutter sie nennen.

Wegen der Narbe, die weiterhin wund und empfindlich war, durfte sie nach wie vor keinen Büstenhalter tragen. Mir erschien das wie eine grausame Schmach, und wieder kam mir der Gedanke, daß dieser sadistische Krebs es offensichtlich darauf anlegte, daß meine Mutter sich nicht mehr als vollwertige Frau fühlte.

Trotzdem nahm sie all die Erniedrigungen, Schmerzen und Schrecken klaglos hin, mit ihrem gutmütigen, lakonischen Pragmatismus, den sie ihr Leben lang unter Beweis gestellt hatte. Sie ging frischen Tee machen, und dabei lächelte sie mir über Kazumis Schulter hinweg zu, zog die Augenbrauen hoch und nickte kaum merklich. Ich kannte diese Geste. Ich hatte sie gesehen, als ich Gina zum ersten Mal mit nach Hause brachte. Und auch bei Cyd. Diese Geste hieß soviel wie: »Sie ist ein Prachtmädel!«

Kazumi saß mit Pat im Wohnzimmer auf dem Boden. Natürlich, sie waren sich schon einmal begegnet, damals, als sie ihn in Ginas Garten fotografiert hatte, und es freute und beunruhigte mich gleichzeitig, daß sich mein Sohn so gut an sie erinnerte.

Würde er Kazumi Gina gegenüber erwähnen? Oder, noch schlimmer, gegenüber Cyd? Wie konnte ich mich aus der Affäre ziehen? Kazumi war geduldig und freundlich mit ihm, sie spielte mit einem seiner Videospiele, und er sah ihr neugierig und erfreut zu. Ich fürchtete, mein Sohn begriff mehr, als mir lieb war. Obwohl er noch nicht einmal acht Jahre alt war, hatte er längst kapiert, worauf es im Leben ankam. Oder zumindest im Leben seines alten Herrn.

Wären Pat und ich irgendwann einmal in einer ähnlichen Situation? Wäre ich in rund dreißig Jahren ein alter Mann, der gegen eine Krankheit kämpfte, und mein längst erwachsener Sohn geschieden und drauf und dran, es noch einmal zu versuchen? Und würde mein erwachsener Sohn, während ich um mein Leben rang, noch immer junge Frauen mit nach Hause bringen, damit ich sie absegnete, und sich benehmen, als wäre er noch nie verliebt gewesen?

Kazumi kam mit Pat prima zurecht. Sie lachten und spielten zusammen, und obwohl ich wußte, daß es unfair war, sie mit Cyd zu vergleichen, der die undankbare Rolle der Stiefmutter zufiel, mußte ich einfach feststellen, daß es mit ihr unkomplizierter war.

Kann sein, daß alles anders gewesen wäre, wenn wir zusammengelebt hätten. Nein, es wäre sogar bestimmt anders gewesen. Aber während Kazumi und Pat *Zerbombt das All, Teil I* spielten, träumte ich davon, mit den beiden durchzubrennen. Nach Paris oder nach Kerry oder sonstwohin, Hauptsache weit weg. Ich schaute meinem Sohn und Kazumi zu und sagte mir, daß es noch nicht zu spät war, um noch mal von vorn anzufangen. Und als ich an das unendlich gütige Gesicht meiner Mutter dachte, wollte ich auch sie unbedingt auf die Reise mitnehmen, damit wir mal etwas anderes sahen, solange wir es noch konnten und es noch nicht zu spät war. Am liebsten wäre ich mit allen dreien von hier weggegangen.

Meine Mum kam mit dem Tee und Keksen zurück, und ich zeigte ihr die Prospekte, die ich mitgebracht hatte. Sie faßte sie so vorsichtig an, als müsse sie sie ihrem rechtmäßigen Besitzer zurückgeben.

»Nashville, Mum. Die Heimat der Country-music. Hör dir das an, Mum. Wir könnten zusammen hinfahren. Mit Pat. In den Ferien. Und mit Kazumi, falls sie nicht zuviel arbeiten muß. Mal richtig Urlaub machen. Hör mal, Mum: *Jährlich reisen sechs Millionen Menschen nach Nashville in Tennessee, in die Heimatstadt der Country-music. Genießen Sie den Glitter und Glimmer der Grand Ole Opry, des Music Row und der Country Music Hall of Fame. Erleben Sie den Nashville Sound von Hank Williams, Patsy Cline, Jim Reeves, Kenny Rogers und Shania Twain.* Hört sich toll an, nicht wahr, Mum?«

Aber meine Mum war anders als ich. Sie träumte nicht davon wegzulaufen. Sie wollte hierbleiben.

»Das hört sich wundervoll an, mein Schatz, aber ich bin in meinen eigenen vier Wänden glücklich.«

Sie legte den Prospekt beiseite. Da wurde mir klar, daß meine Mutter es nie nach Nashville schaffen würde. Das war der Unterschied zwischen uns beiden: Im Gegensatz zu mir glaubte meine Mutter nicht, daß das Glück immer woanders war.

»Ich mache gern Urlaub«, sagte sie zu Kazumi. »Mein Mann und ich sind jedes Jahr irgendwohin gefahren. Nach Cornwall und Dorset, als Harry noch klein war. Wir waren sogar ein paar Mal in Norwegen. Einer meiner Brüder ist nach dem Krieg dorthin gezogen, er hatte ein reizendes Mädchen kennengelernt. Ich hatte sechs Brüder. Hat Harry Ihnen das erzählt?«

Kazumi machte ein beeindrucktes Gesicht. Sie hatte den Bogen schnell heraus.

»Später dann, als Harry nicht mehr mitkommen wollte, fuhren wir nach Spanien«, erzählte meine Mum weiter. »Aber mir gefällt es hier. Verstehen Sie, was ich meine? Ich mag dieses Gefühl, das man zu Hause hat, ein Gefühl, das man im Urlaub nicht hat, weil man dort nicht in seiner vertrauten Umgebung ist. Das Gefühl, zu einer Familie zu gehören, verstehen Sie?«

Meine Mum blickte auf ihre Hände hinab, als bewundere sie ihren knallroten Nagellack oder suche nach Anzeichen für ein Lymphödem, aber vielleicht betrachtete sie auch nur ihren Ehering, dieses schlichte Band aus poliertem Gold, das eine ganze Welt beinhaltete.

24

Ich hatte noch nie erlebt, daß sich jemand so freute, ein Kind zu bekommen.

Als ich vom Laufen aus dem Park kam, stand sie auf der Treppe und lachte und weinte gleichzeitig.

»Ich bin *schwanger*«, sagte sie, als sei es das Beste, was ihr passieren konnte. Gleich darauf lag sie in meinen Armen, und später, als wir unsere Glieder entknäult hatten, uns anstarrten und laut lachten, weil wir unser Glück kaum fassen konnten, zeigte sie mir die blaue Linie des Schwangerschaftstests – diese dünne, blaue, unstrittige Linie.

In den darauffolgenden Tagen und Wochen machte sie noch mehr Schwangerschaftstests und wartete jedesmal gebannt auf die blaue Linie, als wäre das alles zu schön, um wahr zu sein. Vielleicht gibt es noch andere schwangere Frauen, deren Lieblingsbeschäftigung es ist, Schwangerschaftstests zu machen, obwohl sie die Antwort bereits kennen, obwohl ihnen das glückliche Ergebnis bereits Dutzende von Malen bestätigt wurde.

Aber Gina war die erste Frau, die ich wirklich kannte.

Die erste Frau, mit der ich zusammenlebte, die erste Frau, die ich heiratete. Für sie waren die täglichen Schwangerschaftstests ein unerschöpflicher Quell des Staunens, und selbiges war sie für mich.

Das lag nun fast neun Jahre zurück. Die Welt hatte sich weitergedreht und tat dies noch immer, und meine Frau war inzwischen nicht nur meine Exfrau, sondern im Begriff, die Exfrau eines weiteren Mannes zu werden. Ständig wird über die Scheidungsrate und die Quote der gescheiterten modernen Ehen geredet! Bei meiner Exfrau und mir lag diese Quote anscheinend bei einhundert Prozent.

Die dünne blaue Linie hatte für das Klopfen eines winzigen Herzens in ihrem Leib gestanden. Dieser Hauch von einem Leben war mittlerweile ein knapp acht Jahre alter Junge, der sich wöchentlich veränderte und dem nun die Zähne wuchsen, die bis zum Tag seines Todes halten mußten, und das Leben, das er führte – er sprang von einem Zuhause zum nächsten, von einer Schule zur nächsten und von einem Land ins andere, erlebte mit, wie Ehen in die Brüche gingen, und machte die Erfahrung, daß die Erwachsenenwelt schwach, ja zerbrechlich und fehlbar ist –, raubte ihm offenbar seine – nun, ich weiß auch nicht, wie man es nennen könnte.

Seine Aura der Unschuld. Den Lichtschein, der ihn als kleiner Junge umgeben und fremde Menschen auf der Straße veranlaßt hatte, stehenzubleiben und ihn anzuschauen.

Pat ist nach wie vor ein Junge, wie man ihn unter einer Million nur einmal findet. Er hat noch immer diese besondere Ausstrahlung. Für mich ist er nach wie vor das schönste Kind der Welt. Aber das Leben hat ihm den engelhaften Glanz geraubt. Er ist weg und wird nie wiederkommen, und obwohl es durchaus sein kann, daß wir alle diesen engelhaften Glanz irgendwann verlieren, werde ich das Gefühl nicht los, daß Gina und ich – wir hielten den ersten Schwangerschaftstest in der Hand, als wäre er so kostbar wie unser Baby selbst – die Hauptschuld tragen. Wir hätten es besser machen können, unserem Jungen zuliebe. Aber in der Stimmung, in der Gina gerade war, machte sie ihren jüngsten Exmann für alles verantwortlich.

»Ostern, ja? Sollte eigentlich kein Problem sein, oder? Man könnte meinen, daß Ostern nicht allzuviel Zündstoff für einen Ehestreit bietet.«

Wir saßen in der winzigen Küche ihrer Wohnung und tranken Jasmintee. Ihre Liebe zu Japan, diese Sehnsucht nach dem

Leben, das sie für die Ehe, für mich und Pat aufgegeben hatte – sie würde nie darüber hinwegkommen, sie würde nie aufhören, das Leben zu vermissen, das sie nie kennengelernt hatte.

»Aber Richard hat doch tatsächlich an dem Osterei rumgemeckert, das ich für Pat gekauft hatte. Kannst du dir das vorstellen?«

Pat erschien in der Türöffnung.

»Darf ich mir *Episode Eins* auf DVD ansehen?« fragte er Gina.

»Nein, du gehst gleich mit deinem Vater raus.«

»Nur ein paar von den *Extra Features*. Ein paar gestrichene Szenen. Und das Interview mit dem Regisseur. Und das *Making Of*.«

»Na schön.«

Pat trollte sich. Aus dem Wohnzimmer dröhnte aufwühlende Orchestermusik herüber. »Dabei war das Osterei, das ich gekauft habe, verdammt schön, Harry. Aus Milchschokolade, mit kleinen Herzen aus rotem Zuckerguß drauf. Und mit einer großen lila Schleife um den Bauch. Aber Richard, stell dir das vor, Richard hat gesagt, so ein Ei kaufe man für den Menschen, den man liebe, aber nicht für ein Kind. Ein Osterei für den Menschen, den man liebt! Das hat er gesagt. Er hat gesagt, so ein Ei kaufe man für seinen Ehemann oder seine Ehefrau. Kannst du dir vorstellen, wie kleinlich dieser Mensch ist? Als dürfte ich für meinen Sohn nicht das Osterei kaufen, das mir gefällt, verdammt noch mal …«

»Redet ihr noch miteinander?«

Sie lächelte. »Hast du schon mal vom ›Alte-Kuh-Syndrom‹ gehört?«

»Ich glaube nicht.«

»Wenn ein Bulle sich einmal mit einer Kuh gepaart hat, hat er kein Interesse mehr an ihr. Da kann die Kuh noch so niedlich sein, das ist dem Bullen schnurzegal. Das nennt man das ›Alte-Kuh-Syndrom‹.«

»Ist das so?«

Sie nickte. »Einmal reicht dem Bullen. Egal, wie attraktiv die Kuh ist, er hat kein Interesse mehr. Für mich alte Kuh läuft es genau anders herum: Wenn ich mit jemandem fertig bin, dann für immer.«

Sie brachte mich zum Lachen. In ihrer Stimme schwang Verbitterung mit, und ich ahnte, daß auch für sie das neue Leben hart war. Es war hart für jeden alleinerziehenden Elternteil. Und genau das war Gina jetzt, auch wenn ich es kaum glauben konnte. Sie war wütend, verdrossen, traurig. Trotzdem empfand ich eine ungeheure Zuneigung für diese Frau, die mir einmal nähergestanden hatte als irgend jemand sonst auf dieser Welt. Eine Frau, die heute höchstwahrscheinlich meine beste Freundin wäre, hätten wir nicht alles kaputtgemacht, indem wir heirateten.

Zum ersten Mal kam es mir so vor, als wäre unsere Ehe nicht gescheitert. Jedenfalls nicht ganz. Gut, wir hätten es besser machen können, allein schon Pat zuliebe. Wir hätten netter zueinander sein können. Aber wir waren sieben Jahre zusammengewesen, wir hatten ein süßes, liebevolles Kind gezeugt, dessen bloße Existenz diese Welt verbessern würde, und wir konnten noch miteinander reden. Meistens jedenfalls. Wenn sie nicht gerade die alte Kuh und ich nicht den alten Bullen spielte. Wer wollte also behaupten, unsere Ehe sei gescheitert? Ein paar schöne Jahre und ein großartiges Kind – vielleicht war das schon mehr, als man erhoffen durfte.

Gina und ich hatten viel durchgemacht, und trotzdem konnten wir zusammen in einem Raum sitzen und Jasmintee trinken, während sie sich über ihren künftigen Exmann ausließ. Tief in unserer gemeinsamen Geschichte hatten Gina und ich etwas, was Cyd und mir fehlte.

Es hatte mit der blauen Linie zu tun.

Es hatte mit dem Tag zu tun, an dem ich vom Laufen aus dem Park kam und Gina mir, halb lachend, halb weinend, mitteilte, daß wir ein Kind bekamen.

Das war Cyd und mir nicht vergönnt gewesen, diese Hoffnung, diese Freude und diese Zuversicht, die Gina aus der blauen Linie bezog, dieser dünnen blauen Linie, die für uns das Morgen bedeutete, unsere Investition in die Zukunft.

»Aber sicher, das ist ja auch mit nichts zu vergleichen«, frotzelte Eamon. »Eine reine, keusche Liebe aus der Entfernung. Da geht nichts drüber – außer vielleicht wilder, ungeschützter Sex, bei dem man sie von hinten so richtig rannimmt. Doch, das ist noch einen Tick besser.«

Fast wünschte ich mir, ich hätte ihn angelogen und ihm nie erzählt, daß Kazumi und ich unsere Beziehung noch nicht »vollzogen« hatten.

»Sie versteht mich.« Das stimmte. Kazumi wußte, was ich mit meiner Mutter durchmachte. Und mit meinem Sohn. Und sogar, auch wenn wir nicht lang und breit darüber redeten, mit meiner Frau.

»Sie versteht dich allzu gut, Harry.« Eamon trank einen Schluck Mineralwasser und fuhr sich mit der Hand durch seine dichten schwarzen Locken. »Sie spielt mit dir, Mann. Laß dich von diesem artigen Getue nicht einlullen. Von wegen ›Hallo, liebe Blumen, hallo, lieber Himmel‹!«

»Was meinst du damit?«

»Kazumi hat kapiert, daß ein Mann das Interesse verliert, wenn er kriegt, was er will.«

Wir saßen in Eamons Garderobe in einem Comedy Club im East End. Die Garderobe war eher ein Besenschrank, verglichen mit dem, was wir vom Fernsehen gewöhnt waren, und der Club war eigentlich eine altbackene, rauchgeschwärzte Pinte, die den verspäteten Versuch unternommen hatte, auf den Comedy-Zug aufzuspringen.

Ihn trennten andererseits aber auch nicht Welten von den Orten, an denen Eamon aufgetreten war, bevor das Fernsehen bei ihm angeklopft hatte. Was sich allerdings geändert hatte, war Eamons Einstellung zu Frauen. Der unbekümmerte Lustmolch von einst ermahnte mich zur Vorsicht und zog alle Register, um mich dazu zu bewegen, zu meiner Frau zurückzugehen und mit diesem Wahnsinn aufzuhören. Die Sucht hatte bei Eamon das bewirkt, was sie bei vielen Menschen bewirkt.

Sie hatte in ihm die Sehnsucht nach Beständigkeit geweckt.

»Du hast alles vermasselt, Harry. Du hast zu viele von den falschen Frauen gevögelt und zu viele von den richtigen ausgenutzt, wie deine eigene.«

Er hatte schon immer eine Schwäche für Cyd gehabt.

»Du bist in fünf Minuten dran«, erinnerte ich ihn.

Aber er ließ nicht locker. Eamon, der – von Kazumis Cello spielender Mitbewohnerin abgesehen – als einziger über uns Bescheid wußte, war der Meinung, daß alles anders aussehen würde, wenn ich Kazumi nur ins Bett kriegte. Ich würde sie mir dann bestimmt aus dem Kopf schlagen. Wenn Kazumi und ich Sex miteinander hätten, so Eamon, wäre sie für mich ganz einfach nur ein Mädchen wie alle anderen. Genau das war sie bisher nämlich nicht für mich: ein Mädchen wie alle anderen. Aber ich glaubte nicht daran, daß Sex, sofern es irgendwann dazu kam, etwas ändern würde. Danach hätte ich höchstens das Gefühl, nicht mehr ohne sie leben zu können.

»Ist dir eigentlich klar, was du da machst, Harry? Du willst, daß der schönste Teil nie aufhört.«

»Der schönste Teil?«

»Die Jagd aufs Weib, die Werbephase, die fiebernde Vorfreude – das ist doch das Schönste an allem, oder nicht? Wenn wir mal ehrlich sind, ist das um Längen besser als alles, was danach kommt.«

»Erinnere mich bitte daran, daß ich nie mit dir ins Bett gehe.«

»Du willst nicht, daß das Schöne in eurer Beziehung stirbt. So wie es bei Gina gestorben ist. Und bei Cyd, deiner Frau. Und bei allen anderen Frauen, die du gekannt hast. Du willst, daß es andauert. Und was tust du? Du machst einen auf platonisch, damit die Jagd, das Werben und die aufgeschobene Lust ewig dauern.«

»So? Ich glaube nicht, daß ich das tue. Ich habe mit einer Menge Frauen geschlafen, die ich nicht geliebt habe. Warum kann ich nicht eine Frau lieben, mit der ich nicht geschlafen habe?«

Mit einer Frau *schlafen* – ich konnte nicht anders, als diesen ungenauen Euphemismus zu verwenden. Alles andere klang mir zu mechanisch.

»Überleg doch mal. Worum geht es bei Sex und Romantik,

Männern und Frauen eigentlich? Es geht darum, den Augenblick der Erlösung hinauszuzögern, die Lust aufzuschieben, die Ekstase auf Eis zu legen. Mach dich locker und hör auf damit. Die Band Frankie Goes To Hollywood wußte, wovon sie redete, Harry. Und was machst du mit dieser Frau, mit der du nicht geschlafen hast?«

»Sag du's mir.«

»Das liegt doch auf der Hand. Indem du dermaßen auf eine Frau abfährst, die du noch nicht flachgelegt hast, schiebst du den Augenblick der Erlösung hinaus – für immer. Natürlich bist du verrückt nach ihr. Was sonst? Du wirst so lange verrückt nach ihr sein, bis du siehst, daß sie auch nur aus Fleisch und Blut ist – wie deine Frau.«

»Du glaubst also, Kazumi würde mir nichts mehr bedeuten, wenn ich Sex mit ihr gehabt hätte?«

»Nein, ich glaube, du könntest klarer denken. Im Moment bist du in eine Phantasievorstellung verliebt, und das ist das Gefährlichste, was es gibt.«

»Glaubst du wirklich, man kann für einen anderen Menschen nichts empfinden, bevor man mit ihm keine Körpersäfte ausgetauscht hat?«

»Hey, jetzt mach es nicht so runter, Harry. Zumindest bricht es das Eis.«

Ich warf einen Blick auf meine Uhr. »Du bist in einer Minute dran.«

»Kein Mann kann klar denken, bevor er sich nicht entladen hat, Harry.«

Vielleicht. Ich sah ein, daß eine platonische Beziehung alles hoffnungslos romantisch erscheinen ließ. Ein Cappuccino mit Kazumi am Nachmittag in einem im Halbschatten liegenden kleinen Café war etwas, woran ich mich immer erinnern würde. Ein Polaroidfoto, das wir von uns beiden auf dem Primrose Hill machten – Kazumi lachte, als wir bei dem Versuch, aufs Bild zu kommen, mit den Köpfen gegeneinanderstießen –, bildete den Höhepunkt meiner Woche. Sie drückte mir in der hintersten Reihe des Swiss Cottage Odeon die Hand, und ich fand das aufregender als alle Blowjobs, die ich in meiner kurzen Karriere als Schwerenöter genossen hatte. Sie hatte es nur für mich getan.

Und ich sah ein, daß die Sache allmählich außer Kontrolle geriet. Aber es war mehr als eine Phantasievorstellung. Ich begann, die praktischen Vorteile abzuwägen, die ein Leben mit Kazumi hätte. Ich würde mein jetziges Zuhause gegen ein neues eintauschen und Kazumi und mir die Chance geben, an den Punkt zu kommen, an den alle Paare, selbst die, die verrückt nacheinander sind, früher oder später zwangsläufig gelangen. An den Punkt, wo man nicht einmal mehr das Bedürfnis hat, miteinander zu reden.

Es konnte klappen. Ich wußte, daß es klappen konnte. Vielleicht war sie die Frau, auf die ich schon immer gewartet hatte. Und vielleicht würde Cyd mit einem anderen glücklicher. Das Leben, das sie zur Zeit mit mir führte, fand sie ganz offensichtlich nicht allzu spannend. Vielleicht wäre es also für alle besser. Ein klarer, schmerzhafter Schnitt – Ehe, Haus, Zuhause –, und jeder hätte die Chance auf ein Happy-End.

»Du *kennst* sie nicht mal«, sagte Eamon und riß mich aus meinen Plänen für mein neues Leben. »Ihr habt – wieviel? – hundert Stunden miteinander verbracht? Wenn überhaupt.«

»Und wie lange dauert es deiner Meinung nach? Wie lange braucht man, um jemanden kennenzulernen?«

Er schüttelte entnervt den Kopf. Draußen, erstaunlich nah, hörten wir, wie ein paar Zwischenrufer die Komikerin auf der Bühne niederschrien.

»Du verdammter Idiot, Harry. Du willst wirklich deine Frau, deine wunderbare Frau, die du verdammt noch mal nicht verdient hast, für ein dahergelaufenes Mädchen verlassen, das du kaum kennst?«

Er war wirklich wütend auf mich.

»Das habe ich nicht gesagt.«

»Was meinst du, wohin das alles führt?«

»Keine Ahnung.«

»Darüber solltest du dir aber langsam Gedanken machen,

Mann. Du hast dich darauf eingelassen, und früher oder später – eher früher – wird alles in Tränen enden.«

»Warum sollte es in Tränen enden?«

»Weil du dich entscheiden mußt, du Schwachkopf. Wenn man sich auf so was einläßt, muß man sich irgendwann entscheiden.«

»Und wenn ich mich für Kazumi entscheide? Woher willst du wissen, daß es auf eine Katastrophe hinauslaufen würde? Was macht dich so sicher?«

Er hob in einer abwehrenden Geste die Hände.

»Ich habe keine Ahnung, Harry. Und du hast auch keine Ahnung. Aber ich kann dir nur raten: Geh mit Kazumi ins Bett, und zwar möglichst oft. Und dann paß auf, wie du dich fühlst, wenn sie zum ersten Mal was Negatives über deinen Sohn sagt.«

»Und wenn sie es nicht tut? Was ist, wenn sie sich prächtig mit ihm versteht?«

»Dann pack deine Sachen und geh.«

Er drückte mir einen silbernen Schlüssel in die Hand. Ich starrte ihn an. Er brauchte mir nicht zu sagen, daß es sein Wohnungsschlüssel war.

»Kazumi ist eine tolle Frau«, sagte Eamon. »Aber auf der Welt gibt es jede Menge tolle Frauen. Das wollen hoffnungslose Romantiker wie du nur nicht wahrhaben. Da draußen gibt es eine Million tolle Frauen. Zehn Millionen. Du könntest dich in jede von ihnen verlieben, wenn nur die Umstände und der Zeitpunkt stimmen. Du mußt irgendwann aufhören, dich mit dem Gedanken zu quälen, daß es da draußen nur eine einzige für dich gibt. Du mußt mit dem glücklich sein, was du hast. Du mußt den Menschen lieben, mit dem du zusammen bist. Du mußt sagen: Das ist jetzt mein Zuhause, das ist meine Frau, und hier bleibe ich. Hör auf zu suchen, Harry. Hör einfach auf damit, okay?«

Aus der fernen Vergangenheit hörte ich die Stimmen meiner Eltern: *Ruh einfach deine Augen aus*, sagten meine Mum und mein Dad immer zu mir. *Ruh einfach deine Augen aus.*

Eamon hielt mir noch einmal den silbernen Schlüssel hin.

Und ich nahm ihn.

»Seit einiger Zeit benütze ich diese gefühlsechten oder auch sensiblen Kondome«, erzählte Eamon, während er über die winzige Bühne tigerte. »Sensible Kondome sind wirklich klasse! Wenn du nach dem Sex einschläfst, kuschelt das sensible Kondom noch ein bißchen mit dem Mädchen und redet mit ihm über seine Gefühle. Sensible Kondome schicken am nächsten Tag Blumen und vergessen nie, anzurufen ...«

Ein Schwall von Gelächter im Zuschauerraum, vermischt mit ein paar Stöhnern. Hier herrschte nicht diese Bereitwilligkeit zu lachen, wie man sie beim Fernsehpublikum fand. Hierher kamen Stänkerer, die sich einen Spaß daraus machten, den armen Tropf auf der Bühne zu piesacken. Einige von ihnen gaben im verqualmten Dunkel keine Ruhe.

»Wie wär's mit 'nem bißchen Koks, Eamon?«

»Ach, damit habe ich aufgehört«, erwiderte Eamon milde. »Der Arzt hat mir Zäpfchen gegen meine Sucht verschrieben. Ich habe zu ihm gesagt, daß sie nicht helfen. Da hat er mich gefragt: ›Haben Sie sie denn auch regelmäßig genommen?‹ Und ich: ›Was denken Sie, Doc? Daß ich sie mir in den Arsch geschoben habe?‹«

Noch mehr Gelächter. Und ein paar Buhrufe.

»Apropos Kondome ... Manche sagen, beim Sex ein Kondom zu benützen ist so, als würde man beim Duschen einen Regenmantel anziehen. Die machen wohl Witze! Bei all diesen neuartigen Krankheiten kommt Sex ohne Kondom aufs selbe raus, als würde man mit einem Fön in die Badewanne steigen ...«

Gelächter und vereinzelte, zunehmend gehässige Beschimpfungen.

»Du bist eine Null, Eamon. Du bist abgemeldet!«

»Verpiß dich in deine Entziehungsklinik.«

»Kellner, dieser Fisch ist verdorben!«

»Also, die Kondome ...« Das leise Woody-Allen-Hüsteln. »Heutzutage kann man Kondome in unterschiedlichen Packungen kaufen, je nach Nationalität. Da ist der Sechserpack für die Italiener. Das heißt Montag bis Samstag, Sonntag ist Ruhetag.

Und der Achterpack für die Franzosen. Also Montag bis Samstag und am Sonntag zweimal. Und dann gibt es da noch den Zwölferpack für die Engländer.« Kurze Pause. Sein Timing war schon immer gut gewesen. »Januar, Februar, März ...«

Von ganz hinten meldete sich eine streitlustige Stimme, die ganz heiser war vor lauter Zigaretten und Abscheu.

»Hör schon auf, Eamon Fish, deine fünfzehn Minuten sind um!«

»Meine Eltern mußten sich nicht über Kondome den Kopf zerbrechen. *Mach mit und mach's mit* – nein, über so was mußten sie sich keine Gedanken machen. Nicht, daß ihr Sexleben sehr erfüllt gewesen wäre. Eines Nachts hörte ich sie durch die Schlafzimmerwand. Sie versuchten, miteinander zu schlafen, aber es klappte einfach nicht. Meine Mutter sagte: ›Was ist los? Kannst du nicht einfach an eine andere denken?‹«

»Du bist nicht witzig!« rief die Stimme.

»Das ist auch nicht komisch«, antwortete Eamon.

Es war eine große Stadt, aber eine kleine Welt. Früher oder später würde man uns zusammen sehen.

Natürlich vermieden wir die Gefahrenzonen wie den Londoner Norden und die Stadtmitte, dieses erstaunlich große Gebiet, in dem Cyd womöglich arbeitete oder Gina lauerte. Aber irgendwann würde man uns erwischen, das wußte ich.

Als es schließlich passierte, war es schlimmer, als ich es mir vorgestellt hatte, und es war nicht etwa meine Frau oder meine Exfrau, sondern jemand aus den äußeren Randbezirken meines Lebens. Er sah mich, kaum daß er das Lokal betrat, und erfaßte die Lage sofort.

Ein verheirateter Mann mit einem Mädchen neben sich, das nicht seine Frau war. Sie saßen bei einem Drink in einer ruhigen Ecke des Pubs über dem Comedy Club und hielten Händchen.

Mir wurde richtig übel vor Schuldgefühlen, weil dieser Mann, dieser Fremde, nun Bescheid wußte und meine Frau nicht. Ich schämte mich. Mir kam das vor wie der schlimmste vorstellbare Verrat überhaupt.

»Harry«, sagte Richard mit einem Blick auf Kazumi.

Was zum Teufel tat er hier? Was hatte dieser Typ in einem Comedy Club in Hackney verloren?

»Richard! Ich dachte, du wärst noch in den Staaten.«

»Ich bin gekommen, um Gina zu sehen.« Endlich hörte er auf, Kazumi anzustarren. »Ehrlich gesagt möchte ich, daß sie zurückkommt.«

»Das ist Kazumi«, sagte ich, nachdem ich einen Augenblick lang mit der feigen Variante geliebäugelt hatte, sie als Arbeitskollegin oder Geschäftspartnerin auszugeben.

Aber Richard kümmerte das nicht. Er war in einer Verfassung, in der er sich nicht für die romantischen Verstrickungen anderer Leute interessierte. Er hatte keinen Job mehr, keine Frau mehr, und sein Leben war an einem Punkt angelangt, den er sich so nie ausgemalt hätte. Ich kannte das Gefühl.

»Ich wohne bei Freunden«, erklärte er. »Sie haben ein Haus hier in der Nähe. Die Gegend ist bei Leuten aus der City ziemlich in, was?«

»Ja, und auch bei den Crack-Dealern. Hör mal, Richard, wir müssen jetzt gehen. Viel Glück … bei allem.«

Ich beobachtete, wie sich Kazumi und Richard lächelnd die Hände schüttelten, und mußte an Ginas Theorie von dem alten Bullen denken. Er hatte nicht die leiseste Chance, sie zurückzugewinnen.

Schon drehten wir ihm den Rücken zu und ließen unsere Drinks stehen, denn meine Schuldgefühle trieben mich zur Tür hinaus.

Da fiel mir der Schlüssel in meiner Tasche ein.

Wir schlossen die Tür zu Eamons Wohnung auf.

Er hatte sie während seiner erfolgreichen Jahre bei *Und Freitags Fish* gekauft, einer Zeit mit lukrativen Einzelauftritten und Bierwerbungen. Ein Loft am Flußufer mit Blick auf die Tower Bridge, die Themse und die besiedelten Docks, alles erleuchtet wie auf einer Postkarte für Touristen, die London bei Nacht zeigt. Kazumi trat an die raumhohen Fenster und blickte hinaus auf den tintenschwarzen Fluß, die angestrahlte Brücke und die glitzernde Stadt.

Dann sah sie mich an.

»Kazumi –«

»Sei still.«

Im Schein des Monds und der Lichter am Fluß pellten wir uns umständlich aus unseren Kleidern und küßten uns dabei. Wir saßen gerade halbnackt auf dem Sofa und befummelten uns gegenseitig wie erhitzte Teenager, als Eamon nach Hause kam.

Kazumi hörte den Schlüssel in der Tür noch vor mir, sprang vom Sofa und lief ins Bad, bevor Eamon und seine Begleiterin das Wohnzimmer betraten.

Ich kannte die Frau, sie war eine Fernsehproduzentin, die als Mädchen für alles bei der *Marty-Mann-Show* angefangen hatte. Eamon winkte uns von der Tür zu, dann verschwanden die beiden in seinem Schlafzimmer. Ich hörte Gelächter und Musik hinter der geschlossenen Tür. Eigentlich hätte es uns nicht weiter kümmern sollen, aber der Zauber war zerstört. Kazumi kam angekleidet aus dem Badezimmer zurück. Sie wollte gehen.

»Noch nicht«, sagte ich. »Bitte, Kazumi, komm her. Jetzt stört uns niemand mehr. Schau dir die Aussicht an.«

Sie schüttelte den Kopf. »Die Aussicht ist nichts für mich.«

Ich versuchte erst gar nicht, sie zu überreden. Enttäuscht knöpfte ich mein Hemd zu, und gleich darauf verließen wir leise die Wohnung.

»So kann es nicht weitergehen«, sagte sie, als ich ein Taxi herbeiwinkte. »Das meine ich ernst, Harry. So geht es nicht weiter.«

Sie hatte recht.

Nachdem ich Kazumi abgesetzt hatte, fuhr ich nach Hause, wo mir meine Frau eröffnete, daß sie mich verlassen würde.

25

Sicher, ich war schon mal verlassen worden.

Aber diesmal war es anders.

Als Gina mich damals verließ, ging sie im Zorn, sie achtete nicht darauf, was sie mitnahm oder zurückließ, sie wollte bloß raus aus unserem Haus, weg von mir und unserem Leben.

Ich erinnerte mich an einen halbgeschlossenen Koffer, aus dem Pats Socken herausquollen, an die Tränen der Betrogenen, die ihre Wimperntusche verschmierten, und an einen pochenden Schmerz knapp über meinem Herzen, wo sie mich getroffen hatte, als sie mit meinem Handy nach mir warf.

Als Gina ging, witterte ich trotz allem eine schwache Chance, daß sie es sich noch einmal überlegen, daß die Wut irgendwann verrauchen und daß sie wieder nach Hause kommen würde.

Nicht so bei Cyd.

Cyds Fortgang war ruhig und methodisch.

Keine Tränen, keine erhobenen Stimmen, keine überstürzten Handlungen. Ein erwachsener, rationaler Fortgang, der irgendwie noch schlimmer war. Sie ging nicht heute abend. Sie ging auch nicht morgen. Aber bald.

Meine Frau hatte im Gästezimmer geöffnete Koffer und Reisetaschen aufs Bett gelegt und damit, wie es aussah, auch jeden freien Quadratzentimeter des Parkettbodens abgedeckt. Einige Koffer waren noch fast leer. Andere füllten sich bereits mit Büchern, Spielzeug, CDs und Winterkleidung von Cyd und Peggy. Mit dem Wechsel der Jahreszeit plante Cyd bereits woanders zu sein.

Bei Gina hatte ich das Gefühl gehabt, daß ich noch eine Chance hatte.

Bei Cyd gab es überhaupt keinen Zweifel.

Sie würde nie zurückkommen.

»Du verreist?«

Sie drehte sich zu mir um. »Tut mir leid, ich habe dich nicht reinkommen hören.« Sie wandte sich wieder dem Koffer zu, den sie gerade packte, und stopfte kopfschüttelnd einen Stapel von Peggys dicken Wollpullovern hinein. »Tut mir leid.«

»Was soll das?« fragte ich und kam langsam in den Raum.

»Wonach sieht es denn aus?«

»Es sieht so aus, als würdest du ausziehen.«

Sie nickte. »Wie gesagt – tut mir leid.«

»Warum?«

Wieder drehte sie sich um. Sie sah mich an, und ich erkannte die Verletztheit und Wut hinter ihrer Ruhe. »Weil du mich schon längst verlassen hast. Das spüre ich. Ich weiß nicht, warum du bleibst, Harry. Und weißt du, was das Traurigste ist? Du weißt es auch nicht. Du hast keine Ahnung, was du eigentlich noch von mir willst. Du kannst dich nicht mehr daran erinnern.«

Ich schüttelte den Kopf, obwohl ich wußte, daß jedes Wort stimmte. Irgendwann hatte ich vergessen, warum wir zusammen waren, und deshalb war es mir auch so leicht gefallen, mich in eine andere zu vergaffen.

»Ich kann keine halben Sachen machen, Harry. Das habe ich dir von Anfang an gesagt. Es geht nicht nur um mich. Ich habe eine Tochter. Ich muß auch an sie denken. Außerdem weiß ich, daß dir so, wie es zwischen uns aussieht, früher oder später eine kleine Bumsmaus über den Weg laufen wird.«

»Eine Bumsmaus?«

»Eine Bumsmaus. Eine Frau, mit der du unkomplizierten Sex haben kannst. Früher oder später wirst du ihr begegnen. Vielleicht ist es schon passiert, was weiß ich. Ich glaube, ich will es gar nicht wissen. Komm schon, Harry, wir schlafen nicht mal mehr im selben Bett. Irgendwo da draußen gibt es ein Bumsmäuschen, das nur auf dich wartet.«

Patchworkfamilien und Bumsmäuschen. Das war eine ganz neue Welt für mich. Mein Vater hätte sie nicht wiedererkannt. Und ich selbst erkannte sie auch nicht wieder.

»Cyd, das letzte, wonach ich suche, ist ein Bumsmäuschen.«

Sie musterte mich kurz. Und vielleicht sah sie mir an, daß auch das der Wahrheit entsprach.

»Dann findest du eben jemanden, den du liebst, und dann wird alles noch vertrackter. Nicht für dich, aber für mich und meine Tochter. Du erinnerst dich doch noch an sie? An sie muß ich jetzt denken. Dir läuft irgendwann eine junge Frau über den Weg, und dann tust du, was du immer tust, Harry – du erzählst ihr, daß sie das tollste Mädchen in der Geschichte der Menschheit ist.«

»Tue ich das?«

Meine Frau nickte. »Und du wirst selbst jedes Wort davon glauben, Harry. Und sie auch. Vielleicht ist es aber auch schon passiert. Ist es das, Harry? Bist du dem tollsten Mädchen der Menschheitsgeschichte schon begegnet? Oder nur dem vorerst letzten in einer langen Reihe?«

Ich blickte von Cyd zu den offenen Koffern und wieder zurück. Sie hatte ihre Fotoalben eingepackt. Die von Peggys ersten Jahren. Das von unserer Hochzeit. Und die, in denen unsere Urlaubsreisen in all den Jahren festgehalten waren. Sie hatte sie alle weggepackt.

»Bitte geh nicht.« Ich wollte nicht, daß es so endete. Daß es überhaupt endete. Etwas in mir schrak davor zurück, den endgültigen, notwendigen Schnitt zu tun.

»Warum nicht? Es funktioniert nicht, Harry. Nicht für dich. Und nicht für mich.«

»Bitte ...«

Ich machte einen Schritt auf sie zu, aber sie hob die Hand wie ein Verkehrspolizist.

»Du bist kein übler Kerl, Harry. Du hast ein gutes Herz. Das glaube ich wirklich. Aber wir verplempern unser Leben, indem wir einfach nur nett zueinander sind. Es könnten zwanzig Jahre vergehen, und wir wüßten immer noch nicht, warum wir zusammen sind. Ich weiß, du willst das haben, was deine Eltern hatten, Harry. Ich weiß, du wünschst dir eine Ehe wie ihre. Und weißt du, was? Du bist nicht der einzige.«

»Wir haben eine harte Zeit hinter uns – mit meiner Mum, unseren Kindern, der Arbeit ...«

»Harte Zeiten sollten uns einander näherbringen. Ich habe

mir kein Halli-Galli-Abenteuer erwartet. Das hier ist eine Ehe, nicht der Club Med. In harten Zeiten zusammenhalten, durch sie stärker werden und zusammenwachsen – darum geht es. Aber nicht in unserer Ehe, Harry. Nicht bei uns.«

Ich wußte, daß ich kein Recht hatte, mich so schlecht zu fühlen, wie ich es tat. Aber ich konnte nichts dagegen tun. Cyd beim Packen zuzusehen kam mir vor wie die größte Schlappe meines Lebens. Und was noch an der Wunde zerrte, war das Bewußtsein, daß sie recht hatte. Sie verdiente mehr, als sie in dieser Ehe bekam.

»Ich gehe, weil du es nicht schaffst, Harry. Weil du nicht grausam genug bist, um zu gehen. Aber tu mir keinen Gefallen, okay? Bleib nicht, weil ich dir leid tue. Bleib nicht, weil du Schuldgefühle hast. Bleib nicht, weil du selbst nicht stark genug bist, um zu gehen.«

»Ich bleibe, weil du mir wichtig bist.«

Sie lächelte milde und legte mir eine Hand an die Wange. »Wenn dir wirklich etwas an mir liegt, dann hilf mir, hier rauszukommen.«

»Aber wohin willst du gehen?«

»Zurück nach Hause. Nach Houston. Zu meiner Mutter und meinen Schwestern. Hier hält mich nichts mehr.«

»Und wann?«

»Nach Jims Hochzeit. Peggy freut sich so darauf, bei ihm Brautjungfer zu machen. Das will ich ihr nicht nehmen.«

Ich griff nach einem Lederalbum in dem Koffer, der auf dem Bett lag, und schlug es auf einer Seite mit einem Foto auf, das, wie mir schien, vor Ewigkeiten gemacht worden war. Pats fünfter Geburtstag, den wir im Garten meiner Eltern gefeiert hatten. Pat mit seinem frischen Gesicht sah prächtig aus. Peggy, das entscheidende bißchen älter, begutachtete mit feierlicher, ernster Miene den Wackelpudding mit Erdbeergeschmack, der vor ihr stand. Und meine Mum und mein Dad wirkten so gesund, sie grinsten in die Kamera, erleichtert darüber, daß an dem Tag alles so gut lief. Und Cyd – sie lächelte und winkte mir, ein Sandwich mit Fischpaste in der Hand, zu, als ich das Foto machte. Eine hochgewachsene, schlanke, bildschöne Frau, eine alleinerziehende Mutter, die gerade festgestellt hatte, daß sie diese Prüfung – die erste Begegnung mit den Eltern ihres Freundes – nicht nur bestehen, sondern daß sie sie sogar genießen würde. Wie jung wir alle aussahen!

»Erinnerst du dich noch? Erinnerst du dich noch an Pats fünften Geburtstag?«

Sie lachte.

»Woran ich mich erinnere, das ist dein Dad, der sich an einem Wurstbrötchen verschluckte, als ich ihm erzählte, daß mein Exmann mit einer Thai-Stripperin zusammen war.«

Ich lächelte bei der Erinnerung daran. »*Ist mir in den falschen Hals geraten* – das war einer der Lieblingsausdrücke von meinem alten Herrn.«

Ich klappte das Fotoalbum zu und legte es wieder zurück in den Koffer.

»Mir tut es auch leid, Cyd. Es tut mir leid, daß ich dich nicht glücklich gemacht habe.«

Das meinte ich ernst.

»Komm her«, sagte sie, und ich ging zu ihr, und wir nahmen uns lange in den Arm.

»Dann sind wir also noch Freunde?« fragte ich.

»Wir werden immer Freunde bleiben, Harry.« Behutsam schob sie mich von sich und machte sich wieder ans Packen. »Aber ich möchte lieber gehen, solange noch ein bißchen Liebe übrig ist.«

Meine Mum war dazu übergegangen, ihre Dolly-Parton-Perücke zu tragen.

Daß ihr während der Chemotherapie nicht die Haare ausgefallen waren, war so ziemlich die einzige Erniedrigung, die ihr erspart blieb. Trotzdem kam die üppige, goldene Perücke jetzt zum Einsatz. Sie umrahmte ihr immer noch hübsches Gesicht, als sie Pat und mir die Tür öffnete, und glitzerte und glimmerte im Sonnenlicht wie eine Ritterrüstung.

»Was ist mit deinem Kopf passiert?« fragte Pat.

»Das ist meine Dolly-Parton-Perücke, mein Schatz.«

»Geht es dir gut?« fragte ich. »Dir fallen doch nicht etwa – du weißt schon ...«

»Ganz und gar nicht. Die hat mich bei Harrods fünfzig Pfund gekostet. Es wäre eine Schande, das Geld zum Fenster rauszuwerfen. Außerdem haben Blondinen mehr Spaß, wie Rod Stewart mal gesagt hat.«

Sie sah wirklich toll aus mit ihrer Perücke. Aber als Pat sich mit dem DVD-Player zu schaffen machte und ich mit meiner Mum hinten im Garten saß, erzählte sie mir, daß sie die Perücke nicht etwa trug, weil sie gerne blond wäre.

»Ich bin jetzt ein anderer Mensch«, sagte sie. »Die Leute glauben, ich bin drüber weg. Aber man ist nie drüber weg. Bei jedem Zipperlein, bei jedem Wehwehchen fragst du dich, ob er wiederkommt, ob er wieder da ist. Du holst dir einen Schnupfen, und schon fragst du dich, ob es der Krebs ist. Hörst du mir auch zu? Wahrscheinlich jammere ich zuviel.«

»Nein, tust du nicht, Mum.«

»Mit meiner Dolly-Parton-Perücke«, sagte sie und berührte die goldene Lockenpracht, »will ich der Welt zeigen, daß ich nicht mehr dieselbe bin. Ich bin jetzt ein anderer Mensch, okay? Wenn mich die Leute fragen: ›Na, wieder alles normal, Liz?‹, werde ich jedesmal ganz wütend.« Meine Mum schüttelte den Kopf. »Ich kann doch nicht so tun, als wäre nichts gewesen. Aber wie kann ich ihnen das sagen? Wie kann ich ihnen das begreiflich machen? Das Leben wird nie wieder normal sein. Normal ist für mich jetzt etwas anderes.«

Ich wußte, was sie meinte. Zumindest glaubte ich das. Die Krankheit konnte jederzeit wiederkommen. Und das galt für den Rest ihres Lebens.

»Aber ich bin jetzt auch stärker«, sagte meine Mum. »Schau mich an mit meiner Haarpracht. Ich gehe in den Laden und schere mich nicht darum, ob mich jemand anstarrt. Das Gerede der Leute ist unser geringstes Problem, stimmt's? Ich lebe hier und jetzt und versuche, aus dem vollen zu schöpfen. Auf meine eigene stille Art. Ich plane nicht zehn Jahre voraus. Wenn du eine

Garantie willst, kauf dir einen Toaster. Ich versuche, jetzt das zu schätzen, was ich habe.« Sie nahm meine Hand. »Und ich weiß zu schätzen, wie sehr ich geliebt werde.«

»Du wirst uns noch lange erhalten bleiben, Mum. Du hast dieses Ding besiegt. Du wirst Pat aufwachsen sehen.«

Ich wollte es selbst gern glauben.

»Manchmal ist es schwierig«, fuhr sie unvermittelt fort, als hätte sie mir überhaupt nicht zugehört. »Ich glaube, dein Dad hat sich genauso gefühlt, als er aus dem Krieg heimkehrte. Mit wem konnte er über das, was er durchgemacht hatte, schon reden, so richtig reden? Doch nur mit Männern, die dasselbe durchgemacht hatten. Mit Männern, die Bescheid wußten.«

Sie zeigte mir eine Broschüre. Eine von diesen rosa- und lilafarbenen Brustkrebsbroschüren. Aber diese war neu.

»Man kann eine Schulung machen«, sagte meine Mum und schlug die Broschüre auf. »Sie bilden einen zur Beraterin aus. Dann kann man mit Frauen reden, die dasselbe durchgemacht haben wie man selbst. Ich weiß jetzt, daß ich das machen möchte. Ich will Frauen helfen, die gegen den Brustkrebs kämpfen. Hast du gemerkt, Harry? Ich kann es jetzt aussprechen. Früher konnte ich es nicht sagen. *Krebs*. Als müßte ich mich schämen, als wäre alles meine Schuld. Erinnerst du dich an das blonde Mädchen im Krankenhaus? Das hübsche Ding? Ein bißchen jünger als du. Sie hatte zwei kleine Jungs. Richtige Prachtburschen. Ungefähr in Pats Alter.«

Ich konnte mich vage an eine blasse junge Frau erinnern, die bei meiner Mutter im Zimmer gelegen hatte.

»Sie ist gestorben«, sagte meine Mum, und plötzlich stiegen ihr die Tränen in die Augen.

»Du wirst nicht sterben.«

»Mit solchen Mädchen möchte ich reden – Frauen, meine ich. Heutzutage muß man sie Frauen nennen, nicht wahr? Na ja, für mich war sie eben ein Mädchen.«

Pat kam in den Garten. Der DVD-Player langweilte ihn. Eigentlich hatte er keine Lust gehabt, seine Großmutter heute zu besuchen, weil Bernie Cooper ihn gefragt hatte, ob er nicht zum

Spielen rüberkommen wolle. Ich hatte ihn, nicht ohne schlechtes Gewissen, überredet, mit zu seiner Großmutter zu kommen. Meine Mum hatte nämlich recht. Normal war jetzt etwas anderes. Und ich hatte keine Ahnung, wieviel Zeit uns noch blieb.

»Kommt her, meine zwei Hübschen«, sagte sie und breitete die Arme aus. »Drückt mich mal fest. Na los, ich zerbreche schon nicht.«

Also umarmten wir sie, und wir mußten lachen, als wir unsere Gesichter in ihrer Dolly-Parton-Perücke vergruben. In diesem Augenblick liebten wir sie mehr als sonst jemanden auf dieser Erde.

Pat schlurfte zurück ins Wohnzimmer, und meine Mum tätschelte meine Schulter, und dabei lächelte sie traurig und glücklich zugleich.

»Dein Dad wäre stolz auf dich.«

Ich lachte. »Ich wüßte nicht, warum.«

»Weil du dich die ganze Zeit so rührend um mich gekümmert hast. Weil du deinen Sohn liebst. Weil du ein guter Mensch bist. Du vergleichst dich ständig mit deinem Dad und hast das Gefühl, nicht an ihn heranzureichen. Aber du täuschst dich, Harry. Egal, wie perfekt dein Vater für dich war – du mußt deinen eigenen Weg gehen.«

»Wie habt ihr das eigentlich hingekriegt, du und Dad? Wie kann man jemanden sein Leben lang lieben? Wie schafft man es, daß eine Ehe so lange hält?«

Meine Mum mußte nicht einmal nachdenken, bevor sie antwortete.

»Du mußt dich immer wieder neu verlieben«, sagte sie. »Du mußt dich einfach immer wieder in denselben Menschen verlieben.«

Bei Gina mußte man immer die Schuhe ausziehen, deshalb fielen sie mir sofort ins Auge, als Pat uns mit seinem Schlüssel die Wohnung aufschloß: ein großes Paar, mindestens Größe 45, das alles andere vom Fußabstreifer mit der Aufschrift WILLKOM-

MEN verdrängte. Sie waren an den Hacken ein wenig abgelaufen, hätten mal wieder richtig gewienert werden müssen und sahen eher wie Landungsboote als wie Schuhe aus.

Ein neuer Freund, sagte ich mir. Kein Wunder. Gina würde nie lange allein bleiben. Nicht so, wie sie aussah. Immer noch.

Während ich Pat dabei half, den Mantel auszuziehen, ging mir etwas durch den Kopf, was mir oft durch den Kopf ging, wenn ich bei meiner Exfrau war.

Was wird aus meinem Jungen?

Wenn Gina einen Neuen hat, was bedeutet das für Pat? Wird der Kerl meinen Sohn mögen? Oder wird er ihn als Störfaktor betrachten?

Da erschien Gina. Ihr Gesicht war gerötet, und sie wirkte erhitzt. Ich spürte Wut in mir aufsteigen. Was zum Teufel hatte meine Exfrau mit dem großfüßigen Kerl getrieben?

»Granny hat neue Haare«, sagte Pat zu ihr.

»Wie schön, mein Schatz«, antwortete sie, ohne ihm zuzuhören. Sie sah, wie ich die Landungsboote anstarrte.

»Sie sind gelb«, sagte Pat.

»Hübsch.«

Pat schlüpfte aus dem Mantel und kickte die Schuhe weg.

»Geh rauf. Da oben möchte dich jemand sehen. Und ich möchte mit deinem Daddy reden.«

Pat rannte die Treppe zum Wohnbereich des Apartments hoch. Ich hörte, wie ein Mann mit Baritonstimme etwas zu ihm sagte und Pat mit seiner niedlichen, hohen Stimme antwortete.

»Richard«, sagte Gina.

»Richard?«

»Sieht so aus, als würden wir es noch mal miteinander versuchen.«

Ich hörte Richard und Pat oben steifen Small talk machen.

Und was wird aus meinem Jungen?

»Du überraschst mich, Gina.«

»Ach ja?«

»Ja. Was ist mit der Theorie von der alten Kuh?«

»Du meinst die Theorie vom alten Bullen.«

»Wie auch immer. Ich dachte, wenn du mit jemandem fertig bist, bist du endgültig mit ihm fertig.«

Sie lachte. »Vielleicht habe ich dabei an dich gedacht, Harry.«

Ich holte tief Luft, um die Worte zu verdauen.

»Was ist passiert?«

Sie zuckte mit den Schultern. »Schätze, ich habe mich isoliert gefühlt. Und vielleicht hatte ich auch ein bißchen Angst. Du weißt, wie es ist, allein mit einem Kind zu leben.«

»Ja, ich weiß, wie das ist.«

»Man vereinsamt. Das ist so. Egal, wie sehr man seine Kinder liebt, man vereinsamt. Und es ist schwer, neue Menschen kennenzulernen. Es ist wirklich schwer, Harry. Und ich bin mir auch gar nicht sicher, ob ich mir diesen ganzen Blödsinn antun will. Rendezvous arrangieren – Gott bewahre mich vor Rendezvous. Wer hat in unserem Alter für so was noch Energie?«

»Neulich bin ich Richard über den Weg gelaufen. Hat er es dir erzählt?«

Sie nickte, aber nichts in ihren Augen ließ darauf schließen, daß sie über Kazumi und mich Bescheid wußte. Also hatte Richard offenbar dichtgehalten. Vielleicht kümmerte es ihn aber auch wirklich nicht.

Er wollte nur seine Frau wiederhaben.

»So übel war es ja gar nicht mit uns beiden«, sagte Gina. »Der Umzug war hart. Und der erfolglose Versuch, ein Kind zu kriegen – das war noch härter. Aber wir wollen es mit künstlicher Befruchtung probieren.«

»Mit dieser In-vitro-Geschichte?«

Sie nickte. »Ich kriege Medikamente, damit ich mehr Eier produziere. Und Richard muß … Na, du weißt schon: Er muß masturbieren.«

Das dürfte ihm nicht allzu schwer fallen.

Ich starrte sie an. Eben noch hatte sie mit diesem Kerl abgeschlossen, und im nächsten Augenblick machten ihre Eierstöcke Überstunden, damit sie ein Kind von ihm kriegen konnte. Ich verstand sie nicht, überhaupt nicht. Ist es wirklich so beliebig, mit wem wir unser Leben verbringen? Kann man alles einfach so auseinanderreißen, um es dann wieder zusammenzusetzen?

Gina mißverstand mein Schweigen als Zweifel an der In-vitro-Methode.

»Das ist ganz groß in Mode, Harry. In manchen Fruchtbarkeitskliniken, in den richtig guten, hat man mit der In-vitro-Befruchtung eine höhere Chance, schwanger zu werden, als mit der altmodischen regelmäßigen Bumserei. Wirklich.«

»Ich weiß nicht, Gina. Ich habe gehört, daß so eine In-vitro-Befruchtung teuer ist und nicht immer klappt.«

»Vielleicht werden wir stärker, wenn wir das zusammen durchmachen. Vielleicht werden wir dann wirklich Mann und Frau. Ist es nicht das, was wir alle wollen?«

»Aber du liebst ihn nicht mehr, Gina. Du kannst doch nicht einfach mit jemandem zusammensein, ihn heiraten und ein Kind von ihm kriegen, weil du dich ein bißchen einsam fühlst.«

»Kann ich nicht? Was soll ich sonst tun? Darauf warten, daß mir der Richtige über den Weg läuft? Dafür habe ich nicht genug Zeit, Harry, und nicht genug Energie. Manchmal denke ich ganz einfach: Der Mensch, mit dem man zusammen ist, ist ganz einfach der Mensch, mit dem man zusammen ist. Und Schluß. Ende der Geschichte. Mehr ist nicht dran.«

»Du alte Romantikerin.«

»So schlecht ist das gar nicht. Es ist eine Partnerschaft. Man hält zusammen. Man unterstützt sich gegenseitig. Gut, es ist nicht so wie in den alten Songs – na und? Als Erwachsener kann man sich nicht alle naslang neu verlieben wie ein dummer, alberner Teenager. Das wäre ein schönes Chaos.«

»Man sucht sich nicht aus, in wen man sich verliebt.«

»Wie naiv das klingt. Natürlich sucht man sich das aus, Harry. Und ob!«

Es gefiel mir, daß wir Freunde waren. Und es gefiel mir, daß sie mir immer noch wichtig war, daß sie mir immer wichtig sein würde. Aber darauf beschränkte sich die Sympathie für meine Exfrau auch. Letzten Endes kreisten meine Gedanken immer um dieselbe Frage:

»Und was wird aus meinem Jungen?«

»Aus deinem Jungen?« wiederholte sie. »*Deinem* Jungen, Harry? Du hättest an deinen Jungen denken sollen, bevor du irgendeine kleine Schlampe aus deinem Büro gevögelt hast, oder nicht?«

Plötzlich begriff ich, daß es auf diesem Planeten niemanden gibt, der so weit von einem weg ist wie ein Mensch, mit dem man einmal verheiratet war.

26

»Ein Mann steigt in ein Flugzeug«, erzählte Eamon und streifte durch das verrauchte Dämmerlicht. »Die Maschine ist total voll. Aber der Platz neben ihm, der Platz neben ihm ist leer.« Hand an den Mund, kurzes Woody-Allen-Hüsteln. »Er fragt sich: ›Neben wem werde ich wohl sitzen?‹ So, wie Sie das auch tun würden, richtig? Da kommt die schönste Frau, die er je gesehen hat, den Gang entlang. Ein Gesicht wie ein Engel und Beine bis zum Hals. Natürlich setzt sie sich auf den Platz neben unserem Mann.« Er kauerte sich im Scheinwerferlicht zusammen. Das Publikum wartete gebannt. »Schließlich bringt der Typ den Mut auf, sie anzusprechen. ›Entschuldigen Sie? Entschuldigen Sie? Wohin fliegen Sie?‹ – ›Oh‹, sagt sie, ›ich bin unterwegs zum Sex-Kongreß in Kilcarney. Ich halte dort einen Vortrag und möchte mit ein paar Mythen in Sachen Sex aufräumen.‹ – ›Zum Beispiel?‹ – ›Nun‹, sagt sie, ›zum Beispiel glauben viele Leute, Schwarze seien von der Natur großzügiger bedacht als andere Männer. Dabei sind es eher die Ureinwohner Amerikas, die dieses physiologische Merkmal aufweisen. Oder es heißt im Volksmund, die Franzosen seien die besten Liebhaber. Statistiken belegen jedoch, daß es eher die griechischen Männer sind, die ihren Partnerinnen beim Sex Lust bereiten.‹ Plötzlich errötet sie. ›Ich erzähle Ihnen das alles, obwohl ich noch nicht einmal Ihren Namen kenne.‹ Der Typ streckt die Hand aus. ›Winnetou‹, sagt er. ›Winnetou Papadopolus.‹«

Die Leute lachten, doch ich erkannte mich in diesem Mann und in dieser Pointe wieder.

Ich hatte nie vorgehabt, einer von diesen Männern zu werden, die lügen, ohne groß darüber nachzudenken. So ein Mann hatte ich nie sein wollen. Mein Vater war nie so ein Mann gewesen.

Aber jetzt stellte ich fest, daß ich lügen mußte, um zeitlich alles unter einen Hut zu kriegen. Es war der blanke Wahnsinn.

Nennt mich doch einfach Winnetou. Winnetou Papadopolus.

Während Cyd Peggy oben half, ihr Brautjungfernkleid anzuziehen, und Pat auf dem Teppich saß und sich im vierten Programm ein Pferderennen ansah – der Junge schaute sich aber auch alles an –, schlich ich mich in den hintersten Winkel des Gartens, um Kazumi von meinem Handy aus anzurufen.

Wir waren zum Abendessen verabredet. So war der Plan. Und diese einfache Sache – ein Mann, der mit einer Frau zu Abend essen wollte – mußte unter größter Geheimhaltung geplant werden, als täten wir etwas Gesetzwidriges oder unglaublich Gefährliches. Ehrlich gesagt hatte ich es satt. Ich war froh, daß diese Heimlichtuerei bald ein Ende hatte. Lange würde es nicht mehr dauern.

Als ich zurück ins Haus ging, stand Peggy in ihrem Brautjungfernkleid oben an der Treppe und grinste von einem Ohr zum anderen.

»Wie sehe ich aus, Harry?«

»Wie ein Engel.«

Und das stimmte. Sie sah aus wie ein Engelchen. Es versetzte mir einen schmerzlichen Stich, daß dieses Kind, das ich hatte aufwachsen sehen, schon bald für immer aus meinem Leben verschwinden sollte.

Sie lief zurück ins Schlafzimmer, um ihrer Mutter zu sagen, wie sie die Blumen im Haar tragen wollte, und ich ging ins Wohnzimmer und setzte mich neben meinen Sohn. Er sah sich immer noch mit ausdruckslosem Gesicht das Pferderennen in der Glotze an. Manchmal machte ich mir Sorgen um dieses Kind.

»Willst du mal sehen, was sonst noch so läuft, Pat?«

Er grunzte ablehnend, sah mich dabei aber nicht an.

Pat war mit zu uns gekommen, weil seine Mutter etwas mit seinem – Was war Richard jetzt eigentlich? Sein Ex-Stiefvater? Sein zukünftiger Stiefvater? Der auserwählte Samenspender für seine Halbgeschwister? – zu besprechen hatte. Mir fiel es immer schwerer, mich in der Seifenoper meiner Exfrau zurechtzufinden. Aber wer war ich, um mich überlegen zu fühlen?

Immerhin trug Gina alles offen aus.

»Ich wußte gar nicht, daß du ein Spieler bist, Pat«, meinte Cyd, als sie ins Zimmer kam.

»Pferde«, sagte Pat und drehte den Kopf, um zu Cyd hochzuschauen. »Pferde sind so schön.«

Mich beschlich ein schlechtes Gewissen. Er glotzte also gar nicht stumpfsinnig vor sich hin. Die Pferde hatten es ihm angetan. Warum hatte er mir das nicht gesagt? Warum hatte er sich diese Enthüllung für Cyd aufgespart? Lag es vielleicht daran, daß ich ihn nicht gefragt hatte?

Sie lächelte und setzte sich zu ihm auf den Boden. »Pferde sind wirklich schön«, sagte sie. »Sie haben so etwas – wie könnte man es nennen? – so etwas Nobles an sich. Ja, Pferde sind so nobel.«

»Nobel?«

»Ja, nobel.« Sie drehte sich zu mir um. »Wie würdest du nobel erklären, Harry?«

»Würdevoll«, sagte ich. »Anständig. Gütig.«

Wie du, dachte ich und betrachtete die Frau, die ich geheiratet hatte. Würdevoll, anständig und gütig. Genau wie du.

Nicht, daß Cyd Ähnlichkeit mit einem Pferd hatte.

Sie legte meinem Sohn einen Arm um die Schulter und sah sich zusammen mit ihm die Pferde an, und da wurde mir bewußt, daß sie immer gut zu ihm gewesen war – freundlich, geduldig, ja sogar liebevoll. Was war dann das Problem gewesen? Das Problem war ich gewesen, ich und die Tatsache, daß ich nicht zufrieden war mit ihrer Freundlichkeit, ihrer Geduld und ihrer liebevollen Art.

Das Problem war ich gewesen, auf ganzer Linie, ich und mein Wunsch, daß Cyd etwas sein sollte, was sie nie würde sein können.

Seine Mutter.

Ich hatte Peggy noch nie so aufgeregt erlebt.

Sie trug ihr Brautjungfernkleid schon Stunden, bevor sie abgeholt wurde, drehte und wendete sich vor jeder spiegelnden Fläche im Haus und lief immer wieder zum Fenster, um nach ihrem Vater Ausschau zu halten.

Schließlich hörten wir auf der Straße ein Motorrad. Der Fahrer ließ den Motor aufheulen.

»Er ist da!« kreischte Peggy und riß sich vom Spiegel in der Diele los.

»Vergiß deinen Helm nicht«, rief ihre Mutter von oben.

Die Hochzeit stand unter einem Motto. Braut und Bräutigam wollten auf Motorrädern vor dem Standesamt vorfahren. Selbst der Pfarrer, der ihrem Bund in einer nahe gelegenen Kirche den Segen geben sollte, würde auf seiner Honda aufkreuzen und die Trauungszeremonie in seinen Lederklamotten vornehmen. Der anschließende Empfang fand im historischen »Café Bleifuß« auf der M1 statt.

Peggy stand an der Tür und winkte Jim zu, als Cyd die Treppe herunterkam.

Ihr Anblick verblüffte mich.

Sie trug ein Kleid, das ich seit Jahren nicht mehr gesehen hatte: ihren alten Cheongsam aus grüner Seide. Das Kleid, das sie an dem Abend getragen hatte, als ich mich in sie verliebte.

Sie sah, wie ich sie anstarrte, doch sie ging darüber hinweg, als sei es das Natürlichste der Welt, daß sie in diesem ausgefallenen Kleid herumspazierte. Sie half Peggy, ihren Helm aufzusetzen. »Halt dich gut an Daddy fest, ja?«

Wir begleiteten Peggy gemeinsam bis zum Bordstein. Dort standen zwei Motorräder: Jim auf seiner Norton mit Liberty, der glücklichen Braut, die in ihrem Brautkleid hinter ihm hockte, und sein Trauzeuge auf einer alten Triumph mit Beiwagen. Jim und sein Trauzeuge trugen beide ihre Lederkluft über den Fräkken. Libertys einziges Zugeständnis an die Verkehrssicherheit war ein schneeweißer Motorradhelm. Steif gratulierte ich Jim. Es war keine einfache Situation. Der von seiner Exfrau getrennt lebende Ehegatte, der ihrem ersten Ehemann zu seiner bevorstehenden Hochzeit alles Gute wünschte. Also taten wir, was Erwachsene in solchen Momenten immer tun: Wir konzentrierten uns auf das Kind. Cyd verfrachtete Peggy in den Beiwagen und zupfte an ihren Rüschen herum, und ich vergewisserte mich, daß ihr Helm fest saß.

Und schon waren sie weg und knatterten die Straße entlang, daß die Frackschöße und das Brautkleid nur so flatterten.

»Gehst du aus?« fragte ich Cyd.

Cyd antwortete, ohne mich anzusehen: »Ich packe nur schon ein bißchen«, sagte sie. »Und dabei überlege ich mir, was ich mitnehme und was ich wegwerfe.«

»Und nimmst du das Kleid mit?«

»Nein. Ich wollte nur sehen, ob es noch paßt.« Die Motorräder waren nicht mehr zu hören. Sie sah mich an. »Bevor ich es wegwerfe.«

Sie hatte das Kleid an dem Abend getragen, der vermutlich der glücklichste meines Lebens war. Das Glücksgefühl überfiel mich regelrecht, so wie es bei echten Glücksgefühlen ist, und es entsprang der Freude darüber, ganz einfach nur neben ihr zu stehen. Wir waren auf einer Preisverleihung in einem der großen Hotels in der Park Lane, auf einer dieser langen, feuchtfröhlichen Schulterklopf- und Tanzveranstaltungen, die ich normalerweise verabscheute.

Aber an jenem Abend war ich so froh, daß ich lebte, während das weiche blaue Licht über dem Hyde Park verblaßte, und ich war so dankbar, daß ich mit dieser unglaublichen Frau in dem grünen Seidenkleid dort war, daß ich aufrichtig glaubte, ich würde im Leben nie wieder traurig sein.

»Es paßt noch«, bestätigte ich ihr.

Cyd verschwand wieder nach oben, um weiter zu packen.

Ich ging ins Wohnzimmer und setzte mich zu meinem Sohn auf den Teppich. Die schönen Pferde waren weg, und er zappte durch den Stumpfsinn der nachmittäglichen Fernsehflaute. Die einzelnen Bilder blitzten immer nur kurz vor seinen blauen Augen auf. *Wo ist meine Hose, Kumpel*, Snowboarden, *Sechs besoffene Studenten in einer Bude*, alte Musikvideos, *Schöne Bescherung*, russische Models, *Kunst? Leck mit fett!*, das Backstudio, *Sorry, ich bin ein hirnloser Dämlack.* Sanft nahm ich ihm die Fernbedienung aus seiner kleinen warmen Hand und schaltete den Fernseher aus.

»Alles in Ordnung, Pat?«

Er nickte zurückhaltend.

»Sah Peggy nicht süß aus in ihrem Brautjungfernkleid?«

Er dachte kurz nach. »Sie sah aus wie eine Lady.«

»Nicht wahr?« Ich legte den Arm um ihn. Er kuschelte sich an mich. »Und was ist mit dir? Wie fühlst du dich?«

»Ich mache mir ein bißchen Sorgen.«

»Weswegen, mein Schatz?«

»Bernie Copper hat gesagt, daß Hunde einen Paß brauchen.«

»Nun, ich glaube, das stimmt. Wenn ein Hund von einem Land in ein anderes gebracht wird, braucht er irgendein Ausweispapier. Insofern hat Bernie recht.«

»Deshalb will ich ja wissen, ob Britney einen Paß hat.«

»Britney?«

»Britney ist mein Hund. Wenn Britney nämlich keinen Paß hat, wie will Richard ihn dann nach London holen, wo wir doch jetzt alle leben?«

»Ich bin sicher, Richard kriegt das hin. Und was ist mit Richard? Wie findest du es, daß du ihn wiedersehen wirst?«

Er zuckte die Achseln. Ich glaube, er machte sich weit mehr Gedanken über seinen Hund als über seinen Stiefvater. Britney bedeutete Pat unendlich viel mehr, als Richard ihm je würde bedeuten können. Außerdem, ein Hund ist für ewig, während man das bei einem Stiefvater oder einer Stiefmutter nie so genau weiß.

»Es kann sein, daß deine Mummy und Richard wieder zusammenziehen.«

Mein Sohn nickte und biß sich nachdenklich auf die Unterlippe. Dabei schielte er auf die Fernbedienung in meiner Hand.

»Freust du dich darüber, mein Schatz? Das betrifft ja nicht nur Mummy und Richard, sondern auch dich. Ich möchte, daß du ... Also, ich möchte, daß du mir sagst, wenn dich etwas bedrückt. Dafür bin ich da, okay? Du kannst immer mit mir reden. Hat Mummy mit dir über das Thema gesprochen? Hat sie dir gesagt, was sie und Richard vorhaben?«

Wieder ein Nicken.

»Sie wollen sehen, ob's funktioniert, Daddy.«

Sie wollen sehen, ob es funktioniert.

In meiner Kindheit meinte ein Siebenjähriger, wenn er von »funktionieren« sprach, eine klapprige Eisenbahn oder eine neue Carrerabahn, die er zum Geburtstag oder zu Weihnachten bekommen hatte und ausprobieren wollte. Wir schalteten den Fernseher wieder ein, allerdings ohne Ton.

Wenn ein Kind heute von »funktionieren« sprach, meinte es damit eine Ehe.

Auf der Straße war das Geheul von Motorrädern zu hören.

Peggy war von der Hochzeit zurück.

Cyd kam die Treppe herunter, noch immer in ihrem grünen Kleid. Ich verspürte einen Anflug von – war es Hoffnung oder einfach nur Nostalgie? Jedenfalls war ich froh, daß sie das Kleid noch nicht weggeworfen hatte.

Wir gingen hinaus auf die Straße, wo ein Dutzend Maschinen im Leerlauf blubberten. Alles Männer und Frauen in Fräcken beziehungsweise Partykleidern, über denen sie Lederklamotten und Helme trugen. Stolz saßen sie rittlings auf ihren dicken BMWs, Nortons, Harleys und Triumphs. Die Braut hockte bei Jim auf dem Soziussitz, Peggy thronte im einzigen Beiwagen des Konvois. Ihre Mutter hievte sie heraus.

»Na, war die Hochzeit schön?« fragte sie.

Peggy begann aufgeregt draufloszuplappern. »Ich hab die

Blumen getragen und bin direkt hinter Liberty hergegangen, als sie im Standesamt den Gang runtergegangen ist.«

Jim lachte. »Meine Tochter! Komm her, Prinzessin, gib deinem Daddy einen dicken Kuß.«

Cyd und ich sahen verlegen zu, wie Vater und Tochter sich umarmten. Für Peggy war die Hochzeit damit vorbei. Sie würde das glückliche Paar nicht zum Empfang ins »Café Bleifuß« begleiten. Anschließend wollten sie in die Flitterwochen nach Manila fliegen. Jim setzte seine Tochter mit dem Gesicht zu sich auf seinen Schoß, und beide strahlten sich an.

Pat war zu uns auf den Gehsteig getreten. Er hielt sich gegen den Lärm der Motorräder die Ohren zu.

»Na dann«, sagte Cyd. »Herzlichen Glückwunsch.«

»Ja«, sagte auch ich. »Herzlichen Glückwunsch.«

Jim grinste nur, und schon brausten sie davon. Ich traute meinen Augen nicht. Jim raste mit dem Motorrad die Straße entlang, hinter sich seine Braut und vor sich seine Tochter. Wir hörten Braut und Brautjungfer vor Vergnügen kreischen. Mir kam es vor wie eine Entführung. Ich dachte, er wolle sie kidnappen.

»Wenn sie wenigstens ihren Helm aufhätte«, meinte Cyd. »Ich weiß, es ist nur ein kleiner Spaß, aber mir gefällt es trotzdem nicht.«

Am Ende der Straße machte Jim kehrt und fuhr zu uns zurück, seine Tochter lachend in seinen Armen, das Hochzeitskleid seiner Braut hinter ihnen herwallend. Das Motorrad bäumte sich auf dem Hinterrad auf, und alle drei schrien mit dieser Mischung aus Entsetzen und Wonne auf, wie man sie auf der Achterbahn hört. Dann kam Jims Motorrad quietschend zum Stehen. Die anderen Hochzeitsgäste applaudierten und ließen ihre Motoren aufheulen.

»Noch mal«, bettelte Peggy.

»Na gut, aber nur noch einmal«, sagte Jim.

»Nein, Schluß damit«, bestimmte Cyd und hob Peggy vom Motorrad.

»Ach, Mum!«

Jim seufzte übertrieben laut. »Typisch Cyd.«

»Das reicht«, sagte auch ich.

Der Bräutigam sah mich an, und sein Lächeln war wie weggeblasen. Mir fiel auf, daß er mir zum ersten Mal an diesem Tag in die Augen sah.

»Das reicht?« wiederholte er. »Das reicht, hast du gesagt? Was glaubst du eigentlich, wer du bist, Kumpel? Sie ist meine Tochter.«

»Ich lebe mit ihr zusammen«, sagte ich.

Er grinste mich höhnisch an. »Ha, aber nicht mehr lang, oder?«

Ich drehte mich zu Cyd um, doch sie wandte den Blick ab. Sie hatte ihrem Exmann also von uns erzählt. Ich hatte den starken Verdacht, daß diese Zurschaustellung seines Glücks – die Hochzeit mit Motto, die Traube von Freunden vor unserer Haustür, die Stuntnummer mit Peggy – weniger mit seiner Tochter als mit seiner ersten Frau zu tun hatte.

Gegenüber unseren abgelegten Ehepartnern können wir allen Versuchungen widerstehen, nur einer nicht: ihnen zu zeigen, wie glücklich wir ohne sie sind.

»Ich kenne dich, Harry«, sagte Jim. »Du bist für Peggy kein Vater. Du bist ja nicht mal für deinen eigenen Sohn ein Vater, oder?«

Ich sah zu Pat. Er hielt sich immer noch die Ohren zu, ob wegen der Motorräder oder wegen Jim, wußte ich nicht.

Zuerst Luke Moore und jetzt Jim. Die Welt war voller Menschen, die sich einbildeten, mehr Anspruch auf meine Frau zu haben als ich. Und vielleicht war ich so wütend, weil ich wußte, daß es mein eigener Fehler war, wenn sie so dachten.

»Du bist ein blöder Hund, Jim. Du bist schon immer ein blöder Hund gewesen und wirst auch immer einer bleiben. Du liebst deine Tochter, was? Und du bist ein guter Vater, was? Dazu gehört allerdings mehr, als sie zu deiner jüngsten Hochzeit einzuladen.«

»Hört auf, ihr zwei!« rief Cyd und setzte Peggy auf dem Gehsteig ab. Sie versuchte Jim wegzuschieben. »Geh, na los. Geh einfach. Liberty, sag ihm, er soll abhauen.«

Aber Jim rührte sich nicht vom Fleck. Er wirkte ziemlich aufgebracht, als hätte er sich mir gegenüber seit Jahren zurückgehalten und würde mir jetzt endlich die Meinung sagen.

»Ich bin froh, daß du bald aus Peggys Leben verschwindest«, sagte er zu mir.

Ich schob mein Gesicht ganz nah vor seins. Ich roch billigen Champagner und Calvin Klein. »Du glaubst wohl, du spielst in ihrem Leben eine Rolle, was? Du schaust mal eben vorbei, wenn dir danach ist, und dann läßt du wieder wochenlang nichts von dir hören. Nennst du das für ein Kind dasein?«

Cyd schrie jetzt: »Geh schon! Hau ab!«

Aus den Augenwinkeln sah ich, wie Peggy und Pat zurückwichen. Sie hielten sich an den Händen. Beide weinten. Ein paar von den Hochzeitsgästen stiegen von ihren Motorrädern und warfen mir bedeutungsvolle Blicke zu. Das roch nach Ärger.

In diesem Augenblick stolperte Peggy, sie ließ Pats Hand los und stürzte auf die Straße.

Sofort wurde sie von einem Auto erfaßt.

Die Wucht des Aufpralls wirbelte sie herum und schleuderte sie zurück auf den Gehsteig. Ihre ausgestreckten Beine lagen auf der Straße, das Oberteil ihres Kleides war beschmutzt. Oh Gott, nicht schon wieder, dachte ich und erinnerte mich daran, wie sich Pat mit vier Jahren den Kopf aufgeschlagen und mit ausgestreckten Gliedern auf dem Grund eines leeren Schwimmbeckens gelegen hatte. Benommen stand ich da, während Cyd zu ihrer Tochter stürzte. Jemand heulte. Liberty warf sich auf die Knie und schob Cyd beiseite. Krankenschwester, schoß es mir durch den Kopf. Sie ist Krankenschwester.

Ich blickte in das kreidebleiche Gesicht des Autofahrers. Er war etwa so alt wie ich, trug Anzug und Krawatte und saß in einem nagelneuen BMW. Er war nicht schnell gefahren, sondern auf der Suche nach einem kostbaren Parkplatz an der nicht abreißenden Autoschlange vorbeigekrochen, aber er mußte irgendwie mit seinem Handy beschäftigt gewesen sein, denn es war noch in seiner Hand und dudelte eine Schnellversion von *Waltzing Matilda*. Er hatte die Straße nicht gut genug überblickt, um den Zusammenstoß mit einem kleinen Mädchen zu vermeiden, das ihm ohne Vorwarnung vor den Wagen stürzte. In der Stoßstange war eine kleine Delle.

Cyd heulte und schrie und versuchte ihre Tochter in den Arm zu nehmen, während Liberty sie mit einer Hand wegschob und Peggy mit der anderen sanft wiegte. Jim zerrte an mir, weil er mich aus dem Weg schaffen oder mich schlagen wollte, was weiß ich. Und Liberty rief jemandem etwas zu. Zuerst kapierte ich nicht, wem, doch dann begriff ich. Es kam mir seltsam vor, daß sich Liberty ausgerechnet an den BMW-Fahrer wandte, dessen Handy *Waltzing Matilda* dudelte.

»Einen Krankenwagen«, sagte sie. »Rufen Sie einen Krankenwagen!«

Ich fragte mich, was wohl so wichtig gewesen war. Eine SMS von seiner Freundin, vermutete ich. Er ist genau wie ich.

Lebt in seiner eigenen kleinen Traumwelt und verletzt alle, die ihm nahekommen.

Peggy hatte sich das Bein gebrochen. Das war alles. Und das war schlimm genug – ich hoffe, ich muß nie wieder ein Kind so leiden sehen –, denn während wir hinten im Krankenwagen saßen, wurde uns bewußt, daß sie genausogut hätte getötet werden können.

Einen »Grünholzbruch« nannte es der Krankenhausarzt und meinte damit einen unvollständigen Bruch des Knochens. Die Außenschicht des Knochens war unversehrt, der Bruch befand sich im Innern. Der Arzt meinte, Kinder zögen sich meist einen Grünholzbruch zu, weil ihre Knochen so biegsam seien. Die Knochen von Erwachsenen dagegen brechen einfach entzwei. Wenn man einen Erwachsenen nur kräftig genug schubst, zerfällt er in seine Einzelteile.

Obwohl Peggys Kopf keine äußeren Verletzungen aufwies, machten sie ein CT, und darauf war nichts zu sehen. Sie gaben ihr milde Schmerzmittel, gipsten ihr Bein und legten es in eine Art Hängematte über ihrem Krankenhausbett. Schon bald setzte sie sich auf und ließ den Blick gebieterisch über die anderen Patienten der Kinderstation schweifen.

Es war nicht wie bei Pats Unfall. Peggy schwebte in keinem Augenblick in Lebensgefahr. Trotzdem hatte ich Einblick in eine Welt bekommen, in der etwas Unsägliches geschehen war, und das ließ mir das Blut in den Adern gefrieren.

Wir saßen zu fünft an ihrem Bett. Jim und Liberty. Cyd und Pat. Und ich. Tranken schlechten Tee aus Styroportassen und redeten nicht viel, weil wir vor Schreck noch ganz benommen waren. Nachdem wir uns auf der Straße angeschrien hatten, hätte es uns eigentlich peinlich sein müssen, hier vereint zu sein, aber die Erleichterung hatte alle anderen Gefühle verdrängt. Als der Arzt ans Bett trat, sprangen wir auf.

»Wir werden sie eine Weile hierbehalten«, sagte er. »Fürs erste haben wir den Knochen repositioniert, das heißt die gebrochenen Enden in ihre ursprüngliche Position gebracht. Jetzt müssen wir nur darauf achten, daß sich nichts verschiebt, damit der Bruch heilen kann.« Er tätschelte Peggys Kopf. »Na, tanzt du gern, kleine Dame?«

»Ja, und ich tanze sogar sehr gut«, antwortete Peggy.

»Na, du wirst schon bald wieder so gut tanzen wie früher.«

Aus den Augenwinkeln sah ich, wie Jim verstohlen auf seine Uhr schielte. Er und Liberty mußten ihr Flugzeug kriegen. Kaum war der Arzt gegangen, verabschiedeten sich Braut und Bräutigam und rasten zum Flughafen. Jetzt waren wir nur noch zu dritt.

Wir blieben an Peggys Bett sitzen, bis es dunkel wurde und sie eingeschlummert war. Cyd legte ihre Arme um Pat und mich, und irgendwie war das offenbar das Signal, die angestaute Anspannung des Tages abzulassen.

Leise, um Peggy und ihre schlafenden Bettnachbarn nicht zu stören, hielten Cyd, Pat und ich einander fest und weinten vor Erleichterung.

Und zum allerersten Mal in meinem Leben konnte ich nicht sagen, wo meine Familie aufhörte und wo sie begann.

27

Ich traf mich weiterhin mit Kazumi.

Trotz allem, was passiert war.

Als sie auf den Türöffner drückte und ich das Haus betrat, fragte ich mich: Wie kannst du das tun? Wie kannst du hierherkommen und dieses Mädchen besuchen, während Peggy im Krankenhaus liegt? Und ich fragte mich – nicht zum ersten Mal –, was mein Vater über mich gedacht hätte.

Aber ich wußte, daß ich nur deshalb hier war, weil es einfacher war, als nicht hier zu sein. Ich hatte Pat zu meiner Mutter gebracht, um ihm Ginas und Richards jüngste Versöhnung zu ersparen, und Kazumi abzusagen wäre schwieriger gewesen – noch mehr Entschuldigungen, noch mehr Lügen –, als ganz einfach verspätet zu diesem Rendezvous mit meinem heimlichen Leben zu erscheinen.

Im Krankenhaus konnte ich nichts tun. Als der anfängliche Schock überwunden war, war es Cyd offenbar sogar ein bißchen unangenehm, daß ich sie berührte – sie in den Armen hielt, sie drückte, um sie zu trösten. Sie fand es anscheinend unpassend, wo doch all die halb gepackten Koffer in unserem Gästezimmer auf sie warteten. Für solche Dinge hatten wir uns zu sehr auseinandergelebt. Wie hätte ich mich im Krankenhaus also nützlich machen sollen? Ich durfte ja nicht einmal meiner Frau die Hand halten.

Also fuhr ich zu Kazumi. Als ich die Treppe hochging, war mir noch flau im Magen von dem traumatischen Unfall und der rasend schnellen Fahrt ins Krankenhaus. Außerdem war ich noch ganz benommen von der stundenlangen Warterei und der anschließenden Kriecherei über die Autobahn zum Haus meiner Mutter. Ich hatte einen ganzen verdammten Tag lang ein Kind in Not erlebt und selbst nichts, nicht das geringste tun können. Das schlimmste Gefühl, das es gibt.

Kazumi beugte sich oben über das Treppengeländer. Als ich

ihr schönes, lächelndes Gesicht und ihr zurückgekämmtes, langes schwarzes Haar sah, schoß mir durch den Kopf, daß dies unser ganz besonderer Abend werden sollte. Und als sie mich gleich darauf küßte, war ich mir sicher. Sie war bereit, den letzten Schritt zu tun. Meine früheren Ehegelübde waren mit einem Mal null und nichtig. Wir würden die Grenze überschreiten und unsere eigenen Versprechungen machen.

Im anderen Zimmer war ein Cello zu hören, das die Tonleitern rauf- und runterkletterte. Die Mitbewohnerin war also zu Hause, doch Kazumi lächelte verschwörerisch.

»Sie bleibt in ihrem Zimmer«, sagte sie. »Sie muß üben. Keine Sorge.«

Der Tisch war für zwei gedeckt – ein ganz besonderes Abendessen für zwei Personen: Champagnerflöten, Damastservietten, in einem silbernen Kerzenständer eine einzelne weiße Kerze, die bereits brannte und deren Flamme im Halbdunkel tanzte. Mein Herz pochte wie eine alte Wunde, als ich sah, wieviel Mühe sich Kazumi gegeben hatte.

»Mit Pat und deiner Mum alles in Ordnung?«

»Es geht ihnen prima.«

Sie hatte einen festen Platz in meinem Leben. Sie kannte meinen Sohn und meine Mutter. Sie interessierte sich für sie, und die beiden mochten sie. Wenn man ihnen ein paar Jahre Zeit ließe, würden sie sie vielleicht sogar lieben. Und sie würde die beiden lieben. Das wußte ich. Es war einfach so. Ich hatte sie jetzt im Blut. Sie war ein Teil von allem. Na gut, nicht ganz, denn so, wie ich sie gegen Cyd abschirmte, schirmte ich auch Cyd gegen sie ab. Außerdem konnte ich Kazumi nicht von Peggy erzählen. Ich hätte nicht gewußt, wo ich anfangen sollte.

In der Tischmitte stand eine große Pfanne auf einer Art kleinem Gaskocher. Rundherum standen Teller mit in dünne Scheiben geschnittenem Rindfleisch, weißen Tofustückchen und häufchenweise rohem Gemüse, von dem ich einige Sorten wiedererkannte.

»Sukiyaki«, sagte ich. »Wunderbar.«

Sie war begeistert. »Alle Leute aus dem Westen lieben Sukiyaki. In Japan gibt es das erst, seit Kaiser Meiji mit dem Fleischessen anfing. Das war Anfang des zwanzigsten Jahrhunderts. Vorher gab es nur Fisch.«

»Das wußte ich nicht«, sagte ich und ließ mich auf einen Stuhl sinken.

Sie ließ den Champagnerkorken knallen und füllte unsere Gläser.

»*Kampai*«, sagte ich.

»Prost«, erwiderte sie.

Sie kam um den Tisch herum und drückte mir einen flüchtigen Kuß auf die Lippen, dann warf sie lächelnd ein paar dünne Rindfleischscheiben sowie etwas rohes Gemüse in die zischende Pfanne und goß eine Sauce darüber. Die Mitbewohnerin hatte in ihrem Zimmer mit dem Tonleiterüben aufgehört und »Lied ohne Worte« zu spielen begonnen. Diese Musik mit ihrer Aura von Traurigkeit, Ruhe und unwiederbringlich verlorenen Dingen legte sich wie eine Faust um meine Kehle.

»Die Sauce heißt *warashita*. Sie besteht aus Sojasauce, süßem Reiswein und Zucker. Weißt du, wie es weitergeht?«

Auf dem Tisch lagen zwei Eier; daneben standen zwei Lackschälchen.

»Wir verquirlen die rohen Eier und tauchen das Rindfleisch und das Gemüse hinein«, sagte ich, gegen die Faust an meiner Kehle ankämpfend.

»Ha!« rief sie. »Ich sehe, du bist ein großer Sukiyaki-Experte.«

Auch ich sah etwas. Ich sah auf einmal, daß mein Traum niemals wahr würde, nicht in einer Million Jahren. Ich hatte davon geträumt, noch einmal von vorne anzufangen, indem ich mit Kazumi durchbrannte und meinen Sohn mitnahm. Das wollte ich. Nicht nur eine neue Frau. Nicht nur das. Sondern eine heile Welt und eine intakte Familie. Eine neue Frau *und* ein neues Leben.

Ich weiß nicht, wohin wir gegangen wären. In den Westen von Irland. Nach Paris. Vielleicht hätte es auch schon eine andere Ecke im Londoner Norden getan. Vielleicht wäre Primrose Hill weit genug weggewesen. Irgendwohin. Auf jeden Fall würden wir weggehen, und in meinem Traum waren wir schon unterwegs.

Aber jetzt sah ich, daß dieser Traum niemals wahr würde. Das war nicht Kazumis Schuld. Der Preis war einfach zu hoch. Zuviel von dem, was uns lieb und teuer war, müßte aufgegeben, zuviel von unserem Leben über Bord geworfen werden, bevor ich von vorne anfangen könnte.

Ich hatte geglaubt, daß nur meine Gefühle für sie zählten – Liebe, Romantik, man mag es nennen, wie man will.

Aber das stimmte eben nicht.

Es gab noch ein paar andere Dinge, die zählten.

Natürlich hätte ich die übliche Nummer abziehen können. Ich hätte versuchen können, Cyd halbwegs glücklich zu machen, während ich Kazumi hinhielt und ebenfalls halbwegs glücklich machte. Ich hätte beide vögeln und beide ausnutzen können, um das Kind einmal beim Namen zu nennen. Und ich hätte damit durchkommen können, indem ich alle belog – Cyd, Kazumi, aber vor allem mich selbst, weil ich mir einredete, beide aufrichtig zu lieben. Auf meine eigene nette Art.

Wenn du nämlich versuchst, zwei Frauen gleichzeitig zu lieben, liebst du am Ende keine von beiden, zumindest nicht so, wie sie es verdient.

Versuch es, und du wirst sehen, was passiert: Du zerbrichst daran.

Du brauchst ein Herz aus Stein, um so ein Doppelleben zu führen. Und sie, die andere Frau, auch. Ich wußte, daß Kazumi für diese Art Leben nicht geschaffen war. Sie eignete sich nicht dafür, meine Geliebte zu sein. Sie war nicht kalt genug, nicht alt genug, nicht hart genug. Aus denselben Gründen, aus denen ich sie liebte, würde sie nie meine Gespielin sein können. Sie hatte das liebste, gütigste Herz auf der ganzen Welt. Das glaube ich noch immer. Auch heute noch.

Im Grunde kannte ich sie so gut. Ich erkannte sogar Facetten von mir in ihr wieder, meine besten, versteht sich. Sie glaubte wirklich daran, daß sie eines Tages eine Liebe finden würde, die ihr Leben veränderte. Und vielleicht hatte sie recht. Aber ich wußte jetzt, daß es nicht bei mir sein konnte.

Bei dieser Frau ging es um alles oder nichts. Genau deshalb liebte ich sie – jetzt kann ich es ja sagen: Ich liebte sie. Aber sie war nicht für eine Affäre geschaffen. Das richtige Mädchen in vielerlei Hinsicht, aber das falsche für diese Rolle. Sie war eine Romantikerin. Man mag über diese arglosen Geschöpfe, die in ihrem Kielwasser stets Chaos und Zerstörung hinterlassen, denken, was man will, aber eins muß man den Romantikern lassen: Sie geben sich nie mit dem Zweitbesten zufrieden.

»Kazumi«, sagte ich und stand auf.

Sie machte ein langes Gesicht. »Gibt's ein Problem? Mit dem rohen Ei? Magst du rohe Eier nicht?«

Vorsichtig stellte ich meine Champagnerflöte auf den Tisch.

»Das rohe Ei ist prima. Es ist nur … Ich kann das nicht. Es tut mir schrecklich leid, aber ich muß jetzt gehen.«

Sie nickte, denn sie hatte sofort begriffen. Wut flackerte in ihr auf.

»Geh ruhig. Geh zurück zu deiner Frau.«

»Es tut mir so leid.«

Sie nahm den Kerzenständer und warf damit nach mir. Er flog an meinem Kopf vorbei und hinterließ einen Klecks Kerzenwachs auf der Tischdecke. Dann drosch sie mit den Fäusten wütend auf unser ganz besonderes Abendessen ein, und alles ging zu Bruch. Gläser und Gemüse, Silberbesteck und Stäbchen und auch die hübschen Servietten wurden mit Sojasauce bespritzt. Unser ganz besonderes Abendessen flog über den Tisch, landete auf dem Boden oder klatschte gegen meine Hosenbeine. Eine schöne Bescherung.

Kazumi ließ den Kopf hängen. Ihr Haar sah aus wie ein langer, schwarzer Schleier.

»Kazumi.«

»Geh zurück nach Hause.«

Also verließ ich sie, in der Luft der Geruch nach geschmortem Rindfleisch und die Celloklänge, die aus dem Zimmer ihrer Mitbewohnerin drangen, und in meinem Bauch der ungewollte

Champagner. Es fiel mir nicht leicht, sie zu verlassen. Aber letztlich hatte Cyd mehr Anspruch auf mich. Cyd genoß Heimvorteil.

Was auch immer jetzt geschah – ich mußte bei meiner Frau sein.

Selbst wenn es nur noch darum ging, ihr Lebwohl zu sagen.

Cyd war noch im Krankenhaus.

Peggy sah winzig aus in ihrem Bett. Über ihrem eingegipsten Bein befand sich eine Art Schutzzelt, ihr schlafendes Gesicht mit der gerunzelten Stirn wirkte ernst. Sie saß im Bett, und ihr Kopf war zur Seite gedreht, als wäre sie eben erst eingenickt.

Zuerst sah ich Cyd nicht. Dann entdeckte ich sie auf der anderen Seite des Betts. Sie lag zwischen ein paar blauen Krankenhausdecken auf dem Boden und schlief. Es war bereits nach Mitternacht. Als ich neben ihr niederkauerte, wurde sie wach.

»Sie ist aufgewacht und hatte furchtbare Schmerzen. Sie haben ihr was gespritzt, und das hat sie umgehauen. Die Schwester hat gesagt, morgen müßte es ihr wieder gutgehen.« Wir betrachteten das schlafende Kind. Peggy regte sich nicht. »Bis dahin tut sich bestimmt nicht mehr viel. Es ist nur … Weißt du, diese ständige Warterei …«

»Komm für ein paar Stunden nach Hause, Cyd.«

»Nein, ich kann sie nicht allein lassen.«

»Komm nach Hause. Nimm eine Dusche und schlaf ein bißchen. In deinem eigenen Bett. Und dann iß einen Toast und trink eine Tasse Tee. Komm schon. Du mußt Kraft für morgen sammeln.«

Sie lächelte matt und berührte meinen Arm.

»Danke, daß du zu mir hältst, Harry«, sagte sie, und ich spürte, wie mir die Schamesröte ins Gesicht stieg.

»Du warst doch auch für mich da, als Pat verunglückt ist«, sagte ich. »Weißt du noch?«

Das war nun fast drei Jahre her. Ich sah immer noch vor mir, wie mein Sohn in das leere Schwimmbecken fiel und sich die dunkle Blutlache rund um sein dunkelblondes Haar ausweitete.

Damals hatte ich etwas gelernt. Damals hatte ich die Erfahrung gemacht, daß diese Welt dir deine Kinder wegnehmen kann. Und Cyd war für mich da. Gina war in Japan, um nach ihrem alten Leben zu suchen oder sich selbst zu verwirklichen oder weiß der Teufel, warum, und ich hatte niemanden. Außer meinen Eltern, die immer für mich da waren. Und Cyd, die auch woanders hätte sein können. Woanders, wo alles viel einfacher war.

»Man könnte meinen, es wäre ewig her«, sagte sie.

»Laß uns heimgehen, Cyd. Nur für ein paar Stunden. Komm schon, du gehst auf dem Zahnfleisch.«

Doch sie wollte mir unbedingt noch etwas sagen.

»Ich weiß, daß du frei sein möchtest, Harry.«

»Nicht jetzt. Laß uns nicht jetzt darüber reden. Bitte.«

»Doch, hör zu. Ich weiß, daß du frei sein willst, weil alle Männer frei sein wollen, du mehr als alle anderen. Vielleicht liegt es daran, daß du so früh Vater geworden bist und so früh geheiratet hast. Und daß bei dir alles schon so früh schiefgelaufen ist. Ich weiß nicht genau, warum dein Drang so stark ist. Aber ich weiß, daß du davon träumst, frei zu sein. Du fragst dich, wie es ohne Frau, ohne Kinder, ohne Verantwortung wäre. Aber was würde passieren, wenn du frei wärst, Harry? Weißt du das?«

»Laß uns jetzt nach Hause gehen.«

Sie lächelte triumphierend. »Ich weiß es aber, Harry, ich weiß es. Ich weiß, was passieren würde, wenn du frei wärst.«

»Cyd –«

»Hör mir zu. Wenn du frei wärst, würde folgendes passieren, Harry: Du würdest ein Mädchen kennenlernen, ein süßes junges Ding, und du würdest dich verknallen. Du würdest verrückt nach dem Mädchen sein. Und du würdest in einer Situation landen, die der gar nicht so unähnlich ist, in der du mit mir lebst, in der du mit Gina gelebt hast und mit jeder Frau, die du je geliebt hast. Begreifst du denn nicht, Harry? Wenn du fähig bist, jemanden zu lieben, gibt es keine totale Freiheit. Es kann sie nicht geben. Man gibt sie auf. Man gibt seine Freiheit für etwas Besseres auf.«

Ich holte ihren Mantel und half ihr hinein. Beide betrachteten wir das schlafende Kind und sträubten uns dagegen, es zu verlassen. Weiß auf weiß, schien Peggys Gesicht auf dem Kissen fast zu verschwinden.

»Es sollte keine Falle sein, Harry«, sagte Cyd. »Die Hochzeit, der Ehering, ich und Peggy … Ich weiß, du fühlst dich, als wärst du in die Falle gegangen, aber das mit dir und mir, das sollte keine Falle sein.«

»Laß uns jetzt nach Hause gehen, ja?«

»Ich wollte, daß du dich frei fühlst.«

Ich lag im Dunkeln in meinem Bett und lauschte erst dem Plätschern der Dusche und dann ihren Schritten auf dem Weg ins Gästezimmer. Ich merkte erst, daß sie in unser Schlafzimmer gekommen war, als sie neben dem Bett stand. Ihr schwarzes Haar war naß und glänzte, ihre langen Beine waren nackt. Sie zitterte leicht in der Kühle der Nacht. Und sie trug wieder ihr grünes Kleid.

»Es paßt noch, Harry«, sagte sie, und schon lag sie in meinen Armen. Und dann, wie so oft, wenn Krankheit und Tod an die Tür klopfen und der Drang nach Leben so stark ist wie nie, weil man plötzlich der Alternative ins Auge blickt, liebten wir uns, als seien wir eine vom Aussterben bedrohte Gattung.

Es gibt tatsächlich nur zwei Arten von Sex auf dieser Welt. Vor der Ehe und nach der Ehe. Lust und Pflicht. Leidenschaftlich und mitleidig. Heiß und lauwarm. Vögeln und sich lieben.

Normalerweise gibt man mit der Zeit die eine um der anderen willen auf. Das ist so. Aber man kann die andere jederzeit zurückholen.

Es ist genau so, wie meine Mum gesagt hat.

Man muß sich nur immer wieder neu verlieben.

28

Wir sagten uns auf dem Primrose Hill Lebewohl.

Ich wäre nicht weiter überrascht gewesen, wenn sie nie wieder mit mir hätte reden wollen. Aber sie hatte etwas an sich, so eine Art großzügige Förmlichkeit – vielleicht war das japanisch –, die sie veranlaßte, sich noch dieses eine Mal mit mir zu treffen.

Es war einer dieser klaren, hellen Sommertage, an denen London kein Ende hat. Vom Primrose Hill konnte man die ganze Stadt überblicken, und doch wirkte das leise Rauschen des Verkehrs sehr fern. Die wirkliche Welt schien ganz weit weg zu sein. Aber ich wußte, sie rückte immer näher.

Es war noch sehr früh. Überall Hunde und Jogger, Menschen, die mit einem Becher Cappuccino in der Hand zur Arbeit hetzten, und die Lampen, diese altmodischen Laternen, die an eine andere, längst verschwundene Stadt, an ein anderes London erinnerten, glommen in ganz Primrose Hill noch immer matt im Morgenlicht.

»Wirst du hierbleiben oder nach Japan zurückgehen?«

»Das darfst du mich nicht fragen. Du hast kein Recht, mich das zu fragen.«

»Tut mir leid.«

»Hör auf, das zu sagen. Sag das nicht noch mal. Bitte.«

Sie hielt mir etwas hin. Es war das Polaroidfoto, das wir von uns geschossen hatten. Wir hatten die Kamera auf Armeslänge von uns weggehalten und gelacht, als würde nichts von alldem je ein Ende haben.

»Früher habe ich geglaubt, wenn man jemanden fotografiert, kann man ihn nie verlieren«, sagte Kazumi. »Aber jetzt merke ich, daß es genau umgekehrt ist. Daß uns unsere Bilder zeigen, was wir alles verloren haben.«

»Wir verlieren uns nicht«, widersprach ich. »Wenn zwei Menschen sich etwas bedeuten, verlieren sie sich nicht.«

»Das ist Mumpiss«, sagte sie ungehalten. Ihr Temperament ging wieder mit ihr durch. Ich mußte lächeln. Ab und zu brachte sie die Sprache durcheinander, so daß etwas ganz Besonderes herauskam. »Das ist total Mumpiss.«

Ich schüttelte den Kopf. »Du wirst mir immer wichtig sein, Kazumi. Ich werde immer an dich denken, selbst dann noch, wenn du mit einem anderen Mann zusammen bist. Wie können sich zwei Menschen, die sich geliebt haben, je wirklich verlieren?«

»Ich weiß nicht«, sagte sie. »Ich kann es nicht erklären, aber es passiert.«

»Ich möchte dich nicht aus meinem Leben verlieren.«

»Ich dich auch nicht.«

»Es gibt vier Milliarden Menschen auf dieser Welt, und eine Handvoll davon sind mir wichtig. Dazu gehörst auch du. Vor allem du. Also rede nicht daher, als würden wir uns gegenseitig wegwerfen.«

»Okay, Harry.«

»Auf immer vereint?«

Sie lächelte. »Auf immer vereint, Harry.«

»Bis bald, Kazumi.«

»Bis bald.«

Ich sah ihr nach, wie sie den Primrose Hill auf einem dieser merkwürdigen schmalen Wege hinunterging, die kreuz und quer durch den Park verlaufen und in vollkommen verschiedene Richtungen führen, so wie die unsäglichen Entscheidungen, die man auf seinem Weg durchs Leben zwangsläufig treffen muß.

Ich sah ihr nach, bis sie verschwunden war, und ich wußte, daß ich nie aufhören würde, mich zu fragen, wie es wohl gewesen wäre, wenn wir ein Paar geworden wären; daß ich nie aufhören würde, an sie zu denken; und daß sie mir immer in meinen Träumen erscheinen würde.

Und gerade, als sie durch den Park davonging und ich sie schließlich aus den Augen verlor, geschah etwas, aber vielleicht bildete ich es mir auch nur ein. Mir kam es so vor, als gingen in ganz Primrose Hill die Lichter aus.

Ich sah sie nie wieder.

Meine Mutter setzte ihre Dolly-Parton-Perücke auf und ging einkaufen.

Da der kleine Laden um die Ecke, in dem sie jahrzehntelang ihre Lebensmittel eingeholt hatte, unlängst dichtgemacht hatte, weil der Besitzer in Rente ging, mußte sie jetzt immer in einen dieser gigantischen, meilenweit entfernten Supermärkte fahren. Meiner Mum war der Supermarkt sogar lieber – »Viel größere Auswahl, mein Lieber« –, aber die Busverbindung dorthin konnte man vergessen, und deshalb fuhren Pat und ich einmal die Woche mit ihr hin.

Wir schoben unseren Einkaufswagen gerade zur Frischfleischtheke, als ein alter Mann mit einer einzelnen Dose Katzenfutter in seinem klapprigen Einkaufskorb mit uns zusammenstieß. Der alte Kauz mit dem schlaffen Kinn hatte einen grauen, stoppeligen Dreitagesbart und trug eine Strickjacke, die so aussah, als hätte sie eine ganze Großfamilie von Motten ernährt. Als ich den alten Mann mit unserer Karre überholt hatte, stellte ich fest, daß wir uns schon einmal begegnet waren.

»Elizabeth!« rief er aus.

Es war Tex, obwohl er an diesem Tag eindeutig mehr wie Graham aussah.

Meine Mum warf unbeeindruckt den Bio-Schinken in den unförmigen, glänzenden Einkaufswagen. »Ach, hallo«, sagte sie, ließ sich jedoch nicht dazu herab, ihn bei seinem Cowboynamen oder überhaupt irgendeinem Namen anzusprechen. »Was macht das *line dancing*?«

Tex verzog sein knittriges Gesicht zu einer Grimasse, rieb sich die Hüfte und stieß hervor: »Hab mir den Oberschenkelknochen gebrochen, Liz. Beim Hardwood Stomp in Wickford. Mußte das *line dancing* für 'n Weilchen sein lassen.«

Er starrte meine Mutter an, als wäre sie Joan Collins an einem ihrer guten Tage. Und wirklich – sie sah toll aus.

Es lag nicht allein an ihrer üppigen blonden Country-and-Western-Mähne oder an dem Gewicht, das sie verloren hatte. Meine Mum besaß jetzt eine Selbstsicherheit, eine hart erworbene innere Kraft, die ihren Augen einen vorher nicht dagewesenen Glanz verlieh. Daß dieser kleine alte Mann sie sang- und klanglos hatte sitzenlassen, war das Geringste. Sie hatte viel schwerere Schläge als diesen überlebt.

»Also, du siehst … Du siehst prächtig aus«, sagte Tex.

»Danke.« Meine Mum lächelte höflich und musterte den verhutzelten Alten, als könne sie ihn nicht recht einordnen. »War nett, dich zu sehen.« Meine Mum drehte sich zu Pat und mir um. »Laßt uns weiterschieben, Jungs.«

»Vielleicht … Vielleicht könnten wir uns mal auf 'n Täßchen Tee treffen«, stammelte Tex. »Falls du nicht zu beschäftigt bist.«

Meine Mum tat so, als hätte sie ihn nicht gehört. Wir ließen Graham und seine einsame Dose Katzenfutter an der Fleischtheke stehen.

»Du könntest mit ihm ruhig einen Tee trinken gehen«, sagte ich zu meiner Mum, obwohl ich insgeheim stolz darauf war, daß sie ihn so abserviert hatte. »Er ist ein harmloser alter Mann.«

»Aber er ist nicht *mein* Mann, Harry. Das hatte ich eine Zeitlang vergessen. Aber dann ist es mir wieder eingefallen. Für mich gibt es nur einen einzigen Mann, und so ist es immer gewesen.«

Pat und ich konnten kaum mit ihr mithalten, als ihr blonder Kopf sich hüpfend zur Kasse bewegte. Und ich dachte: Dolly Parton wäre stolz auf meine Mutter. Egal, was für schreckliche chirurgische Eingriffe sie über sich hatte ergehen lassen müssen – etwas in ihr war unberührbar.

Als ich den Wagen vom Parkplatz fuhr, sahen wir Tex im Nieselregen auf den Bus warten. Aber mir war klar, daß ich besser nicht vorschlug, ihn mitzunehmen.

Meine Mutter starrte ihn ausdruckslos an, und einen Augenblick lang dachte ich, sie würde einen Finger oder auch zwei hochhalten. Im Grunde wußte ich, daß sie für so etwas viel zu höflich war. Und wenn sie Graham alias Tex den Finger gezeigt hätte, dann wäre es sicherlich nicht der Mittelfinger gewesen.

Es wäre der Finger gleich daneben gewesen, der Finger der linken Hand, an dem sie immer und ohne Unterbrechung ihren Ehering trug.

Vor dem Haus meiner Mutter warteten drei Frauen. Eine von ihnen war schon in den Vierzigern, die beiden anderen waren jünger als ich. Sie sahen alle aus, als würden sie von einem tonnenschweren Gewicht niedergedrückt.

Meine Mum schloß auf und ließ uns alle herein. Sie brauchte mir nicht zu sagen, daß die drei zu den Frauen gehörten, die sie in Sachen Brustkrebs beriet. Die Frauen gingen mit Pat ins Wohnzimmer, während meine Mum und ich Tee machten. Ich hörte die Frauen über etwas lachen, was mein Sohn gesagt hatte. Es klang, als hätten sie schon eine ganze Weile nicht mehr gelacht.

»Siehst du die Junge, Harry? Sie hat dieselbe Operation hinter sich wie ich. Selbe Brust weg. Jetzt hat sie Angst, sich anzuschauen. Stell dir das vor. Sie hat Angst vor dem Spiegel. Das darf nicht sein. Man darf keine Angst haben, sich selbst anzusehen. Mit mir können sie reden. Ihre Familie – der Ehemann, die Töchter, die Söhne – wollen nämlich selbst beruhigt werden. Sie wollen die Wahrheit nicht wissen, sie wollen nur beruhigende Worte hören. Mich müssen sie nicht beruhigen. Und vor mir brauchen sie sich auch nicht zu schämen, weil ich mit ihnen in einem Boot sitze. Und wofür sollten wir uns auch schämen? So schlimm ist es doch gar nicht. Sie sind schüchtern. Ich bin älter als sie, Harry, und ich bin stärker als je zuvor. Die Krankheit hat mich stärker gemacht. Sie hat mir eine ganz eigenartige Kraft verliehen. Ich habe vor dieser Welt keine Angst mehr. Diese Mädchen – ich weiß, ich sollte besser ›Frauen‹ sagen, aber für mich sind es nun mal Mädchen – können ihren Ehemännern nicht sagen, wie sie sich fühlen. Das ist in Ordnung. Es gibt kein unkompliziertes Leben, das sehe ich jetzt. Ich habe deinen Dad mehr geliebt als das Leben. Aber wir müssen dem Menschen, mit dem wir verheiratet sind, nicht alles erzählen. Das ist keine Schande.«

»Aber vielleicht würden ihre Männer sie verstehen«, wandte ich ein. »Man sollte doch versuchen, sich gegenseitig zu verstehen, oder nicht? Und wenn sie ihre Frauen wirklich lieben, verstehen sie sie vielleicht auch.«

»Vielleicht«, sagte meine Mum. »Wenn sie sie wirklich lieben.«

»Darf ich dich etwas fragen? Über dich und Dad?«

»Nur zu.«

»Verändert sich alles? Im Lauf der Jahre, meine ich. Soll ich mich besser darauf einstellen, daß meine Ehe anders wird, als sie am Anfang war?«

Meine Mutter lächelte.

»Sie verändert sich ständig, sie hört nie auf, sich zu verändern. Wenn man jung ist, sagt man: ›Ich liebe dich, weil ich dich brauche‹. Wenn man alt ist, heißt es: ›Ich brauche dich, weil ich dich liebe‹. Ein großer Unterschied. Damit will ich nicht sagen, daß das eine besser ist als das andere, obwohl das zweite in der Regel ein bißchen länger hält. Aber man hört nie auf, den anderen zu lieben, Harry. Nicht, wenn die Liebe echt ist.« Sie nahm meine Hände. »Hör zu, Harry. Rede mit ihr, wenn dir danach ist. Rede mit Cyd. Erzähl ihr, was passiert ist. Rede mit deiner Frau, wenn du meinst, das könnte helfen.«

»Ich weiß nicht, ob ich das kann. Weißt du, ich möchte, daß sie stolz auf mich ist, Mum. So, wie du stolz auf Dad warst.« Ich drückte ihre Hände. »Und ich möchte auch, daß du stolz auf mich bist.«

»Das bin ich doch schon«, sagte meine Mum.

Peggy kam nach Hause, und alle Kinder ihrer Station hatten auf ihrem Gips unterschrieben. Es würde noch eine Weile dauern, bis sie wieder zur Schule gehen konnte. Aber der Bruch würde heilen, und so gingen wir an diesem Abend ganz schwach vor Erleichterung zu Bett. Peggy würde wieder gesund werden. Und auf eine Weise, die ich nicht erklären konnte, würde ich das auch.

»Ich muß dir etwas sagen, Cyd.«

»Du mußt mir gar nichts sagen. So wie ich dir nichts über Luke sagen muß, weil es da nichts zu sagen gibt.«

»Aber ich möchte dir etwas sagen. Ich möchte dir sagen, was passiert ist und warum wir uns eine Zeitlang verloren haben.«

»Du mußt mir überhaupt nichts sagen. Ruh einfach deine Augen aus.« Ich spürte, wie meine Frau im Dunkeln meinen Arm berührte. »Du bist jetzt zu Hause«, sagte sie.

29

Das Leben hält alle Menschen, die wir lieben, als Geiseln.

Deshalb war es so hart für meine Frau, als Peggy wieder nach Hause kam. Wenn man sein Kind einmal im Krankenhaus erlebt hat, ist man nie wieder richtig frei. Man ist nie wieder so frei wie in der Vergangenheit, wenn man weiß, was für ein Gefühl es ist, ein krankes Kind zu lieben; wenn man erkannt hat, wie gefährlich es da draußen ist. Weil man nämlich die Angst nicht mehr los wird, daß es wieder passieren und beim nächsten Mal noch schlimmer sein könnte.

Und es ging nicht nur um ihre Tochter. Cyd bekam spätabends Anrufe von ihren Schwestern aus Texas, die sich Sorgen um ihre Mutter machten. Man hatte sie auf einem Parkplatz im Zentrum von Houston aufgelesen, mit einer von *Vom-Winde-verweht*-DVD, ohne Geld im Portemonnaie und ohne Erinnerung, wie sie dorthin gekommen war. »Hört sich an wie der Beginn der Oldtimer-Krankheit«, sagte meine Mum. Für meine Frau war das schrecklich: noch etwas, was ihr Sorgen bereitete.

Als wir eines Nachts das Licht ausschalteten und Cyd nebenbei erwähnte, ihre Periode sei ausgeblieben, dachte ich mir deshalb: Streß.

Streß kann den Organismus ganz schön durcheinanderbringen.

Und als meine Frau am nächsten Morgen nach dem Aufwachen ins Bad lief und würgte, auch wenn nichts kam, dachte ich bei mir: armes Ding. Krank vor Sorge um ihre Tochter, und jetzt auch noch krank vor Sorge um ihre Mutter.

Und selbst als ich vor der Badezimmertür stand und mit anhörte, wie meine Frau sich zu übergeben versuchte, selbst da kapierte ich es noch immer nicht. Ich kapierte noch nicht, daß es wieder passierte.

Das Beste, was es auf der Welt gibt.

Ich hatte so ein Ding schon mal gesehen.

Genaugenommen hatte ich, nachdem Gina herausgefunden hatte, daß sie mit Pat schwanger war, Dutzende davon gesehen. Es war nichts Besonderes. Einfach nur ein weißes Plastikstäbchen. Es sah aus, als würde ein Teil fehlen, wie eine Zahnbürste ohne Bürstenkopf.

Ich nahm den Schwangerschaftstest in die Hand. Er war überraschend leicht. So wie mein Kopf.

Das Ding hatte zwei winzige Fenster. In einem davon, dem kleinen runden Fenster, war eine dünne blaue Linie zu sehen. Und im anderen, dem kleinen quadratischen – von dem ich irgendwie ahnte, daß es das wichtigere, das entscheidende war, das Fenster, das alles verändern würde – war ebenfalls eine dünne blaue Linie.

Endlich begriff ich. Nicht nur das mit der ausgebliebenen Periode und der Übelkeit, sondern alles. Ich kapierte es endlich. Ich begriff, warum ich bleiben mußte und warum ich für immer bleiben würde.

In diesem Augenblick hörte, nein, spürte ich Cyd im Türrahmen des Badezimmers. Sie lachte und weinte gleichzeitig – ich schätze, das ist das übliche Prozedere – und wischte sich die Augen am Ärmel ihres Gap-T-Shirts ab.

»Ist das für dich in Ordnung?« fragte sie.

Ich nahm sie in den Arm. »Es ist mehr als in Ordnung. Es ist großartig. Das ist das Beste überhaupt.«

Da sah mich meine Frau an und lächelte, und zum zweiten Mal in meinem Leben wußte ich, daß ich lebte.

»Moment«, sagte Eamon. »Du bleibst wegen diesem blöden Wichser im BMW bei deiner Frau? Willst du das damit sagen?«

»Das habe ich nicht gesagt.«

»Du hast gesagt, daß der Unfall alles verändert hat. Daß sie ihre Taschen gepackt hat, bevor das passiert ist. Sie wollte dich verlassen, Harry, und du warst drauf und dran, was mit einer anderen Frau anzufangen.«

Hätten Cyd und ich uns getrennt, wenn Peggy nicht diesen Unfall gehabt hätte? Hand aufs Herz: Ich wüßte nicht, was uns davon hätte abhalten können.

So zerbrechlich ist also alles, hauchdünn wie ein Spinnennetz und genauso verschlungen und empfindlich, akribisch aufgebaut und im Nu von ein paar grausamen, flüchtigen Windstößen zerrissen. Die Ehe meiner Eltern muß aus einem haltbareren Stoff gewesen sein. Meine Mum und mein Dad hatten wirklich daran geglaubt, daß sie mit niemand anderem glücklich werden könnten. Auf mich traf das nicht zu, und das wußte ich. Ich hätte mit Kazumi glücklich werden können. Genauso wie Kazumi bei einem anderen Mann das finden konnte, wonach wir alle suchen. Und so, wie Cyd jemanden hätte finden können, der sie liebte. Das tat aber dem, was zwischen meiner Frau und mir war, keinen Abbruch. In gewisser Weise machte die Einsicht, daß jeder von uns beiden auch ohne den anderen überleben könnte, das, was zwischen uns war, noch kostbarer. Wir blieben zusammen, weil wir zusammenbleiben wollten.

In einer Welt voller Möglichkeiten entschieden wir uns füreinander.

»Da ist noch das Baby«, sagte ich zu Eamon. »Das hat uns wieder zusammengebracht. Wir bekommen ein Kind. Wir werden eine richtige Familie, falls wir nicht schon eine waren.«

Er wirkte nicht überzeugt. Ich wußte, daß er Gewißheit haben wollte, handfeste Garantien, daß unsere Liebe andauern und unsere Ehe Bestand haben würde.

Aber wie schon meine Mum gesagt hat: Wenn du eine Garantie willst, mein Kind, dann kauf dir einen Toaster.

»Hör zu, Eamon, der Grund, warum ich immer noch mit meiner Frau zusammen bin, ist gar nicht so schwer zu verstehen. Ich bin mit ihr zusammen, weil ich sie liebe.«

»Wie du Kazumi geliebt hast? Oder anders? Ist es eine andere Art Liebe oder genau dieselbe? Das würde ich gern wissen. Was wäre, wenn es genau umgekehrt wäre, Harry? Wenn du in Irland doch mit Kazumi geschlafen hättest? Und nicht mit deiner Frau, als du wieder in London warst? Was wäre – und das ist der Knackpunkt –, wenn die andere Frau ein Kind von dir erwarten würde?«

»Tja, dann –«

Darauf wußte ich keine Antwort.

Manchmal ist es am besten, man ignoriert das Chaos, das draußen vor der Tür lauert.

All die anderen Frauen, die ich hätte lieben können, all die anderen Leben, die ich hätte führen können, all die Babys, die darauf warteten, geboren zu werden – über all das konnte ich an diesem Tag einfach nicht nachdenken.

Schließlich bin ich ein verheirateter Mann.

Der Blutdruck war gesunken. Die Hypertonie ließ nach. Mein Gehirn würde also nicht so bald von der Blutzufuhr abgeschnitten.

Gute Neuigkeiten, dachte ich bei mir. Ich möchte dieses Baby aufwachsen sehen. Ich möchte lange genug für dieses Kind dasein, damit es sich irgendwann sagen kann: der alte Trottel hat ja keine Ahnung vom Leben. Ich möchte lange genug leben, um zu sehen, wie mein jüngstes Kind erwachsen wird. Das war jetzt der Plan. Das war mein neues Ziel.

Und mit der Zeit kam es mir immer mehr wie das einzig wirklich lohnende Ziel vor.

»135 zu 75«, sagte meine Ärztin. »Nicht schlecht. Gar nicht schlecht. Sie achten auf Ihr Gewicht ... Sie rauchen nicht ... Treiben reichlich Sport, nicht wahr?«

»Dreimal wöchentlich dreißig Minuten Herz-Kreislauf-Training.«

»Das ist genau richtig. Sie wollen es ja nicht übertreiben. Heutzutage kommen genauso viele Männer mittleren Alters im Fitneßstudio ums Leben wie durch Krebs oder Herzleiden. Nehmen Sie viel Salz zu sich?«

»Ich rühr das Zeug nicht an.«

»Koffein?«

»Na ja, auf den Cappuccino verzichtet man nicht so leicht. Aber ich habe die Menge reduziert.«

»Manchmal müssen wir die Finger von dem lassen, was wir lieben, und statt dessen das schätzen lernen, was wir brauchen.«

Plötzlich sah ich das Gesicht meiner Frau vor mir. Der schwarze Pagenkopf, die weit auseinanderstehenden braunen Augen, das strahlende Lächeln, die dünnen Lachfältchen, die rings um ihren hübschen, kleinen Mund entstanden. Dieses so vertraute, dieses so geliebte Gesicht.

»Und was ist, wenn das ein und dasselbe ist? Wenn wir feststellen, daß das, was wir lieben, dasselbe ist wie das, was wir brauchen?«

Grinsend packte meine Ärztin den Blutdruckmesser weg.

»Dann brauchen Sie mich nicht mehr«, antwortete sie.

Als Peggy und ich durch die goldenen Türen des Kaufhauses traten, schlug uns ein Duftgemisch von tausend verschiedenen Parfums entgegen. Es herrschte so ein Gedränge, daß wir uns instinktiv an der Hand faßten.

»Schau mal, Harry – kostenlose Maniküre! Sie machen dir die Nägel, und du mußt nicht mal was dafür zahlen!«

»Vielleicht später, mein Schatz.«

Wir fuhren mit dem Aufzug nach oben in die Kinder- und Babyabteilung.

Es hatte sich so viel geändert, seit ich zum letzten Mal Vater geworden war. Vielleicht hatten Gina und ich aber auch nicht das nötige Kleingeld gehabt, um uns all die Babyartikel zu kaufen, die es auf dem Markt gab. Jedenfalls war eine Menge von dem Zeug vollkommen neu für mich.

Ein Babyhopser, okay, den kannte ich, und ich konnte mich noch lebhaft daran erinnern, wie Pat gleich einem zahnlosen kleinen Buddha auf und ab hüpfte und dabei vor Wonne sein Zahnfleisch entblößte. Aber ein »Gitterbett-Nageschutz«, der das Baby davon abhalten sollte, sein Kinderbettchen anzuknabbern? Seit wann wurde denn so was verkauft? Oder eine »Auto-Utensilientasche«. Bestimmt flogen die Spielsachen trotzdem auf dem Rücksitz herum. Und was es sonst noch alles gab: »Tummy Sleep« (ein Kuscheltier, das die Geräusche im Mutterleib nachahmte, damit das Baby leichter in den Schlaf fand) oder ein »Baby-Badekissen« (ein weiches, hörnchenförmiges Ding, das Babys Kopf über Wasser hielt, während sein Körper sicher im Wasser schwebte).

Oder ein »Shampoo-Augenschutz« – Schutzgläser für die Haarwäsche. Das war wirklich clever, eine brillante Idee. Das Ding hätte Pat gut gebrauchen können. Und was hatten wir denn da? Einen rutschfesten »Eß-Lern-Teller« mit einem Saugring im Tellerboden, der das Kleckern bei den Mahlzeiten verhindern sollte. Das Kleinkind des einundzwanzigsten Jahrhunderts hatte also keine Chance mehr, mit dem Essen um sich zu schmeißen.

»Was denken sie sich wohl als nächstes aus, Peg? Peggy?«

Erst da bemerkte ich, daß sie weg war.

Die Angst durchlief mich wie Fieber.

Ich suchte die gesamte Kinderabteilung nach ihr ab, aber da war sie nicht. Dabei mußte ich an ihren Vater denken, der in die Flitterwochen gefahren und nie zurückgekommen war. Er hatte Peggys Herz gebrochen, indem er in Manila blieb, um dort zu leben und an einem anderen, fernen Ufer noch einmal sein Glück zu versuchen, und er hatte sein Kind zurückgelassen, als wäre es nichts weiter als eine lästige Schuld.

Jim hatte seine Tochter endgültig im Stich gelassen. Für mich war das Leben zwar einfacher, wenn er sich nicht hier herumtrieb, aber sein Verschwinden hatte Peggy zutiefst verletzt, und diese Wunde würde Peggy für den Rest ihres Lebens mit sich herumtragen, eine Wunde, die niemals heilen würde, dabei hatte dieses bildschöne Kind nichts anderes verdient, als daß man es einfach nur liebte.

Ich fragte mich, ob ich wirklich so anders war als er, ob ich wirklich besser war als Jim, der sein Kind auf seiner Prioritätenliste ganz unten angesiedelt hatte. War ich wirklich ein besserer Mensch? Oder war ich so benebelt von meinen Träumereien rund um das neue Baby, daß ich das lebende Kind an meiner Seite ganz vergessen hatte?

Ich suchte die ganze Etage ab, machte Gott hektische Versprechungen, betete um eine zweite Chance, befragte verzweifelt Personal und Kunden, ob sie ein kleines Mädchen mit einem pinkfarbenen Lucy-Doll-Rucksack gesehen hätten.

Plötzlich wußte ich, wo ich sie finden würde.

Sie war im Erdgeschoß, ganz in der Nähe der goldglänzenden Türen, inmitten des Duftgemischs aus tausend Parfums, und ließ sich in der Kosmetikabteilung geduldig die Nägel maniküren.

»Hallo, Harry«, sagte sie. »Hast du gefunden, was du gesucht hast?«

»Na großartig. Ja, ich glaube, jetzt haben wir alles.«

Die weißbekittelte Hilfsverkäuferin strahlte uns beide an.

»Was für eine bildschöne Tochter Sie haben«, sagte sie.

Peggy und ich grinsten uns nur an.

Es gab ein Problem.

In der neunten Schwangerschaftswoche hatte Cyd morgens leichte Blutungen. Plötzlich mußten wir fürchten, daß uns unsere »Investition in die Zukunft« weggenommen würde.

Ich begleitete Cyd zum Ultraschall. An der Tür stand eine silberne Schale mit Kondomen, die so hübsch angerichtet waren wie ein Potpourri. Als Cyd das schwebende Fragezeichen über meinem Kopf sah, erklärte sie mir, daß die Kondome für das Instrument waren, das der Frauenarzt in sie hineinschob, damit wir das Baby sehen konnten. Damit wir sehen konnten, ob es okay war. Ob unser Baby noch lebte.

»Meine Backe, was hast du schon für seltsame Dinge in dir drin gehabt, Kleines«, sagte ich zu meiner Frau und nahm ihre Hand.

»Alles längst nicht so seltsam wie dein Penis, Harry«, erwiderte sie.

Später, als der Geburtshelfer kam, setzte sich Cyd auf diesen komplizierten Stuhl, wie es ihn bei British Airways in der ersten Klasse geben mochte, und auf dem Bildschirm neben ihr zeigte uns der Arzt das kleine pulsierende Licht – der Herzschlag unseres ungeborenen Kindes. Dem Baby ging es gut. Das Baby war noch da. Das Baby würde leben. Nichts konnte dieses Baby davon abhalten, auf die Welt zu kommen.

Ohne mich anzusehen – wir konnten den Blick nicht vom Monitor lassen –, drückte Cyd meine Hand, als uns der Frauenarzt den Kopf zeigte, der seltsam langgezogen war wie eine im Himmel gefertigte Glühbirne, und die winzigen Ärmchen und Beinchen, die das Baby immer wieder zu kreuzen schien.

Wir lachten laut, lachten vor purer Freude über dieses Wunder, dieses winzige Wunder, dieses größte Wunder von allen.

Und ich wußte, daß dieses Kind geliebt würde, wie es jedes Kind verdient, geliebt zu werden, dieses Baby, das unsere Verbindung zur großen, unverdorbenen Zukunft war, unser Band, unser unverbrüchliches Band mit dem Leben auf dieser Erde und vor allem zwischen uns.

30

Eines Abends – das Wetter war schön und der Himmel klar – lagen mein Sohn und ich Seite an Seite auf dem Rücken im Garten des alten Hauses, blickten nach oben und beobachteten, wie die Sterne herauskamen.

Pat liebte jetzt die Sterne. Kinder verändern sich. Sie verändern sich so schnell. Sie verändern sich sogar, während man sie anschaut. Nachdem er sich sechs Wochen lang jeden Mittwochabend gebannt einen Dokumentarfilm angesehen hatte, hatten Luke Skywalker, Darth Vader und Han Solo in seiner wachsenden Phantasie schließlich ein bißchen Platz für den Polarstern, für Sirius und Vega machen müssen.

»Dad?«

»Ja, mein Schatz?«

»Bernie Cooper hat gesagt, alle Sterne sind tote Menschen, die zu uns runterschauen. Und weißt du, was? Einer von ihnen, ja, also, einer von ihnen ist Bernie Coopers Großvater.« Kurze Pause. Wir starrten weiter in die Unendlichkeit hinauf. Im Haus hörte ich sanfte, weibliche Stimmen – meine Mutter und eine der Frauen, die zu ihr kamen, um zu reden und sich Gedanken über die Zukunft zu machen. »Stimmt das, Dad?«

»Ich denke ja, Pat.«

»Dann würde ich gern eins wissen: Welcher ist *mein* Großvater?«

Da wußte ich, daß mein Vater diesen Jungen geliebt hätte.

Mein Dad hätte liebend gern miterlebt, wie Pats neue Zähne durchbrachen, er hätte Pats Begeisterung für die Sterne geliebt und seine Zuneigung zu seiner Großmutter, zu Bernie Cooper und zu Britney, dem Hund – der seit kurzem im Land war, sich prima eingelebt hatte und mit freundlicher Miene durch alle großen Londoner Parks stromerte –, und er hätte den neugierigen, aufgeschlossenen Jungen geliebt, zu dem mein Sohn heranwuchs. Pferde und Sterne. Mein Sohn ließ sich von Pferden und Sternen verzaubern, und das hätte meinen Vater verzaubert.

Mein Dad war, soweit ich mich zurückerinnern konnte, ein harter Mann gewesen, der härteste Mann der Welt, aber nach Pats Geburt hatte er nicht mehr so hart gewirkt. Vielleicht sind Enkel dazu da, damit man ein letztes Mal jemandem seine bedingungslose, unverbrüchliche Liebe schenken kann. An dem Morgen, an dem Pat geboren wurde, begann etwas tief im Innern meines Vaters zu tauen, und ich wußte, daß mein Vater im Lauf der Jahre und durch die bevorstehende Geburt des neuen Kindes noch weicher geworden wäre.

Uns war einfach nur die Zeit davongelaufen, das ist alles.

»Such dir den größten Stern aus, den du entdecken kannst«, sagte ich zu Pat. »Den hellsten. Das ist dein Großvater, der auf dich aufpaßt. So wirst du immer daran erinnert.«

Sterne sind wie Fotos. Man kann in sie hineindeuten, was man will. Man kann sich einreden, daß sie für all das stehen, was man verloren hat, oder man redet sich ein, daß sie all das verkörpern, was man je geliebt hat und auch in Zukunft lieben wird.

Ich schätze, da liege ich mit dem jungen Bernie Cooper auf einer Linie.

Während wir die Sterne betrachteten, mußte ich an die Zwillinge denken, die Gina in der zehnten Schwangerschaftswoche verloren hatte, diese ungeborenen Kinder, die immer bei ihr sein würden, diese armen, winzigen Geister ihrer Ehe.

Und ich dachte an meine eigenen Geister.

»Erinnerst du dich noch an meine Freundin Kazu?« fragte mich Gina eines Morgens, als ich Pat abholen kam. Britney schnüffelte begeistert an meinem Schritt, Gina war noch blaß und mitgenommen von ihrem Verlust, aber anscheinend endlich bereit, mir zu sagen, daß sie die ganze Zeit Bescheid gewußt hatte. »Sie hat geheiratet, Harry. In Japan. Kazu hat ihren Traummann kennengelernt. Sie ist mit ihm in einem Aufzug in der Ginza steckengeblieben. Sie wollte zu einem Abendessen, und da war er. Man kann es einfach nicht voraussagen, stimmt's? Man kann nie voraussagen, wann es funkt.«

Das war wie eine Postkarte aus einem anderen Leben, eine auf einer Karte eingezeichnete Straße, die ich nicht genommen hatte. Ich wünschte mir für Kazumi genau dasselbe, was meine Exfrau sich für mich wünschte, was wir alle uns für unsere ehemaligen Partner wünschen.

Glück, aber vielleicht doch nicht zuviel davon.

Als ich meinen Sohn neben mir atmen hörte, während er sich die Sterne über uns anschaute, dachte ich an meine drei Kinder.

Der Junge, das Mädchen, das Baby.

Zwei geboren, eins ungeboren.

Ich blickte zu den Sternen auf und erinnerte mich daran, wie sich Peggy und Pat brav hintereinander aufgestellt hatten, um Cyds sich langsam wölbenden Bauch anzufassen. Peggys Mund stand ehrfürchtig offen, als sie die zarten, wunderbaren Bewegungen des Babys zu erfühlen versuchte, und als Pat an der Reihe war, lächelte er in sich hinein und murmelte wie zu sich selbst: »Oh, die Macht ist mit ihm.«

Schon bald würde diese moderne Familie noch komplizierter werden mit all ihren Halbbrüdern und Stiefschwestern und Stiefbrüdern und Halbschwestern und Stiefeltern und leiblichen Eltern.

Aber jetzt hatte ich endlich kapiert, daß es an uns lag, ob wir uns wie eine richtige Familie fühlten oder nicht. Die anderen spielten keine Rolle. Die Etiketten, die man uns aufklebte, hatten keinerlei Bedeutung.

Hier war eine richtige Familie, wenn wir sie wollten. Alles andere – nun, wie sagte noch eine alte Freundin von mir? Alles andere ist Mumpiss.

»Sieh sich einer die beiden Faulenzer an«, sagte meine Mum lachend, als sie in den Garten geschlappt kam. Ihre letzte Besucherin war nach Hause zu ihrer Familie gegangen. Meine Mum holte mit einem ihrer pinkfarbenen Pantoffeln aus und kickte einen Plastikfußball in die Rosensträucher meines Vaters.

Aus unseren kosmischen Träumereien gerissen, standen Pat und ich auf, um ein wenig mit meiner Mutter herumzubolzen. Es war schon recht dunkel, einer der letzten Tage dieses Altweibersommers, aber hier in der Vorstadt war der Abend so lau und mild und sternenreich, daß wir einfach nicht hineingehen wollten.

Also blieben wir im Garten des alten Hauses, bis wir den Ball kaum noch sehen konnten. Wir lachten in der sich verdichtenden Dunkelheit und machten das Beste aus dem schönen Wetter und den Tagen, die uns blieben, beobachtet bei unserer Spielerei nur von Nachbars Katze und sämtlichen Sternen am Himmel.

PIPER

Tony Parsons

Männlich, alleinerziehend, sucht ...

Roman. Aus dem Englischen von Klaus Berr. 319 Seiten.
Serie Piper

»Ein Junge! Und das schönste Baby der Welt!« Harry Silver ist Vater geworden, und eine warme Woge aus Liebe, Glück und Dankbarkeit erfaßt ihn und läßt den sonst so kühlen Endzwanziger das Leben umarmen. Denn Harry hat nun alles, was ein Mann so braucht: den kleinen Pat, einen roten Sportwagen, einen gutbezahlten Job beim Fernsehen und seine attraktive Frau Gina. Gedankenlos, wie Männer nun mal sind, setzt er alles aufs Spiel und betrügt Gina mit einer anderen. Nur ein einziges Mal. Aber einmal reicht, findet Gina und verläßt ihn und den kleinen Pat, um sich ihrer eigenen beruflichen Karriere zu widmen. Nun steht er allein mit einem Vierjährigen da – und sieht sich plötzlich nicht nur in Gesellschaft von Müttern und Babysittern, sondern die Welt und insbesondere die Frauen mit ganz anderen Augen. Eine liebenswürdige und humorvolle Geschichte, wie sie das Leben schreibt.

01/1095/01/R

KABEL

John Scott Shepherd

Die Liste meiner Verfehlungen

Roman. Aus dem Amerikanischen von Robert Vito.
311 Seiten. Gebunden

Elizabeth Waring. Könnte jemals eine Frau wundervoller sein als sie? Für Henry stand die Antwort fest, denn Elizabeths Stimme war wie Samt, ihr Haar wie Seide, und ihr Mund schmeckte nach köstlicher Minze: Henry Chase hatte sich verliebt, zum ersten Mal in seinem jungen Leben. Doch sie endete tragisch, seine Liebe zu Elizabeth Waring, und deshalb hatte sich Henry geschworen, nie mehr so verletzlich zu sein wie damals.
Das alles ist nun schon mehr als zehn Jahre her, und Henry hat sich inzwischen in einen skrupellosen Börsen-Yuppie verwandelt – bis ihm das Leben den wahren Grund für das Ende seiner großen Liebe in die Hände spielt. Und mit Hilfe der jungen, rätselhaften Sophie macht Henry sich daran, seine schlimmsten Sünden zu büßen. Die Erlösung, die er schließlich findet, kommt aus unerwarteter Richtung …
»Die Liste meiner Verfehlungen« ist eine hinreißende romantische Komödie, nach der jede Frau wissen wird, wie es in Männern wirklich aussieht.

03/1053/01/R